LORI COPELAND

Ein unwiderstehlicher Verführer

Roman

Ins Deutsche übertragen
von Katharina Braun

BASTEI LÜBBE

BASTEI LÜBBE TASCHENBUCH
Band 18 246

1. Auflage: April 2000
2. Auflage: Mai 2000

Vollständige Taschenbuchausgabe

Bastei Lübbe Taschenbücher
ist ein Imprint der
Verlagsgruppe Lübbe

Titel der amerikanischen Originalausgabe:
The Courtship of Cade Colby

Lektorat: Katharina Woicke
Titelillustration: Oliviero Berno / Agentur Schlück
Satz: KCS GmbH, Buchholz/Hamburg
Umschlaggestaltung: QuadroGrafik, Bensberg
Druck und Verarbeitung: 51528
Société Nouvelle Firmin-Didot
Mesnil-sur-l'Estrée, Frankreich
Printed in France

ISBN 3-404-18246-4

Sie finden uns im Internet unter
http://www.luebbe.de

Der Preis dieses Bandes versteht sich einschließlich der gesetzlichen Mehrwertsteuer

1

Winterborn, Kansas
1885

»Ich werd' verrückt! Cade Kolby, der nach siebzehn Jahren wieder auftaucht, als wäre er nicht einen einzigen Tag lang fortgewesen!« Sawyer Gayford drehte sich auf dem Barbiersessel, um den berühmtesten einheimischen Sohn der Stadt heranreiten zu sehen.

Roy Baker, Herausgeber der *Winterborn News,* wischte mit dem Ärmel den Staub vom Fenster des Barbiersalons und verrenkte sich den Hals, um einen Blick hinauszuwerfen. »Hat man so was je gesehen? Sieh ihn dir an! Man könnte meinen, er wüßte gar nicht, daß er der gefürchtetste Kopfgeldjäger in ganz Kansas ist.«

»Da hast du ja schon deine Schlagzeile für diese Woche, Roy«, bemerkte Sawyer.

Roy schnaubte. »Für diese *Woche*? Cades Heimkehr wird monatelang *die* Nachricht sein!«

»Nun, Kolby ist als junger Bursche fortgegangen und kommt nun als erwachsener Mann zurück.« Walt Mews bedeutete Roy, sich auf dem Barbiersessel zurückzulehnen. »Er sieht aus, als wenn er es nicht leicht gehabt und ziemlich schwere Zeiten durchgemacht hätte.«

Sawyer spuckte Tabaksaft aus der offenen Eingangstür »Ich habe gehört, daß er zehn Männer erschossen haben soll.«

»Oder sogar zwanzig, sagen andere«, meinte Roy.

Walt schnippelte an Roys Haar herum. »Es waren wohl eher fünfzig, denke ich.« Er schüttelte den Frisierumhang um Roys Schultern aus, zog eine Münze aus der Tasche und gab sie Roy. »Du hast die Wette gewonnen. Ich war sicher, daß er nicht erscheinen würde.«

»Ich wußte, daß er kommen würde.« Roy lachte und steckte den Gewinn ein. »Mac und Senda haben ihn gut erzogen.«

»Ha! Er war ein frecher Bengel, wenn du mich fragst. Einmal habe ich ihn sogar mit dem Gewehr verjagt, weil er meine Katzen an den Schwänzen zusammengebunden hatte«, beschwerte Sawyer sich. »Fast hätten sie sich gegenseitig umgebracht, bevor ich sie befreien konnte.«

»Er hatte nur Schabernack im Sinn, das stimmt schon.« Walt schaute aus der Eingangstür.

Einige Halbwüchsige, die Murmeln spielten vor dem Pfosten, an dem die Pferde angebunden wurden, ließen ihre Kugeln fallen und rannten los, um die Ankunft von Winterborns berüchtigtem Mitbürger nicht zu verpassen.

»Er war kein schlechter Junge«, meinte Walt nachdenklich. »Als meine Edna sich ihre Rückenverletzung zugezogen hatte, kam er immer zum Unkrautjäten. Und dann setzte er sich noch für eine Weile zu ihr und leistete ihr Gesellschaft, während er die Zuckerplätzchen aß, die sie für ihn gebacken hatte. Ich finde, daß er eigentlich ein netter Junge war.«

Sawyer grunzte. »Aber der ›Junge‹ hat sich einen ziemlich üblen Ruf geschaffen.«

»Meine Edna ist auch gegen all das Töten, aber ich bin der Meinung, ein Mann muß tun, was er für richtig hält.« Walt schloß die Ladentür. Er war heute länger geblieben als gewöhnlich, und seine Frau wartete bestimmt schon mit dem Abendessen. »Ich finde, daß er den Leuten einen Gefallen tut. Ein Mann mit einem Preis auf seinem Kopf muß damit rechnen, daß er irgendwann erschossen wird.«

Roy lachte leise. »Zoe war ein Nervenbündel heute, weil sie glaubte, daß er nicht erscheinen würde. Gereizt wie eine Hornisse war sie, als meine Frau mich heute morgen zu ihrem Laden schickte, um Hafermehl zu kaufen.«

»Schwer zu glauben, daß sie früher einmal in Cade verliebt gewesen sein soll.«

Sawyer nickte. »Ja, man sollte meinen, sie wäre damals schon vernünftiger gewesen. Sie ist älter als er, nicht wahr?«

»Nicht viel. Zwei, drei Jahre, glaube ich.«

Walt begann das Regal neben dem Spiegel vor dem Frisiersessel aufzuräumen. Flaschen mit stark duftenden Haarwassern standen aufgereiht neben den persönlichen Rasierschalen der Kunden, die Walts Frau Edna mit ›künstlerischer‹ Hand bemalt hatte. »Zoes Vater, möge er in Frieden ruhen, hätte Cade die Haut in Streifen abgezogen, wenn er gewußt hätte, daß die beiden ein Liebespaar waren.«

Roy stand auf und streckte sich. »Er wußte es; er konnte bloß nichts daran ändern.«

»Ich finde, es war richtig, daß Cade fortgegangen ist. Zoe hätte Jim Bradshaw vielleicht nie geheiratet, wenn er geblieben wäre«, meinte Walt.

Die Männer schauten zum Fenster hinaus, als Cades braun und weiß gescheckter Pinto draußen langsam vorübertrabte.

»Wie lange er wohl bleiben wird?« fragte Roy.

»Höchstens so lange, bis er für die Kinder seiner Schwester ein gutes Heim gefunden hat, denke ich«, erwiderte Walt und klopfte schmunzelnd auf seine Hosentasche. »Ich wette einen Silberdollar, daß er nicht vorhat, selbst die Kinder aufzuziehen. Männer wie Kolby bleiben nirgendwo sehr lange.«

»Es sind schwere Zeiten. Da wird es nicht leicht sein, eine Familie zu finden, die noch vier weitere hungrige Mägen füttern kann«, bemerkte Sawyer.

»Ich hörte, daß Zoe die Kinder behalten will, aber ich weiß nicht, wie sie sich das vorstellt«, meinte Roy. »Jim hat ihr sehr viele Schulden hinterlassen, als er starb, und sie kommt auch so schon kaum zurecht.«

Walt polierte seine Brillengläser und schaute dem einsamen Reiter auf der Straße nach. »Ich hörte, daß sie finanzielle Schwierigkeiten mit dem Laden hat. Diese tapfere kleine Frau hat auch schon genug mitgemacht.«

Roy kratzte sich am Kopf. »Es wird interessant sein, zu beobachten, wie sie Cade empfängt nach all den Jahren.«

Sawyer lachte, als er aufstand und seinen verbeulten alten Hut aufsetzte. »Ja, interessant wird es ganz sicher.«

Cade grinste, als er durch die Stadt ritt. Winterborn hatte sich fast nicht verändert.

Da ist der alte Thompson, der am Fenster des Grundbuchamtes steht und auf die Uhr schaut, als ob er irgendwo erwartet würde ... Und Walt, der aus dem Fenster des Barbiersalons schaut und Wetten mit den anderen abschließt ... Cade lachte, als er daran zurückdachte, wie er und Ben Pointer früher Walts *Police Gazette* aus dem Laden geklaut und dann hinter dem Mietstall gelesen hatten.

Ich verwette meinen letzten Silberdollar, daß die Rasierschalen mit Ednas drolligen kleinen Bildern noch immer in dem Regal neben dem Spiegel in Walts Salon stehen. Cades Grinsen wurde noch ein bißchen breiter, als er an die Schalen dachte. Die gute Edna – niemand außer ihr selbst betrachtete sie als eine Künstlerin.

Milly Masons Putzgeschäft befand sich noch immer über dem Barbiersalon. Die Damen zogen allerdings den Nebeneingang vor, um die etwas ›zweifelhafte‹ Atmosphäre von Walts Barbiersalon darunter zu vermeiden. Das lose Mundwerk der Männer und ihr frivoles Lesematerial hatten schon mehr als eine sensible Dame erröten lassen.

Sofern nicht jemand Gold gefunden hatte, konnten nur sehr wenige Frauen in der Stadt sich Millys extravagante Hüte aus dem Osten leisten, und es sah so aus, als hätte sich ihre Kundschaft auch in siebzehn Jahren nicht verändert.

Cade grüßte und zog seinen Hut vor zwei gutgekleideten Damen, die den Hutladen gerade betreten wollten.

Sie riefen die Erinnerung an seine Mutter in ihm wach, die Millys Hüte immer sehnsuchtsvoll betrachtet hatte. Senda Kolby hatte sich nicht einmal die Bänder von Millys Kreationen leisten können, ganz zu schweigen von dem ganzen Hut. Aber sie hatte sich nie beklagt darüber. Wie sie früher immer sagte, hoffte sie auf das Beste, erwartete das Schlimmste und dankte Gott für das, was er ihr gab.

Cades Lächeln verblaßte. Er hätte ihr jetzt hundert Hüte kaufen können, aber seine Mutter war leider nicht mehr da, um sie zu tragen. Schmerzliches Bedauern erfaßte ihn. Die Nachricht vom Tod seiner Eltern hatte ihn erst sechs Wochen nach ihrer Beerdigung erreicht. Sein Vater war bei einem Arbeitsunfall auf der Farm gestorben, seine Mutter einen Monat später an einer Lungenentzündung.

Die gefleckte Pinto-Stute schritt langsam die Main Street hinunter und näherte sich Ben Pointers Schmiede und dem Mietstall, den er unterhielt. Das Schild über der Tür verriet, daß man hier Pferde und Ochsen beschlagen, Pflüge schärfen und Farmwerkzeuge reparieren lassen konnte.

›Ben Pointer und *Söhne*?‹ Cade runzelte die Stirn. Ben war doch bloß ein paar Jahre älter als er selbst! Hatte er etwa schon Jungen, die groß genug waren, ihm zu helfen?

Höchstwahrscheinlich. Siebzehn Jahre waren schließlich eine lange Zeit, in der sehr viel geschehen konnte ...

Das Gefängnis kam in Sicht. Ob Pop Winslow wohl noch Sheriff war? Und noch immer Pfefferminzstangen verschenkte? Wieder bestürmten Cade Erinnerungen und vertieften seinen Schmerz, bis er ihn kaum noch zu ertragen glaubte. Er hatte gewußt, daß es nicht leicht sein würde, heimzukehren. Aber daß es *so* schwer sein würde, hatte er auch nicht gedacht.

Vor ihm, neben der Windmühle, hing noch immer die alte Schaukel, auf der er und seine Schwester Addy sich so oft vergnügt hatten. Abgegriffen und zerfranst baumelten die Seile in der warmen, spätsommerlichen Brise.

Erinnerungen stiegen in ihm auf, und er blinzelte, um die Tränen zu verdrängen, die ihm in die Augen traten. Er sah sich und Addy, wie sie früher als Kinder im Gefängnis der kleinen Stadt gespielt hatten ... Wie sie im Teich geschwommen waren ... Und jetzt war Addy *tot*. Mit sechsunddreißig Jahren war sie eines frühen Todes gestorben. Weder die Entfernung noch die Jahre hatten die Zuneigung, die sie verbunden hatte, jemals schmälern können. Er war vielleicht nicht so oft nach Hause zurückgekommen, wie er es wahrscheinlich besser hätte tun sollen, aber er hatte stets gewußt, daß Addy für ihn da war. Nachts, wenn er sich vor dem erlöschenden Lagerfeuer in seine dünne Decke eingewickelt hatte, hatte er aus der Gewißheit Trost bezogen, daß es auf der Welt noch Menschen gab, die an ihn dachten: Mom, Dad und Addy – eine Familie, die ihn erwartete, wann immer er beschließen sollte, heimzukehren. Irgendwie hatte der Gedanke seine einsamen Tage und Nächte erträglicher gemacht.

Doch nun waren seine Eltern tot, und seine Schwester ebenfalls. Winterborn war kein Zuhause mehr für ihn, sondern nur noch eine Stadt voll trauriger Erinnerungen.

Aus dem Augenwinkel sah er eine rothaarige Frau die

Drogerie betreten. Sein Herz schlug schneller; einen Moment lang dachte er, die Frau sei Zoe. Doch dann erkannte er, daß sie eine Fremde war, und er begann, sich wieder zu entspannen.

Langsam kehrte auch das Lächeln auf sein Gesicht zurück. Zoe – *das* war eine Frau! Die Erinnerung an ihr wundervolles rotes Haar, feucht und zerzaust vom Liebesspiel, löste ein jähes Ziehen in seinen Lenden aus. Siebzehn Jahre, und noch immer war er bisher keiner Frau begegnet, die sich mit ihr hätte vergleichen können.

Ihre Nachricht in der vergangenen Woche war sehr knapp gewesen: *Komm sofort nach Winterborn!*

Sie war vermutlich sehr verärgert über ihn, was er ihr nicht verübeln konnte. Als er vor siebzehn Jahren fortgegangen war, hatte er ihr Versprechungen gemacht, die er nicht eingehalten hatte. Obwohl er wirklich vorgehabt hatte, irgendwann zu ihr zurückzukehren. Aber nachdem so viele Jahre verstrichen waren und ihn mindestens genauso viele Verbrecher jagten wie er sie, hatte er es für richtiger gehalten, zu bleiben, wo er war, und sich von Zoe fernzuhalten. Wenn die tragischen Umstände ihn nicht dazu gezwungen hätten, wäre er auch jetzt nicht hier.

Cade hielt sein Pferd an und schaute zu dem Gemischtwarenladen der Bradshaws hinüber, der etwas weiter unten an der Straße lag, direkt neben der Metzgerei. Er sah aus wie immer – bis auf eine Kleinigkeit.

Die Stute tänzelte nervös und verscheuchte eine aufdringliche Fliege mit dem Schweif, während Cade das Schild betrachtete, das im ersten Stock über dem Laden in der leichten Brise schaukelte. Die Redaktionsräume der *Winterborn News* lagen jetzt dort oben, wo einst die Schlafzimmer gewesen waren. Addy hatte Cade geschrieben, daß Zoe das Geschäft nach dem Ableben ihres Ehemannes übernommen hatte und nun in den kleinen Hinterzimmern lebte. Wahrscheinlich würde er dort die Kinder finden. Er zögerte, weil der Gedanke, Zoe nach all diesen Jahren gegenüberzutreten, ihm fast ein wenig Angst einjagte. Lieber hätte er mit bloßen Händen mit einer Raubkatze gekämpft.

Red ... Sie würde stets ›der Rotschopf‹ für ihn bleiben.

Er lachte. So ein Teufelsbraten!

Unschlüssig bewegte er sich im Sattel. *Was*, zum Teufel, machte er hier eigentlich? Was verstand *er* davon, kleine Kinder aufzuziehen? Es hätte niemanden gekümmert, wenn er eine weitere Beerdigung verpaßte. Er brauchte nicht nach Winterborn zurückzukehren, um den Tod seiner Schwester zu betrauern.

Er war über hundert Meilen geritten – und wozu? Um einen Sarg zu bestellen und dafür zu sorgen, daß ein passendes Grab dafür ausgehoben wurde? Die Kinder konnten sowieso nicht bei ihm bleiben; dazu hatte er noch zuviel zu erledigen. Er und Hart McGill spielten Katz und Maus, seit einem halben Jahr schon, und die Jagd war längst keine bloße Pflichterfüllung mehr, sondern so eine Art Todesurteil. Sie würde nicht eher vorüber sein, bis entweder er oder McGill unter der Erde lagen.

Leder ächzte, als Cade sich im Sattel zurücklehnte und seine Schwester im stillen dafür verfluchte, ihm ihre Kinder anvertraut zu haben.

Helles Kinderlachen ließ ihn aufblicken. Vier Jungen und drei Mädchen spielten vor dem Laden und ließen mit einem Stock einen großen Reifen rollen. Ob einige von ihnen Addys Kinder waren? Wie alt sie jetzt wohl waren? Er hatte sie noch nie gesehen und daher auch nie an ihre Geburtstage gedacht ...

Sanft stieß er seiner Stute die Stiefelspitzen in die Flanken und ritt weiter. *Red* würde es sicher nicht gefallen, daß er zurückkam und ihr Leben durcheinanderbrachte. Aber er hatte so ein Gefühl, als gäbe es ohnehin nicht mehr sehr viel, was ihr heute noch an ihm gefallen könnte.

»Brody Wiseman – geh sofort vom Fenster weg!«

»Onkel Cade kommt. Ich kann ihn sehen ...«

»Brody!«

»Och, Zoe!« Den Rest des Stückchen Brotes, das er in der Hand hielt, in den Mund schiebend, wandte der Zehnjährige sich unwillig vom Fenster ab. »Da kommt jemand, und ich möchte wetten, daß es unser Onkel Cade ist!«

Zoe wischte sich den Schweiß von der Stirn, als sie nach dem Abendessen das Geschirr abräumte. Die Hitze in der Küche war erstickend. Fliegen umschwirrten das Moskitogitter an der Hintertür, angelockt vom Duft des Kohls, den sie gegessen hatten, und durch das kleine Fenster drang nur wenig frische Luft herein. Jim war der Ansicht gewesen, die drei Räume hinter dem Geschäft seien groß genug als Wohnraum, und Zoe hatte ihm darin zugestimmt – für zwei Personen reichten sie. Aber nicht für fünf und drei Haustiere.

Ihr Magen zog sich vor Nervosität zusammen. Cade hatte ihre Nachricht also offenbar erhalten. Endlich war er zurückgekommen. Das letzte Mal, als sie ihn gesehen hatte, hatte er ihr einen Abschiedskuß gegeben und gesagt, er wollte einen steckbrieflich gesuchten Mann aufspüren, auf dessen Ergreifung eine Prämie von fünfundzwanzig Dollar ausgesetzt war. Er würde nicht lange fort sein, hatte er gesagt. Sie wußte nicht, was er mit ›lange‹ meinte. In *siebzehn* Jahren hatte sie einige kurze Briefe von ihm erhalten, eine zerdrückte Schachtel teurer Pralinen aus New Orleans und einmal zu Weihnachten eine Puppe mit zwei gebrochenen Beinen und einem rissigen Gesicht.

Seine Geschenke waren bedeutungslos, mit Ausnahme des Medaillons, das er ihr umgelegt hatte, bevor er fortgegangen war. Unwillkürlich hob sie die Hand, um das ovale kleine Schmuckstück zu berühren, das zwischen ihren Brüsten ruhte. Sie hatte *ihn* gewollt, hatte seine Stimme hören, seine heißen Küsse und seine starken Arme spüren wollen – und nicht zerquetschte Schokolade essen und mit einer Puppe mit gebrochenen Gliedern schlafen.

Im Laufe der Jahre hatte sie um ihn getrauert, bis sie einfach nicht mehr dazu fähig war. Sie hatte ihm ihre Jungfräulichkeit geschenkt, und er hatte ihr ewige Liebe geschworen und gesagt, daß nichts sie jemals trennen könne.

Nichts außer einem Mann, auf den ein ansehnliches Kopfgeld ausgesetzt war.

Mit den Jahren hatte sie aufgehört, daran zu glauben, daß er jemals heimkehren würde – höchstens in einem Sarg vielleicht. Addy hatte gesagt, er wolle sich wahrscheinlich bloß austoben und würde eines Tages sicher wieder heimkehren. Aber Zoe besaß den Glauben seiner Schwester nicht und hatte schließlich aufgehört, auf Cade zu warten.

Doch nun war er zurück. Wie sollte sie sich jetzt verhalten? Ganz unbewußt glitt ihre Hand zu ihrem Magen, als sie sich an den Schmerz erinnerte und an all die Trauer, die sie ganz allein ertragen hatte. Sie war kein dummes, unerfahrenes siebzehnjähriges Mädchen mehr. Daß er jetzt zurückgekehrt war, änderte nicht das Geringste.

Cade Kolby war ein Fremder, ein kaltblütiger Kopfgeldjäger. Es war nur eine Frage der Zeit, bevor jemand, der schneller war als er, ihn tötete, und zum ersten Mal in ihrem Leben sagte sie sich, daß es ihr vielleicht sogar ganz recht gewesen wäre.

Brody schlurfte zum Tisch hinüber, setzte sich und starrte mürrisch auf die Zuckerdose. Seit Addys und Johns Tod war er sehr still und verschlossen. Wo war der lebhafte kleine Junge geblieben, der Brody vor ein paar Wochen noch gewesen war?

»Ich weiß, daß er es ist.« Der Junge ließ den Kopf auf den Tisch sinken.

Natürlich *war* er es. Wer sonst würde wohl zu spät zum

Begräbnis seiner Schwester kommen? Verdammt! Warum, nach all den Jahren, wäre sie am liebsten hinausgelaufen, um Ausschau nach Cade zu halten wie irgendeins der Kinder? Unwillkürlich fragte sie sich, ob er wohl alt geworden war in all den Jahren ... oder ob er noch genauso attraktiv wie früher war und auch noch genauso dreist und ungeniert.

»Er wird nicht früher kommen, wenn du aus dem Fenster schaust«, sagte sie zu Brody. »Außerdem schickt es sich nicht, so neugierig zu sein.«

Zoes Nerven waren zum Zerreißen angespannt. In den letzten Wochen war das reinste Chaos in ihrem sonst so wohlgeordneten Leben ausgebrochen. Brodys und Wills Matratzen nahmen fast die Hälfte der kleinen Küche ein. Die Kleider der Kinder lagen überall in den drei Zimmern und nahmen soviel Platz in Anspruch, daß ein Durchkommen fast unmöglich war. Und der Hund und die Katzen der Kinder, die kamen und gingen, wie es ihnen beliebte, vergrößerten das allgemeine Chaos noch.

Schlaf war für Zoe nur noch eine angenehme Erinnerung. Die kleine Missy bestand darauf, das Bett mit ihr zu teilen, und die Fünfjährige hatte unglaublich spitze Ellbogen.

Seufzend hob Zoe Wills schmutziges Hemd auf und trug es in das angrenzende Schlafzimmer, wo sie fast über die Matratze der achtjährigen Holly stolperte, die am Fußende des Bettes lag. Stapel von Kinderkleidern lagen überall im Raum herum. Es herrschte wirklich eine furchtbare Unordnung in allen Zimmern, aber zumindest hatte Zoe das Gefühl, nun endlich eine Familie zu besitzen.

Falls Cade nicht für die Kinder seiner Schwester sorgen wollte, würde *sie* es tun. Sie hatte schon von Anfang an mit der Idee gespielt. Das Geld für ihre Kleidung und ihr Essen zu beschaffen würde ganz gewiß nicht einfach sein, aber dann würde sie eben jeden Penny zweimal umdrehen.

Obwohl sie bereits Wasch- und Bügelarbeiten annahm, würde sie sich erkundigen, ob sie nicht noch zusätzlich für jemanden die Bücher führen konnte. Mit Zahlen konnte sie schon immer gut umgehen.

Sie hatte Cade nur kommen lassen, weil es Addys letzter Wunsch gewesen war. Sie brauchte seine Unterstützung nicht, nicht jetzt, nach all den Jahren. Aber aus irgendeinem merkwürdigen Grund war es Addys Wunsch gewesen, daß ihr Bruder sich um ihre Kinder kümmerte – was durchaus verständlich wäre, wenn Cade wie andere Brüder gewesen wäre. Aber das war er leider nicht. Er war ... wie Cade.

Obwohl Zoe wie eine Schwester für Addy gewesen war und für ihre Kinder wie eine Tante, hatte Addy auf ihrem Wunsch beharrt. »Laß Cade herkommen. Laß *ihn* entscheiden, wer meine Kinder kriegt.«

Es war unwahrscheinlich, daß er in Winterborn bleiben und sie aufziehen würde, und Zoe wäre eher gestorben, als mit anzusehen, wie er sie mit sich auf Reisen nahm. Und natürlich würde sie nicht dulden, daß er sie der Obhut Fremder übergab. Es würde ihm gar nichts anderes übrigbleiben, als sie ihr zu überlassen. Johns Tante Laticia war die einzige noch lebende Verwandte, die die Kinder hatten, und sie war viel zu alt, um die Verantwortung für sie zu übernehmen.

Zoe erinnerte sich daran, wie John die Kinder damit aufgezogen hatte, sie zu Tante Laticia zu schicken, wenn sie sich nicht anständig benahmen. Die Fotografie der alten Dame auf Addys und Johns Nachttisch zeigte eine gestrenge alte Dame, die steif und gerade wie ein Stock dasaß, in einem gestärkten weißen Rüschenkragen, der so aussah, als wäre er das Einzige, was ihren Kopf noch oben hielt.

Zoe kannte die alte Dame von jenen seltenen Gelegenheiten, bei denen sie in die Stadt gekommen war, um ihren

Neffen und seine Familie zu besuchen. Tante Laticia war gar nicht so schlimm, wie sie auf der Fotografie vielleicht erscheinen mochte, doch die Kinder waren durch nichts und niemanden davon zu überzeugen. Die meiste Zeit versteckten sie sich unter ihren Betten, wenn ihre Tante zu Besuch war. Addy warf John vor, den Kindern Angst vor seiner Tante eingejagt zu haben, aber er lachte nur und sagte, er habe schließlich selber Angst vor ihr.

»Wann darf ich gucken?« fragte Brody.

»Wenn er hier ist. Vielleicht ist er es ja gar nicht.« Aber Zoe *wußte*, daß er es war.

Stirnrunzelnd trat sie vor den Spiegel und glättete ihr langes Haar. Warum mußte rotes Haar immer so widerspenstig und schwer zu bändigen sein? Dunkle Schatten lagen unter ihren Augen; die tragischen letzten Tage hatten ihre Spuren bei ihr hinterlassen. Addys und Johns Tod war schon ein schwerer Schlag für sie gewesen. Aber die Kinder zu trösten war noch erheblich schwerer. Sie wollten ihre Mama und ihren Papa wiederhaben.

Die Hintertür ging auf, und eine schwitzende Holly kam mit einem großen Korb voller reifer Tomaten aus dem Garten. Ihr dunkles Haar war wirr und strähnig und klebte an ihren feuchten Wangen. »Jemand kommt, Zoe.«

Die kleine Missy trat hinter ihrer Schwester ein und lief zum Fenster, um hinauszuschauen. »Oooh – er ist gaaanz schmutzig! Ist *das* mein Onkel Cade?«

»Komm weg vom Fenster und wasch dir die Hände, Missy«, befahl Zoe und zupfte die gestärkte weiße Gardine schnell wieder zurecht. Mit etwas Speichel befeuchtete sie den Zipfel eines Handtuchs und entfernte einen nicht vorhandenen Fleck von der blitzsauberen Scheibe.

Als sie das Geräusch laufender Füße vorn im Laden hörte, legte sie das Handtuch rasch beiseite. »Will? Bist du das?«

»Komm schnell her, Zoe! Er ist hier! Ich hörte Mr. Mallard sagen: ›Da ist er ja, dieser Rabauke Kolby!‹«

Großer Gott. Anscheinend hatte Herschel Mallard jenen dummen Streich vor vielen Jahren, als Cade einem seiner preisgekrönten Bullen einen Hut aufgesetzt hatte, noch immer nicht vergessen. Zoe grinste im stillen. Das Tier hatte ganz schön albern ausgesehen, als es damit durch die ganze Stadt gerannt war, bis Herschel es endlich wieder eingefangen hatte.

Zoe hörte, wie Will die Eingangstür aufriß und auf die Straße lief. Auch Brody war jetzt nicht mehr zu halten, schob seinen Stuhl zurück, sprang auf und rannte seinem Bruder hinterher, um nicht die Ankunft seines Onkels zu verpassen.

Holly und Missy machten große Augen, drückten ihre Puppen an sich und verrenkten sich die Hälse.

»Keine Angst, Kinder.« Zoe nahm die beiden Mädchen an den Händen. »Euer Onkel Cade beißt nicht.« Zumindest keine kleinen Mädchen, berichtigte sie sich im stillen, als sie sich an ihre letzte Nacht mit ihm erinnerte.

Dann atmete sie tief ein, schob das Kinn vor und dachte, daß dieser Augenblick so ähnlich wie ein Besuch beim Zahnarzt war: schmerzhaft, aber unumgänglich.

Nachdem sie noch ein zweites Mal tief durchgeatmet hatte, ging sie durch den Laden auf die Straße.

2

Zoe hob eine Hand, um ihre Augen vor der grellen Sonne abzuschirmen. Als ihr Blick auf Cade fiel, stockte ihr der Atem, und sie starrte ihn betroffen an. Kein Wunder, daß Missy »Oooh« gesagt hatte! Er sah erbärmlich aus. Mit dem viel zu langen kastanienbraunen Haar und den dunklen Bartstoppeln um Kinn und Wangen wirkte er richtig finster. Zoe konnte jetzt verstehen, warum er Ängste in den Herzen steckbrieflich gesuchter Männer weckte. Er kam ihr größer, bedrohlicher und noch sehr viel männlicher als früher vor.

Und doch war er unter all dem Staub und Schmutz der langen Reise noch mindestens genauso attraktiv wie früher.

Hitze durchströmte ihren Schoß wie warmer Honig; plötzlich war ihr heiß und kalt zugleich. Sie wußte, warum sie diesen verfluchten Nichtsnutz nie vergessen hatte. Weil er unvergeßlich war.

Sie zwang sich, nicht das Atmen zu vergessen, als er zu einem schwachen, aber ungemein verführerischen Lächeln seinen Mund verzog.

»Hallo, Red.«

Da war er, der Moment, vor dem sie sich gefürchtet hatte, seit sie ihm das Telegramm geschickt hatte. Kaum hatte sie ihn gesehen, benahm sie sich wie ein verliebtes Schulmädchen.

»Du solltest dich rasieren«, sagte sie und zog es vor, den interessierten Blick, mit dem er sie von Kopf bis Fuß betrachtete, zu ignorieren.

»Ich sehe, daß du noch immer deine roten Locken hast.«

Sie versteifte sich und wandte rasch den Blick ab. Sie würde eher sterben, als sich anmerken zu lassen, daß sie siebzehn lange Jahre darauf gewartet hatte, daß er heimkehrte. »Geht deine Uhr nicht, Cade?«

Sein mutwilliges Lächeln vermochte ihre Stimmung nicht zu heben. »Ich habe doch von mir hören lassen, oder?«

»Drei Briefe in siebzehn Jahren? Das nennst du ›von dir hören lassen‹?«

Er kratzte sich am Kinn und wechselte das Thema. »Ich kann mich nicht entsinnen, wann ich mich das letzte Mal rasiert habe. Das muß irgendwo zwischen hier und Wichita gewesen sein.«

Empört über sein mangelndes Feingefühl, schüttelte sie den Kopf. Siebzehn Jahre, drei Monate und vier Tage seit jener letzten Nacht in der Scheune seiner elterlichen Farm. Die Erinnerung daran war nie verblaßt, aber *er* konnte sich nicht einmal daran entsinnen, wann er sich zum letzten Mal rasiert hatte. »Nun, wenigstens hast du es bis hierher geschafft«, sagte sie und wandte sich ab, um in den Laden zurückzugehen.

Brody ergriff ihren Arm und hielt sie auf. Flehend schaute er sie an, in einer stummen Bitte, nett zu Cade zu sein. Der Junge wollte, daß sie den Onkel, den sie so lange schon erwarteten, hereinbat. Ihm zuliebe – nur für den Jungen, dachte sie und schluckte ihren Stolz, als sie sich zu Cade umwandte, der sie nach wie vor betrachtete.

»Komm schon, Red. Du hast doch nicht im Ernst gedacht, ich käme nicht?«

»Du bist auch zu Johns und Addys Hochzeit nicht gekommen.«

»Hochzeiten und Begräbnisse sind zwei ganz verschiedene Dinge.«

Der ruhige Blick aus seinen blauen Augen lähmte Zoe

geradezu, und die unsichtbare Hand um ihre Kehle drückte jetzt noch fester zu. »Nun, das Begräbnis hast du auch verpaßt. Wir haben deine Schwester und deinen Schwager schon beerdigt.«

Wenn sie Addy nicht so gern gehabt hätte, hätte seine Verlegenheit ihr jetzt sicher eine gewisse Befriedigung verschafft. Er verdiente, daß sie ihm die kalte Schulter zeigte. Doch im Beisein der Kinder war es schwer, nicht wenigstens ein Minimum an Höflichkeit zu wahren.

»Ich kam, als ich dein Telegramm erhielt.«

Sie hob das Kinn. »Ich war nicht sicher, ob du es erhalten würdest. Du bist der einzige Mensch, den ich kenne, der als Adresse einen Saloon angibt.«

Wie typisch für ihn, die wichtigen Dinge zu verpassen. Immer auf der Jagd nach dem allmächtigen Dollar und die Verantwortung den anderen überlassen. Es war gut möglich, daß er litt – aber das tat sie ja schließlich auch.

Als sie ihn wieder ansah, betrachtete er sie noch immer. »Wo sind deine Sommersprossen?« fragte sie.

»Über die bin ich im Laufe der Jahre hinausgewachsen«, erwiderte er lächelnd.

Genau wie er über seine jungenhafte Unvollkommenheit hinausgewachsen war, stellte sie wehmütig fest. Sie gab sich die größte Mühe, ihn nicht anzusehen, merkte aber dann, daß es unmöglich war.

Stunden in der Sonne hatten seiner Haut einen tiefen, warmen Bronzeton verliehen. Ein dichter Bart mit einem Hauch von Grau bedeckte vormals junge Haut. Seine Schultern waren breiter, als sie sie in Erinnerung bewahrte, und der senffarbene Staubmantel, den er trug, brachte sie hervorragend zur Geltung. Die Muskeln an seinen kräftigen Schenkeln gerieten in Bewegung, als er seine Position veränderte und ihren Blick auf die Werkzeuge seines Gewerbes lenkte. Ein Colt der Marke ›Peacemaker‹ war an seinem Oberschenkel festgeschnallt, und die untergehende Sonne fiel auf den breiten Schaft eines Winchester-Gewehrs, das in einer Lederscheide am Sattel steckte.

Zoes Blick glitt zum Ausschnitt seines blauen Baumwollhemds, unter dem dunkles Haar zu sehen war. Das wellige kastanienbraune Haar unter dem schwarzen Stetson reichte Cade bis auf die Schultern. Sie ermahnte sich, zu atmen, als ihr zu Bewußtsein kam, daß sie schon wieder den Atem anhielt. Sie würde ihm noch ohnmächtig vor die Füße fallen, wenn sie sich nicht zusammennahm.

Er hielt die Zügel locker in den Händen, als er sie zwang, ihn anzusehen.

»Du warst schon immer das hübscheste Mädchen in ganz Kansas.«

Sie weigerte sich, ihm in die Augen zu schauen. Gott wußte, daß sie sich von Cade nie wieder aus der Fassung bringen lassen würde. Aber die Kinder – der Kinder wegen mußte sie höflich zu ihm sein. »Du brauchst ein Bad.«

Die Kleinen standen dicht beisammen, nervös und schüchtern, obwohl sie es kaum erwarten konnten, diesen dunkelhaarigen Fremden kennenzulernen, der ihrer Mutter so verblüffend ähnlich sah.

Als Zoe sah, wie Cades Blick von einem Kind zum anderen glitt, erkannte sie zu spät, daß sie ihr Aussehen hätte überprüfen müssen. Brody hatte Brotkrumen an der Oberlippe, und einer von Hollys Strümpfen war bis an den Knöchel herabgerutscht. Missys Kleid war vorn bespritzt, und ihre Zöpfe lösten sich aus den Bändern. Wills Nase, die ständig abgewischt werden mußte, lief schlimmer noch als je zuvor. Bevor Zoe es verhindern konnte, wischte er sich mit dem Ärmel über das Gesicht.

Cade runzelte die Stirn. »Sind das alles Addys Kinder?«

Zoe nickte. »Wenn du öfter heimgekommen wärst, dann wüßtest du das.«

Das Klirren Cades silberner Sporen erweckte die Neugierde der Kinder, als er sich aus dem Sattel schwang.

Während er seine Handschuhe abstreifte, lächelte er die Jüngste an, die sich hinter Zoes Rock verbarg. »Wie heißt du?«

Zoe zwang die Mädchen, vorzutreten. »Das ist Missy. Sie ist fünf.« Sie deutete auf ihre Schwester. »Und das ist Holly. Sie ist acht.«

Cades Blick verweilte bei Holly. »Mein Gott«, wisperte er. »Sie sieht Addy verblüffend ähnlich.«

»Und das ist Brody. Mit seinen zehn Jahren ist er der älteste. Will hier ist erst sechs.«

Dann zog sie die Kinder schützend an sich, atmete tief durch und sagte: »Kinder, das ist euer Onkel Cade.«

Die vier drückten sich an ihren Rock, weil der große dunkle Fremde ihnen offenbar ein wenig Angst einjagte.

Zoe schaute Cade an, dessen Augen stumm um Unterstützung flehten. Kühl erwiderte sie den Blick. »Addy sagte oft, daß Will dir nachgeraten ist.«

»Ist das gut oder schlecht?«

Sie ignorierte Cades Versuch, dem Gespräch eine etwas humorvolle Wendung zu verleihen, und zuckte mit den Schultern. »Das hat sie nie gesagt.«

»Wie kommt es, daß du mit den Kindern nicht in Addys Haus wohnst?«

»Die Möbel und alle anderen Haushaltsgegenstände sind verbrannt worden.« Als sie sein Stirnrunzeln sah, beeilte sie sich zu erklären: »Wegen des Fiebers hielt der Arzt es für das Beste, Johns und Addys Sachen zu verbrennen.«

»Waren es die Pocken?«

»Doc Whitney ist sich nicht sicher, aber er wollte verhindern, daß die Krankheit sich ausbreitete, was immer es auch sein mochte. Die Familie Wilson starb vor ein paar Monaten an einer ähnlichen Erkrankung. Außer John und Addy ist niemand sonst erkrankt, aber der Arzt ist nach wie vor nicht sicher, ob es nichts Ansteckendes war.«

Cade nahm seinen Hut ab und schlug ihn gegen seinen Schenkel. Staub wirbelte auf und sank zu Boden. »Beide Eltern zu verlieren muß ein harter Schlag sein für die Kinder.«

»Sie halten sich sehr tapfer.«

Mehrere Schaulustige hatten sich auf der Straße versammelt und beobachteten sie neugierig. Gott weiß, daß diese Wichtigtuer sich viel mehr für mich und Cade als für das Wohlergehen der Kinder interessieren, dachte Zoe. Cade folgte ihr, als sie die Kinder in den Laden scheuchte. Sie wußten beide, daß es besser war, kein öffentliches Aufsehen zu erregen.

Als sie das Gebäude betraten, legte Cade seinen Hut auf die Verkaufstheke. Der aromatische Duft eines großen Käselaibs auf dem Regal neben der Kasse vermischte sich mit den Aromen der Gewürze, des Kaffees und der Textilfarben. Eingelegte Gurken und Äpfel wurden in Fässern unter der Theke aufbewahrt. »Zeig mir, wo ich meine Sachen unterbringen kann, dann wasche ich mich noch schnell vor dem Abendessen. Ist das Kohl, was ich da rieche?«

Zoe verhielt nicht einmal eine Sekunde lang den Schritt, als sie an den hohen Regalen mit Konservendosen und Kochgeräten und einem Tisch mit Stoffen und feinen Seidenbändern vorbei in Richtung Hinterzimmer ging. »Wir haben schon gegessen, und ich habe keine Ahnung, wo du heute übernachten wirst.«

Sie klang schnippisch, aber das war auch so beabsichtigt. Er besaß kein Recht, hier anzukommen und zu glauben, daß sich nichts geändert hätte. *Alles* hatte sich geändert, vor allem in bezug auf ihn.

Brody packte plötzlich Will am Kragen und zerrte ihn mit sich zu Boden. »Gib mir meine Schleuder wieder! Ich weiß, daß du sie hast!«

»Hab' ich nicht!«

»Hast du doch!«

Will heulte auf, als Zoe hereinkam und den Zank beendete. »Will hat deine Schleuder nicht. *Ich* habe sie fortgelegt. Du hast diese Woche schon zwei Fenster und ein Einmachglas zerbrochen.«

Als Brody mißmutig den Kopf senkte, stieß Will ihn in die Rippen. »Siehst du! Ich habe dir ja gesagt, daß ich sie nicht genommen habe.«

»Du liebe Güte, Jungs! Haben wir nicht schon genug Aufregung, ohne daß ihr euch jetzt auch noch streitet? Ihr geht jetzt alle vier hinaus zum Spielen. Und seid bitte brav.«

Holly warf einen unsicheren Blick auf Cade, der lächelnd ihre kleine Diskussion verfolgte. »Und wenn er wieder fortgeht?«

»Onkel Cade wird nirgendwohin gehen«, versicherte ihr Zoe. »Geht jetzt und sorgt dafür, daß die Jungen sich nicht schmutzig machen. Sie mußten sich schon zweimal umziehen heute.«

»Ich will nicht draußen spielen«, sagte Missy und zupfte an einem ihrer langen blonden Zöpfe. »Brody hat mich gestern an den Haaren an der Pumpe festgebunden.«

Zoe bedachte Brody mit einem strengen Blick, worauf er den Kopf noch tiefer sinken ließ. »Nein, Missy, ich möchte allein mit eurem Onkel reden. Und du brauchst keine Angst zu haben, daß Brody dich irgendwo am Haar festbinden wird.« Sie schaute den Jungen an. »Das stimmt doch, oder, Brody?«

Er schob die Hände tief in seine Hosentaschen. »Ja, Ma'am.«

Die Kinder stürzten lärmend auf die Straße, als Zoe in den vorderen Teil des Ladens zurückkehrte. Cade folgte ihr und nahm sich eine Handvoll Kekse und ein Stück Käse.

Grinsend zog er eine Augenbraue hoch. »Sie sollen sich

nicht schmutzig machen? Ist das nicht ein bißchen zuviel verlangt von Jungen?«

»Du brauchst ja ihre Sachen nicht zu waschen.«

»Mir scheint, daß John und Addy ihre Kinder gut erzogen haben.«

»Es sind sehr, sehr brave Kinder«, sagte sie und sah, wie ihre Bemerkung ihn ernüchterte.

»Warum hat Addy mir die Sorge für sie überlassen?«

Zoe zuckte mit den Schultern. »Weil du ihr einziger noch lebender Verwandter bist.«

»Ist Laticia denn gestorben?«

»Nein, aber sie ist schon fünfundsechzig Jahre alt. Sie und Abraham sind nicht in der Lage, kleine Kinder aufzuziehen.«

»Abraham? Ist der alte schwarze Kutscher immer noch bei ihr?«

Sie nickte. »Er begleitet sie auf Schritt und Tritt.«

Ein Anflug von Humor erschien in seinem Blick, als Cade in einen Keks biß. »Du kommst mir sehr gereizt vor, Red. Jungen dürfen sich nicht schmutzig machen? Kein Abendessen und kein Bett für mich? Was für eine Art von Gastfreundschaft ist das?«

Zoe ergriff ein Tuch und begann, die Theke abzuwischen, weil sie mit ihrer Geduld am Ende war. »Was hattest du erwartet, Cade? Dachtest du, du könntest einfach hier hereinspazieren, und alles wäre noch genau wie früher, bevor du fortgegangen bist?«

Er steckte ein Stück Käse in den Mund. »Du bist noch reizbarer als ein Stachelschwein.«

Sie schüttelte eine saubere Leinenserviette aus und faltete sie dann rasch wieder zusammen. »Hättest du dich nicht zuerst ein bißchen waschen können, bevor du in die Stadt geritten bist?«

Er grinste und schnitt sich ein weiteres Stück Käse mit dem Messer ab. »Möchtest du mir ein Bad einlassen?«

Sie versteifte sich. »Frank Brighton hat einen Schweinetrog, den du gern benutzen kannst.« Sie ignorierte sein Gelächter und fuhr fort, die Theke abzuwischen.

Nachdem er den Käse gegessen hatte, griff er nach einem Apfel und betrachtete sie dann prüfend. »Addy schrieb mir, du hättest Jim Bradshaw geheiratet. Wieso?«

Klatschend schlug der Lappen auf der Theke auf. »Dachtest du vielleicht, ich würde ewig auf dich warten?«

Er biß in den Apfel. »Hast du denn überhaupt auf mich gewartet, Red?«

Er hatte die Stimme zu einem leisen, verführerischen Ton gesenkt. Langsam drehte Zoe sich wieder zu ihm um. »Hätte es denn etwas geändert, wenn ich gewartet hätte?«

Er brauchte darauf nicht zu antworten. Sein Gesichtsausdruck verriet, daß es keinen Unterschied für ihn gemacht hätte. Wut erfaßte sie – aber nicht auf ihn, sondern auf sich selbst, weil sie noch immer so verwundbar und empfänglich für ihn war. So oft sie sich auch eingeredet hatte, ihn wiederzusehen würde ihr nichts ausmachen, war es jetzt doch fast unerträglich schwer für sie, ihm nach all diesen Jahren wieder ins Gesicht zu sehen.

»Und da wir schon von *ewig* reden – hatten wir uns nicht einen Eid geschworen, niemals jemand anderen zu heiraten?« Er zwinkerte ihr zu, als er in eins der Fässer griff und sich eine Gurke nahm. »Mir scheint, ich bin der einzige, der sich diesen Schwur zu Herzen genommen hat.«

»Hast du überhaupt ein Herz, Cade?«

Wieder lachte er, setzte sich und legte seine schmutzigen Stiefel auf das Gurkenfaß. »Sarkasmus? Das kenne ich gar nicht von dir, Red.«

Die Enttäuschung all der Jahre drängte nun mit Macht danach, sich Luft zu machen, aber Zoe schaffte es, den Impuls zu unterdrücken. Die Kinder brauchten Cade; ihre Bedürfnisse waren vorrangiger. Sie ging an ihm vorbei und stieß seine Füße so brüsk von dem Gurkenfaß, daß die silbernen Sporen an seinen Stiefeln klirrten.

»Es ist spät. Du solltest dir jetzt einen Schlafplatz suchen – einen anderen als mein Gurkenfaß zumindest.«

Er stand auf und schnitt sich rasch noch ein Stück Käse ab. »Ich dachte, ich könnte hier für ein paar Tage unterkommen.«

»Da hast du falsch gedacht.«

Er fluchte und griff nach einem weiteren Keks. »Himmelherrgott, Zoe, es ist ja schließlich nicht, als ob wir Fremde wären ...«

Wütend fuhr sie zu ihm herum und schleuderte das Tuch nach ihm. »Ich bin keine siebzehn mehr, Cade Kolby!«

Er duckte sich, und das Tuch fiel auf den Boden.

»Und sag nicht ›Himmelherrgott‹, wenn die Kinder in der Nähe sind!« Wie konnte er es wagen, hier hereinzukommen und so zu tun, als sei er nicht nur der Eigentümer dieses Ladens, sondern auch ihrer eigenen Person!

Er sah sie an, als habe sie den Verstand verloren, und sie hob rasch den Lappen auf und fuhr fort, die Theke zu polieren. »Und glaub bloß nicht, du könntest hierbleiben, und ich würde dir *deine* Wäsche waschen und *dein* Essen kochen! Nur weil ich deine Schwester sehr geliebt habe, lasse ich mich noch lange nicht von dir ausnutzen. Ist das klar?« Als sie sich umwandte, sah sie, wie kalt sein Blick geworden war. Ein Muskel zuckte an seinem Kinn. »Hör auf, herumzustehen und meinen Käse zu essen! Und sieh mich nicht so an.«

»Du hast dich verändert.«

»Worauf du dich verlassen kannst.«

Es überraschte sie, daß der Ausdruck seiner Augen bei diesen harten Worten sanfter wurde. »Laß uns bitte höflich bleiben, Red«, sagte er mit leiser, einschmeichelnder Stimme.

»Nenn mich nicht Red.«

»So heißt du doch.«

»Nicht für dich.«

»Na schön. Dann eben Mrs. Bradshaw.«

»Zoe.«

Er nickte. »Zoe.« Ungeniert schnitt er sich eine weitere Scheibe Käse ab. »Und was soll ich jetzt tun, Zoe? Von einer Klippe springen? Falls du wütend bist, weil ich nicht sofort zurückgekommen bin, dann laß dir sagen, daß ich stets die Absicht hatte, dich irgendwann zu mir zu holen.«

»Wann? Wann wolltest du zurückkommen, um mich zu dir zu holen?« Sein Augenzwinkern rang ihr kein Lächeln ab. Wenn er die Situation komisch fand, dann war sein Humor hier völlig fehl am Platz.

»Jetzt *bin* ich ja zurückgekommen, oder?«

Oh, es war einfach zum Verzweifeln! Eine Frau wäre dumm gewesen, auf seinen Charme hereinzufallen, und dennoch spürte Zoe, wie sie sich langsam wieder davon betören ließ. *Hör auf damit – sofort!* beschwor sie sich im stillen.

Kopfschüttelnd legte sie den Lappen unter die Theke. »Du hast einen langen, sinnlosen Ritt gemacht, falls du wegen mir zurückgekommen bist. Du solltest lieber an die Kinder denken.«

»Dazu bin ich hier. Sag mir, was ich deiner Meinung nach tun soll.« Er griff in einen Kristallbehälter und nahm sich eine Pfefferminzstange heraus.

Zoe schaute zu, wie er mit der Zunge über die gezuckerte Oberfläche strich und sie fragend ansah.

Als sie die Stirn runzelte, nahm er den Lutscher aus dem Mund. »Wieviel?«

»Zehn Cent.«

Er zog eine Münze aus der Hosentasche und warf sie Zoe zu. »Das ist Wegelagerei. In Wichita habe ich sie für einen Penny das Stück gekauft.«

Sie lächelte. »Von allen anderen außer dir nehme ich auch nur einen Penny. Wie lange hast du vor, zu bleiben?«

»So lange, wie es nötig ist.«

Er kam um die Theke herum, und sie trat zurück, weil sie ahnte, was er vorhatte. »Cade, ich verbiete dir, etwas Törichtes zu tun …«

Mit beiden Händen umfaßte er ihre Taille und zog sie so fest an sich, daß sie seinen warmen Atem an der Wange spürte.

»Beruhige dich, du kleine Wildkatze.« Sie wehrte sich, aber er zog sie nur noch fester in die Arme. »Du hast ein Recht, wütend zu sein. Es tut mir leid, ich bitte dich um Verzeihung. Wie wäre es mit einem Begrüßungskuß für einen alten Freund?«

Einen verrückten Moment lang war sie tatsächlich versucht, ihm einen Kuß zu geben. Sie wollte, daß er sie küßte, närrisch, wie sie war. Ganz gleich, wie oft sie sich gesagt hatte, er sei ihr inzwischen völlig gleichgültig, war er trotz allem doch noch immer in der Lage, ihr alle Kraft zu rauben. Sie begehrte ihn mit jeder Faser ihres Körpers – und dennoch warnte ihr Verstand sie vor ihm, als seine Lippen sich den ihren näherten.

Rasch kniff sie die Lippen zusammen und wandte das Gesicht ab. Er war ihr so nahe, daß sie seine Bartstoppeln an ihrer Wange spürte. »Tut mir leid. Du bist siebzehn Jahre zu spät gekommen.«

Er lächelte. »Komm, Red, laß uns nicht streiten.«

Oh, wie leicht es jetzt gewesen wäre, nachzugeben! Eine Gänsehaut bildete sich auf ihren Armen, als seine Hände sanft zu ihrem Rücken glitten. Er war noch viel verlockender, als sie ihn in Erinnerung hatte, und noch sehr viel überzeugender.

Während er mit der Zunge sanft ihr Ohr berührte, flüsterte er ihr zu: »Ein Kuß nur, Red, der alten Zeiten willen.«

Sie befreite sich aus seinen Armen, nahm seinen Hut

und stülpte ihn auf seinen Kopf, bevor sie beide Hände flach an seine Brust legte und ihn rückwärts auf die Tür zuschob.

»Geh und nimm ein Bad, und dann komm wieder, um die Kinder zu besuchen. Und warte nicht wieder *siebzehn* Jahre, bis du kommst.« Nervös strich sie ihr Mieder glatt. »Und erwarte nicht, daß ich hier bin, wenn du wiederkommst! Ich werde Gracie bitten, deine Besuche zu beaufsichtigen. Überleg dir, was du mit den Kindern tun willst, und dann verschwinde wieder, Cade. Je eher, desto besser.«

Er taumelte zurück und fluchte, als sie ihm die Tür vor der Nase zuschlug.

Sie legte den Riegel vor, überlegte es sich dann aber wieder anders, öffnete die Tür noch einmal und riß ihm den Käse aus der Hand. Nachdem sie sie erneut zugezogen und verriegelt hatte, ließ sie die Jalousie mit dem Schild ›Geschlossen‹ herunter und hoffte, daß Cade begriffen hatte.

3

Chalmer Winslow polierte seinen Sheriffstern mit dem Tuch, das er um den Nacken trug, als Cade die Tür seines Büros aufstieß.

»Hey, Pop.« Grinsend trat er ein. »Schön, dich zu sehen.«

Als Kind hatte Cade viel Zeit in dem Gefängnisbau verbracht. Es gab nicht viele Straftäter in Winterborn, so daß die Eltern ihren Kindern gern erlaubten, bei Pop Winslow zu spielen, während sie ihren Erledigungen in der Stadt nachgingen. Der Sheriff, der selbst keine Kinder hatte, freute sich über die Besuche der Kleinen und hielt immer eine Schachtel Pfefferminzstangen für sie bereit.

»So, so. Cade Kolby.« Der alte Mann stand auf und reichte Cade die Hand. »Ich hörte schon, daß du zurückgekommen bist.« Leise lachend musterte er ihn. »Du bist ganz schön groß geworden, Junge.«

Cade schüttelte Pops Hand. »Ich war schon größer als du, als ich auf die Welt gekommen bin – aber *du* siehst aus wie immer. Na ja, ein bißchen kahler bist du vielleicht geworden«, neckte er den alten Mann. Tatsächlich hatte der Sheriff, seit Cade ihn zum letzten Mal gesehen hatte, mindestens dreißig Pfund zugenommen und hatte viel mehr Falten noch als früher.

»Ach was, ich weiß doch selbst, wie alt und klapprig ich geworden bin – aber wer beklagt sich schon mit achtundsechzig?« Mit dem Zeigefinger strich er seinen Schnurrbart glatt und rieb sich die kahle Stelle an seinem Hinterkopf.

»Ich dachte, du hättest deinen Stern inzwischen abgegeben.«

»Nun ja, ich habe schon nach einem Nachfolger gesucht, aber bisher noch niemanden gefunden.« Pop grinste jetzt noch breiter. »Sieh dich an«, sagte er anerkennend und drückte Cades Oberarm. »All diese Muskeln! Schwer zu glauben, daß du noch derselbe bist wie jener schlaksige junge Frechdachs, der früher hier hereinkam und seine neugierige Nase in alles steckte.«

Cade schaute zu der leeren Zelle hinüber. »Willst du das wirklich alles aufgeben? Es kann doch nicht so schwer sein, der Sheriff dieser Stadt zu sein?«

Pop lachte. »In Winterborn? Hier wird höchstens mal ein Huhn geklaut. Ach ja – und dann hatten wir noch den Bankraub vor zwei Jahren, bei dem Zoes Mann ums Leben kam.«

»Addy hat mir davon geschrieben. Das muß ein harter Schlag gewesen sein für Zoe.«

»Du kennst sie ja. Sie versteht ihre Gefühle sehr gut zu verbergen.«

Cade rieb sich seine Schulter. Vor ein paar Minuten hatte sie keine Schwierigkeiten gehabt, ihren Gefühlen Ausdruck zu verleihen. Langsam schaute er sich in dem nicht allzu großen Raum um. Das Büro des Sheriffs hatte sich nicht verändert. Derselbe verkratzte alte Schreibtisch, ein gußeiserner Ofen, zwei schlichte Holzstühle und eine Zelle, die, falls sich nichts verändert hatte in der Stadt, fast nie benutzt wurde.

Nachdem er sich wieder an seinem Schreibtisch niedergelassen hatte, legte Pop die Beine auf den Tisch und verschränkte die Hände hinter seinem Kopf. »So. Ich habe gehört, daß du Luke Biglow erwischt hast.«

Cade zog sich einen Stuhl heran und setzte sich darauf. »Luke und ich sind uns vor ein paar Monaten in San Antonio begegnet.«

»Wie ich hörte, war die Belohnung sehr beachtlich.«

»Einige Leute sind tot mehr wert als lebendig.«

»Erzähl mir davon. Und sieh dir die mal an.« Pop reichte ihm eine Handvoll Steckbriefe. »Die Hälfte meiner Zeit verbringe ich damit, diese Plakate aufzuhängen.«

Cade nahm sie ihm aus der Hand, blätterte sie durch und legte sie ohne Kommentar wieder zurück.

Das Lächeln wich aus Pops Gesicht. »Das mit John und Addy tut mir wirklich leid. Es ist traurig für die Kleinen. Und Zoe hatte alle Hände voll zu tun in letzter Zeit.«

»Vielleicht ist sie deshalb so gereizt. Sie hat mich hinausgeworfen, als ich vorhin bei ihr im Laden war.«

»Im Ernst? Und das, obwohl du so *adrett* aussiehst?« warf Pop augenzwinkernd ein. »Wie lange hast du vor, zu bleiben?«

»Keine Ahnung.«

»Willst du die Kinder selbst aufziehen? Wenn nicht, gibt es draußen am Stadtrand von Salina ein Ehepaar, das möglicherweise an einer Adoption interessiert wäre. Aber die Brightons würden sie auf jeden Fall gern zu sich nehmen.«

»Die Brightons? Frank und Helen? Sind sie nicht ein bißchen zu alt für vier kleine Kinder?«

»Nicht Frank und Helen. Sie gehen ja schon auf die Siebzig zu. Ich meinte Franks jüngsten Sohn und seine Frau, Seth und Bonnie. Sie haben selbst drei Kinder, hätten aber gern noch mehr. Seth baut gerade noch ein Zimmer an und sagt, er wünschte sich ein ganzes Dutzend Kinder. Soviel ich weiß, hat er mit Addy und John vor ihrem Tod schon über eine Adoption gesprochen, aber Addy bestand darauf, dir die endgültige Entscheidung zu überlassen.«

Cade stand auf und trat ans Fenster. Wieso hatte Addy das getan? Versonnen schaute er auf die Stadt hinaus, in der er seine gesamte Jugend verbracht hatte. Siebzehn Jahre – in vieler Hinsicht kamen sie ihm wie hundert vor. Kein Wunder, daß er so hundemüde war.

»Ich kann sie nicht nehmen, Pop. Ich weiß, daß Addy hoffte, daß ich es tun würde, aber es geht nicht.«

Pop nahm die Beine vom Tisch und beugte sich kopfschüttelnd vor. »Es muß ein ziemlicher Schock sein, von heute auf morgen vier Kinder anvertraut zu kriegen.«

Cade, der noch immer aus dem Fenster schaute, sah einen Wagen vor Zoes Gemischtwarenladen vorfahren. »Sie brauchen ein besseres Zuhause, als ich es ihnen geben könnte.«

»Ich halte viel von dir, mein Junge, aber darin muß ich dir wohl recht geben. Diese Kinder brauchen Sicherheit in ihrem Leben. Du bleibst ja nicht einmal lange genug an einem Ort, um ein Ei zu braten, geschweige denn, um Kinder aufzuziehen.«

Cade nahm den Hut ab und fuhr sich mit den Fingern durch das Haar. Pop hatte recht. Sein Zuhause waren eine Decke und ein Lagerfeuer. Kinder brauchten eine Schule, ein Dach über dem Kopf, saubere Kleider und mindestens drei Mahlzeiten am Tag. Was wußte er von Kindererziehung? Oder über ein Familienleben?

»Es dürfte nicht leicht sein für jemanden mit deinem Ruf, sich irgendwo niederzulassen – selbst wenn du es selber wolltest«, meinte Pop. »Einige der Schurken würden immer noch versuchen, dich zuerst zu kriegen, bevor du sie erwischst.«

Cade strich sich müde mit der Hand über den Nacken. »Es ist nicht der richtige Moment, Pop, mich irgendwo niederzulassen. Ich habe noch eine persönliche Rechnung vorher zu begleichen. Mit einem gewissen Hart McGill. Hast du schon von ihm gehört?«

»McGill? Wer kennt den nicht? Er und seine Brüder haben halb Kansas terrorisiert. Keine Frau war vor diesen beiden sicher. Was hat er dir getan?«

»Er hat meinen besten Freund erschossen.«

»Warum?«

»Weil *ich* seinen jüngeren Bruder erschossen hatte.«

»Ah, das ist Grund genug.«

Cade ging zu seinem Stuhl zurück und setzte sich. »Eines Tages werde ich zurückkehren und eine Familie gründen, Pop, eigene Kinder haben und mein eigenes Land bearbeiten. Aber all das liegt noch in weiter Ferne. Du hast recht – es wird immer jemanden geben, der auf eine Schießerei aus ist. Ich möchte meine persönlichen Probleme nicht nach Winterborn mitbringen.« Soviel zumindest schuldete er dem guten Ruf seiner verstorbenen Familie.

Pop nickte und schaute an Cade vorbei zu den Plakaten an der Wand. »Ja, da draußen laufen ein paar gemeine Schurken frei herum. Aber wo könntest du schon hingehen, um ihnen zu entkommen?«

»Ich wäre nirgendwo vor ihnen sicher. Meine Vergangenheit wird mich überallhin verfolgen. Aber eines Tages werde ich zu alt für diese Arbeit sein, und dann wird mir gar nichts anderes übrigbleiben, als sie aufzugeben. Ich habe ein nettes Sümmchen zusammengespart, so daß es mir an Geld also nicht fehlen wird. Vielleicht suche ich mir irgendeinen kleinen Ort an der Grenze ...«

»Zu Mexiko? Das ist nicht weit genug, mein Sohn. Auch da würdest du ständig über deine Schulter blicken müssen.«

Cade wußte das. Er wollte nur nicht daran denken. »Ich brauche einen Platz zum Schlafen heute nacht, Pop.«

Der Sheriff zog die Brauen hoch. »Das ist noch längst nicht alles, was du brauchst. Du solltest dich auch rasieren und dir die Haare schneiden lassen. Walt hat übrigens die Preise erhöht für eine Rasur und einen Haarschnitt. Es ist der reinste Diebstahl, was er mit uns macht, aber wir müssen seinen Preis bezahlen. Und ein Bad zu nehmen hinter dem Salon ist auch nicht billig.«

Cade lachte. »Egal, was Walt verlangt, mir bleibt nichts anderes übrig, als seine Preise zu bezahlen. Zoe wird mich nicht eher zu den Kindern lassen, bis ich präsentabel bin. Vermietet Glori-Lee eigentlich noch immer Zimmer?«

»Nicht so viele mehr wie früher. Sie schafft schon kaum die Arbeit mit dem Restaurant. Außerdem ist sie voll ausgebucht, soviel ich hörte. Du kannst entweder bei mir zu Hause übernachten oder oben in dem kleinen Zimmer schlafen. Es ist nicht viel – nur eine Pritsche und ein Waschtisch. Deine Mahlzeiten würdest du woanders einnehmen müssen, aber da du ja wahrscheinlich sowieso nicht lange bleiben wirst, ist das nicht weiter tragisch.«

»Ich habe den Eindruck, daß Zoe es sehr eilig hat, mich wieder loszuwerden. Und bis alles erledigt ist, will sie, daß ich mich um die Kinder kümmere.«

»Das wird nicht leicht sein. Ich wüßte nichts, wo du sie bei dir unterbringen könntest. Natürlich wäre da noch Johns und Addys Haus, aber es ist leer und ausgeräumt. Und selbst wenn Glori-Lee ein Zimmer *hätte,* wäre es viel zu klein für dich und die vier Kinder.«

»Ich werde nicht lange genug hier sein, um mich häuslich einzurichten, Pop. Mein Aufenthalt in Winterborn wird nur von kurzer Dauer sein. McGill weiß bis jetzt noch nicht, wo ich mich aufhalte, und ich möchte nicht, daß sich das ändert.«

»Was glaubt er denn, wo du dich aufhältst?«

»Ich habe Gerüchte in die Welt gesetzt, ich wäre nach St. Louis aufgebrochen. Das dürfte mir etwa einen Monat Zeit bringen. Aber so lange will ich gar nicht bleiben.«

»Nun, du kannst auf jeden Fall mit meiner Hilfe rechnen. Möchtest du mit mir nach Hause kommen?«

»Nein, das kleine Zimmer oben reicht.« Zoe würde die Kinder bei sich behalten müssen, bis ihre Adoption geregelt war. »Ich würde sowieso nicht gerne bei dir wohnen. Du schnarchst mir viel zu laut.«

Pop lachte. »Fang bloß nicht an, solche Gerüchte zu verbreiten, Junge!«

»Gerüchte? Als Addy und ich hier spielten, hingst du meist auf deinem Stuhl und sägtest ganze Bäume ab!«

Pop erhob sich schwerfällig, legte den Arm um Cades Schultern und begleitete ihn zur Tür. »Magst du Square Dance?«

»Wieso? Willst du mit mir tanzen?«

»Noch immer der alte Scherzbold, was? Im Gemeindesaal ist jeden Samstagabend Tanz. Ich weiß, daß es morgen abend eigentlich noch zu früh für dich ist, hinzugehen, so kurz nach Addys Tod, aber überleg es dir trotzdem. Du könntest Zoe einladen. Ihr beide wart doch früher mal ein Paar, nicht wahr?«

Cade lächelte. Er wäre der Letzte, mit dem Zoe tanzen würde, so wie sie sich heute aufgeführt hatte.

Er hatte sie nicht angelogen. Er war nur so beschäftigt damit gewesen, Kopfgelder zu kassieren, daß ihm gar nicht aufgefallen war, wie schnell die Jahre verstrichen waren. Und dann war Addys Brief gekommen, in dem sie schrieb, daß Zoe Jim Bradshaw, den Besitzer des Winterborner Gemischtwarenladens, heiraten wollte. Cade hatte damals heimreiten und sie daran hindern wollen. Denn sie gehörte zu *ihm*. Aber zufällig war er gerade auf der Spur des meistgesuchten Mannes im ganzen Bundesstaat gewesen. Und da hatte er nicht einfach die Jagd abbrechen können, um heimzukehren nach Winterborn.

Wie das Schicksal dann so spielte, hatte er den Mann gar nicht erwischt – aber Zoe hatte ihren. Im nächsten Brief schrieb Addy über ihre Hochzeit. All der Whisky von ganz Kansas hatte nicht genügt, um Cades Trauer über ihren Verlust zu betäuben. Warum war er nicht rechtzeitig zu ihr zurückgekehrt? Er hatte sie geliebt. War es unstillbare Gier nach Geld gewesen? Nein, denn Geld hatte er, soviel er wollte, und war trotzdem nicht glücklich.

Cade verdrängte den Gedanken. Wozu alte Geschichten aufwärmen? Er konnte die Zeit sowieso nicht mehr zurückdrehen; es gab nichts, was er noch ändern konnte.

Er setzte seinen Hut auf. »Ich weiß nicht, ob ich hingehe, Pop. Ich bin ein bißchen aus der Übung.«

»Ach? Ich dachte, ein Mann, der ständig Kugeln ausweicht, müßte doch eigentlich recht gelenkig sein?«

Grinsend stieß Cade mit dem Finger in Pops umfangreichen Bauch. »Für dich wäre es besser gewesen, wenn du all den Keksen und fetten Saucen ausgewichen wärst.«

Pop strich sich über seinen Leib. »Ich habe hart gearbeitet, um ihn so hinzukriegen. Ich brauchte schließlich Kraft für meine Arbeit hier in Winterborn.«

Cade lachte. »Was ich jetzt brauche, ist ein Haarschnitt. Ich werde schnell meine Sachen nach oben bringen, und dann gehe ich zu Walt.«

Naserümpfend sagte Pop: »Vergiß nicht, auch zu baden. Du riechst schlimmer als ein Stinktier. Kein Wunder, daß Zoe dich hinausgeworfen hat.«

Die Männer trennten sich an der Eingangstür, wo Pop eine Pfefferminzstange aus der Jackentasche zog. »Hier, mein Junge. Um dir den Tag ein bißchen zu versüßen.«

Als Cade den Lutscher nahm, kam er sich plötzlich wieder wie ein kleiner Junge vor, und er dachte an die Zeiten, als er und Addy diesen kleinen Süßigkeiten hinterhergelaufen waren. Ein scharfer Schmerz durchzuckte ihn bei der Erinnerung an den eigentlichen Grund für seine Heimkehr. Addy war jetzt tot, und ihre vier Kinder brauchten ein Zuhause.

Eine leichte Brise aus der offenen Tür bewegte die Flügel des Deckenventilators in Zoes Laden. Sie stand gerade auf einer Leiter und staubte die Konservendosen im obersten Regal ab, als die Frau des Bürgermeisters eintrat. Neben Addy war Gracie Willis Zoes beste Freundin, obwohl sie zwanzig Jahre älter war als sie. Aber Gracie mit ihrem silbergrauen Haar und heiterem Wesen war im Geiste so jung geblieben wie ein Schulmädchen.

Nachdem sie eine letzte Spinnwebe entfernt hatte, drehte Zoe sich lächelnd um. »Morgen, Gracie. Du bist aber schon früh unterwegs heute morgen.« Gracie erledigte ihre Einkäufe sonst immer nachmittags.

»Ich habe gestern nacht sehr schlecht geschlafen«, erwiderte Gracie. »Immer wieder sah ich Addy vor mir, wie sie bis auf die Knochen abgemagert in dem Kiefernsarg dort neben John lag – ich kann sie einfach nicht vergessen.« Sie nahm ein Taschentuch heraus und putzte sich die Nase. »Entschuldige, Zoe; ich weiß, daß du sie auch vermißt.«

Angesichts der Trauer in Gracies Stimme bildete sich ein Kloß in Zoes Kehle. Aber sie atmete tief durch und zwang sich, nicht zu weinen. Sie hatte schon genug geweint. »Daß Addy nicht mehr lebt, daran werde ich mich auch erst noch gewöhnen müssen. Wir waren unser ganzes Leben lang fast jeden Tag zusammen. Die längste Zeit, die wir getrennt waren, war, als Jim vor drei Jahren mit mir nach Wichita fuhr.«

Während Addys und Johns Krankheit war sie mehrmals am Tag zu ihnen gegangen, um sie zu füttern und zu baden, um ihre verschwitzte Bettwäsche zu wechseln und hilflos mit anzusehen, wie sie langsam starben. Niemand hatte etwas anderes für sie tun können, als zu versuchen, ihnen das Sterben zu erleichtern. Die Furcht in ihren Stimmen, wenn sie von ihren Kindern gesprochen hatten, verfolgte Zoe heute noch.

Wenn sie die Augen schloß, sah sie wieder Addys besorgte Miene und fühlte ihre fiebrig heiße Hand in ihrer. Sie hörte ihre schwache Stimme, die sie anflehte, für ihre Kinder zu sorgen, bis Cade heimkehrte. Cade ... Addy hatte bis zum Schluß an ihn geglaubt.

Während sie sich verstohlen über die Augen wischte,

sah sie, daß Gracie die frischen Maiskolben in dem Korb neben der Theke inspizierte. »Du hattest gestern nachmittag Besuch, wie ich hörte«, sagte sie.

Zoe stieg von der Leiter und steckte das Staubtuch in die Schürzentasche. »Das dürfte sich inzwischen wohl schon in der ganzen Stadt herumgesprochen haben.«

»Wie war es, ihn nach all den Jahren wiederzusehen?«

»Darüber habe ich noch gar nicht richtig nachgedacht«, log Zoe.

Gracie schaute von einer Porzellan-Teekanne auf, die sie in der Hand hielt. »Du warst als junges Mädchen sehr verliebt in Cade.«

»War ich das? Ich weiß es nicht mehr.«

»Ich wünschte, seine Mutter hätte diesen Tag noch miterlebt.« Gracie seufzte. »Senda war sehr stolz auf ihren Jungen, obwohl sie seine Tätigkeit nicht billigte.« Sie legte drei Maiskolben in ihren Einkaufskorb. »Lawrence sprach heute morgen über Cade und sagte, er sei erstaunt, daß so ein anständiger Mensch aus ihm geworden ist.«

»Wenn man die Jagd nach Kopfgeldern als etwas *Anständiges* bezeichnen kann.«

»Senda und Mac waren brave Leute, nur leider bitterarm. Die meisten von uns hier sind nicht reich, aber nachdem Mac krank geworden war, lebte die Familie praktisch von der Hand in den Mund. Cade wollte etwas Besseres für seine Eltern. Das war offensichtlich, als er die Schule abbrach, um für Clarence Redding – möge er in Frieden ruhen – zu arbeiten. Vierzehn Stunden täglich hat er Holz gehackt und Heu geschnitten, für die paar Pennies, die ihm Clarence gab.«

»Ich weiß schon, warum Cade mit der Kopfgeldjagd begonnen hat; ich bin nur nicht damit einverstanden.« Zoe runzelte die Stirn, während sie Zucker in Tüten füllte. »Er stand früher andauernd vor Pops Steckbriefen und redete davon, was er alles unternehmen würde, wenn er Geld besäße. Es hat mich wirklich nicht sehr überrascht, als er nicht zurückkehrte.« Sie war verletzt gewesen, aber ganz gewiß nicht überrascht. »*Was* mich überrascht, ist, daß er noch am Leben ist. Ich dachte, er wäre inzwischen längst von irgendwem erschossen worden.«

»Er hat Mac und Senda wirklich sehr geholfen. Es verging kein Monat, in dem Cade kein Geld nach Hause schickte. Senda brauchte sich nicht mehr den Kopf darüber zu zerbrechen, wovon sie leben sollten. Kurz bevor sie starb, hatte Cade ihr noch einen modernen Küchenherd geschickt. Gott, ich dachte, ich müßte sterben, so neidisch war ich damals! Der Herd hatte einen Backofen, der zweimal so groß wie meiner war! Ich habe noch nie etwas so Leckeres gegessen wie das erste Maisbrot, das Senda darin gebacken hatte.« Gracie kicherte. »Wir haben den ganzen Laib allein gegessen. Mac kam herein und fragte, was so gut roch, und Senda sagte ihm, sie hätte das Maisbrot verdorben und es den Schweinen hingeworfen.«

Nun kicherte auch Zoe. »Ich vermisse Senda«, sagte sie, und ihre Miene wurde sehr schnell wieder ernst. »Sie war für mich wie eine Mutter.«

»Ich fand es immer großartig, wie die Kolbys dich unter ihre Fittiche genommen hatten, nachdem deine Mama gestorben war. Ich weiß, daß es nicht leicht für dich gewesen sein kann, als Einzelkind und mit einem Vater, der ständig unterwegs war.«

»Pa hat sich für mich totgeschuftet. Sich seinen Lebensunterhalt mit dem Verkauf von Bibeln zu verdienen war bestimmt nicht leicht, und doch hat er sich nie beklagt. Aber ich war natürlich einsam. Und das mag wohl auch der Grund sein, warum meine Jahre mit Jim so schön waren. Er war immer für mich da, und Heim und Familie waren stets das Wichtigste für ihn.«

»Ja, es ist eine Schande, daß ihr keine Kinder hattet.«

Der Gedanke schmerzte Zoe. Jim hätte sehr gern Kinder

gehabt, aber er hatte auch gewußt, daß sie niemals welche haben würden.

Gracie schaute sich im Laden um. »Wo ist Cade denn heute morgen? Ich dachte, er sei hier bei den Kindern.«

»Er war hier und ist dann wieder fortgegangen. Die Kinder spielen draußen im Hof. Sie wollten ihn heute nicht begleiten. Ich glaube, sie haben ein bißchen Angst vor ihm.«

»Nun, das enttäuscht mich aber.«

»Ich habe ihm gesagt, du würdest dabeisein, wenn er bei den Kindern ist. Ich habe andere Dinge, um die ich mich ...«

»Zoe Bradshaw! Ich werde nichts dergleichen tun. Es kann dir gar nicht schaden, auch ein wenig Zeit mit ihm zu verbringen – nicht, weil ich ihn etwa selbst nicht sehen möchte. Walt sagte, es hätte anderthalb Stunden gedauert, bis er rasiert, frisiert und sauber war. May sah ihn in die Stadt reiten und meinte, er sähe noch genauso gut wie früher aus, trotz all des Staubs, den er von seiner langen Reise mitbrachte.« Gracie drehte sich zu Zoe um. »Ist das wahr?«

»Ich weiß nicht, ob er anders aussieht.« Als er morgens frisch rasiert, mit einem ordentlichen Haarschnitt und sauberen Kleidern bei ihr erschienen war, hatte sie sich mehrfach dazu ermahnen müssen, Ruhe zu bewahren. Aber als er sich wieder unaufgefordert Kekse und Marmelade genommen hatte, hatte sie ihm die Kekse aus der Hand gerissen und ihn ziemlich unfreundlich daran erinnert, daß es bei Glori-Lee um sieben Uhr morgens Frühstück gab.

»Du hast also keine Veränderung an ihm bemerkt?« Gracie legte eine Dose Pfirsiche in ihren Einkaufskorb. »May sagt, er sei ein ausgesprochen gutaussehender Mann geworden. Komisch, daß dir das nicht aufgefallen ist.«

»Tut mir leid, aber so genau habe ich ihn mir nicht angesehen.«

»Großer Gott, ich glaube, du nimmst dir Reverend Munsons biblische Verbote wie ›Du sollst nicht …‹ etwas zu sehr zu Herzen!«

Zoe beschäftigte sich mit den ausgestellten Pfannen und Töpfen, um nicht auf Gracies anzügliche Bemerkung einzugehen. »Du sollst nicht …« war genau der richtige Ausdruck in bezug auf Cade. Er war ein attraktiver Mann, aber welche Frau wollte jemanden, der heute da war und morgen wieder fort? Es gab wichtigere Dinge an einem Mann als gutes Aussehen. Ihr Mann war nicht nur attraktiv gewesen; sie hatten auch die gleiche Einstellung gehabt. Er war immer dagewesen, wenn sie ihn gebraucht hatte.

Gracie blieb vor dem Rhabarber stehen und nahm eine der langen Stangen in die Hand. »Du hast es also wirklich nicht bemerkt? ›Du sollst nicht lügen‹ – das steht auch in den Zehn Geboten!«

Zoe ertrug es nicht mehr. »Na schön!« rief sie. »Er sieht also so unglaublich gut aus, daß meine Knie weich werden, wenn ich ihn bloß sehe. Ist es das, was du von mir hören wolltest?«

»Wenn es das ist, was du fühlst.« Gracie legte das Gemüse in ihren Korb und ging zu den Regalen mit der Wäsche weiter.

»Und wenn er reifer und erwachsener geworden ist! Er ist trotz allem *Cade*.«

Gracie warf einen prüfenden Blick in die Regale. »Dann sei doch bitte so nett und sag mir, was dich daran stört. Was stimmt denn nicht mit ihm? Pop sagt, er gäbe sich die größte Mühe, die Männer, die er aufspürt, lebend zurückzubringen.«

Zoe verhärtete ihr Herz vor Gracies Worten. Ob er sie tot oder lebendig zurückbrachte – er kassierte Geld für anderer Leute Elend. »Aber manchmal sind sie eben auch tot, nicht wahr? Wenn du schon die Zehn Gebote zitierst, solltest du auch ›Du sollst nicht töten‹ nicht vergessen.«

Gracie ließ den Kissenbezug, den sie in der Hand hielt, fallen. »Er tut nichts anderes als das, was das Gesetz erfordert! Du weißt so gut wie ich, daß Verbrecher vor Gericht gestellt gehören.«

»Dafür sind die Marshalls und die Sheriffs da.«

Gracie ging zu einem Regal auf der anderen Seite des Lokals und rief über die Schulter: »Wird er die Kinder bei sich behalten?«

»Das bezweifle ich. Das würde ja bedeuten, daß er sich irgendwo niederlassen müßte, und das kann ich mir bei ihm nicht vorstellen.«

Gracie betrachtete ein Glas Marmelade. »Wie teuer ist die?«

»Fünfzig Cent. Das fragst du jede Woche.«

»Weil ich immer hoffe, daß du mit dem Preis heruntergehst.«

»Das kann ich nicht. Sie kommt von weither aus Kansas City.«

Gracie stellte das Glas ins Regal zurück. »Lawrence meint, daß Cade den Kindern wahrscheinlich ein gutes Zuhause suchen und dann weiterziehen wird.«

Eine böse Vorahnung beschlich Zoe. *Natürlich* würde er weiterziehen. Tat er das nicht immer? »Es fällt mir schwer, zu glauben, daß er sein eigenes Fleisch und Blut fortgeben würde.«

»Nun, wenn du fair bist, mußt du zugeben, daß er sie unmöglich mit auf Reisen nehmen kann.«

»Nein, dazu würde er schon seine Kopfgeldjagd aufgeben müssen.«

»Aufgeben? Lawrence sagte, eine derartige Beschäftigung könne man gar nicht so einfach aufgeben, schon gar nicht, wenn man sich einen Ruf wie Cade erworben habe. Wer weiß, wie viele Leute ihm Rache geschworen haben!«

»Lawrence' Cousin war auch ein Kopfgeldjäger«, fuhr sie fort, als Zoe schwieg. »Er saß immer mit dem Rücken an der Wand, wenn er zu Besuch kam, und schlief mit offenen Augen und dem Revolver unter seinem Kopfkissen. Ich weiß noch, daß Lawrence immer sagte, es müsse furchtbar sein, nie richtig unbekümmert sein zu können. Kein vernünftiger Mensch würde unschuldigen Kindern einen solchen Lebensstil aufzwingen.«

Zoe starrte aus dem Schaufenster und versuchte vergeblich, sich Cade als Vater vorzustellen. Es war so ähnlich, als versuchte man, Reverend Munson die Rolle eines Kopfgeldjägers anzudichten.

Was würde aus den Kindern werden? Sie war für sie wie eine zweite Mutter. Cade würde ihr das Herz brechen, falls er sie aus Winterborn fortbrachte – obwohl sie wußte, daß das sein gutes Recht war.

»Da wären natürlich noch die Brightons«, gab Gracie zu bedenken. »Die Kinder hätten ein schönes Zuhause bei ihnen, und du weißt ja selbst, wie gern Bonnie sie zu sich nehmen würde. Es wäre eine Schande, sie von allem fortzubringen, was sie kennen.«

Seufzend trat Zoe wieder hinter die Verkaufstheke. »Nichts gegen die Brightons, aber ich glaube, bei mir wären die Kinder besser aufgehoben. Du liebe Güte, Gracie, es sind *Kinder* und keine Mehlsäcke!«

Gracie runzelte die Stirn. »Du kannst sie nicht behalten. Du verdienst doch kaum genug für dich. Wie könntest du da noch die zusätzliche Verantwortung für vier Kinder übernehmen? Im übrigen brauchen Kinder einen Vater.«

»Und eine Mutter«, sagte Zoe trotzig.

»Dann solltest du vielleicht mit Cade zusammen diesen Kindern ein Zuhause geben«, erklärte Gracie mit erhobenen Brauen. »Hast du daran schon einmal gedacht?«

»Das ist völlig abwegig, und du hast den Verstand verloren, wenn du auch nur daran denkst!« Zoe kehrte ihrer Freundin den Rücken zu und nahm die Kaffeedose in die Hand.

»Warum bist du eigentlich so empfindlich heute?« Schmunzelnd legte Gracie eine Spule Garn in ihren Korb. »Ich finde die Idee gar nicht so abwegig. Cade ist schließlich noch Junggeselle, und du bist Witwe ... Was glaubst du eigentlich, warum er nie geheiratet hat?«

»Ich habe ihn nicht danach gefragt.« Des Themas langsam überdrüssig, griff Zoe nach der teuren Marmelade. »Hier. Für fünfunddreißig Cent kannst du sie haben.«

»Bestechung? Das liebe ich an einem Menschen.« Gracie legte das Glas in ihren Korb und wandte sich den Melonen zu. »Wird er wenigstens seine Mahlzeiten hier bei euch einnehmen?«

Zoe, die Gracies Einkäufe notierte, atmete tief durch und ermahnte sich, sich zu beherrschen. Gracie versuchte, etwas von ihr zu erfahren, aber das würde ihr nicht gelingen, wenn Zoe es nicht wollte. Sie kannte Gracies Taktiken.

»Hör mal, Gracie, ich weiß, daß du nicht zum Einkaufen gekommen bist. Es war die pure Neugierde, was dich hergetrieben hat. Aber wenn es dir so wichtig ist, dann werde ich es dir verraten: Nein, Cade wird nicht hier bei uns essen. Seine Rückkehr hat weder mädchenhafte Schwärmerei bei mir entfacht, noch liege ich nachts wach und trauere verlorener Liebe nach. Seine Rückkehr nach Winterborn wird mein Leben nicht verändern, es mir höchstens etwas leichter machen. Wenn er in ein paar Tagen weiterzieht – was er ganz sicher tun wird –, werde ich es wahrscheinlich nicht einmal bemerken, es sei denn, daß ich den Kindern zum Abschied zuwinke, falls er beschließen sollte, sie doch mitzunehmen. So. Sind deine Fragen damit beantwortet?«

Die ältere Dame lächelte und biß in einen Keks. »Die sind ein bißchen trocken, Zoe. Würdest du sie mir zum halben Preis verkaufen? Du weißt ja, wie gern Lawrence Kekse ißt.«

Zoe füllte eine Tüte und steckte sie in Gracies Korb.

»Hier. Ein Geschenk für unseren Bürgermeister. Ist das alles?«

Gracie ging zu einem Ballen Stoff weiter. »Ich hasse den Gedanken, den Square Dance heute abend zu verpassen, aber ich glaube nicht, daß es richtig wäre, so kurz nach Addys Tod schon hinzugehen – obwohl ich ihr versprechen mußte, daß ich nicht länger als eine Woche um sie trauern würde. Was ist mit dem Schachabend am Donnerstag? Glaubst du, es würde Addy stören, wenn wir hingingen? Sie hat nie einen verpaßt, bis sie erkrankte.«

»Sie sagte, sie wolle nicht, daß wir etwas versäumen – und sie bat dich, May Wilks im Auge zu behalten. Sie schummelt.«

»Nein!« rief Gracie aus und wandte sich verblüfft zu Zoe um.

»Addy hat sie die Figuren vertauschen sehen. Zweimal schon.«

»Also, das muß man sich mal vorstellen! Eine Frau in ihrem Alter, die beim Schachspiel mogelt.« Kopfschüttelnd legte Gracie auf dem Weg zur Theke Backpulver und braunen Zucker in den Korb. »Aber da wir gerade bei dem Thema sind – ich hatte auch schon Willa Baker im Verdacht.«

Zoe rechnete die Einkäufe zusammen und schüttelte den Kopf. »Willa schummelt nicht. Sie ist bloß vergeßlich.«

»Sie ist aber die Beste von uns und schlau wie ein Fuchs. Ich finde, daß man ihr auf die Finger schauen sollte.«

Zoe reichte ihr die Rechnung. »Das macht zwei Dollar und fünfzig Cent.«

Gracie beugte sich vor und flüsterte: »Du hast dich zu deinen Ungunsten verrechnet, Zoe. Du weißt, daß ich dich bloß ärgern wollte, als ich um einen Preisnachlaß bat. Ich werde den vollen Preis bezahlen für die Marmelade, und die Kekse sind gar nicht trocken.« Kopfschüttelnd richtete sie sich auf und straffte ihre Schultern. »Das ist dein Problem, Liebes. Du bist viel zu großzügig. Kein Wunder, daß du kurz vor dem Bankrott stehst mit dem Laden.«

»Das bißchen Nachlaß auf die Marmelade und die Kekse werden an meiner finanziellen Lage auch nichts ändern.«

Leider enthielten die Rechnungsbücher mehr Schulden, als Zoe Waren hatte, aber sie konnte bedürftigen Familien nicht den Kredit verweigern. Es waren schwere Zeiten. Als die Malzmühle im vergangenen Jahr geschlossen hatte, waren viele Männer nicht darauf gefaßt gewesen. Sie brachte es einfach nicht übers Herz, mit anzusehen, wie Kinder Hunger litten. Wenn verzweifelte Nachbarn kamen und um Zahlungsaufschub baten, um ihre Familien zu ernähren, wie hätte sie ablehnen können? Jim hatte nie jemanden fortgeschickt, und sie dachte nicht daran, jetzt damit anzufangen.

»Jim war der beste Mensch der Welt«, gab Gracie zu, »aber er konnte einfach nicht mit Geld umgehen. Sein Vater war genauso.«

Während Zoe versuchte, das ungute Gefühl, das sie beschlich, zu unterdrücken, packte sie die Einkäufe ihrer Freundin ein. »Mein Schuldenberg wird täglich größer.«

»Und da glaubst du allen Ernstes, du könntest vier Kinder kleiden und ernähren?«

»Ich werde alles tun, was dazu nötig ist.«

»Hast du schon einmal daran gedacht, den Laden zu verkaufen? Ich weiß, daß Frank Lovell daran interessiert wäre. Er ist mir zwar nicht sehr sympathisch, aber ich weiß, daß er das Geld hat, dein Geschäft zu kaufen.«

»Und wo soll ich dann hingehen? Du weißt, daß ich keine Familie mehr habe.«

»Es ist schade, daß Addy und John nicht für ihre Kinder vorgesorgt haben. Aber als die Mühle schloß, verdiente John kaum noch genug, um seine Familie zu ernähren.

Wenn sie Cade darum gebeten hätte, hätte er sie sicher unterstützt.«

»John und Addy waren viel zu stolz, um Cade oder irgend jemand anderen um etwas zu bitten«, erwiderte Zoe.

»Nun, du weißt, daß Lawrence und ich dir helfen werden, wo wir können. Wir haben auch einige Ersparnisse, falls du sie benötigen solltest.«

»Danke, Gracie, ich weiß dein Angebot zu schätzen, aber das ist nicht die Lösung. Ich bin wirklich ziemlich knapp im Augenblick, aber sobald die Ladung Stoffe kommt, die ich bestellt habe, werde ich einen anständigen Profit machen – genug zumindest, um mich über die nächsten Monate zu bringen.« Wie es danach weitergehen sollte, wußte sie selber nicht, aber das Letzte, was sie wollte, war, daß Cade etwas von ihren finanziellen Schwierigkeiten hörte.

Sie überreichte Gracie ihre Einkäufe. »Ich kenne dich, Gracie. Ich weiß, daß ich mich auf dich verlassen kann.«

»Und ich kenne dich. Du bist wie John und Addy – viel zu stolz, um jemanden um etwas zu bitten.«

»Ich bin keine Märtyrerin, Gracie. Mach dir keine Sorgen; wenn ich Hilfe brauche, werde ich es dir schon sagen. Du darfst es nur nicht Cade erzählen.«

»Du glaubst doch nicht, daß du in einem Ort wie Winterborn so etwas vor ihm verbergen könntest?«

Als Gracie sich kurz darauf verabschiedete und die Tür hinter sich schloß, stieg Zoe wieder auf die Leiter, um ihre angefangene Arbeit fortzusetzen.

Sie hoffte, daß sie nie gezwungen sein würde, ihre Freunde um Geld zu bitten, aber mit den Lieferanten, die ihr im Nacken saßen, und den beiden Monatszahlungen an die Bank, mit denen sie im Rückstand war, würde sie nicht viel länger durchhalten. Sie nahm bereits Wasch- und Bügelarbeit an. Woher sollte sie die Zeit nehmen, noch etwas anderes zu tun? Sie fuhr noch energischer mit dem Staubtuch über die Regale und blinzelte, um ihre Tränen zurückzudrängen. Almosen anzunehmen kam ebensowenig für sie in Frage, wie die Kinder zu verlieren. Sie konnte sich nicht darauf verlassen, daß Cade vernünftig sein würde. Der Himmel wußte, daß sie Grund genug besaß, zu glauben, daß er es *nicht* sein würde. Würde er das Richtige tun und ihr die Kinder überlassen? Ha! Er hatte in seinem ganzen Leben noch nie das Richtige getan.

Aber vielleicht verstand er trotzdem, wie begrenzt seine Optionen waren.

Er war leichtsinnig, das schon, aber er mußte dennoch wissen, daß ihm nur zwei Möglichkeiten blieben: die Kinder entweder fortzugeben oder sie selber aufzuziehen. Da sein Lebensstil ihm nicht erlaubte, sie zu behalten, blieb ihm somit nur die erste Wahl.

Eins stand fest für Zoe: Diese Kinder waren ihre. Falls er sich weigerte, das einzusehen, konnte er sich auf die größte Auseinandersetzung seines ganzen Lebens gefaßt machen!

4

Cade erwachte am Sonntagmorgen von dem Geräusch des Regens, der von den Deckenbalken tropfte. Eine feuchte Brise bewegte den dünnen Vorhang vor dem offenen Fenster, und Cade schaute verdrießlich zu der schmutzigen, mit Wasserflecken übersäten Zimmerdecke auf. Donnergrollen und Blitze hatten ihn fast die ganze Nacht lang wachgehalten, und der schwere Niederschlag hatte eine große Pfütze auf dem schäbigen alten Holzfußboden hinterlassen.

Cade befeuchtete seine Lippen und verzog angewidert das Gesicht. Glori-Lees Speck und Bohnen, die gestern abend noch sehr gut geschmeckt hatten, hatten einen ranzigen Geschmack auf seinen Lippen hinterlassen.

Gähnend streckte er seine langen Beine und fuhr zusammen, als seine Füße nasse Bettwäsche berührten. Das alte Dach war löchrig wie ein Sieb. Seufzend zog er die Füße wieder an und schloß die Augen. Um derart unbequem zu schlafen, hätte er auch draußen übernachten können.

In der Ferne läuteten die Kirchenglocken und riefen die Gläubigen zur morgendlichen Andacht. Der Geruch gebratenen Specks und frisch aufgebrühten Kaffees drang zu ihm herauf. Er lächelte, als er die unverkennbar schrille Stimme Hattie Thompsons hörte, die Woodall zuschrie, daß er zu spät zur Messe kommen würde. Wahrscheinlich saß der alte Woodall noch beim Frühstück und las in seiner Morgenzeitung.

Komisch, wie alles sich verändert hatte und dennoch alles gleich geblieben war.

Aus keinem besonderen Grund mußte Cade an ein Erlebnis aus seiner Kindheit denken – den Tag, an dem er und Addy etwas von Mamas Weihnachtslikör stibitzt hatten. Eine ordentliche Tracht Prügel hätten sie von seinem Pa bezogen, wenn er gewußt hätte, daß seine Kinder sich in der Scheune mit jenem herrlich süßen Feiertagsgetränk aus Sahne, Wein und Brandy berauscht hatten! Cade lächelte bei der Erinnerung daran. Zoe hatte sich geweigert, mitzumachen, war nüchtern geblieben und hatte sie gedeckt, indem sie seinen Eltern erzählte, er und Addy hätten zuviel von dem Kartoffelauflauf gegessen und ihnen sei so schlecht davon geworden, daß sie zu Bett gegangen wären.

Der Gedanke ernüchterte ihn wieder. Sie hatten einen teuren Preis bezahlt für ihren Rausch – seine Schläfen pochten schon, wenn er bloß an die Kopfschmerzen dachte, die er den ganzen nächsten Tag gehabt hatte.

Zoe hatte ihn danach erpreßt und sich eine ganze Woche lang von ihm bedienen lassen. In der eisigen Winterkälte war er noch vor Tagesanbruch aufgestanden und durch den hüfthohen Schnee zum Stall gewatet, um die Eier einzusammeln und die Scheune ihres Vaters auszumisten.

Schmunzelnd rollte er sich zur Seite. So schlimm war es eigentlich gar nicht gewesen. Zoe hatte ihm immer frischgebackene Zimtrollen und dampfend heißen Kaffee herausgebracht. Und dann hatten sie in der warmen Scheune im weichen Heu gesessen und stundenlang geredet. In jenen Tagen gab es nichts, was er ihr nicht erzählen konnte. Sie sprachen über alles und hatten keine Geheimnisse voreinander.

Ganz bewußt lenkte er seine Gedanken in eine andere Richtung. Was sollte er mit den Kindern tun? »Addy«, wisperte er, »warum hast du ausgerechnet mich dazu bestimmt, über ihre Zukunft zu entscheiden? Warum hast du sie nicht den Brightons gegeben? Pop sagte, Seth und Bonnie würden ihnen ein anständiges Zuhause geben und sie gut erziehen. Warum hast du mich vor ein Problem gestellt, für das ich keine Lösung finden werde?«

Langsam richtete er sich auf, setzte sich auf die Bettkante und kratzte sich den Kopf. Er roch wie ein französisches Bordell nach all der Seife und den Haarwaschmitteln, mit denen Walt ihn am Freitag traktiert hatte. Er schüttelte den Kopf, um den Duft von Ednas teurer Seife zu vertreiben. Er wußte nicht, woraus sie hergestellt war, doch ihr schwacher Blumenduft blieb so beständig an ihm haften, als wenn er sich in seine Haut gefressen hätte.

Schließlich stand er auf, kleidete sich an und schnallte seinen Revolvergurt um. Vorsichtig, um nicht in die Pfützen zu treten, die der Regen hinterlassen hatte, ging er zum Waschtisch hinüber und schüttete aus einem alten Porzellankrug Wasser in die Schüssel.

Nachdem er sein Gesicht mit Seife eingeschäumt hatte, griff er nach dem Rasiermesser. Er konnte es fast nicht glauben, daß er sich schon wieder rasierte. Zum zweiten Mal in dieser Woche schon. Wenn er unterwegs war, dachte er nie daran, sich zu rasieren. Aber Red und der Kinder wegen mußte er jetzt auf seine äußere Erscheinung achten. Seine Hand erstarrte in der Bewegung, als er ein fast unmerkliches Geräusch hinter sich vernahm. Es klang wie ein leises Rascheln an der offenen Zimmertür, die auf den Gang hinausführte.

Sehr langsam und ruhig hob er mit der linken Hand das Messer, während er die rechte zu seinem Colt hinuntergleiten ließ. In den Spiegel schauend, drehte er sich dann ein wenig, bis er die offene Tür im Blickfeld hatte.

Vier kleine Kinder standen dort im Eingang und starrten ihn aus großen Augen an.

Cade entspannte sich. Langsam ließ er die Hand vom Waffenhalfter sinken und legte das Rasiermesser wieder auf den Tisch zurück. Scheinbar gelassen, nahm er dann die Seifenschale wieder in die Hand und fuhr fort, sich einzuseifen, als hätte er noch nicht bemerkt, daß er Besuch bekommen hatte.

Brody stand stocksteif da und drehte einen Hut in seinen Händen. Rote Marmelade klebte an Wills Oberlippe, und er hielt eine Scheibe Toast in einer Hand. Hollys und Missys Augen wurden groß vor Staunen, als sie Cade betrachteten.

Er fand ihre kritische Musterung recht amüsant. Sollte er das Eis brechen und den Kindern zeigen, daß er sie gesehen hatte? Oder war es besser, sich weiter anschauen zu lassen, bis die Kinder ihre Neugierde gestillt hatten?

Als er das Rasiermesser über die bereits eingeseifte Wange zog, begann er mit seinem Spiegelbild zu sprechen. »Ja, Cade, deine Schwester hat dir ein paar wirklich nette Kinder hinterlassen.«

Will hielt sich den Mund zu, um ein Kichern zu unterdrücken. Brody stieß ihn mit dem Ellbogen in die Rippen. Holly wurde puterrot, und die kleine Missy verbarg den Kopf hinter dem Rücken ihrer Schwester.

Cade wischte das Rasiermesser am Rand der Schüssel ab, bevor er seine Selbstgespräche fortsetzte. »Ja, ja, ein Mann kann mächtig stolz auf solche Kinder sein.«

Um die Stelle unter seiner Nase zu rasieren, beugte er sich ein wenig vor und fuhr dann mit der Klinge über seine linke Wange. »Auch ich könnte mir nichts Schöneres vorstellen, als hier in Winterborn zu bleiben und ihr Pa zu sein. Aber das kann ich leider nicht. Ich bin ständig unterwegs, reise von einer Stadt zur anderen und weiß nie, wo ich nachts mein müdes Haupt hinlegen werde. Brave Kinder wie die meiner Schwester benötigen Geborgenheit. Sie brauchen auch eine Mutter, die Hühnchen braten kann, ihr eigenes Brot backt und sie abends zudeckt, wenn sie schlafen gehen.«

Nachdem er das Rasiermesser noch einmal in der Schüssel abgespült hatte, hielt er einen Moment lang inne.

»Pop sagt, die Brightons würden sie gerne zu sich nehmen. Ich weiß nicht viel über Seth Brighton, habe aber gehört, daß er seinen eigenen Kindern ein guter Vater sein soll ... Und dann würde er wohl auch Addys Kindern ein guter Vater sein, denke ich.«

Er lächelte, als er sah, wie Holly schmollend ihre Unterlippe vorschob. Brody sah auch nicht allzu glücklich über den Gedanken aus. Und das unverhohlene Entsetzen, das er in Wills und Missys Augen sah, flößte ihm ein starkes Unbehagen ein.

Um sich davon abzulenken, fuhr er fort, sich zu rasieren. »Die Leute sagen, Seth hätte ein paar hübsche Pferde dort auf seiner Farm ... Vielleicht könnte ich ja mit ihm reden und ihn fragen, ob die Jungen nicht jeder ein eigenes Pony haben könnten.«

Brodys und Wills Gesichter hellten sich einen flüchtigen Moment lang auf.

»Und Bonnie züchtet Katzen. Sie soll gerade einen ganzen Korb voll junger Kätzchen haben ...«

Holly und Missy wirkten etwas interessierter.

»Nun ja.« Cade legte das Rasiermesser beiseite, um im Spiegel die Reaktion der Kinder zu verfolgen. »Wenn man das alles so bedenkt, glaube ich wirklich, daß die Brightons feine Eltern für die Kinder meiner Schwester wären.«

Vier kleine Gesichter verschlossen sich und ließen unverhohlene Abneigung erkennen. Holly ergriff Missys Hand, nickte Brody zu, der wiederum Will am Kragen packte, und zusammen verschwanden sie so lautlos von der Tür, wie sie gekommen waren.

Cade trocknete sein Gesicht an dem rauhen Handtuch ab und drehte sich dann langsam um. Ein Gefühl der Einsamkeit beschlich ihn. Es war ein Gefühl, das er noch nicht oft empfunden hatte. Er war es einfach nicht gewöhnt, jemanden zu brauchen. Sein Pferd und die Straße waren seine Familie, und dennoch war ihm nun ganz plötzlich so, als habe Addy ihn durch Hollys Augen angesprochen und ihn daran erinnert, daß er auch nicht jünger wurde.

Ein Mann in seinem Alter sollte eine richtige Familie besitzen und einen Grund, um abends heimzukehren. Er hätte mehr als nur ein Pferd besitzen müssen – am besten gleich eine ganze Herde – und Hunde und noch viel mehr Katzen, als die alte Bossy mit ihrer Milch versorgen konnte.

Aber Kinder benötigten mehr als Hunde, Pferde und Katzen. Sie brauchten Liebe. Liebe konnte er ihnen geben – was er ihnen jedoch *nicht* geben konnte, war Beständigkeit.

Und deshalb würde er so bald wie möglich mit den Brightons reden, um zu sehen, ob *sie* genügend Liebe und Beständigkeit zu geben hatten …

Als Zoe am Montag morgen von ihren Rechnungsbüchern aufschaute, sah sie Cade auf der Veranda stehen. Eine heftige innere Unruhe erfaßte sie bei seinem plötzlichen Erscheinen, aber sie sagte sich, daß es der starke morgendliche Kaffee sein müsse, was ihren Herzschlag so jäh beschleunigt hatte.

Stirnrunzelnd spähte sie durch das Moskitogitter. Der frühe Morgen war der einzige Moment des Tages, an dem sie ohne Unterbrechung über ihren Büchern sitzen konnte. Was wollte Cade so früh hier? Sein Lächeln raubte ihr den Atem, und hastig beugte sie sich wieder über ihre Bücher. Die Zahlen schienen vor ihren Augen zu verschwimmen, und plötzlich wußte sie nicht mehr, wieviel fünf mal sieben war. Zum Teufel mit ihm!

»Die Kinder schlafen noch«, sagte sie.

»Gut. Denn ich bin gekommen, um mit dir zu reden.«

Na großartig. Ein Duell im Morgengrauen – das war genau das, was sie brauchte. Den Stift beiseite legend, stand sie auf und öffnete die Moskitogittertür. Sonne glitzerte auf dem vom morgendlichen Tau noch feuchten

Gras. Das Geißblatt, das fast die gesamte hintere Hausmauer bedeckte, erfüllte mit seinem aufdringlichen Duft die kleine Küche.

Als Cade eintrat, hätte sie schwören können, daß der Raum noch schrumpfte. Seine Gegenwart schien auch die kleinste Ecke auszufüllen, als er den Hut absetzte und sich umschaute.

Mit einem Blick auf Wills und Brodys Matratzen auf dem Boden bemerkte er leise: »Ganz schön eng hier drinnen.«

Sie wußte, daß er eine Tasse Kaffee erwartete, doch sie hatte heute morgen schon die Dose auskratzen müssen, um welchen für sich selber aufzubrühen. Es gab keinen Kaffee mehr für sie in diesem Monat. Nach außen hin scheinbar gelassen, kehrte sie an ihren Platz am Tisch zurück. »Worüber willst du mit mir reden?«

Er zog sich einen Stuhl heran und setzte sich ihr gegenüber. »Über die Brightons.«

Gleichgültig begann sie, Zahlen zu addieren. »Seth und Bonnie?«

»Ja. Wie sind sie?«

»Beide sind nette, anständige Menschen. Erinnerst du dich nicht mehr an Seth' Eltern, Frank und Helen?«

»Ich weiß nur noch, wie streng der alte Brighton war. Beim geringsten Anlaß ging er mit den Kindern hinter den Schuppen und verprügelte sie mit einem Stock.«

Zoe hielt im Schreiben inne, als sie einen Moment darüber nachdachte. »Ich weiß nicht, ob Frank auch heute noch so ist. Er scheint mir ein vernünftiger Mann zu sein, und seine Kinder sind verantwortungsbewußte, hart arbeitende Erwachsene.«

»Glaubst du, Bonnie und Seth könnten Addys Kindern ein anständiges Zuhause bieten?«

Sie nippte an ihrem Kaffee und schaute Cade über den Rand der Tasse an. »Ja, aber ich glaube trotzdem nicht, daß es der richtige Platz für sie wäre.«

»Ach?« Er warf einen Blick zum Herd hinüber. »Hast du noch etwas Kaffee für mich?«

»Nein. Das war der letzte.«

»Der letzte?« wiederholte er stirnrunzelnd. »Ich dachte, du führtest einen Gemischtwarenladen?«

»Das schon, aber meinen Kaffee muß ich bezahlen wie alle anderen auch.«

Er griff über den Tisch und nahm sich ihre Tasse. Als ihre Hände sich dabei berührten, fuhr sie zurück, als ob sie sich verbrannt hätte. Entwaffnend grinste er und trank einen großen Schluck von ihrem Kaffee. Als er ihr die Tasse zurückgab, wischte sie den Rand ab, wo seine Lippen ihn berührt hatten.

Er lachte. »Hast du Angst vor mir, Red?«

Schweigend stand sie auf und trug die Tasse fort. Keine zehn Pferde hätten sie dazu gebracht, mit ihrem Mund die Stelle zu berühren, wo seine Lippen eben noch gelegen hatten. Es war kein Spielchen, was sie mit ihm trieb. Er versuchte, Erinnerungen heraufzubeschwören, die sie lieber ruhen lassen würde. »Habe ich je Angst vor dir gehabt?«

»Nun, du vielleicht nicht, aber die Kinder schon.« Er zog das Buch heran, an dem sie arbeitete, und betrachtete die langen Zahlenreihen. »Bisher haben sie noch nicht mit mir gesprochen. Sie können doch sprechen, oder?« Erschrocken fuhr er zurück, als sie an den Tisch zurückkam und das Buch vor seiner Nase zuklappte.

Rasch legte sie es in die Tischschublade und schob sie zu. »Die Kinder werden sich bald an dich gewöhnen. Sie sind im Augenblick nur noch ein bißchen schüchtern.«

»Ich habe nicht viel Zeit, Red. Wie kann ich sie dazu bringen, *jetzt* mit mir zu reden?«

»Gib ihnen ein paar Tage Zeit.« Eine leise Ungeduld klang jetzt in ihrer Stimme mit. »Ein paar Tage wirst du doch wohl erübrigen können, oder?«

»Sehr wenige. Aber die Kinder waren gestern morgen bei mir und haben mir beim Rasieren zugesehen.«

Zoe öffnete schon den Mund, um etwas zu erwidern, überlegte es sich aber anders und schloß ihn wieder. Sie war am Tag zuvor erst im Morgengrauen zu Bett gegangen, nachdem sie die halbe Nacht lang Mrs. Penscotts Wäsche gebügelt hatte. Sie stöhnte im stillen bei der Erinnerung daran, daß sie an jenem Morgen etwas länger als sonst geschlafen und die Kinder sich selbst überlassen hatte. Sie hatten offenbar schon früh das Haus verlassen und waren ziemlich aufgeregt gewesen, als sie zurückkehrten und ihr erzählten, wie merkwürdig ihr Onkel sich verhalten hatte.

»Sie wußten nicht, daß ich sie sehen konnte, als sie in meiner Tür standen«, fügte Cade hinzu. »Und ich habe mir nichts anmerken lassen, weil ich dachte, sie würden erschrecken, wenn ich mich plötzlich zu ihnen umdrehte.«

Zoe trat an den Herd und goß heißes Wasser in die Spülschüssel, um sich mit irgend etwas zu beschäftigen. »Sie fanden es sehr seltsam, daß ihr Onkel Selbstgespräche über die Brightons und ihre angeblichen Pferde und Katzen führte.«

»Was heißt hier angeblich? Pop hat mir erzählt, daß Seth und Bonnie eine große Farm besitzen. Und er sagte, Seth habe schon wenige Tage vor Addys Tod mit ihr darüber gesprochen, daß er ihre Kinder adoptieren wolle.«

»Das ist wahr, aber das heißt noch lange nicht, daß Addy sie ihm geben wollte.« Sie sah, wie ihre Worte ihn ernüchterten.

»Und was glaubst du, *wem* Addy sie gern geben würde, Red?«

Zoe schrubbte einen Topf und wappnete sich innerlich. »Bei mir wären sie besser aufgehoben.«

»Bei *dir*?«

Sein fassungsloser Blick verriet ihr, daß er diese Möglichkeit noch nicht bedacht hatte. Bevor ihr Selbstvertrauen sie verlassen konnte, fuhr sie hastig fort: »Denn du hast ja offenbar bereits beschlossen, daß du sie nicht behalten kannst.«

»Nein, das kann ich wirklich nicht, und ich kann mir auch nicht vorstellen, daß *du* sie haben möchtest.«

Entrüstet fuhr sie zu ihm herum. »Und wieso nicht?«

»Du liebe Güte, Red – du stehst ganz allein auf dieser Welt! Wenn Seth und Bonnie sie zu sich nehmen würden, hätten die Kinder eine Mutter *und* einen Vater.«

Zoe kamen die Tränen, und sie verfluchte sich für ihre Empfindsamkeit. Ihre Kehle war wie zugeschnürt, und es kostete sie große Überwindung, ihre Gefühle zu beherrschen. Cade wußte, wie er Unsicherheit in ihr erzeugen konnte, aber sie dachte nicht daran, es zuzulassen. Es stand zu viel auf dem Spiel für sie, um sich von ihm verunsichern zu lassen.

»Niemand könnte diese Kinder mehr lieben als ich. Ich war bei jedem Kind dabei, als es geboren wurde. Ich habe Missy und Will mit auf die Welt gebracht; es ist, als ob sie meine eigenen Kinder wären. Ich war es, die Addy bis zu ihrem letzten Atemzug gepflegt hat – und glaub mir, Cade, ich hätte nie nach dir geschickt, wenn es nicht der letzte Wunsch deiner Schwester auf ihrem Sterbebett gewesen wäre! Außer dir bin ich der einzige Mensch, den diese Kinder haben – abgesehen von ihrer Großtante Laticia natürlich. Aber sie ist viel zu alt, um sie zu sich zu nehmen. Ich würde es gar nicht zulassen, daß du sie fortgibst!«

Sie spürte, wie ihre Stimme fast vor Emotion erstickte. Er brachte sie auf die Palme. Wie konnte er es wagen, so ruhig dazusitzen und das Schicksal von Addys Kindern so gelassen zu besprechen, als wären sie für ihn nicht mehr als Fremde, die ein Dach über ihren Köpfen brauchten!

»Du würdest es nicht *zulassen*? Vergißt du dabei nicht,

daß ich ihr Onkel bin und tun und lassen kann, was ich für richtig halte?«

Sein harter Tonfall zwang sie, ihn anzusehen.

Tapfer erwiderte sie seinen Blick. »Du *kennst* sie nicht und weißt nichts von ihnen! Wie könntest du? Du hast dir ja nicht einmal die Mühe gemacht, nach Hause zu kommen, um sie kennenzulernen. Glaubst du, die Geschenke, die du ihnen zu Weihnachten geschickt hast, hätten sie entschädigt für dein Fehlen? Ich weiß wirklich nicht, was Addy sich dabei gedacht hat, als sie das Schicksal ihrer Kinder in deine Hände legte – in die Hände eines Mannes, dem es egal ist, wessen Gefühle er mit Füßen tritt!«

Er blieb hart. »Ich bin die einzige Familie, die sie jetzt noch haben. Und *ich* werde entscheiden, wer sie aufzieht.«

Zoe wischte sich die Nase ab und murmelte: »Dann sieh zu, daß du die richtige Entscheidung triffst.«

»Hör mal, Red, ich will dich wirklich nicht verletzen ...«

»Niemand hat ein Kopfgeld auf mich ausgesetzt. Warum solltest du deine Zeit mit mir verschwenden?« Sie hielt seinem Blick stand und weigerte sich, die Augen abzuwenden.

Brody und Will begannen, sich in ihren Betten zu bewegen. Auf keinen Fall wollte sie die Kinder in ihre Auseinandersetzung verwickeln. Die Stimme senkend, flüsterte sie: »Addy ist tot, und ihre Kinder brauchen ein Zuhause – ein Heim, das ich ihnen geben kann und geben *möchte*. Bitte, nimm sie mir nicht weg, Cade. Es besteht kein Grund, sie von allem, was sie bisher kannten, loszureißen. Laß sie hier bei mir bleiben. Ich kann sie genauso gut wie Seth und Bonnie aufziehen.«

Die Arme vor der Brust verschränkend, starrte sie aus dem Fenster und schaute einem Spatz nach, der ein Nest unter den Verandabalken baute. Sie beneidete den Vogel. Das einzige Problem, mit dem er sich auseinanderzusetzen hatte, war die Gegenwart. Sie hingegen hatte Jahre der Einsamkeit vor sich, falls Cade die Kinder mitnahm oder – was noch schlimmer wäre – sie den Brightons übergab. Falls das geschah, würde sie sich auf die Rolle einer liebevollen ›Tante‹ beschränken müssen, die den Kindern zwar ab und zu Geschenke brachte, aber nie wirklich an ihrem Leben teilnahm.

Als sie sich zu Cade umwandte, sah sie seinen Ärger, seinen Widerwillen und sein ... *Mitleid*? Nein, bitte, lieber Gott, bloß das nicht. Nicht von ihm.

»Ich behaupte ja nicht, daß du sie nicht lieben würdest«, fuhr er fort. »Aber sieh dich doch um! Wie *könntest* du dich um sie kümmern? Du trittst doch buchstäblich bei jedem Schritt auf eins der Kinder.«

Zoe krümmte sich im stillen, als er sich vielsagend in dem engen Raum umsah und sein Blick über ihre schäbigen alten Möbel glitt. Sie biß sich auf die Lippen, weil ihr plötzlich ihre schwer zu übersehende Armut zu Bewußtsein kam. Falls er je von ihren finanziellen Schwierigkeiten hören sollte, würde er ihr nie die Kinder überlassen. Aber wenn es ihr gelang, ihm ihre Sorgen für ein paar Tage zu verheimlichen ... Er würde ganz bestimmt nicht lange genug bleiben, um ihre wahre Lage zu durchschauen. Dafür würde sie schon sorgen.

»Ich glaube, ich weiß, was du jetzt denkst«, sagte sie. »Du glaubst, ich könnte es mir gar nicht leisten, sie zu nehmen – aber die Geschäfte gehen langsam besser. Und an der Ladung neuer Stoffe, die ich bestellt habe, werde ich sehr gut verdienen.«

»Geld ist nicht das einzige Problem. Davon kann ich dir mehr geben, als du jemals brauchen wirst.«

Sie spülte einen Teller ab und sagte leise: »Ich will kein Geld von dir.«

»Ist dir mein Geld zu schmutzig, Red? Ich habe es nicht *dir*, sondern Addys Kindern angeboten. Wer immer sie auch aufziehen wird, ich werde dafür sorgen, daß sie finanziell versorgt sind. Aber ich möchte, daß sie eine Mutter *und* einen Vater haben. Das hätte Addy auch gewollt.«

»Wenn ich also einen Mann hätte, würdest du sie bei mir lassen?«

»Hast du dabei schon jemanden im Sinn?«

»Nein. Es war nur so eine Frage.«

»Du würdest doch nicht etwa heiraten, nur um die Kinder zu behalten? Was glaubst du, was für eine Art Geborgenheit du ihnen damit vermitteln würdest?«

»Es gibt genügend Männer, die sich über eine fertige Familie freuen würden!«

»Dann nenn mir zwei.«

»Perry Drake und Jake Bledso.«

»Drake? Der Bankier?«

»Ja. Er ist ein wunderbarer Mann.«

»Und wer ist Jake Bledso?«

»Ein ... ein sehr netter Mann, der eine Farm in der Nähe von Winterborn gekauft hat.«

Cade lehnte sich auf seinem Stuhl zurück. »Komisch, von diesem Jake Bledso habe ich noch nie etwas gehört. Vielleicht begegne ich ihm ja, solange ich in der Stadt bin.«

»Nein, das glaube ich nicht. Er ist ... geschäftlich an der Ostküste.« In Wahrheit kannte sie Jake gar nicht. Sie hatte Perry nur sagen hören, daß die Bledso-Farm mit einer Hypothek belastet war. Es war durchaus möglich, daß Jake verheiratet war oder viel zu alt, um sich für eine Familie zu interessieren, und was Perry Drake betraf, so hatte er sie bisher nur zweimal zum Square Dance samstags eingeladen. Und das war auch schon alles.

Cade räusperte sich. »Ich weiß, daß du es gut meinst, Red, aber wenn Addy gewollt hätte, daß du die Kinder zu dir nimmst, hätte sie nicht mir die Entscheidung über ihre Zukunft überlassen.«

Zoe tauchte eine Pfanne in die Spülschüssel. »O ja, entschuldige, ich darf wohl nicht vergessen, wen ich vor mir habe. Cade Kolby, den perfekten Onkel – den besten Liebhaber und idealen ...«

Er schlug mit beiden Fäusten auf den Tisch und richtete sich wütend auf. Sein Blick verriet ihr, daß sie einen wunden Punkt getroffen hatte.

Brody drehte sich um auf der Matratze und schlug die Augen auf. Als er Cade erblickte, kniff er sie rasch wieder zu.

Cade griff nach seinem Hut. »Ich gehe heute mit den Kindern schwimmen. Ist das für dich in Ordnung?«

Zoe zuckte mit den Schultern. »Warum fragst du? Addy hat *dich* zum Gott ernannt, nicht mich.«

Er setzte seinen Hut auf und zog ihn tief in die Stirn. »Sorg dafür, daß sie in einer Stunde fertig sind.«

Zoe fuhr herum und schleuderte ihm einen hölzernen Löffel nach, als die Moskitotür hinter ihm zufiel. Der Löffel prallte an dem Metallgewebe ab und landete auf Brodys Bett. Der kleine Junge hob ihn auf und warf Zoe einen verblüfften Blick zu. Will hob seinen zerzausten Kopf und richtete sich verschlafen auf.

Zoe starrte die Moskitogittertür an und zählte langsam bis zehn. Die Fäuste ballend, verfluchte sie Cade im stillen und nannte ihn bei sich einen verdammten Schuft. Ihm einen Löffel nachzuwerfen hatte ihre Chancen, die Kinder zu behalten, gewiß verringert, aber das kümmerte sie jetzt auch nicht mehr. Es war nicht leicht, den Ärger zu beherrschen, der in ihr tobte – den Ärger, den er selbst verschuldet hatte.

Brody und Will beobachteten sie neugierig. Ihnen zuliebe mußte sie so tun, als ob ihr Onkel nicht der unmöglichste Mensch auf Erden wäre. Sich von der Tür abwendend, erwiderte sie die neugierigen Blicke der beiden Jungen mit einem frohen Lächeln.

»Wißt ihr was? Euer Onkel Cade wird heute mit euch schwimmen gehen!«

5

Cade verließ Zoes Geschäft und ging die Straße hinunter zum Büro des Sheriffs. Als er die Tür öffnete, entdeckte er Pop in der Gefängniszelle, wo der alte Sheriff leichenblaß und stöhnend auf der schmalen Pritsche lag.

»Was ist los? Bist du krank?« rief Cade besorgt.

Pop zog die Knie stöhnend an die Brust. »Stachelbeertorte«, keuchte er.

Cade betrat die kleine Zelle und kniete neben der Pritsche nieder. Das Gesicht des alten Mannes war fast so weiß wie sein Schnurrbart. »Gott – wieviel hast du denn davon gegessen?«

»Drei oder vier Stücke – ich hab' sie nicht gezählt.«

Mitfühlend schüttelte Cade den Kopf. »Durchfall. Das ist schlimm.«

»Zum Teufel mit May Wilks! Sie hätte mir verbieten sollen, mich mit ihrer Torte vollzustopfen!« Wieder krümmte Pop sich.

Cade schaute sich in dem leeren Büro um. »Kann ich irgend etwas für dich tun?«

»Geh mir aus dem Weg – ich komme!« Pop sprang auf und hastete zur Hintertür.

Cade trat rasch beiseite. »Vielleicht solltest du dich beim nächsten Mal mit einem Stück begnügen!«

Dann setzte er sich an den Schreibtisch und sah die Steckbriefe noch einmal durch. Zwei legte er beiseite, weil er die Belohnungen für diese beiden Männer bereits kassiert hatte. Bittere Galle stieg in seiner Kehle auf, als er Hart

McGills Foto erblickte. Lange starrte er es schweigend an. Sie hatten die Belohnung für den Schuft um fünfhundert erhöht. Das war der Bastard gar nicht wert. Er würde diesen Hurensohn auch gratis töten.

Wenn er an Owen Cantrell dachte, der hinterrücks erschossen worden war, während er durch seine eigene Tür hereinkam, drehte sich ihm der Magen um. Owen war nur aus einem einzigen Grund erschossen worden – weil er Cades Freund gewesen war. Das Bild der gramgebeugten Bess Cantrell neben Owens Grab und wie sie von ihren beiden Söhnen hatte fortgetragen werden müssen, würde Cade sein Leben lang nicht mehr vergessen.

Haß loderte in ihm auf.

Das Plakat besagte, daß McGill zuletzt in Oklahoma gesehen worden war, aber er hatte erfahren, daß Hart sich in einem Bordell in Great Bend versteckte. Aus zuverlässiger Quelle wußte er, daß er einige Wochen lang dort bleiben würde. Es war eine bekannte Tatsache, daß McGill, wenn er sein Vergnügen hatte, sich sehr viel Zeit dafür zu nehmen pflegte.

Cade unterdrückte seinen Ärger und trat ans Fenster, um über dringendere Angelegenheiten nachzudenken. Falls Hart je Wind davon bekommen sollte, daß Cade Freunde oder Angehörige in Winterborn besaß, würde ihr Leben keinen Pfifferling mehr wert sein. Er würde mit Seth und Bonnie reden müssen, damit sie die Kinder so schnell wie möglich zu sich nahmen. Sie konnten nicht bei Zoe bleiben.

Die Hintertür flog auf, als Pop zurückkehrte. Vorsichtig ließ er sich auf einem Stuhl nieder und stieß einen tiefen Seufzer aus. »Das war knapp, Mann.«

Grinsend setzte Cade sich zu ihm. »Glaubst du, daß du es überleben wirst?« Pop war aschfahl, der kurze Gang nach draußen mußte ihn viel Kraft gekostet haben.

»Ein paar Minuten – man kann nie wissen, wann der

nächste Anfall kommt. Bist du aus einem bestimmten Grund gekommen? Ich dachte, du wärst beschäftigt mit den Kindern.«

»Ja, ich hatte tatsächlich einen Grund, vorbeizukommen. Das Dach dort oben ist löchrig wie ein Sieb, und ich habe keine Lust, heute nacht schon wieder in einem nassen Bett zu schlafen. Ich könnte es natürlich verschieben, aber das Dach leckt an so vielen Stellen, daß es auch nichts nützen würde. Ich kann sogar den Himmel durch die Ritzen sehen.«

»Ja, ich weiß, daß das Dach undicht ist. Ich hatte nur bisher weder Zeit noch Geld, um es zu reparieren.«

»Wie ich sehe, bist du augenblicklich sowieso nicht in der Lage, irgend etwas zu reparieren. Ich kann nur hoffen, daß es heute abend nicht schon wieder regnet.«

»Wie kommst du denn mit unserem Rotschopf aus?«

»Gar nicht. Ich werde so schnell wie möglich meine Angelegenheiten hier erledigen und verschwinden.«

»Schade. Zoe braucht jemanden wie dich – einen Mann, der sich nicht von ihr bevormunden läßt. Jim war viel zu geduldig. Zoe hat mit ihm gemacht, was ...«

Pops Augen weiteten sich urplötzlich. »O nein – jetzt geht das schon wieder los!« Während er auf die Tür zustürzte, rief er noch rasch über die Schulter: »Bleib noch, Cade – ich möchte dich um einen Gefallen bitten.«

Cade sah sich Pops Waffenschrank an, während der Sheriff draußen war, nahm ein Repetiergewehr heraus und betrachtete es genauer. Die Waffen waren alle lange nicht benutzt worden. Sie mußten unbedingt gereinigt werden.

»Ich glaube, ich sterbe«, sagte Pop, als er wieder hereinkam. »Erschieß mich, falls ich je wieder ein Stück Stachelbeertorte *ansehen* sollte!«

Cade stellte das Gewehr zurück. »Du möchtest, daß ich dir einen Gefallen tue?«

»Ja, ich habe einige Probleme im benachbarten Distrikt

und bin selbst nicht in der Verfassung, hinzufahren. Ich dachte, du könntest das vielleicht für mich erledigen.«

»Klar. Worum handelt es sich denn?«

»Hague Pearson hat sich vor ein paar Nächten sinnlos betrunken und sich erschießen lassen. Jemand muß hinüberfahren und seine Leiche herbringen.«

Cade runzelte die Stirn. »Hague Pearson – dieser alte Eigenbrötler, der direkt neben der Bezirksgrenze gelebt hat?«

Pop nickte. »Und das ist das Problem. Ich habe eine Wette mit Mooney Adams abgeschlossen. Du erinnerst dich doch an den alten Mooney, den Sheriff von Suffox County?«

»Klar erinnere ich mich an Mooney. Ein harter, aber anständiger Bursche.«

»Wer von uns beiden am Ende des Jahres die niedrigere Verbrechensquote hat, gewinnt ein Fäßchen Whisky. Wir hatten bisher noch kein Verbrechen hier in Winterborn, und deshalb ist es ziemlich sicher, daß ich gewinnen werde, aber Hague könnte mir meine Chancen jetzt verderben. Ich möchte, daß du hinfährst und den genauen Ort feststellst, wo Hague erschossen wurde. Mooney sagt, er sei auf unserer Seite der Grenze erschossen worden und erst, als er tot umfiel, auf seiner Seite aufgekommen. Ich hingegen sage, daß er in Suffox County erschossen wurde. Ich will Hagues Tod nicht auf meiner Liste haben, und Mooney will ihn nicht auf seiner.«

»Ich könnte mir vorstellen, daß Hague ihn vermutlich auf gar keiner Liste haben will.«

Pop lachte. »Das sollte nicht respektlos klingen. Hague war ein alter Griesgram, aber er hat mich immer jagen lassen auf seinem Grundbesitz. Ich werde dafür sorgen, daß er anständig beerdigt wird. Und deshalb wäre ich dir dankbar, wenn du hinfahren und die ganze Sache für mich regeln würdest.«

»Das klingt wie ein verdammtes Risiko, eine Kugel in den Kopf zu kriegen.«

»Ach was, Mooney weiß, daß er im Unrecht ist. Er versucht bloß, das Fäßchen Whisky zu gewinnen.«

»Ich gehe heute mit den Kindern schwimmen. Kann das nicht bis morgen warten?«

»Sicher, warum nicht. Der alte Hague geht nirgendwo mehr hin.«

»Ich wollte auch mit Seth und Bonnie sprechen. Leben sie noch in dem alten Brighton-Haus nördlich von Winterborn?«

Pop nickte. »Ja, du kannst es nicht verpassen. Es liegt direkt an der Straße und kommt gleich nach Franks und Helens Haus.«

»Ich werde morgen auf dem Rückweg dort vorbeifahren und mit ihnen reden.«

»Möchtest du dich persönlich davon überzeugen, ob sie Addys Kindern ein schönes Zuhause bieten können? Das werden sie, ganz sicher. Seth ist ein braver Mann, Cade.«

»Das habe ich schon gehört.« Cade stand auf und streckte sich. »Bis morgen abend geht es dir vielleicht schon wieder so gut, daß du dich selbst um die Suffox-County-Sache kümmern möchtest.« Cade lachte, als Pops Magen so laut rumorte, daß beide es hören konnten.

»Es gibt nicht genügend Klosetts zwischen hier und Suffox County, um das zu riskieren. Und bei der Häufigkeit, mit der ich eins brauche, würdest du meine Leiche wahrscheinlich zusammen mit Hagues zurückbringen.«

Später an jenem Tag lehnte Cade an einem Baumstamm und schaute zu, wie die Kinder sich im Fluß vergnügten. Ihr fröhliches Geschrei schallte durch die heiße Nachmittagsluft. Einer nach dem anderen ließen die drei ältesten sich von einem Seil, das Cade am überhängenden Ast eines

Walnußbaums verknotet hatte, ins kühle Wasser fallen, während Missy am flachen Ufer herumplanschte.

Als er so auf den Fluß hinausschaute, gestand er sich zum ersten Mal seit seiner Heimkehr ein, wie sehr er sein Zuhause vermißt hatte. Es war so friedlich hier. Wie viele glückliche Stunden hatten Zoe, er und Addy früher an diesem kleinen Teich im Fluß verbracht!

Der Schrei eines Habichts ließ ihn aus seiner Versunkenheit auffahren. Warum war er überhaupt fortgegangen? War es ihm nur um das Geld oder auch um das Abenteuer gegangen? Er hatte *viel* Geld verdient, aber was nützte Geld, wenn man einen halben Meter tief unter der Erde lag? Bei dem Zwischenfall im vergangenen Monat in Laredo war er dem Tod knapper als je zuvor entkommen. Der Bandit war um Sekundenbruchteile schneller als er gewesen. Geistesabwesend berührte er die schmerzende Stelle an seiner rechten Schulter, die eine beständige Erinnerung daran war, daß sein Glück nicht ewig währen konnte.

Missy begann zu weinen, und er sprang auf und lief zum Ufer. Die Kleine schluchzte und hielt ihren blutenden Fuß.

»Was ist passiert, Schätzchen?« Er hob sie auf und untersuchte die Wunde an ihrem Zeh. Aus einem winzigen Schnitt tropfte ein dünnes Rinnsal Blut.

»Etwas hat mich gebissen!«

»Nichts hat dich gebissen; du bist auf einen spitzen Stein getreten.«

»Wirf ihn weg!«

»Klar.« Ohne sie abzusetzen, watete er ins Wasser und tat, als suche er den Schuldigen. »Warte – ja, da ist er. Komm her, du Gauner!« Er hob einen Stein auf, schleuderte ihn zur anderen Seite des Teichs hinüber und lachte, als Missy über seine heroische Aktion kicherte.

»Du wirst Ärger kriegen, Onkel Cade«, sagte Holly und deutete auf seine nasse Hose.

»Ja«, pflichtete ihr Brody bei. »Einmal sind Will und ich

durch eine Pfütze gelaufen, bis unsere Schuhe ganz durchnäßt waren. Zoe hat sie uns über eine Stunde putzen lassen.«

»Hundert Stunden«, berichtigte ihn Will.

»Vielleicht merkt sie es gar nicht.« Cade watete mit Missy aus dem Wasser und setzte sie auf die grasbewachsene Uferböschung. Dann band er sein Taschentuch um die geringfügige Wunde.

»Es tut weh, Onkel Cade.«

Sie hatte so ein süßes, zartes Stimmchen. Es war das erste Mal heute, daß sie direkt mit ihm sprach. »Ich weiß, Liebes. Es wird gleich aufhören.«

Holly kam die steile Böschung hinaufgerannt. »Soll ich Zoe holen?«

»Nein, Missy geht es gut.« Lächelnd streckte er die Hand nach der Achtjährigen aus. »Komm her – hab keine Angst vor mir.«

Holly zögerte und ging dann langsam auf ihn zu. Nach einer Weile setzte sie sich neben ihn. »Du siehst Ma sehr ähnlich.«

»Meinst du?«

»Hm. Hast du Ma auch an den Haaren gezogen, wie Brody und Will es bei mir und Missy tun?«

Er lachte. »Ich denke schon. Dazu hat man schließlich Brüder, oder?«

Will stürzte aus dem Wasser, verfolgt von Brody, und als die beiden Jungen tropfnaß die Böschung hinaufrannten, bespritzten sie die Mädchen.

»Hört auf!« schrie Missy. »Ihr macht mir meinen Zeh ganz naß! Onkel Cade hat ihn verbunden.« Kornblumenblaue Augen blickten in seine Richtung, und Cade hörte die Stimme eines Engels sagen: »Danke, Onkel Cade. Du bist ein guter Junge.«

Will bespritzte sie von neuem. »Er ist ein Mann, kein Junge.«

»Ja«, pflichtete ihm Brody mit einem Blick auf seinen Onkel bei. »Er kann mit einer Pistole schießen. Ich möchte es auch lernen.« Zum ersten Mal richtete er den Blick direkt auf Cade. »Wirst du mir das Schießen beibringen?«

Cade wußte, daß Addy es ganz sicher nicht gewollt hätte, daß er ihre Kinder den Umgang mit einer Waffe lehrte. »Hast du schon einmal mit einem Gewehr geschossen, Junge?«

»Ja, einmal, als Pa und ich Eichhörnchen jagten.« Er rieb sich die Schulter. »Es tut weh.«

Cade schob ihn auf das Wasser zu. »Du kannst schießen lernen, wenn du älter bist. Aber jetzt solltest du lieber den Tag ausnutzen, um zu schwimmen.«

»Darf ich auch wieder ins Wasser, Onkel Cade?« Missy hielt ihren Fuß hoch und schwenkte ihn.

»Warum nicht?« Vorsichtig entfernte er das Taschentuch und sah, daß die Wunde nicht mehr blutete. »Tritt nur nicht mehr auf spitze Steine.«

Holly nahm ihre kleine Schwester an der Hand. »Ich werde auf sie aufpassen, Onkel Cade.«

»Danke, Holly. Das ist lieb von dir.«

Als sie gingen, drehte Missy sich noch einmal um und grinste, und er sah, daß einer ihrer Vorderzähne fehlte.

»Bist du froh, daß ich mit dir rede, Onkel Cade?«

Er zwinkerte ihr zu. »Sehr froh, Missy.«

Die Kinder planschten lärmend in dem flachen Wasser, während er sich an einen Baumstamm lehnte. Addy und John mußten stolz gewesen sein auf ihre Kinder. Kein Wunder, das Zoe sie haben wollte. Wer hätte das auch nicht gewollt?

Den Hut noch tiefer in die Stirn ziehend, dachte er an Zoe und war gerührt über ihre Liebe zu den Kindern seiner Schwester. Ob sie jetzt wohl verheiratet wären, wenn er nicht fortgegangen wäre? Und ein ganzes Haus voll eigener Kinder hätten? Aber er verdrängte diese Gedanken. Er hatte vorgehabt, zurückzukommen und sie zu heiraten, aber das würde sie ihm jetzt ganz sicher nicht mehr glauben. Soviel hatte sie ihm bereits eindeutig zu verstehen gegeben.

Als er den Hut zurückschob, sah er, daß es spät geworden war. Die Sonne ging bereits unter, und die Kinder hatten ihren Lunch verpaßt. Zoe würde sich fragen, was sie aufgehalten hatte. Bevor er sie jedoch rufen konnte, ließ das Geräusch von knackenden Zweigen ihn in sein Halfter greifen. Blitzschnell zog er seinen Colt und zielte.

Zoe verharrte am Ende der kleinen Lichtung, den Blick entsetzt auf seiner Waffe. Er hörte, wie sie nach Luft schnappte, und sah, wie ihr Gesicht sich mißbilligend verzog.

»Schleich dich nie wieder so an«, warnte er, als er den Colt zurück ins Halfter schob.

»Es ist spät. Ich war besorgt.« Ihre Stimme klang kalt und vorwurfsvoll.

»Entschuldige – die Zeit ist mir davongelaufen.«

»Warum überrascht mich das wohl nicht?« murmelte sie.

»Ich habe es gehört, Red, aber da ich einen friedlichen Nachmittag hatte, bin ich in nachsichtiger Stimmung.« Er klopfte auf den Boden neben sich. »Setz dich doch.« Er grinste, als sie in sicherer Entfernung zu ihm Platz nahm.

»Wie kommst du zurecht mit ihnen?«

»Gut. Sie reden jetzt mit mir.«

»Das ist schön.«

»Aber sehr gesprächig sind sie nicht, oder?«

»Warte, bis sie dich besser kennen. Dann werden sie dir die Ohren heiß reden«, sagte sie. »Ruf sie jetzt, Cade. Es ist spät.«

Die Hände wie einen Trichter vor den Mund legend, rief er: »Die rothaarige Chefin sagt, ihr hättet genug gehabt für heute!«

Protest und Murren wurde laut, als die Kinder das Wasser verließen und widerstrebend zu ihnen herüberkamen.

»Hi, Zoe!« sagte Holly.

»Wir sind den ganzen Tag geschwommen!« berichtete Will strahlend.

»Hallo, Kinder.«

Brodys Lippen zitterten, als Zoe ihn in ein großes Frotteetuch einhüllte. »Au! Das tut weh!« rief er.

Zoe nahm das Tuch wieder ab und untersuchte Brodys rote Schultern. Als Will, Holly und Missy neugierig herankamen, sah Cade, daß sie alle wie gekochte Hummer aussahen.

»Wie lange waren sie in der Sonne, Cade?«

»Keine Ahnung. Den ganzen Tag, vermute ich.« Er runzelte die Stirn. »Ein bißchen Sonne tut den Kindern gut.«

»Ein *bißchen*? Sie haben einen Sonnenbrand!«

Er drückte einen Finger an Brodys stark gerötete Haut und sah, daß er einen weißen Abdruck hinterließ. »Was kann man dagegen tun?«

Sie hob die verstreuten Kleider der Kinder auf und half Will, sein Hemd überzuziehen. »Keine Sorge – das mache ich schon. Kommt, Kinder. Ein Essigbad wird euch ein wenig Linderung verschaffen.«

»Ein Essigbad! Puh!« antworteten sie wie aus einem Munde.

Cade staunte über die mütterliche Fürsorge, mit der Zoe die fröstelnden Kinder um sich scharte und sie die Böschung hinaufführte. »Hey«, rief er, »ich gehe nachher mit ihnen zu Glori-Lee zum Abendessen.«

»Das ist nicht nötig. Ich habe ein Hühnchen im Backofen.«

Mit zwei großen Schritten war er bei ihr. »Das klingt verlockend. Es ist lange her, seit ich etwas Selbstgekochtes gegessen habe.«

Sie ging langsamer, um ihn vorbeizulassen. »Dann

bestell dir heute abend bei Glori-Lee ein Hühnchen. Sie ist eine großartige Köchin.«

Verwundert drehte er sich um. »Soll das heißen, du willst nicht, daß ich mit dir und den Kindern esse?«

»Genau das.« Sie beschleunigte ihren Schritt und ging an ihm vorbei.

Wieder holte er sie ohne die geringste Mühe ein. »Wie lange willst du mir noch grollen?«

Sie senkte den Kopf und ging noch schneller. »Wie lange willst du noch hierbleiben?«

Ihren Arm ergreifend, hielt er sie zurück und drehte sie zu sich herum. »Es ist *wichtig*, daß die Kinder heute abend mit mir essen. Wie sollen wir uns besser kennenlernen, wenn ich keine Zeit mit ihnen verbringe?«

»Warum hältst du ihnen nicht einfach eine Waffe an den Kopf und *befiehlst* ihnen, dich zu mögen?«

»Eine Waffe? Ist das der Grund, warum du mir die kalte Schulter zeigst?«

»Ich halte nichts vom Töten. Das weißt du – und wußtest es bereits, als du vor siebzehn Jahren fortgegangen bist.« Sie trat zurück von ihm und rieb sich ihren Arm.

Sie suchte Streit, aber er dachte nicht daran, sich darauf einzulassen. Was er tat, war seine Sache. »*Du* hast mich doch kommen lassen.«

»Nur wegen Addy.«

Wieder packte er ihren Arm. »Nur wegen Addy?« Er sah ihren streitlustigen Blick und schüttelte den Kopf. »Du konntest noch nie gut lügen.«

Ihr zorniger Blick riet ihm, sie loszulassen, aber er hatte nicht die Absicht, das zu tun, bis diese Angelegenheit geregelt war.

Sie blieb fest. »Morgen, wenn die Kinder sich von ihrem Sonnenbrand erholt haben, kannst du sie in deine gegenwärtige Bleibe mitnehmen und so viel Zeit mit ihnen verbringen, wie du willst.«

»Wie großzügig von dir. Weißt du nicht, daß ich über dem Gefängnis schlafe? Ich habe dort nichts weiter als ein undichtes Dach, eine schmale Pritsche und einen Waschtisch. Und der verdammte Raum ist so winzig, Red, daß fünf Personen nicht einmal *hineinpassen* würden!«

»Das ist nicht mein Problem – und nenn mich nicht Red. Und fluch gefälligst nicht in Gegenwart der Kinder!«

»Verdammt«, sagte er noch einmal. »Könnten wir nicht einen Waffenstillstand schließen? Ich brauche deine Unterstützung, und du weist mich zurück. Du hast ein Recht, böse auf mich zu sein, aber das ist unsere Sache. Im Moment sollten wir uns besser Sorgen um Addys Kinder machen – und ich rede, wie mir der Schnabel gewachsen ist.« Er schaute zu den Kindern hinüber, die einen Frosch jagten, der auf den Weg gehüpft war.

Zoe strich sich das feuchte Haar zurück. »Verdammt. Ich wünschte, es würde wieder regnen, damit es endlich etwas kühler wird.«

»Fluch gefälligst nicht in Gegenwart der Kinder«, spottete er und sah, wie ein gereizter Ausdruck über ihr Gesicht huschte. »Und wünsch dir bitte keinen Regen. Ich denke nicht daran, eine weitere Nacht in einem feuchten Bett zu übernachten.«

»Dann geh mit zu Pop.«

»Pop ist nicht in der Stimmung für Gesellschaft.«

Sie richtete einen anklagenden Blick auf ihn. »Was ist denn los mit ihm?«

»Er hat sechs Stücke Stachelbeertorte gegessen.«

Ihre Wangen blähten sich plötzlich, als würde ihr schon beim bloßen Gedanken daran übel. Dann lächelte sie, wurde aber sofort wieder ernst, und ein unbehagliches Schweigen breitete sich zwischen ihnen aus.

Das Gelächter der Kinder schallte über die Lichtung, und Cade schüttelte den Kopf, als er die vertrackte Situation bedachte. Früher hatte er so viel Spaß mit Zoe gehabt.

Es hätte auch jetzt eine schöne Zeit sein können – anstatt Krieg mit ihr zu führen.

Seufzend sagte sie: »Ich wünschte, du wärst bei der Beerdigung dabeigewesen. Die Kinder brauchten einen Mann als Stütze.«

»Ich habe mich bemüht. Tut mir leid, daß ich es nicht geschafft habe.« Er war geritten wie der Teufel, um rechtzeitig anzukommen – vierundzwanzig Stunden ohne Pause. Wenn er noch schneller geritten wäre, hätte er sein Pferd getötet.

»Wann wirst du mit den Brightons reden?« fragte sie.

»Morgen. Ich habe für Pop etwas in Suffolk County zu erledigen. Auf dem Rückweg besuche ich die Brightons.«

»Ich wünschte, du würdest darauf verzichten, Cade.«

»Darüber haben wir bereits gesprochen. Und falls es dich beruhigen sollte, kannst du mich gern begleiten. Dann können wir zusammen mit Seth und Bonnie reden.«

Sie starrte mit ausdrucksloser Miene in die Ferne. »Ich werde deine Entscheidung anfechten, Cade.«

»Warum überrascht mich das nicht?« Cade sah, wie Will den Frosch einfing, und staunte über die Geschicklichkeit des Jungen. »Du kannst kämpfen, soviel du willst, Red. Aber du bist noch jung – du solltest lieber daran denken, eine neue Ehe einzugehen und eine eigene Familie zu gründen. Eine Frau mit vier Kindern wird nicht viele Heiratskandidaten finden … außer Jake Bledso und Perry Drake vielleicht. Falls diese beiden dich jedoch enttäuschen, hast du Pech gehabt.«

Er sah, wie entrüstet sie über seine Worte war. Aber er mußte ihr eine Erklärung geben, warum er ihr nicht die Kinder überlassen konnte, und diese hier war ebensogut wie jede andere – und immer noch bedeutend rücksichtsvoller als die Wahrheit.

Will kam zu ihnen zurückgerannt und hielt Cade den

Frosch vor die Nase. »Sieh mal, Onkel Cade, was ich gefangen habe!«

Cade trat rasch zurück, um das glitschige Tier nicht zu berühren. »Halt mir das Ding nicht ins Gesicht!«

»Bring den Frosch zurück ins Wasser«, befahl Zoe.

Die enttäuschten Mienen der Kinder hätten ihn fast dazu veranlaßt, den verflixten Frosch mit heimzunehmen, doch statt dessen schaute er zu, wie sie ihn zum Wasser trugen und ihm die Freiheit wiedergaben.

»Wie schaffst du es nur, ihnen irgend etwas abzuschlagen?« fragte er Zoe.

»Du mußt noch viel lernen über Kinder.«

Er packte sie an den Schultern und zwang sie, ihn anzusehen. »Und genau das ist der Grund, warum ich soviel wie möglich mit ihnen zusammensein möchte. Die Kinder und ich werden heute abend zusammen essen, entweder bei Glori-Lee oder bei dir. Du entscheidest, Red.«

Sie entzog sich ihm. »Sie sind todmüde, haben einen Sonnenbrand und sind halb verhungert. Was sie brauchen, ist ein Essigbad, etwas zu essen und ein Bett.«

Missy kam zurück und zerrte an Zoes Kleid. »Bitte, Zoe – wir essen nie bei Glori-Lee!«

»Ich möchte auch dort im Café essen«, sekundierte Will. »Ich bin nicht verbrannt oder was du noch gesagt hast!«

»Wir sind nicht müde«, sagte Holly. »Ich würde auch sehr gern mit Onkel Cade bei Glori-Lee essen!«

Cade schaute Zoe triumphierend an. »Du bist überstimmt. Also – warum begleitest du uns nicht?«

Sie schüttelte den Kopf. »Das wäre Geldverschwendung. Auf mich wartet ein leckeres Hühnchen daheim im Backofen.«

Er warf den Kindern einen Blick zu und grinste. »Sag bloß, du ziehst die Gesellschaft eines Hühnchens der unseren vor?« Die Kinder lachten.

Zoe nicht. »Bevor das Abendessen vorüber ist, wirst du wünschen, lieber in Gesellschaft eines Huhns zu sein. Hast du schon einmal mit vier Kindern in einem Restaurant gegessen?«

»Nein, aber was soll daran so schwierig sein?« versetzte er und zwinkerte den Kindern zu. »Sie sind groß genug, um allein zu essen. Was ist das Problem, Red?«

»Na schön«, sagte sie. »Hol sie in einer Stunde ab – und merk dir endlich, daß ich Zoe heiße und nicht Red!«

Ihre plötzliche Nachgiebigkeit stimmte ihn mißtrauisch, und er hörte auf zu lächeln. »Warum begleitest du uns nicht?«

»Danke, aber ich habe noch zu tun. Kommt jetzt, Kinder.«

Sie stapften durchs hohe Gras davon, und die Kinder winkten Cade noch einmal schüchtern zu, bevor sie Zoe folgten. Cade erwiderte den Gruß. Verdammt. Was sollte schon so schwierig daran sein, mit vier Kindern in einem öffentlichen Restaurant zu speisen?

Cade führte seine sonnenverbrannte, nach Essig riechende und mit Backpulverpaste eingeschmierte Sippschaft kurz nach sieben Uhr in Glori-Lees Café. Die große, grobknochige Witwe, die das Restaurant schon seit über vierzig Jahren führte, schaute auf und rümpfte ihre Nase.

»Wer von euch ist denn ins Gurkenfaß gefallen?«

Cade zog seinen Hut vor ihr. »Du siehst blendend aus wie immer, Glori-Lee. Sogar noch besser als vor siebzehn Jahren.«

»Das möchte ich doch hoffen«, erwiderte sie mit einem heiseren Lachen.

»Hast du dir schon einen Mann genommen?«

»Nein, ich habe mich für dich bewahrt.«

Cade lachte. »Du findest bestimmt noch etwas Besseres als mich.«

Sie küßte ihn auf die Wange. »Du bist sowieso schon viel zu alt für mich. Ich habe ein Auge auf einen der Pointer-Jungs geworfen. Er ist noch jung genug, um ihn mir so zu erziehen, wie ich ihn haben will.«

»Du bist eine anspruchsvolle Frau, Glori-Lee.«

Schmunzelnd führte sie ihn zu einem großen Tisch beim Fenster. Eine Vase mit Rosen stand auf dem rotkarierten Tischtuch, und der würzige Duft von Rinderbraten und frischgebackenem Brot, der aus der Küche kam, ließ Cade das Wasser im Mund zusammenlaufen.

Zwei männliche Gäste lächelten ihn an, als die Kinder sich um die Plätze stritten. Es waren die Frauen, die ihm die kalte Schulter zeigten und ihre Servietten an die Lippen drückten, als flößte ihnen dieser Kopfgeldjäger Abscheu ein.

Die Kinder nahmen endlich ihre Plätze ein, und Cade setzte sich an das Kopfende des Tisches und bewunderte seine neuerworbene Familie. Trotz ihrer geröteten, mit Backpulverpaste verklebten Haut waren sie wirklich ausgesprochen hübsche Kinder.

Die Gerichte auf Glori-Lees handgeschriebener Karte klangen alle so verlockend, daß Cades Magen sich zusammenzog vor Hunger. »Was möchtet ihr gern essen?« fragte er seine kleinen Gäste.

»Pfirsichtorte«, antworteten sie wie im Chor.

»Und was sonst noch?« fragte er.

»Sahne!«

Er überlegte kurz. »Eßt ihr sonst nichts anderes vor der Torte?«

»Schokoladenkuchen!« antwortete Brody.

Cade lehnte sich zurück. »Also gut, dann bekommt ihr Schokoladenkuchen und Pfirsichtorte.« Er hatte eigentlich mehr an eine komplette Mahlzeit aus Fleisch, Kartoffeln und Gemüse gedacht, aber die Kinder würden schon wissen, was sie essen wollten. Außerdem war dies eine besondere Gelegenheit.

»Pfirsichtorte, Schokoladenkuchen und einen Krug Sahne«, bestellte er bei Glori-Lee.

Die Frau runzelte die Stirn. »Haben Sie denn schon ihr Abendbrot gegessen?«

»Noch nicht. Wir bestellen es gerade.« Manchmal aß auch er nur Süßigkeiten zum Abendessen und war bisher noch nicht daran gestorben.

»Torte und Kuchen!« riefen die Kinder wie im Chor.

Glori-Lee notierte die Bestellung, steckte den Stift hinter ihr Ohr und verschwand brummend in der Küche. »Das wird Zoe nicht gefallen.«

Das Lächeln der Kinder war eine Strafpredigt von Zoe wert. Cade schaute eins nach dem anderen an. »So. Und nun erzählt mir doch etwas von euch. Habt ihr Haustiere?«

Missys Augen leuchteten. »Wir haben zwei Kater, Romeo und Othello, und Butch, den Hund. Und Bud.«

»Bud? Wer ist Bud?«

»Bud lebt in einem Marmeladenglas«, erklärte Will.

Missy kicherte. »Bud ist ein Insekt. Und ganz, ganz lieb.«

Cade zog die Brauen hoch. »Ein Insekt also, das in einem Marmeladenglas lebt. Sonst noch etwas?«

»Nein«, antwortete Brody. »Nur Romeo, Butch und Bud. Ich hätte gerne auch ein Pony, aber Zoe meint, sie könne es sich nicht leisten, noch mehr Tiere zu ernähren.«

Dieses ›sich nicht leisten können‹ beunruhigte Cade. Der Gemischtwarenladen gehörte den Bradshaws schon seit drei Generationen und hätte Zoe eigentlich ein gutes Auskommen sichern müssen. Aber nach allem, was er bisher gesehen hatte, schien das nicht der Fall zu sein. Ihre Kleider waren alt und abgetragen, und ihre Möbel waren noch dieselben, die Jims Eltern schon gehabt hatten. Und sie benutzte auch immer noch denselben alten Herd.

Er verdrängte den Gedanken für den Augenblick. »Und die Schule? In welchen Klassen seid ihr?«

»In der dritten«, sagte Holly. »Brody ist in der fünften.«

»Die Schule wird wohl bald wieder beginnen.«

»Ich gehe vielleicht nicht mehr zur Schule«, kündigte Brody an.

Holly versetzte ihm einen Klaps. »O doch, das wirst du. Zoe wird dich dazu zwingen.«

»Du mußt in die Schule gehen, Junge«, mischte Cade sich ein. »Um etwas zu lernen.«

Brody beugte sich vor. »Ma sagte, du hättest die Schule nicht beendet und weißt auch sehr viel.«

»Du solltest mehr wissen als ich. Außerdem *mußte* ich die Schule abbrechen. Mein Pa erkrankte, und ich mußte bei einem Farmer arbeiten, damit wir zu Hause etwas zu essen hatten.«

Aufgeregt richtete Will sich noch gerader auf. »Du weißt eine Menge, Onkel Cade! Pa sagte, du wärst der beste Kopfgeldjäger, den er kannte.«

»Ja«, stimmte Brody zu. »Ein Junge in der Schule sagte, du würdest sie alle totschießen und fast nie einen lebend mit zurückbringen.«

Cade runzelte die Stirn. Er tat, was nötig war, um ein Kopfgeld zu kassieren. Er hatte seinen Opfern immer eine faire Warnung zugerufen und noch nie einen Mann von hinterrücks erschossen. Aber wie hätte er diesen feinen Unterschied einem Kind erklären können? Manche Leute sahen seine Tätigkeit als legalisiertes Morden an. Er nicht. Für ihn war sie ein Dienst an der Gesellschaft.

Holly schaute ihn aus großen Augen an, die Addys so ähnlich waren, daß es beinahe unheimlich war. »Ma sagte, Töten sei nichts, worauf man stolz sein kann.«

»Deine Ma hat recht, aber es gibt Momente, wo es einfach nicht zu verhindern ist.«

»Ma hat jede Nacht dafür gebetet, daß du heimkamst und wir alle wieder eine Familie sein konnten.«

»Wir *sind* eine Familie«, erklärte Brody.

»Ja«, sagte Will. »Darf ich deine Waffe halten?«

Cade strich dem Jungen übers Haar. »Niemand außer mir hält meine Waffe.«

Glori-Lee brachte eine ganze Torte, einen großen Kuchen und eine Schüssel Schlagrahm. »Bedient euch selbst, Kinder. Ich hoffe nur, daß ihr kein Bauchweh kriegt.«

Die Kinder waren höflich und manierlich, und Cade verspürte einen beinahe väterlichen Stolz auf sie, als die Mahlzeit ohne Zwischenfälle ihren Fortgang nahm. Er mußte zugeben, daß Torte, Kuchen und Sahne eine sehr angenehme Abwechslung nach den üblichen Bohnen und dem Dörrfleisch waren.

»Ich möchte euch etwas fragen, Kinder. Wir müssen beschließen, wo ihr leben werdet.«

Missys Gesicht bewölkte sich. »Wir wollen keine Kätzchen. Wir wollen bei Zoe leben.«

Will schaute auf. »Ich hätte gern ein Pony, aber ich möchte auch bei Zoe bleiben.«

»Darüber müssen wir reden«, sagte Cade. »Wenn ihr nicht bei Zoe oder den Brightons leben könntet, wo würdet ihr dann gerne leben?« Er sah, wie die Kinder einen ernsten Blick austauschten.

»Nicht bei Tante Laticia«, sagten alle wie aus einem Munde.

»Was gefällt euch nicht an eurer Tante?«

Brody legte seine Gabel nieder. »Sie sieht zum Fürchten aus.«

Will rümpfte die Nase. »Und sie riecht so komisch.«

»Wir wollen bei Zoe *und* bei dir leben«, sagte Holly. »Du bist der Bruder unserer Mutter. Ma sagte immer, Zoe wäre für sie wie eine Schwester, so daß sie eigentlich auch deine

Schwester ist, und Ma meinte, Brüder und Schwestern müßten zusammenbleiben.«

Cade räusperte sich. »Obwohl ich das sehr gerne täte, geht es leider nicht.«

»Warum nicht?« fragte Will. »Mußt du wieder böse Männer erschießen gehen?«

»Möglich, aber nicht eher, bis ich euch irgendwo untergebracht habe.« Er sah, wie Brody sich ein drittes Stück Kuchen nahm. Jungen aßen viel mehr, als er dachte.

Seine Gabel ableckend, sagte Brody: »Reich mir die Sahne, bitte.«

»Wenn du fort mußt, um böse Männer zu erschießen«, sagte Missy, »warum können wir dann nicht bei Zoe bleiben?«

Cade konnte sehen, daß die Sonne, das Schwimmen und der lange Tag allmählich seinen Zoll von den Kleinen forderte. Red hatte recht gehabt. Die Kinder brauchten Schlaf mindestens genauso dringend wie ein Abendessen.

Will gähnte. »Hast du den bösen Mann erschossen, der Zoes Mann erschossen hat?«

Habe ich das? fragte sich Cade. Im Laufe der Jahre hatte er so viele Männer erschossen, daß er den Überblick verloren hatte. Wenn auf die Ergreifung des Mannes eine Belohnung ausgesetzt gewesen war, war anzunehmen, daß er sie kassiert hatte. Die meisten steckbrieflich gesuchten Männer gaben jedoch nicht kampflos auf. Es kam ihm wie Ironie des Schicksals vor, zu denken, daß er vielleicht Jim Bradshaws Tod gerächt hatte, ohne es zu wissen.

Cade wich der Frage des Jungen aus und wechselte das Thema. »Eßt auf. Ihr werdet müde – seht euch eure kleine Schwester an. Sie schläft bereits – oh! Sie liegt mit dem Gesicht auf ihrer Torte!« Hastig sprang er auf, zog Missys Gesicht vom Teller und begann, Pfirsichstückchen aus ihrem Haar zu pflücken.

»Oooh.« Brody schob den Stuhl zurück und krümmte sich. »Ich habe Bauchschmerzen.«

»Ich auch«, stöhnte Will. »Und meine Haut brennt!«

Glori-Lee kam herüber, um zu helfen, als sie die Klagen der Kinder hörte. Cade war sich der erschrockenen Gesichter der anderen Gäste bewußt, als die Kleinen sich immer lautstarker beklagten.

»Die armen Kinder, sie sind sterbenskrank«, schalt Glori-Lee. »Sie brauchen jetzt eine ordentliche Portion Rizinusöl und müssen dann sofort ins Bett.« Kopfschüttelnd wischte sie Missys Gesicht mit einer Serviette ab. »Warum mußtest du sie auch mit Kuchen, Torte und Sahne füttern! Sei froh, wenn sie nicht daran sterben!«

Cade runzelte die Stirn und eilte um den Tisch. »Alles in Ordnung mit dir?« fragte er Holly, als sie langsam aufstand. Ihr Gesicht war leichenblaß, und sie schwankte ein wenig.

Sie schüttelte den Kopf. »Mir ist schlecht.«

Er hoffte, daß es genügend Büsche auf dem Heimweg gab. Sahne, Torte und Kuchen. Er hätte es wirklich besser wissen müssen.

»Ich muß sie heimbringen«, sagte er zu Glori-Lee.

Sie nickte. »Ich bin froh, daß ich nicht diejenige sein werde, die sie in diesem Zustand heimbringt.«

Er hob Missy auf, nahm Holly an der Hand und schob Brody und Will vor sich her zur Tür. Doch kaum hatten sie das Restaurant verlassen, ertönte ein lauter Donnerschlag, der sekundenlang die hölzernen Bürgersteige erschütterte, bevor der Himmel seine Schleusen öffnete.

Cade schaute auf und runzelte die Stirn. *Verdammt.* Ein scharfer Wind peitschte die Baumwipfel und wirbelte den Staub auf der Main Street auf.

Walt Mews schrie ihm einen Gruß zu, als er den Barbiersalon abschloß, und rannte dann, die *Police Gazette* schützend über den Kopf haltend, zum Mietstall hinüber.

Cade sah, wie Woodall Thompson im Grundbuchamt auf seine Uhr schaute und das Fenster schloß.

Der Himmel war schwer und grau wie Blei. Gezackte Blitze erhellten sekundenlang Ben Pointers Schmiede, als Brody in die Büsche stürzte, Will dicht hinter sich.

Wimmernd drückte Missy ihr Gesicht an seinen Nacken. Cade stülpte ihr schützend seinen Hut auf und zog dann Holly unter seine Jacke, so daß ihr Kopf und ihre Schultern aus dem Regen waren.

»Mir ist nicht gut, Onkel Cade«, sagte sie.

»Ich weiß, Liebes. Ich bringe dich heim, sobald die Jungen ...« er warf einen Blick auf die Büsche – »fertig sind.«

Missy schmiegte sich noch enger an ihn, und ihr warmer Atem streifte sein Gesicht. »Ich will nicht vom Blitz getroffen werden.«

»Ich beschütze dich. Nichts wird dir geschehen, solange Onkel Cade bei dir ist.«

Er verzog das Gesicht, als der Regen noch heftiger herunterkam. Eine weitere Nacht in einem nassen Bett. Stirnrunzelnd schaute er zum Himmel auf. Jemand hatte es dort oben auf ihn abgesehen.

Innerhalb von Sekunden war er durchnäßt bis auf die Knochen, und die Kinder auch. Sie schauten ihn an, mit zitternden Lippen, die sich bereits blau verfärbten. Ihre Nasen waren verbrannt von der Sonne; sie waren hundemüde und hatten Bauchweh. Niemand brauchte ihm zu sagen, daß er für die Rolle eines Vaters völlig ungeeignet war.

Er mußte sich auf einiges gefaßt machen, wenn er Zoe gegenübertrat.

6

»Du wolltest Regen? Da hast du deinen Regen.« Es war Cades Stimme.

Zoe hielt die Lampe höher und betrachtete die triefnasse kleine Versammlung vor der Tür. Cade hielt seinen Hut über Missys Gesicht, und Hollys Kopf steckte unter seiner Jacke. Brody und Will sahen ganz grün um die Nase aus, und alle fünf waren bis auf die Haut durchnäßt. Wasser tropfte von Cades Haar auf Wills Kopf. Blinzelnd wischte sich der Junge über seine Augen.

Cade hob Missy auf die andere Hüfte. »Willst du uns die ganze Nacht hier stehen lassen? Wir werden hier nicht trockener.«

Bevor Zoe das Moskitogitter öffnete, zog sie mit dem Fuß einen kleinen Stoffteppich heran. »Wischt euch die Füße ab.« Cade schob sich an ihr vorbei und trug Missy in die Küche. Die anderen Kinder folgten, nachdem sie sich vorher rasch die Füße auf dem Türvorleger abgetrocknet hatten.

»Es donnert, Zoe. Ich habe mich gefürchtet, aber Onkel Cade hat mich beschützt«, erzählte Missy.

Zoe stellte die Lampe auf den Tisch und nahm Cade das kleine Mädchen ab. Rasch zog sie ihr die nassen Sachen aus. »Holly, hilf du Will. Brody, zieh dich aus und leg die nassen Sachen in den Ausguß.«

Holly sank auf den nächsten Stuhl und stöhnte. »Mir ist schlecht.«

»Mir auch«, murmelte Brody.

Will brauchte nichts zu sagen, Zoe sah mit einem Blick, wie schlecht es dem Kleinen ging. »Was hast du den Kindern zu essen gegeben?« fragte sie Cade.

»Abendbrot.«

Verärgert zupfte Zoe ein Stück Pfirsich aus Missys nassem Haar. »Was ist das?«

»Abendbrot.«

Will stöhnte. »Wir haben Pfirsichtorte und Schokoladenkuchen gegessen.«

»Und Sahne«, fügte Brody hinzu. »Eine große Schüssel.«

»Oh, Cade!« Eine Ader pochte an ihrer Schläfe, als sie zusah, wie er Missy auf den Tisch hob und ihr die nassen Schuhe und Socken auszog. Was würde erst geschehen, wenn er die ganze Verantwortung für sie besaß?

Missy streckte die Arme nach Cade aus, er beugte sich vor, und sie küßte ihn auf die Wange. Cade wirkte überrascht, aber erfreut, als er den Kuß erwiderte. Seiner verblüfften Miene nach zu urteilen, war er noch nie von einem Kind umarmt worden.

»Wir hatten viel Spaß«, sagte Missy. »Nicht wahr, Onkel Cade?«

»Sehr viel Spaß«, bestätigte er.

»Du kannst mich Sonnenblume nennen. So hat Pa mich auch immer genannt.«

Er zögerte und sagte dann: »Gut. Sonnenblume also.«

Zoe streifte ihn, als sie zum Ausguß ging. Es ärgerte sie, daß er, trotz seines Mangels an Verantwortungsbewußtsein, das Vertrauen der Kinder gewonnen hatte.

Er folgte ihr zur Spüle. »Ich habe einen Fehler gemacht, als ich sie all diesen Kuchen essen ließ. Es tut mir leid. Ich hätte daran denken müssen – aber es war ja auch eine besondere Gelegenheit.«

Während sie die Obstflecken aus Missys Kleid ausspülte, murmelte Zoe: »Jeder vernünftige Mensch weiß, daß man Kindern keine Pfirsichtorte, Schokoladenkuchen und Sahne zum Abendessen geben kann.«

»Es wird sie nicht gleich umbringen, ab und zu zu essen, was sie wollen.«

»So? Dann sieh sie dir doch an. Ich finde, daß sie jetzt schon halbtot aussehen.«

Er betrachtete die Kinder. »Kannst du dich nicht mehr an den Tag entsinnen, an dem Addy und ich etwas von Ma's Weihnachtslikör stibitzt hatten?«

»Doch, das kann ich. Aber du scheinst dich nicht mehr daran zu entsinnen, daß ihr damals *glaubtet*, daß ihr sterben müßtet.«

»Genau das ist der Punkt. Wir sind aber nicht gestorben. Und ich habe etwas daraus gelernt.«

Langsam drehte sie sich zu ihm um. »Was denn? Keinen Weihnachtslikör mehr zu trinken?«

»Nein, mich nicht von dir dabei erwischen zu lassen.«

Sie wrang Missys Kleid aus und hängte es vor den warmen Ofen. »Hast du keinen anderen Ort, wohin du gehen kannst?«

»Nein, habe ich leider nicht. Ich war seit heute morgen nicht mehr im Gefängnis, aber ich bin sicher, daß die ganze verdammte Bude unter Wasser steht.«

»Das ist schlimm für dich.«

»Ja, das ist es. Und deshalb werde ich dort nicht übernachten.«

»Dann geh zu Pop – das ist die gerechte Strafe dafür, daß er das Dach nicht schon vor Monaten in Ordnung gebracht hat.«

Sie scheuchte die Kinder ins Schlafzimmer, damit sie ihre Nachthemden anzogen, bückte sich nach den nassen Handtüchern und stieß gegen eine breite, warme Brust.

Cade lächelte, als sie sich langsam aufrichtete und ihre Augen seltsam glitzerten.

»Würdest du mir bitte Platz machen?«

»Geht nicht. Der Raum ist zu klein. Wo soll ich hin?« Er zwickte sie in die Nase, und sie schüttelte seine Hand ab. »Ich will nicht bei Pop übernachten. Was er hat, könnte ansteckend sein.«

»Zu viel Stachelbeertorte ist nicht ansteckend.«

Brody kam aus dem Schlafzimmer. »Er kann bei mir und Will schlafen.«

Will hüpfte entzückt von einem Bein aufs andere. »O ja! Das wird lustig!«

»Ich mache dir ein Frühstück, Onkel Cade«, bot Holly an. »Meine Eier sind fast so gut wie Ma's.«

Missy rannte in die Küche und umklammerte Cades Bein. »Ich möchte, daß du bei mir und Zoe schläfst, damit wir uns nicht vor dem Sturm zu fürchten brauchen.«

Während er dem Kind über den Kopf strich, grinste er Zoe an. »Das scheint mir eine ausgezeichnete Idee zu sein.«

Sie versteifte sich bei seinem leisen, ganz bewußt verführerischen Tonfall. Erinnerungen an die Nacht, bevor er vor all diesen Jahren fortgegangen war, bestürmten sie. Er hatte sie in seinen Armen gehalten und geliebt, bis die Sonne aufgegangen war. Ein dumpfer, hohler Schmerz nagte an ihrer Seele. Damals war sie ein anderer Mensch gewesen. Hoffentlich war sie jetzt vernünftiger; sie hoffte zu Gott, daß ihre Augen nur Mißbilligung verrieten. Als sie das Zucken um Cades Lippen sah, wußte sie, daß er verstanden hatte.

»Nun ja, vielleicht schlafe ich ja doch besser bei den Jungen. Euer Bett ist ein bißchen zu kurz für mich.« Er warf Zoe einen Blick zu. »Und zu kalt.«

»Nein«, sagte Missy rasch. »Es ist warm ... schön warm.«

Zoe zog eine Augenbraue hoch. Bei den Jungen schlafen? Sah er denn wirklich nicht, daß sie auch ohne ihn schon alle Hände voll zu tun hatte? Es paßte ihr ganz und gar nicht, aber sie wußte auch, daß sie nichts dagegen tun konnte; die anderen hatten sie überstimmt.

»Niemand würde Ruhe finden, wenn du bei den Jungen schläfst.«

Cade grinste. »Dann werde ich wohl doch bei dir und Missy schlafen müssen.«

Zoe warf ein schmutziges Handtuch auf den Tisch. »Du kannst im Wohnzimmer auf dem Sofa schlafen. Aber sei vorsichtig. Ich bewahre dort die Porzellanfigürchen meiner Mutter auf.«

»Auf dem kleinen alten Sofa?« fragte Cade.

»Es ist ja nur für eine Nacht.« Sie ging dicht an ihm vorbei und sagte leise: »Mach es dir also nicht allzu bequem.«

Während die Kinder zum Klosett hinausliefen und Rizinusöl bekamen, um ihre Bauchschmerzen zu lindern, legte Zoe Bettwäsche und noch ein Extrakissen für Cade heraus.

Als sie ihm das Bett auf dem Sofa machte, warnte sie ihn noch einmal: »Zerbrich nicht meine Porzellanfigürchen.« Er sah sich die Sammlung zierlicher Engel, Schwäne und Schmetterlinge an, die auf einem kleinen Tisch neben dem Sofa standen.

»Du brauchst es nicht zweimal zu sagen. Ich bin nicht taub.«

»Nur damit du auch Bescheid weißt.« Sie schloß die Tür. Eine Sekunde später hörte sie ein Klirren. Mit angehaltenem Atem kniff sie einen Moment die Augen zu, bevor sie die Tür wieder aufriß.

Cade lag auf den Knien vor dem Tisch und hielt einen gläsernen Schwan in seiner Hand. Er schaute sie mit großen, unschuldigen Augen an.

»Ich habe ihn ja *aufgefangen*.«

Wortlos knallte sie die Tür zu und ging zu Bett.

Jalousien klapperten im Wind, der um den alten Laden heulte. Beängstigend grelle Blitze erhellten den Raum und krachten wie gewaltige, böse Peitschenschläge. Zoe stand mehrmals auf, um die sonnenverbrannten Schultern der Kinder mit Essig einzureiben. Sie bemühte sich, Ruhe zu bewahren, aber der Sturm, der sich von Minute zu Minute zu verschlimmern schien, machte ihr sehr zu schaffen.

Gelegentliche Donnerschläge erschütterten die kleinen Räume, und sie hörte Konservendosen aus den Regalen auf den Boden fallen. Es war Jahre her, seit ein vergleichbar starker Sturm in Winterborn gewütet hatte. Sie erschrak heftig, als ein Ast von der riesigen alten Eiche im Garten abbrach und krachend gegen die Veranda prallte. Butch heulte und kratzte am Moskitogitter, weil er ins Haus wollte. Das ängstliche Miauen der Katzen wurde immer unerträglicher. Sie konnte sich nicht entsinnen, je eine schrecklichere Nacht verbracht zu haben.

Gegen vier Uhr morgens, todmüde und mit ihren Nerven fast am Ende, fiel sie endlich erschöpft ins Bett.

Kaum lag sie dort jedoch, ertönte ein weiterer lauter Donnerknall. Sie merkte kaum, daß Missy aufstand und Holly irgend etwas zuflüsterte. Die beiden Mädchen verließen das Zimmer, und Zoe versank in einen tiefen Schlaf.

Im Morgengrauen drehte sie sich um, tastete nach Missy und stellte fest, daß die andere Seite des Betts leer war. Erschrocken richtete sie sich auf und sah, daß auch Holly nicht in ihrem Bett lag.

Im Morgenrock trat sie ans Fenster und schaute zum Klosett hinaus. Vielleicht war ihnen übel. Sie stöhnte, als sie sah, daß die Klotür abgerissen und der Gartenzaun zur Hälfte eingerissen war.

Beunruhigt ging sie in die Küche, und ihr Herzschlag stockte, als sie sah, daß auch die Jungen nicht auf ihren Matratzen lagen. »Brody! Will! Holly! Missy!«

Zoe hastete durch die Küche und riß die Wohnzimmertür auf, wo sie verblüfft den Schritt verhielt, als sie Cade, die Kinder, den Hund und die beiden Katzen alle schlafend um das Sofa herum versammelt sah.

Erschrocken schlug sie eine Hand vor ihren Mund, als sie Bud, die Tarantel, die die Kinder sich als Haustier hielten, auf Cades Brust sitzen sah.

Missy mußte sie wieder aus ihrem Glas herausgelassen haben.

Einen Moment verharrte Zoe unschlüssig, weil sie nicht wußte, was sie machen sollte. Sie konnte Cade von selbst aufwachen lassen und ... Nein, das war gemein. Sie würde ihn leise wecken, ohne Bud zu stören.

Auf Zehenspitzen schlich sie zur Couch und wisperte: »Cade?«

Er öffnete ein Auge und lächelte sie an. Dann, als er das andere aufschlug, sah er Bud. Brüsk richtete er sich auf, schlug mit den Händen nach der Spinne und schleuderte sie quer durch das Zimmer.

Zoe war verblüfft über die Schnelligkeit, mit der er auf die Beine sprang. Bevor sie ihm etwas erklären konnte, jagte er Bud durchs Zimmer und trat mit seinen bestrumpften Füßen nach ihm.

Butch erwachte, fing an zu bellen und sprang über den kleinen Tisch neben der Couch. Mit dem Schwanz fegte er zwei der Porzellanfiguren beiseite, so daß sie klirrend auf den Boden fielen. Romeo miaute schrill und grub seine Krallen in das Sofa, als er die Flucht ergriff, gefolgt von Othello.

Die Mädchen stürzten zu Cade und zerrten an den langen Unterhosen, die er trug. »Hör auf, herumzutanzen, Onkel Cade!« kreischte Missy. »Du erschreckst Bud!«

Cade brüllte: »Wer ist Bud?«

»Bud, die Spinne«, schrie Zoe.

»Die Spinne?« Cade hörte auf, »herumzutanzen«, und

ließ sich auf einen Sessel fallen. »Dieses verdammte Vieh ist euer Haustier?«

Kopfschüttelnd ließ Zoe sich auf die Knie sinken und betrachtete wehmütig die Scherben ihrer zerbrochenen Porzellanfiguren. Wie hatte sie so dumm sein können, sie nicht wegzuräumen?

Brody und Will richteten sich verschlafen auf. »Ist noch immer Sturm draußen?« fragte Will.

Missy lief zu Bud und steckte ihn in sein Glas zurück. Während sie den Deckel zuschraubte, schaute sie Zoe an. »Hast du auch Angst vor dem Gewitter, Red?«

Zoe bemühte sich, eine ernste Miene zu bewahren. Die bloße Vorstellung, daß Missy sie jetzt auch schon »Red« nannte ... Schließlich verlor sie die Beherrschung und begann zu lachen. »Nein, Sonnenblume. Das Gewitter ist vorbei. Ich wunderte mich nur, wo ihr geblieben wart.«

Als die allgemeine Aufregung sich legte, hob Zoe die Scherben eines Schwans und eines Schmetterlings auf.

»Es tut mir leid, daß sie zerbrochen sind«, sagte Cade und bückte sich, um ihr zu helfen.

»Es war meine eigene Schuld. Ich hätte sie weg tun sollen.«

»Ich kauf dir neue.«

»Sei nicht albern. Sie sind unersetzlich.«

Zoe hielt die Augen von ihm abgewandt. Der Anblick seiner langen Unterhosen verwirrte sie mehr, als sie sich eingestehen wollte. Wer hätte gedacht, daß ein Mann in Unterwäsche so provozierend wirken konnte – selbst wenn er ziemlich lächerlich aussah mit seinen Socken? »Es war ein schreckliches Gewitter. Der Garten hinter dem Haus ist übel zugerichtet. Vorn habe ich noch nicht nachgesehen.«

Die Kinder liefen aus dem Raum zur Hintertür. »Das Klosetthäuschen ist kaputt!« schrie Will.

»Ein dicker Ast liegt hier im Garten!» rief Holly.

Zoe und Cade folgten den Kindern und sahen sich den Schaden im Garten an, bevor sie nach vorne in den Laden gingen und Cade die Eingangstür aufschloß.

»Wie sieht's hier aus?« fragte Zoe und versuchte an ihm vorbeizuspähen.

»Als müßte ich noch ein paar Tage länger auf dem Sofa schlafen.«

»Warum?«

Ein einziger Blick auf die Main Street genügte, um ihre Frage zu beantworten. Der Sturm hatte das Dach des Gefängnisses zerstört, und seine Überreste hingen in der Baumkrone von Woodall Thompsons Sykamore. Auch die Jalousien der umliegenden Geschäfte waren abgerissen worden; die Straße war übersät mit Brettern und mit Ladenschildern. »Ben Pointer und Söhne« lag in einem der Fenster von Glori-Lees Café. Bürgermeister Willis war bereits draußen, um den Schaden abzuschätzen.

Cade rief ihm zu: »Jemand verletzt, Lawrence?«

Zoe war entsetzt, als Lawrence aufschaute und sie Cade in ihrer Tür stehen sah, ihn in seinen langen Unterhosen und sie in ihrem Morgenrock.

Doch Lawrence lächelte. »Nicht, daß ich wüßte – bist du das, Cade?«

»Ja. Ein furchtbarer Sturm, nicht wahr? Kann ich helfen?«

Lawrence nickte. »Das hat keine Eile – laß dir ruhig Zeit. Ich möchte euch nicht stören.«

Bestürzt zog Zoe Cade wieder hinein und schlug die Tür zu. »Warum hast du es ihm nicht erklärt?« fragte sie.

»Was denn? Daß ich mit den Kindern, dem Hund, den Katzen und einer Tarantel auf dem Sofa geschlafen habe?«

»Du ...!« Wütend stürmte sie in die Küche weiter, weil ihr klar war, daß der Zwischenfall noch vor dem Frühstück in der ganzen Stadt bekannt sein würde.

Um acht Uhr in der Frühe war auf der gesamten Straße das Geräusch von Hämmern und von Sägen zu vernehmen. Der Sturm hatte beträchtlichen Schaden angerichtet; laut Aussage des Bürgermeisters würde es Wochen dauern, bis die Stadt wieder einigermaßen hergerichtet war.

Missy kam durch die Küchentür herein und hüpfte nervös von einem Bein aufs andere. »Onkel Cade, ich muß *gehen*!«

Cade schaute von seinem Frühstücksteller auf. »Wohin?«

Zoe nahm zwei Eier aus der Pfanne und legte sie auf Brodys Teller. »Auf die Toilette.«

»Die Tür ist abgerissen. Alle können mich jetzt sehen!«

Cade stand auf.

Zoe runzelte die Stirn. »Dein Frühstück wird kalt. Kannst du nicht einen Moment warten, Missy?«

Sie tänzelte unruhig auf und ab. »Neiiiin!«

»Gib mir zehn Minuten, Sonnenblume, dann kannst du gehen.«

Missy lief ihm nach, und Zoe stellte Cades Teller in den warmen Ofen und öffnete das Fenster, um frische Luft hereinzulassen. Doch dann verhielt sie mitten in der Bewegung, als sie Cade sein Hemd abstreifen sah. Unfähig, den Blick von ihm abzuwenden, blieb sie regungslos am Fenster stehen und starrte wie gebannt auf seinen muskulösen nackten Oberkörper, der fast golden glänzte in der hellen Morgensonne. Sündige Bilder kamen ihr jetzt in den Sinn. Ihn so zu sehen erweckte Erinnerungen an jene Nacht, die ihr Leben für immer verändert hatte.

Sie lächelte, als Missy sich die Hände zwischen die Beine hielt und von einem Fuß auf den anderen hüpfte. Cade hob Will auf seine Schultern, um den abgerissenen Ast vom Klosettdach zu entfernen, während Brody und Holly Nägel in ein loses Türbrett schlugen. Es ließ sich nicht verleugnen: Cade liebte Kinder. Zoe hätte fast laut gelacht, als er Will absetzte und ihn um das Klosetthäuschen herumjagte.

Wie eine richtige Familie. *Ihre* Familie. Aber Zoes Lächeln verblaßte, als ihr zu Bewußtsein kam, daß ihr eigenes Fleisch und Blut dort draußen sein und helfen könnte ... Wie alt wäre ihr Kind heute gewesen? Sechzehn? Fast erwachsen schon – genauso alt wie Cade, als er vor all den Jahren fortgegangen war. Rasch wandte sie den Blick ab und schluckte, als sich ein Kloß in ihrer Kehle bildete.

Missys Ungeduld nahm zu. »Beeil dich, Onkel Cade!«

Cade griff nach einem Hammer. »Das tue ich ja schon, Sonnenblume – kannst du nicht in die Büsche gehen?«

Zoe lächelte, als sie die Entrüstung in Missys Stimme hörte: »Nein!«

Schon wenige Minuten später war die Klotür so weit repariert, daß Missy sich Erleichterung verschaffen konnte, und eine Stunde später waren auch fast alle abgebrochenen Äste aus dem Hof entfernt. Brody, Will und Holly arbeiteten emsig neben Cade, während Missy mit der ganzen Autorität eines Kavallerieoffiziers Befehle verteilte.

Gegen Mittag erschien Cade an der Küchentür und rief Zoe zu: »Ich werde jetzt im Gefängnis sein, falls du mich brauchen solltest.«

Ihre Blicke trafen sich, als sie vom Bügelbrett aufschaute, und sie wandte ihn nicht eher ab, bis sie merkte, daß sie Mrs. Penscotts Unterrock versengt hatte. Rasch warf sie ihn wieder in den Korb mit der Schmutzwäsche zurück. »Nimmst du die Kinder mit?«

»Nein, sie werden Lawrence Willis beim Aufräumen der Main Street helfen.«

»Sag ihnen, daß sie nicht stören sollen.«

»Sag du es ihnen. Ich möchte mir nicht Missys Belehrungen anhören.«

Als Cade die Straße überquerte, sah er, daß Pop vor dem Gefängnis stand und den entstandenen Schaden abschätzte.

»Mann, der Sturm hat das ganze Dach davongeweht!« Die Hände in die Hüften gestützt, starrte Pop zu den nackten Balken über dem Gefängnis auf, wo einst der kleine Raum gewesen war, in dem Cade geschlafen hatte.

»Es wird eine Weile dauern, das zu reparieren«, meinte Cade.

»Wir haben kein Geld, um das Dach zu erneuern.«

»Die Stadt hat kein Geld für ein neues Dach?«

»Nein. Ich hätte nie damit gerechnet, daß es einmal komplett abgerissen werden könnte«, gab Pop zu. »Wir hatten genug Geld, um es auszubessern, aber nicht, um das verflixte Ding *ganz* zu ersetzen. Es wird wohl am besten sein, wenn wir dafür sorgen, daß das Gefängnis trocken bleibt, und den Raum oben vergessen. Er wird sowieso fast nie benutzt.«

»Ich habe dort geschlafen«, erinnerte ihn Cade.

Pops Augen wurden groß. »Du warst doch während des Gewitters nicht dort oben, oder?«

»Nein. Denn es war inzwischen schon so feucht im Raum, daß ich bei den Kindern übernachtet habe.«

Pop lachte. »Bei den Kindern?«

»Zoe war nicht begeistert, aber sie hat mir das Sofa überlassen.«

»Frauen. Sie können sehr gemein sein, was?«

Cade steckte Pops Hammer und Nägel in die Hosentasche und hob die Leiter auf, die an der Hauswand lehnte. »Wenn du mir noch ein, zwei Männer suchst, könnten wir das Dach zumindest provisorisch decken, bevor es wieder regnet«, sagte er zu dem Sheriff.

»Hast du Zeit dazu?«

»Hague Pearson kann ruhig noch einen Tag warten. Das Dach ist wichtiger.«

»Na ja, ich denke, ein Tag mehr ist kein Problem. Aber denk daran, Mooney klarzumachen, daß Hagues Tod auf sein Konto geht und nicht auf meins. Laß dir bloß nichts von ihm vormachen.«

»Mir kann keiner etwas vormachen.«

»Nun ja, ich würde ja selbst hinfahren, aber mir geht es immer noch nicht gut. Jetzt habe ich plötzlich diesen Ausschlag überall und kann nicht aufhören, mich zu kratzen.«

Cade nickte, als er die roten Flecken auf dem Gesicht des Sheriffs sah. »Was hast du denn nun wieder gegessen?«

»Schwer zu sagen«, meinte Pop und kratzte sich an der Hüfte.

»Vielleicht könnten die Pointer-Jungen mir mit dem Dach helfen. Hast du einen Moment Zeit, um ihnen Bescheid zu sagen?«

Als Pop davoneilte, stieg Cade auf die Leiter. Sein »kurzer« Aufenthalt in Winterborn wurde täglich länger.

Gegen Abend dröhnte Cades Kopf vom Pochen der Hämmer und der Nägel, die ins Holz getrieben wurden. Ladenschilder waren wieder angenagelt und zerbrochene Scheiben ausgetauscht worden. Es tat gut, zu sehen, daß selbst kleine Kinder mithalfen und mit hölzernen Karren durch die Straßen zogen, um abgerissene Zweige, Äste und anderen Unrat zu beseitigen. Brody und Will beluden ihren Karren, bis er nichts mehr faßte, und zogen ihn dann zum Stadtrand, um ihn auszuleeren.

Das Gefängnis hatte wieder ein Dach, und wenn auch nur ein provisorisches. Die Schindeln, die noch zu retten gewesen waren, waren alt und würden sicher Regen durchlassen. Der Raum über dem Gefängnis war vollkommen abgerissen worden, und mit dem Holz hatten die Männer die beschädigte Wand des Rathauses geflickt.

Cade war von der Sonne verbrannt und hungrig, als er

zu Zoes Haus zurückkehrte, und seine Hände waren voller Blasen. Ein verlockender Duft von gebratenem Hühnchen ließ seinen Magen knurren, und als er die Moskitogittertür aufstieß, flog summend eine Fliege an ihm vorbei ins Haus.

Zoe stützte die Hände in die Hüften. »Wo kommt diese Fliege her? Ich habe den Kindern gesagt, sie sollen aufpassen an der Tür!«

»Es war nicht die Schuld der Kinder. Ich habe sie hereingelassen.«

»Nun, dann schließ die Tür, bevor noch mehr hereinkommen. Du bist sicher hungrig, nicht?«

»Ich bin hundemüde und habe keine Lust, zu Glori-Lee zu gehen.« Cade sah, wie ihre Augen sanfter wurden, und wußte, daß sie ihm gestatten würde, hier zu essen.

»Wasch dich. Das Essen ist in wenigen Minuten fertig.«

Missy rannte um den Tisch herum und zog einen Stuhl für ihn heraus. »Wenn du dir die Hände gewaschen hast, Onkel Cade, setz dich zu mir.«

Er ging zum Ausguß, als Zoe gerade vom Herd zurücktrat. Sie stießen mit dem Po zusammen, und sie fuhr zu ihm herum.

»Entschuldige«, murmelte er, als sie ihn anstarrte.

Dann, nachdem er sich gewaschen hatte, setzte er sich an den Tisch und nahm den Hut ab. Holly hatte Butter auf seinen Mais gegeben und schenkte ihm ein Glas Milch ein. »Danke, Liebes.« Sein Blick glitt zu Zoe, als sie ein Blech mit gerösteten Brot aus dem Ofen nahm und es auf den Tisch stellte. Sie wackelte noch immer ein bißchen mit dem Po, wenn sie sich bewegte, und das weckte angenehme Erinnerungen in ihm.

Zoe setzte sich ans Kopfende des Tisches, und sie reichten sich die Hände und senkten ihre Köpfe. »Holly ich glaube, du bist heute an der Reihe.«

Nachdem sie das Tischgebet gesprochen hatten, reichte

Zoe das warme Brot herum, während Brody sich eine große Portion Kartoffeln nahm. »Wann wirst du mir beibringen, wie man mit einer Pistole schießt, Onkel Cade?«

»Mir auch«, warf Will grinsend ein.

Cade, der sich gerade grüne Bohnen nahm, spürte Zoes Blick auf sich. Da er wußte, wie sie über Waffen dachte, war dies ein delikates Thema. »Ihr seid beide noch nicht alt genug, um eine Pistole in die Hand zu nehmen. Aber ich werde euch zeigen, wie man ein Gewehr zu halten hat, damit der Rückschlag nicht zu hart ist.«

Zoe gab Sauce über ihre Kartoffeln. »Müssen sie denn in ihrem Alter *überhaupt* schon wissen, wie man mit einer Waffe umgeht?«

»Es sind Jungen, Red. Aus Jungen werden Männer, die auf Jagd gehen, um etwas Eßbares zu schießen – Eichhörnchen, Kaninchen, Rehe.« Cade zwinkerte den Jungen zu.

Zoe reichte die Butter weiter. »Verstehe.«

Grinsend griff er nach dem Brot. »Erinnere mich daran, daß ich dir einmal erkläre, wie Männer sind.«

Ohne ihn anzusehen, sagte sie: »Ich weiß sehr gut, wie Männer sind.« Den Kopf noch tiefer senkend, starrte sie auf ihren Teller.

Er wußte, was dieser Gesichtsausdruck zu bedeuten hatte; sie meinte ihn. »Warum bist du nur so gegen Waffen, Red?«

Brody verrenkte sich den Hals, um Cade anzusehen. »Sie ist so, seit Jim bei dem Banküberfall erschossen wurde.«

Schuldbewußtsein ergriff Cade. Er kam sich vor wie ein Idiot, weil er so unsensibel war. »Es tut mir leid, das hatte ich vergessen. Eßt jetzt, Jungs. Wir reden später weiter.«

Er bezweifelte, ob es ihm je gelingen würde, Zoe klarzumachen, daß er nicht nur um des Tötens willen tötete.

Seth Brighton besserte gerade ein Pferdegeschirr aus, als Cade am frühen Mittwochnachmittag in seinen Hof einfuhr.

Er schwang sich von dem gemieteten Wagen, und die beiden Männer schüttelten sich die Hände.

»Schön, dich zu sehen, Cade.« Seth grinste bis über beide Ohren. »Wir hörten schon, daß du zurückgekommen bist.« Seth' Blick glitt zu der Ladefläche des offenen Wagens, auf dem ein Kiefernsarg mit Seilen festgebunden war. »Was hast du da? Einen Mann, auf dessen Ergreifung eine Prämie ausgesetzt war?«

Cade paßte sich den Schritten des jüngeren Mannes an, als sie auf das Haus zugingen. Zwei hübsche Kinder spielten in einem Sandhaufen ganz in der Nähe.

»Es ist Hague Pearson. Er ist in Suffox County erschossen worden. Ich habe für Pop die Leiche abgeholt.«

Seth schüttelte den Kopf. »Das ist schade. Hague hat sich hier nie mit irgend jemand angelegt. Er lebte sehr zurückgezogen.«

»Das habe ich auch gehört. Übrigens habe ich eins deiner Schweine auf der Straße gesehen, und einer deiner Söhne half mir, es wieder einzufangen.«

»Das muß Eddie Lee gewesen sein. Er ist mir eine große Hilfe. Der Sturm hat den Zaun eingerissen, und die Schweine sind entwischt«, berichtete Seth, während sie die Verandastufen hinaufgingen. »Das mit John und deiner Schwester tut mir leid, Cade. Sie waren brave Leute.«

»Ja, das waren sie.«

»Du mußt doch durstig sein? Wie wäre es mit einem Glas Buttermilch? Ich habe zum Kühlen welche in der Quelle stehen.« Er legte die Hände wie einen Trichter um den Mund und rief einem seiner Kinder zu: »Jimmy! Geh zum Bach hinunter und hol die Buttermilch!« Lächelnd wandte er sich wieder Cade zu. »Für einen Jungen, der gerade die Masern überstanden hat, kann er ganz schön rennen.«

»Ich kann nicht lange bleiben, Seth. Ich habe mich länger in Suffolk County aufgehalten, als ich dachte. Ich möchte vor Einbruch der Nacht zurück sein, aber vorher muß ich noch etwas mit dir besprechen.«

»Dann sollten wir uns vielleicht ein bißchen in den Schatten setzen.« Seth schob ihn zu einem Sessel auf der Veranda. »Sue Ann«, rief er. »lauf hinein und sieh nach deiner Mama!«

Seth setzte sich zu Cade. »Ich kann mir schon denken, worüber du mit mir reden willst.«

»Pop sagte, du und deine Frau, ihr würdet gerne Addys und Johns Kinder adoptieren.«

»So ist es. Es sind wunderbare Kinder. John und ich waren sehr gute Freunde.«

Jimmy kam mit der Buttermilch und trat vor Cade. »Sind Sie Wills und Brodys Onkel, der die Verbrecher totschießt?«

Seth nahm den Krug und legte dem Jungen die Hand auf die Schulter. »Geh wieder spielen, Jimmy. Dein Pa hat etwas zu besprechen.«

Als der Junge außer Hörweite war, sagte Cade: »Ich möchte die Kinder sobald wie möglich irgendwo unterbringen.« Während er sprach, beobachtete er Seth' Kinder beim Spielen. Sie kamen ihm sehr glücklich und zufrieden vor. Pop hatte recht; die Brightons würden den Kindern seiner Schwester gute Eltern sein. Er brauchte es ihnen nur noch klarzumachen. Mit der Zeit würde es ihnen hier gefallen. Seth und Bonnie würden ihnen geben, was sie bei ihm nie haben würden: Geborgenheit.

Seth räusperte sich. »Es wird noch ein paar Wochen dauern, bis wir sie nehmen können. Zuerst muß Bonnie wieder auf die Beine kommen.«

Cade runzelte die Stirn. »Ist sie krank?«

»Sie hat seit zwei Tagen ziemlich hohes Fieber.«

Ein leises Unbehagen beschlich Cade, als das Gesicht des jungen Mannes sich verdüsterte.

»Es geht ihr gar nicht gut heute.« Seth vermied es, Cade anzuschauen. »Wir hoffen, daß es nichts Schlimmes ist, aber ...«

»War der Arzt schon bei ihr?«

»Ich habe ihn natürlich sofort kommen lassen – aber er meinte, er könne auch nicht sagen, ob es etwas Ernstes ist. Wir müßten abwarten.« Seth blinzelte und schluckte. »Ich werde die Kinder heute abend zu meinen Eltern bringen. Sie sollen eine Weile bei ihnen bleiben. Nur zur Vorsicht ...«

»Das tut mir leid«, sagte Cade leise.

Seth rieb sich die Augen. »Bonnie wird sehr traurig sein, wenn sie erfährt, daß sie die Kinder sofort hätte haben können. Aber damit sollten wir noch ein paar Tage warten ... bis wir wissen, was mit Bonnie ist.«

»Natürlich.« Cade erhob sich, um zu gehen. »Kann ich irgend etwas für euch tun?«

»Nein – du kannst höchstens für sie beten.« Seth reichte Cade die Hand. »Wir werden dich sofort benachrichtigen, sobald Bonnie wieder auf den Beinen ist. Und das wird sicher nicht sehr lange dauern ...« Seth deutete auf das Ende seines Hauses. »Wie du siehst, baue ich schon an, damit wir genug Platz für die Kinder haben.«

Cade nickte. »Laß es mich wissen, falls du etwas brauchst.«

»Klar. Schön, daß du vorbeigekommen bist.«

7

Es war später Nachmittag, als Cade sich dem Winterborner Stadtrand näherte. Vor dem Friedhof hielt er an und starrte sinnend auf das Eingangstor. Er hatte es so lange wie nur möglich aufgeschoben, die Familiengräber zu besuchen. Friedhöfe mied er lieber, seit er selbst so viele Männer in ein frühes Grab beförderte.

Er stieg vom Wagen und pflückte ein paar Gänseblümchen, die am Wegrand wuchsen. Zwischen dem Präriegras und den vereinzelten Feldblumen stand ein einsamer Cottonwood-Baum, der seinen Schatten auf die Gräber der Familie warf. Addy hätte es bestimmt gefreut, zu wissen, daß sie und John in seiner Nähe ruhten.

Sein Blick glitt zu den nahen Grabsteinen, und während er die Namen all jener las, die er von Kindheit an gekannt hatte, schluckte er, um den Kloß in seiner Kehle zu verdrängen. Die Inschrift »Max und Senda Kolby – Vereint im Leben und im Tod« verschwamm vor seinen Augen. Die Gräber seiner Eltern.

Er kniete nieder und gedachte ihrer, bevor er zu Addys und Johns frisch aufgeworfenen Gräbern weiterging und die Gänseblümchen zu den verwelkten Sträußen der anderen Trauernden legte. Dann richtete er sich wieder auf, nahm seinen Hut ab und versuchte, sich an irgendein Gebet zu erinnern. Aber ihm fiel keins ein; er hatte schon lange nicht mehr gebetet.

Scham erfaßte ihn. Als Junge war er jeden Sonntag mit seiner Mutter in die Baptistenkirche gegangen. Sendy

Kolby hatte ihre Kinder mit eiserner Hand und nachsichtigem Herzen erzogen. Sie hatte nach den Zehn Geboten gelebt und von anderen erwartet, daß sie das gleiche taten. Ob sie enttäuscht von ihm gewesen war? Waren es ihre Gebete, was ihn in all den Jahren am Leben erhalten hatte?

Die Stille wurde unterbrochen vom Ruf einer Wiesenlerche über ihm. Es schaute auf, als der Vogel fortflog, und beneidete ihn um seine Freiheit.

Eine Kindheitserinnerung an Addy kam ihm plötzlich, und er sah sie wieder vor sich, wie sie als kleines Kind aus einem Spielzeugkarren gefallen war und so heftig geweint hatte, daß ihr ganzes Gesicht verschmiert gewesen war von Staub und Tränen. Er hatte sie zum Haus geführt, sie auf die Schaukel gehoben und ihr mit seinem Hemd die Tränen abgewischt ...

Ein trauriges kleines Lachen entrang sich seinen Lippen. Er hatte ihr seine geliebte Schleuder geschenkt, in der Hoffnung, daß sie sich dann besser fühlen würde.

»Tut mir leid, Addy – ich habe keine Schleudern mehr«, wisperte er.

Seiner Meinung nach war niemand gut genug für sie gewesen. Zu Addys großem Ärger hatte er mehr als einen vielversprechenden Verehrer in die Flucht gejagt.

Sein Blick glitt zu dem Grab gleich neben Addy. Er wünschte, er hätte John Wiseman gekannt. In ihren Briefen hatte Addy sehr geschwärmt von ihrem Ehemann. Durch ihre Worte hatte er ihr Glück gespürt – ein Glück, das nur von kurzer Dauer war.

Das leise Rascheln trockenen Büffelgrases ließ ihn auffahren, und er griff nach seiner Waffe. Doch da hörte er Zoes Stimme rufen: »Ich bin's, Cade.«

Er wandte sich um und sah sie in Richtung Gräber kommen, einen kleinen Korb mit Blumen in der Hand. Ihr Gesicht war gerötet, und ein paar lose Haarsträhnen klebten an ihrer Stirn, die vor Schweiß glitzerte. Er konnte sich nicht entsinnen, ob sie sich je schminkte, wie es andere Frauen taten. Sie besaß eine natürliche Schönheit und brauchte weder Kajal noch Rouge, um das Interesse eines Mannes zu erregen.

»Dies ist der letzte Ort, an dem ich dich erwartet hätte.« Nachdem sie ihren Korb abgestellt hatte, wischte sie sich mit einem Taschentuch über die Stirn. »Die Kinder suchen dich.«

»Was wollen sie?«

»Nichts Besonderes – sie sind zu Pop gegangen. Warum sind deine Wangen feucht?«

Er wandte sich ab. »Es ist heiß hier.«

Sie nahm eine Handvoll Blumen aus dem Korb. »Ich weiß nicht, warum es Männern so peinlich ist, zu weinen. Das ist doch etwas ganz Natürliches unter den gegebenen Umständen.«

»Ich weine nicht, ich schwitze.«

»Das waren Tränen«, widersprach sie.

Er schaute ihr in die Augen. »Mußt du immer das letzte Wort haben?«

»Nur wenn ich recht habe.«

Sie legte Blumen auf Addys und Johns Gräber und ging dann zu Jims weiter. Ein leiser Neid erfaßte Cade, als er ihre kummervolle Miene sah. Hatte sie ihren Mann so sehr geliebt? Er hoffte, daß Jim sie glücklich gemacht hatte. Denn er, Cade, brachte ihr nur Unglück, wie es schien.

Vor Jims Grabstein senkte sie den Kopf. Cade hätte sie gern getröstet, aber das stand ihm nicht zu. Er wollte ihren Schmerz nicht noch vergrößern.

Er sah, wie sie Blumen auf Jims Grab und das ihrer Eltern legte, bevor sie zu der letzten Ruhestätte seiner Eltern weiterging. Hier zupfte sie ein wenig Unkraut aus und legte dann Blumen auf den schlichten Stein.

»Kommst du oft hierher?« fragte er, an ihre Seite tretend.

»So oft ich kann.«

»Bringst du meinen Eltern immer Blumen mit?«

»Macht der Gewohnheit, denke ich. Addy und ich waren früher oft zusammen hier.«

»Das ist sehr lieb von dir.«

»Es macht mir keine Mühe.« Sie richtete sich auf, wischte ihre Hände ab und schaute auf zur Sonne. »Es ist sehr heiß heute.«

»Verdammt heiß.«

Sie lächelte. »Ich weiß – du hast geschwitzt.«

Er wandte sich ab, aber sie nahm seinen Arm. »Cade, wir müssen reden.«

»Hier?«

Sie schüttelte den Kopf, und er fragte sich, ob sie seine Abneigung gegen Friedhöfe erraten haben mochte.

»Dort drüben«, sagte sie und deutete auf einen Baum außerhalb der Einzäunung.

Ihre Schuhe wirbelten Staub auf, als sie über den ausgetretenen Pfad gingen. Der Duft von trockenem Heu hing schwer in der erstickend heißen Luft.

Zoes Blick ging zu Cades Pferd und dem Wagen, den er gemietet hatte. »Ich sehe, daß du Hague geholt hast.«

»Ja, es war ein ziemlich anstrengender Tag.«

Sie ging weiter auf den Baum zu. »Komm, setz dich zu mir in den Schatten«, sagte sie, als sie sich ins Gras setzte und sich mit dem Rücken an den Baumstamm lehnte.

Cade hockte sich neben sie, nahm seinen Hut ab und legte ihn über ein Knie. »Was wolltest du mit mir besprechen?«

»Die Kinder sind sehr glücklich, seit du hier bist.«

»Das freut mich.«

»Mich auch, aber was ich damit meinte, ist, daß sie dich ins Herz geschlossen haben.«

»Nun, das gilt für beide Seiten. Ich habe sie auch ins Herz geschlossen.«

»Sie wollen nicht, daß du fortgehst.«

Er holte tief Atem und ließ ihn langsam wieder aus, während er sorgsam seine Worte wählte. »Ich möchte den Kindern nicht weh tun.« Als er wieder in Zoes Augen schaute, sah er ihre Zweifel. Sie glaubte ihm nicht. Der Gedanke schmerzte, aber er mußte zugeben, *daß* er seine Familie wirklich sehr vernachlässigt hatte; es war seine eigene Schuld, wenn Zoe ihm nicht vertraute. »Ich werde bleiben, solange ich kann, aber das wird nicht für immer sein.«

»Warum?«

Die Frage war fair genug, und Zoe verdiente eine Antwort. Aber wie sollte er ihr von Hart McGill erzählen, ohne sie zu beunruhigen? Das war unmöglich.

»Warum mußt du wieder fort?« beharrte sie. »Wenn du so dagegen bist, die Kinder mir zu überlassen, warum bleibst du dann nicht und ziehst sie selbst auf? Ist Winterborn denn so ein schlechter Ort zum Leben?«

»Weiß du, was mit dieser Stadt passieren würde, wenn sich herumspräche, daß ich hier bin?«

Sie seufzte. »Es würde Ärger geben.«

»›Ärger‹ ist zu milde ausgedrückt.« Es gab Männer, die nur auf eine Gelegenheit warteten, ihn in aller Öffentlichkeit niederzuschießen. Er wollte Winterborn nicht in Gefahr bringen, und erst recht nicht Zoe und die Kinder. Erst bei seiner Rückkehr hatte er erkannt, wie sehr er dies alles vermißt hatte: Pop, die alten Männer im Barbiersalon, den Duft des frischgebackenen Brots in Edna Mews Haus und die Jungen, die auf der Straße Murmeln spielten. Auch er war einmal ein solcher Junge gewesen. Heute war sein Leben nichts weiter als eine endlose Folge schmutziger Kuhdörfer, leerer Schlafsäcke, kalter Bohnen und aufgewärmten Kaffees. Nicht viel für einen Mann von dreiunddreißig Jahren.

Versonnen schaute er zur anderen Seite der Straße hinüber und sah, wie die Sonnenblumen in der Brise ihre Köpfe bogen. Er konnte gar nicht weit genug fortgehen, um den Feinden, die er sich geschaffen hatte, zu entkommen, aber er würde nicht auch noch die Menschen, die er liebte, in Gefahr bringen.

Das hinterhältige Gesicht von Hart McGill kam ihm jetzt wieder in den Sinn. Er würde nicht eher ruhen, bis dieser gemeine Schurke einen halben Meter tief unter der Erde lag.

»Wenn du die Kinder nicht behalten willst, dann bleib nicht lange, Cade.« Zoe wischte sich die Hände an ihrem langen Rock ab. »Je länger du bleibst, desto schwerer wird es für sie sein, dich zu verlieren.«

»Sie verlieren mich nicht. Ich komme wieder.«

Sie stand auf und klopfte mit grimmiger Miene ihren Rock ab. »Wo habe ich das schon mal gehört?« entgegnete sie bitter.

Um sie ein wenig aufzuheitern, zupfte er lächelnd an ihrem Rocksaum. »Nun reg dich nicht gleich auf. Ich habe der Witwe eines alten Freundes versprochen, daß ich den Kerl finde, der ihren Mann erschossen hat.« Er erschrak, als er sah, wie sie das Kinn vorschob, weil das auf Ärger schließen ließ.

»Nun, dann hast du ja wenigstens *angefangen*, deine Versprechungen zu halten.«

»Weißt du was? Deine Frechheit geht mir langsam auf die Nerven.« Er grinste, als er den gereizten Blick in ihren Augen sah.

»So? Nun, dann werde ich dir mal sagen, was mir auf die Ner…«

Er griff nach ihrer Hand und zog sie zu sich ins Gras zurück, obwohl sie sich nach Kräften wehrte.

»Cade Kolby, hör auf, mich so zu schikanieren!«

»Und wer soll mich daran hindern?« flüsterte er in ihr Ohr.

Sie versteifte sich und versuchte, aufzustehen, aber er schlang den Arm so fest um ihre Taille, daß sie zu keiner Bewegung mehr fähig war.

»Bilde dir bloß nicht ein, daß du mich küssen kannst«, erklärte sie.

»Wie soll ich dich denn sonst zum Schweigen bringen?« Sanft legte er sie auf den Rücken und ließ sich behutsam auf ihr nieder. Er lächelte über den erstaunten Blick in ihren Augen und senkte dann den Mund auf ihre Lippen. Er hatte vergessen, wie weich und süß ihre Lippen waren und wie unendlich gut sie roch – wie wundervoll es war, sie zu umarmen. Ein leiser Seufzer entrang sich ihrer Kehle, als er mit der Zunge in die warme Höhlung ihres Mundes eindrang. Er spürte, wie sie nachgab, und das alte Feuer loderte wieder in ihm auf – das alles verzehrende Feuer, das nur sie in ihm entfachen konnte.

Zu viele Jahre waren vergangen, seit sie sich so nahe gewesen waren. Ihr Körper fühlte sich vertraut, aber viel reifer an. Ihre einst so jungen Brüste waren fraulicher, runder, voller, und sie preßten sich an seine Brust. Verlangend begann er ihr Kleid vorn aufzuknöpfen, um ihre zarte Haut zu küssen. Jegliche Vorsicht außer acht lassend, schob er ihr das Kleid über die Schultern und seine Hand in ihr Mieder.

Sofort begriff er, daß er zu weit gegangen war. Ihre zarten Finger schlossen sich um sein Ohr wie eine Bärenfalle.

Sie stieß ihn hart gegen die Brust und fauchte mit zusammengebissenen Zähnen: »Ich *sagte* doch, du sollst dir bloß nicht einbilden, daß du mich küssen kannst!«

Seufzend rollte er sich zur Seite und setzte sich.

»So«, sagte sie, als sie ihr Kleid zuknöpfte, »und nun will ich, daß du meine Frage beantwortest!«

Sie mochte zwar äußerlich gelassen wirken, aber das Zittern ihrer Hand, als sie ihr Kleid zuknöpfte, und ihr

Erröten verrieten ihm, daß sie noch immer nicht immun gegen ihn war. »Ich habe vergessen, was du wissen wolltest.«

»Wann genau gedenkst du, von hier fortzugehen?«

Cade richtete sich auf und zuckte mit den Schultern. »Sobald ich die Kinder gut versorgt habe.«

Auch Zoe stand jetzt auf. »Sie wären bei mir am besten aufgehoben.«

»Weißt du noch, wie einsam du als kleines Mädchen warst, so ohne Mutter? Dein Vater war die meiste Zeit auf Reisen. Ist das das Leben, was du für die Kinder willst?«

»Natürlich nicht, aber ich wäre ja nicht fort. Ich wäre jeden Tag bei ihnen, um mich um sie zu kümmern.«

»Ich weiß noch, wie froh Addy und ich immer darüber waren, daß wir beide Elternteile hatten. Das möchte ich auch für Addys Kinder, und ich glaube, sie hätten das ganz sicher auch gewollt.«

Zoes Augen wurden feucht, und sie suchte nach ihrem Taschentuch. Cade nahm ihre Hand und streichelte sie sanft mit seinem Daumen. »Das ist nicht leicht für mich. Ich versuche, dir nicht weh zu tun. Ich tue nur das, was ich für alle Beteiligten für das Beste halte.«

Seth und Bonnie waren anständige Leute und würden gut zu Addys Kindern sein, beruhigte er sich. Sobald Bonnie wieder auf den Beinen war, würde er die Kinder zu ihr bringen. Es war gar nicht nötig, daß er Zoe jetzt von Bonnies Krankheit erzählte. Es war besser, abzuwarten, bis Zoes Ärger sich gelegt hatte.

Sie griff nach ihrem Korb. »Du bist der unmöglichste Mann, dem ich je begegnet bin, Cade.«

Als Cade ihr nachsah, wie sie rasch zur Straße zurückging, und ihm auffiel, wie sie die Hüften schwenkte bei jedem ihrer resoluten Schritte, schüttelte er den Kopf. Immer noch so frech wie früher, dachte er schmunzelnd. Aber genau das war es, was ihm so an ihr gefiel.

»Ich glaube nicht«, schrie er ihr nach, während er seinen Hut aufsetzte. »Ich bin schon schlimmeren begegnet.«

Sie fuhr zu ihm herum und schleuderte den Korb nach ihm. Und dann marschierte sie stur weiter.

Cade schob den Hut zurück und grinste. Bei diesen Streitereien mit Red kam er sich wieder wie ein kleiner Junge vor.

Der Gedanke ernüchterte ihn rasch wieder. Es war nicht das Kind in ihm, was auf den Kuß reagiert hatte. Es hatte im Laufe der Jahre zwar auch andere Frauen für ihn gegeben, doch keine hatte derartige Gefühle in ihm geweckt. Ein einziger harmloser Kuß genügte, um ein brennendes Verlangen, einen primitiven Trieb und ein feuriges Begehren in ihm auszulösen, dem er keine Befriedigung verschaffen konnte. Je eher er weiterzog, desto besser würde es für beide sein.

Cade übergab Hagues Leiche Pop und überzeugte ihn, daß sein Tod nicht auf Winterborns Konto gehen würde, brachte den gemieteten Wagen zurück und ging zu Zoes Laden. Es war inzwischen schon fast dunkel. Glori-Lee servierte seit etwa einer Stunde schon kein Abendessen mehr, weshalb Cade ziemlich sicher war, daß er heute nichts mehr zu essen bekommen würde.

Bonnie Brightons plötzliche Erkrankung beunruhigte ihn sehr. Es konnten Wochen vergehen, bis Bonnie wieder auf den Beinen war. Oder vielleicht würde sie ja überhaupt nicht mehr gesund. Falls es das gleiche Fieber war, das John und Addy befallen hatte ... Cade hatte die Angst in Seth' Blick gesehen. Mit der Zeit würde es sich zeigen – aber Zeit besaß Cade am wenigsten. Im höchsten Falle ein paar Tage noch. McGill war nicht dumm; er würde sehr schnell merken, daß Cade Kolby nicht in der Gegend von St. Louis war.

Butch bellte, als Cade zum Hintereingang des Ladens ging. Cade rief ihn, und der Hund trottete zu ihm und ließ sich streicheln.

Die Tür ging auf, und Missy steckte lächelnd ihren Kopf heraus. »Schön, daß du daheim bist, Onkel Cade. Wir haben dir das Essen warmgehalten.«

Das Essen warm gehalten? Gott, es war Jahre her, seit jemand Essen für ihn warm gehalten hatte!

Lächelnd schaute er den Engel mit den blauen Augen an. »Im Ernst?«

Missy nickte und hüpfte aufgeregt von einem Bein aufs andere. »Er ist wieder da, Zoe! Er ist wieder da!«

Brody, Will und Holly gesellten sich zu Missy in die Küche. Auch Zoe kam herein und strich sich eine lose Strähne aus der Stirn. Während die Kinder Cade zum Tisch zogen, nahm sie einen zugedeckten Teller aus dem Ofen. Holly schenkte ein Glas Milch für Cade ein, während Missy Butter auf eine Scheibe Maisbrot strich und sie auf seinen Teller legte. Brody beugte sich über seine Schulter und berichtete stolz von den Fröschen, die er gefangen hatte.

Cade war gerührt über so viel Aufmerksamkeit. Als Zoe einen Teller vor ihn hinstellte, sagte er: »Ich dachte schon, ich müßte ohne Abendessen schlafen gehen.«

»Es ist nicht viel«, sagte sie. »Nur Bohnen und Maisbrot.«

Nur Bohnen und Maisbrot. Um acht Uhr abends und nachdem er seit dem frühen Morgen nichts mehr zu sich genommen hatte, erschien es ihm wie ein Festmahl. Er begann, mit Appetit zu essen, und spürte dann, daß alle Blicke auf ihm ruhten.

Aufschauend verhielt er in der Bewegung. Holly betrachtete ihn kopfschüttelnd.

Er hob die Brauen. »Was ist?«

Missy beugte sich vor und flüsterte: »Du hast nicht gebetet.«

»Gebetet?« Fragend schaute er zu Zoe auf.

»Du hast dem Herrgott für das Essen nicht gedankt.«

Er war verblüfft. »Was, ich?«

»Du bist doch derjenige, der ißt?«

Er senkte den Kopf und faltete die Hände so, wie er es früher als Kind getan hatte. Aber das war alles, woran er sich erinnerte. Missy rückte näher, und er schaute sie verstohlen an. »Was soll ich sagen?«

»Sag einfach: ›Danke für das Essen, lieber Gott, und für meine Familie.‹«

Er sah Zoes amüsierten Blick, als er den Kopf senkte und betete: »Danke für das Essen, lieber Gott, und für meine … Familie.« Die Worte fühlten sich merkwürdig auf seinen Lippen an.

Es war herrlich gemütlich in der warmen Küche. Brody wollte alles über seinen Tag erfahren, und so erzählte Cade von seiner Fahrt nach Suffox County. Auch Will, Missy und Holly scharten sich um den Tisch und lauschten aufmerksam.

Will machte große Augen. »Hast du heute jemanden totgeschossen?«

Cade strich dem Jungen übers Haar. »Nein, ich habe niemanden erschossen.«

Zoe, die ihr Nähzeug an den Tisch geholt hatte, stopfte Socken und schmunzelte, wenn die Kinder in Gelächter ausbrachen. Cade erzählte ihnen, wie er und Eddie Lee Brighton ein Schwein über die Landstraße gejagt hatten, um es wieder einzufangen.

»Maddy mußte Hagues Leiche bewachen, während Eddie Lee und ich fast zwanzig Minuten lang dem Ferkel nachjagten.« Cade lachte. »Es muß mindestens vier Koteletts und eine Speckseite verloren haben bei dem Rennen.«

Zoe schaute auf, als der Name ›Maddy‹ fiel.

»War eine Dame bei dir?« fragte Brody.

»Nein«, entgegnete er augenzwinkernd. »Maddy ist mein Pferd. Eigentlich heißt sie Madeleine. Ich habe sie nach einer Frau benannt, die ich in Wichita kannte. Eine kesse kleine Stute ...« Er schaute Zoe an, und sie senkte rasch den Blick.

Als es neun Uhr schlug, legte sie ihre Näharbeit beiseite. »Schlafenszeit.«

Die Kinder gehorchten ohne Widerspruch. Die Jungen breiteten ihre Matratzen auf dem Boden aus, und die Mädchen verschwanden im Schlafzimmer, nachdem sie Cade rasch noch einen Kuß gegeben hatten.

Als die Kinder zu Bett gegangen waren, beschäftigte Zoe sich noch in der Küche und räumte das Geschirr ein. Cade lehnte sich auf seinem Stuhl zurück und beobachtete sie. Sie war fast noch genauso schlank wie früher. Ihre Taille war so schmal, daß er sie mit beiden Händen umspannen könnte.

»Was haben Seth und Bonnie gesagt, als du sie heute besucht hast?« fragte sie mit leiser Stimme.

Er hatte das Thema absichtlich vermieden, aber jetzt, wo sie es angeschnitten hatte, besaß sie ein Recht darauf, die Wahrheit zu erfahren.

»Wie gut kennst du Bonnie?«

Zoe drehte den Docht der Lampe herunter. »Nicht sehr gut. Ich sehe sie höchstens einmal in der Kirche. Sie hält sich sehr für sich.«

»Sie ist nicht hier aus dieser Gegend?«

»Nein, sie ist aus St. Louis. Warum?«

»Sie ist an einem Fieber erkrankt.«

Zoe ließ fast eine Tasse fallen. »Warum hast du mir das nicht schon heute nachmittag gesagt?«

»Weil wir sowieso nichts für sie tun können und du schon genug eigene Sorgen hast. Außerdem wollte ich abwarten, bis deine Stimmung sich gebessert hatte. Es ändert nichts. Sobald Bonnie wieder gesund ist ...«

»Fieber!« Zoe griff sich an die Kehle.

»Niemand weiß, wie ernst es ist, aber es soll ihr ziemlich schlecht gehen, sagte Seth.«

»Das ist ja schrecklich … Was bedeutet das jetzt für die Kinder?«

»Frank und Helen haben sie genommen …«

»Nicht Seth' und Bonnies Kinder. Addys Kinder.«

Cade stand auf und stellte seinen Teller in den Ausguß. »Im Moment bedeutet das, daß ich ein paar Tage länger als geplant in Winterborn bleibe.«

»Aber Cade, falls Bonnie das gleiche Fieber hat, an dem John und Addy gestorben sind …«

»Das kann noch keiner sagen. In ein paar Tagen wird es Bonnie entweder schlechter, oder besser gehen. Dann werden wir weitersehen.«

»Cade …«

»Nein, Zoe. Bonnies Krankheit ändert nichts. Sie verzögert höchstens alles.«

Als er sah, wie ihre Miene sich verdüsterte, streckte er die Hand aus und streichelte ihre Wange.

»Danke, daß du mir das Essen warm gehalten hast«, sagte er sanft. »Es ist lange her, seit ich etwas so Leckeres gegessen habe.«

Der böse Blick, mit dem sie ihn bedachte, bevor sie hinausging, ließ darauf schließen, daß es noch sehr viel länger dauern würde, bis sie ihn wieder an ihrem Tisch Platz nehmen ließ.

Aufschauend sah er Holly in der Tür stehen. »Hi, Kleines. Ich dachte, du schliefst schon lange.«

Das Mädchen kam zu ihm und schlang die Arme um seinen Nacken. »Sei Zoe nicht böse. Sie ist bloß müde.«

Cade drückte sie an sich. »Ich könnte Zoe gar nicht böse sein, Liebes. Davor brauchst du keine Angst zu haben. Aber weißt du was? Du könntest Maddy morgen füttern. Warum holst du nicht gleich nach dem Frühstück ein paar

Karotten für sie aus dem Laden? Ich wette, daß sie sich sehr darüber freuen würde.«

Das Mädchen strahlte wieder. »Darf ich sie ihr geben?«

»Aber sicher.«

Am nächsten Morgen, nachdem Maddy frisches Heu bekommen hatte, hob Cade Holly auf und setzte sie auf den Rand der Box, damit sie Maddys Mähne streicheln konnte.

»Sie mag wirklich gern Karotten, nicht?«

»Ja, und dich mag sie scheinbar auch, Holly.«

»Eines Tages werde ich ein Pferd wie Maddy haben.«

Cade drückte ihre Hand. »Es ist schön, dich wieder lächeln zu sehen. Ich weiß, wie schwer die letzten Wochen für euch Kinder waren.« Hollys Augen wurden feucht. »Ich vermisse Ma und Pa. Ma hat immer viel gesungen und gelacht.«

Cade hob sie auf die Arme und drückte sie an seine Brust. »Ich weiß, Liebes. Ich vermisse deine Mama auch. Sie wird uns allen fehlen, aber es wird leichter mit der Zeit. Und sie würden nicht wollen, daß wir traurig sind.« Mit einem Finger hob er ihr Kinn zu sich empor. »Laß mich noch einmal dieses Lächeln sehen.«

Ihre Lippen zitterten, aber dann lächelte sie doch. »Ich hab' dich lieb, Onkel Cade.«

Er schluckte. »Ich dich auch, Holly.«

May Wilks' Lachen war schrill genug, um Tote aufzuwecken. Wenn May erst einmal anfing, konnte man ihr helles Kichern bis nach Suffox County hören.

»Schachmatt!« rief May triumphierend Gracie zu und lachte, bis ihr die Tränen kamen. Obwohl Gracie die Partie gerade verloren hatte, stimmte sie in das Lachen ihrer

Freundin ein, bis sie fast genauso laut lachte wie May Wilks.

Zoe konnte gar nicht anders, als mitzulachen, und auch Willa begann jetzt loszuprusten. Und dabei hätte keine von ihnen sagen können, was eigentlich so komisch war.

»O Gott.« Gracie stand auf und wischte sich die Tränen aus den Augen. »Ich glaube, es wird jetzt Zeit für Kaffee und Kuchen. Schade, daß Edna heute nicht kommen konnte.«

May schaute auf. »Wieso denn nicht?«

»Sie sagte, nachdem sie Walt den ganzen Tag geholfen hat, seinen Barbierladen zu reinigen, sei sie viel zu müde, um heute abend noch Schach zu spielen.«

Zoe, die ihre schwarzen Figuren zu einer weiteren Partie aufstellte, schaute lächelnd auf und fragte: »Kann ich dir helfen, Gracie?«

»Ja, gern, du kannst den Kuchen schneiden. Es ist übrigens Rumkuchen mit Rosinen. Hast du gehört, May?« Gracie zwinkerte Zoe zu. »Ich habe ihn heute morgen frisch gebacken.«

Zoe grinste. May vertrug keinen Rumkuchen – zumindest Gracies nicht. Die Frau des Bürgermeisters hatte eine leichte Hand mit der Rumflasche. Das letzte Mal, als May den Kuchen gegessen hatte, hatte Lawrence den Wagen anspannen und sie nach Hause fahren müssen.

May schaute nicht einmal auf, als sie ein weiteres »Gewonnen«-Kreuzchen in ihrer Spalte machte. »Nur ein kleines Stück, Gracie. Farley sagt, ich esse viel zuviel in letzter Zeit.«

»Dieser Farley.« Gracie winkte lachend ab. »Du weißt ja, daß mein Bruder sehr zur Übertreibung neigt.« Zoe folgte Gracie in die Küche und ließ Willa und May mit ihren Sticheleien über die Anzahl der gewonnenen Punkte allein.

Gracies Küche duftete nach frisch aufgebrühtem Kaffee und Rum. Großmutter Willis' handgeklöppelte weiße Spitzendecke schmückte den großen, runden Eichentisch vor dem sonnigen Erkerfenster. Ein frischer Strauß Margariten aus dem Blumengarten stand zwischen dem besten Porzellan der Willis'. Die hellen Eichenschränke waren auf Hochglanz aufpoliert, und Gracie Stanleys moderner Küchenherd war das Gesprächsthema der ganzen Stadt.

Zoe seufzte neidisch. Eines Tages würde auch sie ein Haus wie dieses haben. Sie hob den Deckel von der Platte und roch an dem Kuchen. »Wieviel Rum hast du diesmal hineingetan?«

»Ich habe ihn so gemacht, wie Lawrence ihn gern ißt.« Gracie kicherte. »Und May ißt ihn ja auch gern so.«

»Glaubst du, daß sie die letzte Partie ganz ohne Schummeleien gewonnen hat?«

»Nun, sie mag zwar mit meinem Bruder verheiratet sein, aber das hindert mich noch lange nicht daran, sie scharf im Auge zu behalten.«

Zoe lachte. »Ich habe sie noch nicht sehr oft geschlagen, aber ich habe sie bisher auch noch nie mogeln sehen.«

Während Gracie das Sahnekännchen füllte, schnitt Zoe dünne Stücke Kuchen ab und ordnete sie hübsch auf einer Platte an. »Stimmt es, daß Cade bei dir eingezogen ist?« fragte Gracie. »Lawrence sagte, er hätte ihn am Morgen nach dem Sturm bei dir gesehen.«

Errötend wischte Zoe ein bißchen Karamelglasur vom Messer ab und probierte sie. »Er ist nicht bei mir ›eingezogen‹. Das Dach des kleinen Raums über dem Gefängnis war undicht, und es regnete herein.«

»Lawrence sagte, dieses Zimmer über dem Gefängnis *existierte* gar nicht mehr.«

Zoe seufzte. »Die Kinder wollen, daß Cade bei uns wohnt. Aber das ist natürlich völlig ausgeschlossen.«

»Nun, da wäre ja noch Pop. Sein Haus ist zwar nur klein, aber Platz für eine Person mehr hat er auf jeden Fall.«

»Pop geht es nicht besonders gut.«

»Edna sagte, er habe acht Stück Stachelbeertorte auf dem Tanzabend gegessen. Das genügt, um einen Elefanten in die Knie zu zwingen«, sagte Gracie, während sie die Zuckerdose auffüllte.

Zoe lächelte. »Cade sagte, er habe sechs gegessen. Wer weiß, wie viele es tatsächlich waren, aber dann hat er auch noch Nesselfieber bekommen. Ich glaube, es ist ihm ein paar Tage lang sehr schlecht gegangen.«

Gracie goß Kaffee in die Kanne und wischte einige Tropfen, die sie verschüttet hatte, auf. »Glori-Lee wird auch nicht helfen können, fürchte ich. Sie vermietet nur noch die Hälfte ihrer Zimmer, seit sie sich im letzten Frühjahr den Rücken verletzt hat.«

Zoe kniff die Lippen zusammen, als sie das Porzellan auf ein Tablett stellte. Sie wußte nicht, was sie tun sollte, jetzt, wo Cade kein Dach mehr über dem Kopf hatte. Er besaß wirklich kein Talent zum Vater, und man sollte meinen, er habe aus den Vorfällen in Glori-Lees Café genug gelernt, um ihr die Erziehung der Kinder zu überlassen.

»Schläft er in der Küche? Großer Gott, es ist ja auch so schon kaum noch Platz dort, um sich umzudrehen!«

»Im Wohnzimmer. Ganz wie es sich gehört. Ich konnte den Onkel der Kinder ja unmöglich fortschicken, ohne ihnen meine Gründe zu erklären. Aber eng ist es natürlich trotzdem.«

Erdrückend eng sogar – sie konnte Cade nicht aus dem Weg gehen, selbst wenn sie es gewollt hätte. Heute morgen war sie sehr erschrocken, als sie aus dem Schlafzimmer gekommen war und ihn am Ausguß angetroffen hatte, wo er mit nacktem Oberkörper dagestanden und sich rasiert hatte. Sie hatte sich dabei ertappt, wie sie ihn anstarrte. Und er hatte es bemerkt. Sie hatte dann zwar so getan, als kümmerte es sie nicht, aber er ließ sich nicht zum Narren halten. Bewußt langsam und ohne seinen mutwilligen

Blick auch nur eine Sekunde von ihr abzuwenden, hatte er sein Hemd übergestreift und es in aller Ruhe zugeknöpft. Da sie sich keine Blöße hatte geben wollen, hatte sie durch ihn hindurchgestarrt, als sähe sie ihn gar nicht.

Zoe erschauerte unwillkürlich, als sie sich an ihre unverändert starke Reaktion auf ihn erinnerte. »Es ist schön, die Kinder wieder lächeln zu sehen. Als ich heute abend ging, trug Cade mit Will und Brody auf dem Boden gerade einen kleinen Ringkampf aus. Du hättest die Mädchen kichern hören sollen! Das haben sie schon seit Wochen nicht getan, Gracie.«

»Das klingt, als ob sie ihn bereits ins Herz geschlossen hätten.«

»Ja, aber Cade hat mir gesagt, daß er nicht vorhat, sie selbst aufzuziehen. Ich fürchte, wenn sie ihm noch näherkommen, wird es ihnen das Herz brechen, wenn er fortgeht, und sie haben bereits genug gelitten in ihrem jungen Leben. Übrigens hat Cade auch schon mit den Brightons über die Kinder gesprochen. Aber Bonnie ist erkrankt am Fieber, und es geht ihr wohl ziemlich schlecht.«

»O nein!« rief Gracie. »Wie Addy und John?«

»Sie wissen es nicht. Seth macht sich große Sorgen, aber Doc Whitney meint, sie müßten ein paar Tage abwarten, um zu sehen, ob es das gleiche Fieber ist. Ich dachte, ich bringe ihnen morgen etwas zu essen auf die Farm und frage, ob ich sonst noch etwas für sie tun kann.«

»Was ist mit *ihren* Kindern?«

»Seth hat sie zu Frank und Helen gebracht, falls das Fieber ansteckend sein sollte.«

Gracie hielt inne und schaute Zoe prüfend an. »Wird das etwas ändern an Cades Plänen, die Kinder von den Brightons adoptieren zu lassen?«

Zoe zog die Schultern hoch. »Nicht, daß ich Bonnie etwas Schlechtes wünschen würde, aber durch ihre Krankheit gewinne ich ein wenig Zeit. Ich werde mein Bestes tun, um Cade dazu zu bringen, daß er mir die Kinder überläßt. Es ist doch schon fast so, als wären sie ein Teil von mir.«

»Du bist wirklich fest entschlossen, sie zu adoptieren, nicht?«

»Das habe ich immer schon gewollt, aber ich mußte natürlich Addys letzten Wunsch erfüllen. Deshalb ließ ich Cade herkommen. Jetzt wünschte ich, es nicht getan zu haben. Ich war fest davon überzeugt, daß er mir die Kinder lassen würde, wenn er sie nicht selbst aufziehen wollte.«

»Und warum will er sie dir nicht überlassen? Wegen deiner finanziellen Schwierigkeiten?«

»Davon weiß er nichts. Er sagt, er wolle, daß die Kinder eine Mutter *und* einen Vater haben, aber ich glaube, er ist bloß eigensinnig.«

Gracie zog die Brauen hoch.

»Fang jetzt bloß nicht an, irgend etwas auszuhecken«, warnte Zoe. »Selbst wenn ich mit dem reichsten Mann von Kansas verheiratet wäre, würde Cade mir nicht die Kinder überlassen.«

»Hat er das gesagt?«

»Nicht so direkt – aber er meinte immerhin, ich solle lieber heiraten und meine eigene Familie gründen.«

»Der Ansicht bin ich auch.«

»Diese Kinder *sind* meine Familie.« Zoe spürte, wie ihr die Tränen kamen. *Sie sind die einzigen Kinder, die ich jemals haben werde.* Sich abwendend, warf sie einen Löffel in die Spüle. »Ich verstehe nicht, warum Addy sie mir nicht gleich gegeben hat.«

»Hm«, meinte Gracie nachdenklich. »Man könnte fast glauben, daß sie dich und Cade wieder zusammenbringen wollte. Schließlich wart ihr neben John und den Kindern die beiden Menschen, die sie am meisten liebte auf der Welt.«

»Das ist doch lächerlich. Nicht einmal Addy wäre auf eine so verrückte Idee gekommen.« Doch obwohl Zoe es nicht aussprach, traute sie es Addy durchaus zu, daß sie gehofft hatte, Cade und Zoe durch die Kinder wieder zusammenzubringen. Aber Zoe war inzwischen einsichtig genug, um zu begreifen, daß ihn zu lieben, nicht anders war, als den Wind zu lieben.

Aus dem Wohnzimmer erklang Willas Stimme. »May Wilks! Wo kommt dieser dritte König her?«

Mays schrilles Gelächter schallte durch das ganze Haus.

Zoe und Gracie kicherten. »Das klingt, als ob es Ärger geben würde«, sagte Gracie. »Laß uns den Kaffee und den Kuchen hineinbringen. Das wird sie ablenken.«

Zoe trat rückwärts aus der Küchentür hinaus, in einer Hand das Kuchentablett, vier weiße Servietten in der anderen. »Gracie, versprich mir, daß du mit niemandem über meine finanziellen Schwierigkeiten sprechen wirst.«

Gracie lachte. »Hast du mich je als Tratschtante erlebt?«

»Nur seit ich auf der Welt bin.« Auch Zoe lachte. »Was du davor getan hast, weiß ich nicht.«

8

Als nach dem Abendessen das Geschirr abgeräumt war, kam Brody in die Küche. »Es ist Samstagabend, Zoe. Können wir heute nicht zum Square Dance gehen?«

Cade saß auf der hinteren Veranda und reinigte seinen Sattel. Er schaute auf, als Brody seine Frage stellte.

Zoe faltete das Geschirrtuch und hängte es über eine Stange. »Heute abend nicht; ihr müßt früh zu Bett gehen. Wir haben letzte Woche den Gottesdienst verpaßt, und ich möchte nicht, daß das noch einmal vorkommt.«

Es war der erste Sonntag, an dem sie nicht in der Kirche gewesen war. Wäsche zu bügeln bis in die frühen Morgenstunden forderte allmählich seinen Zoll. Wenn bloß die neuen Stoffe endlich kämen, dann brauchte sie keine zusätzliche Arbeit mehr anzunehmen. Sie hatte schon genug Bestellungen für Kleider, um ihre Bankverbindlichkeiten in den kommenden Wintermonaten zu begleichen.

Holly schaute aus dem Fenster. »Die Lichter brennen schon im Tanzsaal.«

»Ich weiß, Liebes«, sagte Zoe und dachte, daß Holly sich erstaunlich gut gehalten hatte während der Krankheit und nach dem Tode ihrer Eltern. »Vielleicht gehen wir nächste Woche hin.«

»Ich wette, daß auch Mr. Drake da ist«, fügte Holly noch hinzu.

»Mr. Drake wird es verstehen.«

Brody packte Will um den Hals und gab ihm einen

schallenden Kuß auf die Wange. »Ohhh, Zoe, Sie sind ja *soo* hübsch mit Ihrem langen roten Haar!«

Will kicherte und küßte Brody. »Oh, Perry – wie groß und stark Sie sind!«

»Hört auf, Jungs!« schalt Zoe.

»Redet ihr von Perry Drake?« rief Cade.

Zoe fühlte, wie das Blut ihr in die Wangen stieg. Sie sah, daß Cade sie durch das Moskitonetz beobachtete und wünschte, er hätte den albernen Scherz der Jungen nicht gehört. Er würde mehr daraus machen, als wirklich daran war. Perry hatte sie zweimal zum samstäglichen Square Dance eingeladen, aber das hatte nichts zu bedeuten, wirklich nicht.

»Hat er Jenny Parson eigentlich geheiratet?«

»Ja, sie waren Jims und meine besten Freunde.« Zoe stellte eine Pfanne fort. »Jenny starb, ungefähr einen Monat bevor Jim ermordet wurde, an einem Schlangenbiß«, erwiderte sie und riskierte einen Blick auf Cade.

»Und nun«, sagte er, ihr in die Augen schauend, »geht ihr beide miteinander aus?«

Sie schlug die Schranktür zu. »Achte nicht auf das, was die Jungen sagen.« Als Direktor der Bank war Perry sehr beschäftigt, und Gott wußte, wie wenig Zeit sie selbst zum Ausgehen hatte. Gracie war der Ansicht, daß Perry ein guter Partner für sie wäre, aber obwohl Zoe ihn als Freund durchaus sympathisch fand, hätte sie sich nie in ihn verlieben können.

Holly ging zum Tisch hinüber. »Es wird dunkel. Soll ich die Lampen anzünden?«

»Warum zünden wir nicht ein paar Kerzen an?« schlug Zoe vor. Es war kaum noch genug Petroleum für diesen Monat da. Sie mußte sparsamer damit umgehen. Kein Kaffee, kein Brennstoff für die Lampen – wie lange würde es noch dauern, bis Cade ihre Geldsorgen bemerkte?

»Wir können nicht gut sehen mit den Kerzen«,

beschwerte Brody sich. »Soll ich die Lampen anzünden?«

»Eine Kerze reicht, Brody. Danke.«

»Wir waren schon sehr lange nicht mehr beim Square Dance«, beharrte Holly. »Seit Ma und Pa erkrankt sind nicht.« Zoe sah ein, daß sie alle ein bißchen Abwechslung verdienten. »Paßt auf, ich werde euch einen Vorschlag machen. Nach dem Bad lassen wir das Grammophon spielen und veranstalten unseren eigenen Tanzabend.«

»O ja!« rief Missy. »Unseren eigenen Tanzabend!«

Brody schleppte den Badezuber herein, und Zoe stellte Wasserkessel zum Erhitzen auf den Herd und hing dann einen Vorhang auf, um allen Ungestörtheit während ihres Bads zu sichern. Ihr fiel auf, daß Cade auf der Veranda blieb, in sicherer Distanz zu all dem Durcheinander in der Küche.

Gegen acht waren die Kinder blitzsauber. Auch ihre Haare waren frischgewaschen und rochen nach Neuengland-Rum, einer Flüssigkeit, die Zoes Ansicht nach den Haaren Glanz verlieh und sie vor Läusen schützte.

Auch Cade ließ sich, wenn auch widerstrebend nur, zu einem Vollbad überreden, weigerte sich jedoch entschieden, Rum auf sein Haar zu geben. »Ich trinke ihn, aber ich denke nicht daran, mich damit einzureiben«, sagte er.

Danach füllte er die Wanne mit frischem Wasser und zog sich mit den Kindern ins Wohnzimmer zurück.

Zoe badete in Frieden und lauschte der Musik, die aus dem Nebenraum drang. Cades dröhnendes Gelächter übertönte fast die Melodie von »Little Brown Jug«, als er und die Kinder polternd über den Boden trampelten.

Lächelnd schloß Zoe die Augen und glitt noch tiefer in das heiße Wasser. Was würde aus den Kindern werden, wenn Cade fortging? Es sprach für ihn, daß er ehrlich zu ihnen gewesen war und ihnen gleich von Anfang an gesagt hatte, daß er nicht bleiben konnte. Aber egal, wie aufrichtig er auch war, es würde nichts am Schmerz der Kinder über seinen Aufbruch ändern. Manchmal fragte sie sich, ob sie sich überhaupt im klaren darüber waren, welch tiefgreifende Folgen sein Fortgehen für sie haben würde, und ob sie ahnten, daß sie vielleicht schon bald bei einer anderen Familie leben würden. Sie jedenfalls fürchtete jetzt schon die Leere, die die Kinder in ihrem Leben hinterlassen würden.

Um sich von diesen düsteren Gedanken abzulenken, ergriff sie den Schwamm und begann, sich einzuseifen. Dem Lärm nach zu urteilen, der aus dem Wohnzimmer kam, hatten die Kinder großen Spaß mit Cade. Wieder lächelte sie, als sie daran dachte, wie einsam und still ihr Leben vor wenigen Wochen noch gewesen war – vor allem die Abende, an denen man eine Nadel fallen hören konnte, so still war es im Haus gewesen.

Sie fuhr zusammen, als sie Butchs Bellen und das Miauen der Kater hörte, und hoffte, daß die kostbaren Porzellanfiguren ihrer Mutter das Tohuwabohu nebenan heil überstehen würden. Mit Cades Einzug waren nämlich leider auch die Tiere eingezogen. Sie stand auf und griff nach einem Handtuch, um sich abzutrocknen. Nachdem sie den Gürtel ihres Morgenrocks verknotet hatte, schaute sie durch die Wohnzimmertür und lächelte, als sie Missy auf Cades Füßen stehen und tanzen sah zur Melodie von ›I'll Take You Home Again Kathleen‹.

Auch die Jungen tanzten, Arm in Arm, und ahmten Cade und Missy nach. Sie wirbelten im Raum herum, schnitten komische Gesichter und schienen sich großartig zu amüsieren.

Holly saß artig auf dem Sofa und wartete anscheinend auf eine weitere Runde durch den Raum mit ihrem Onkel. Butch, Romeo und Othello lagen auf dem Boden zu ihren Füßen und beobachteten die Tänzer interessiert.

Cade sah noch selbstbewußter und attraktiver aus als je zuvor, als er mit dem kleinen Mädchen anmutig über die behelfsmäßige Tanzfläche glitt. Eine ganz und gar uncharakteristische Eifersucht erfaßte Zoe. Wann, wo und bei *wem* mochte er diese Feinheiten gelernt haben? In wessen Salon hatte er so elegant getanzt? Und wessen Hand hatte er dabei gehalten? Sie bezweifelte, daß es die einer Fünfjährigen gewesen war.

Plötzlich schaute er auf und lächelte sie an. »Möchtest du nicht teilhaben an unserem Spaß, Red?«

Sie zog den Kragen ihres Morgenrocks noch höher. »Ich glaube nicht.«

»Komm schon«, lockte er. »Die Jungen brauchen ein paar Tanzstunden.« Sein Blick glitt zu Brody und Will, die sich vor lauter Eifer gegenseitig auf die Füße traten.

»Komm, Red, es ist lustig«, versuchte nun auch Missy sie zu überreden.

»Na ja.« Zoe überlegte kurz und beschloß dann, daß es nichts schaden konnte. Die Kinder brauchten ein bißchen Abwechslung.

Nachdem sie den Tisch mit den Porzellanfiguren an einen sicheren Platz geschoben hatte, reichte sie Will die Hand. »Darf ich Sie um diesen Tanz bitten, mein Herr?«

Will errötete und erhob den Blick in vorgetäuschter Nonchalance zur Decke, aber schließlich kam er doch zu ihr und ergriff schüchtern ihre Hand.

Das Grammophon spielte, und die tanzenden Paare drehten sich zu der Musik. Holly tanzte nun mit Cade, und Missy ließ Brody keine andere Wahl, als sie zur Partnerin zu wählen.

Als die Musik verstummte, lachten alle und rangen nach Atem. Zoe und Cade ließen sich auf zwei Stühle fallen, und Brody beeilte sich, das Grammophon noch einmal aufzudrehen.

Zoe hob die Hand, um ihn daran zu hindern. »Es ist schon spät, Brody.«

»Nur noch einmal«, bettelte Holly.

Missy ergriff Cades Hand und zog ihn auf die Beine. »Ich möchte noch einmal mit dir tanzen, Onkel Cade.«

Augenzwinkernd wandte er sich an Zoe. »Frauen. Sie können nie genug kriegen von mir.«

Zoe konnte selbst sehen, warum. »Tatsächlich?« versetzte sie und erwiderte sein Augenzwinkern. »Aber das ist ja wohl Geschmackssache, nicht wahr?«

Mit den Augen sagte er: »Touché«, und beide lachten.

Die Musik begann wieder zu spielen. In der nächsten halben Stunde tanzte Cade abwechselnd mit Holly und mit Missy. Die Gesichter der jungen Mädchen waren stark erhitzt, und ihre Augen strahlten vor Entzücken.

Als die Uhr halb zehn schlug, bereitete Zoe der allgemeinen Ausgelassenheit ein Ende.

»So, meine Lieben – es ist schon weit über eure gewohnte Schlafenszeit.«

Holly und Missy bedeckten Cades Wangen mit feuchten Küssen. »Das war der schönste Tanzabend, den wir je hatten«, erklärte Holly. »Der allerschönste!«

›I'll Take You Home Again Kathleen‹ summend, zogen die Mädchen sich in ihr Schlafzimmer zurück.

Will schlurfte brummend in die Küche. »Ich hasse es, mit Brody zu tanzen!«

Brody schob ihn aus dem Weg. »Ich hasse es auch, mit dir zu tanzen.«

»Jungs, hört mit den Sticheleien auf. Ich komme gleich, um eure Gebete zu hören.«

Nach der Kerze greifend, drehte Zoe sich zu Cade um. »Ich habe dir saubere Laken zu dem Kissen und der Decke gelegt.«

»Danke. Ich komme schon zurecht.«

Ihre Wangen brannten, als sein Blick langsam über ihren Körper glitt. »Gute Nacht.«

Sie ließ noch Butch und die Kater hinaus, bevor sie zu Will und Brody ging, und war sehr gerührt, als die beiden

Jungen in ihrem Nachtgebet darum baten, daß ihr Onkel Cade bei ihnen bleiben möge. Das Gebet der Mädchen war nicht anders. Es war sinnlos, sich noch den Kopf darüber zu zerbrechen, daß die Kinder sich zu sehr an Cade gewöhnen könnten. Denn das war längst geschehen.

Als Zoe kurz davor war, einzuschlafen, hörte sie die schwachen Töne von Musik im Wohnzimmer. Leise, um die Mädchen nicht zu wecken, stand sie auf und zog noch einmal ihren Morgenrock über. Um die Ecke spähend, sah sie ein Licht flackern. Hatte sie vergessen, eine Kerze auszublasen?

»Cade?« rief sie leise. Als er nicht antwortete, verließ sie ihr Zimmer und ging auf bloßen Füßen ins Wohnzimmer hinüber. Nicht nur eine Kerze brannte, sondern mehrere.

Er hat alle Kerzen, die ich habe, angezündet!

In der Tür legte sich ein starker Arm um ihre Taille und zog sie in den Raum.

»Ich glaube, das ist unser Tanz.«

Sie gab sich alle Mühe, sich aus seinen Armen zu befreien, aber seine verführerische tiefe Stimme schwächte ihre Willenskraft. »Bist du nicht erschöpft vom Tanzen mit all deinen ›Frauen‹?«

Sie an sich ziehend, flüsterte er: »Ah, aber mit der schönsten muß ich erst noch tanzen.«

Sie entzog ihm ihren Arm und befeuchtete die Finger, um ein, zwei Kerzen auszumachen, aber das erlaubte er ihr nicht.

»Du siehst wunderschön im Schein der Kerzen aus.«

»Du nicht.« Kerzenlicht machte ihn nur noch unwiderstehlicher.

»Was für ein vorlautes kleines Biest du bist.«

Wieder versuchte sie, sich zu befreien, aber auch diesmal war es sinnlos. Sie konnte sich nur noch an ihn schmiegen. Sein warmer Atem streifte ihre Wange, als sie sich im Takt eines langsamen Walzers wiegten. Was dachte sie sich bloß dabei? Halb angekleidet im Kerzenschein mit einem Mann zu tanzen, der schlicht unwiderstehlich auf sie wirkte, war mehr als nur gefährlich. Es war der reinste Wahnsinn.

Sie legte ihre Hand auf seine Brust und fühlte das ruhige Pochen seines Herzens. »Das ist verrückt, Cade.«

»Wir tanzen nur.«

»Du weißt, daß es mehr als Tanzen ist. Was willst du von mir? Die Herzen der Kinder hast du schon gewonnen. Kannst du dich damit nicht begnügen?«

Cade zog sie noch fester an sich. »Können wir nicht einfach den Moment genießen? Muß jeder Schritt, den ich in deine Richtung tue, denn irgendeine tiefere Bedeutung haben? Ich tue nichts anderes, als die Gesellschaft einer schönen Frau genießen.«

»Natürlich könnten wir den Moment genießen ... aber warum sollten wir?« wisperte sie.

»Um der alten Zeiten willen.«

»Der alten Zeiten? Die hast du doch längst vergessen – gib es ruhig zu!«

»Ich erinnere mich an sehr viel mehr, als du vielleicht glauben magst.«

Sie schloß die Augen, während sie mit ihren Gefühlen kämpfte. Erinnerte er sich an jeden Atemzug, an jedes Wort und jeden Schwur? Ganz offensichtlich nicht. »Es hat eine Zeit gegeben, in der wir beide glaubten, wir bedeuteten einander etwas«, sagte sie und fühlte, wie seine Lippen über ihr Haar glitten.

»Wir waren damals noch sehr jung, Red. Aber seitdem haben wir uns sehr verändert. In meinem heutigen Leben *könnte* ich mir gar keine Familie leisten, nicht einmal dann, wenn ich mir selbst eine wünschen würde.«

»Du redest ja, als ob dich irgend etwas Böses dort draußen vor der Stadt erwarten würde!« Ihr Herz sank, als sie das Lächeln sah, mit dem er ihre Bemerkung aufnahm. Sie kannte diesen Ausdruck an ihm. So lächelte er immer, wenn er schlechte Nachrichten zu überbringen hatte.

»Gib die Jagd nach Kopfgeldprämien auf – bevor es zu spät dazu ist«, flehte sie. »Du hast mehr Geld, als du jemals brauchen wirst. Bist du denn wirklich nicht imstande, den Kindern deiner Schwester ein Zuhause zu verschaffen? Du weißt doch, wie sehr Addy sich das gewünscht hätte.«

Er trat zurück und zog Zoes Hände an seine Brust. Im flackernden Kerzenschein begegneten sich ihre Blicke. »Hör mir zu, Red. Selbst wenn ich es aufgeben würde, und zwar in diesem Augenblick, würde sich nichts ändern. Ich würde immer auf der Hut sein müssen. Glaubst du, so ein Leben wollte ich für Addys Kinder? Würdest du wollen, daß auch sie ständig über die Schulter blicken müßten? Die Feinde, die ich habe, kennen kein Gewissen, Red. Sie würden ebenso bedenkenlos ein Kind erschießen, wie sie mich abknallen würden.«

Angewidert wandte sie sich ab. »Abknallen. Erschießen. Immer redest du vom Töten.«

»Leider ist das so bei einem Kopfgeldjäger. Diese Tätigkeit erfordert eben manchmal Töten.«

Wütend ballte Zoe ihre Fäuste, weil sie wußte, daß das Leben, das er führte, ihn eines Tages selbst vernichten würde. »Die Bibel sagt: ›Du sollst nicht töten.‹«

»Die Umstände verlangen manchmal etwas anderes.«

Sie wandte sich zum Gehen, weil sie plötzlich nicht mehr atmen konnte. Es war so hoffnungslos. Wann würde sie sich endlich damit abfinden, daß er mit den Jahren hart und rücksichtslos geworden war?

Am Montagmorgen stand Zoe in der Küche und bügelte gerade Mrs. Penscotts Unterröcke, als sie die Ladenglocke bimmeln hörte. Gracie eilte durch den Laden in die Hinterzimmer und rief Zoe schon von weitem zu: »Hast du es schon gehört? Pop hat sich das Bein gebrochen.«

Betroffen stellte Zoe das Bügeleisen auf den Herd. »Nein. Wann?«

»Am Samstagabend bei dem Tanz. Ich dachte, jemand hätte es dir vielleicht gestern schon in der Kirche gesagt. Lawrence und ich konnten leider nicht am Gottesdienst teilnehmen, weil wir verschlafen hatten.«

»Nein. Keiner hat etwas gesagt, aber ich bin auch gleich nach der Predigt heimgegangen. Die Kinder wollten mit Cade angeln gehen. Wie ist es passiert?«

Gracie schüttelte den Kopf. »Pop hat beim Square Dance einen falschen Schritt gemacht und hat die arme Clara Simmons mitgerissen, als er stürzte.«

Zoe schlug die Hand vor den Mund, um ihre Belustigung zu verbergen. Die Vorstellung von Pop und der prüden Sonntagsschullehrerin, wie sie lang hingestreckt auf dem Parkett lagen, war aber auch zu komisch.

»Ist sie verletzt?«

»Nein, aber es war ihr ungeheuer peinlich. Ihre Krinoline rutschte hoch und verfing sich in dem albernen Kamm, den sie stets in ihren Haaren trägt. Selbst zu zweit hatten wir Mühe, den Unterrock wieder davon loszukriegen.« Gracie legte ihre Päckchen auf den Tisch und nahm sich etwas Limonade aus dem Eisschrank. »Pop merkte gar nicht, daß er etwas gebrochen hatte, bis er versuchte, aufzustehen. Gut, daß Doc Whitney auch da war. Er ließ Pop gleich in seine Praxis bringen und schiente ihm das Bein.«

Zoe ging zum Schaufenster des Ladens und schaute über die Straße zum Gefängnis. »Die Kinder und Cade sind heute morgen früh zu Pop gegangen. Komisch, daß sie nicht zurückgekommen und es mir erzählt haben.«

»Wahrscheinlich hatten sie zuviel damit zu tun, ihn zu versorgen. Du kennst ja Pop und weißt, wie gern er sich verwöhnen läßt.«

»Tun das nicht alle Männer?« Zoe nahm ihre Schürze ab, bevor sie hinter die Theke trat. »Ich bringe ihm ein Nußbrot. Danach wird er sich besser fühlen.«

Gracie setzte sich auf einen Stuhl und legte die Füße auf ein nahes Faß. »Ich bleibe derweil hier sitzen und trinke meine Limonade aus.« Sie erschauerte und schürzte ihre Lippen. »Du liebe Güte, ist die sauer! Ist dir der Zucker ausgegangen?«

»Nein, aber ich muß sparsam damit sein. Und wenn du schon hier bist, kannst du auch gleich die Bügelwäsche für mich fertigmachen.« Zoe steckte zwei süße Weißbrote in einen Korb und bedeckte sie mit einem Küchenhandtuch.

»Die Kinder weichen Cade nicht von der Seite«, sagte Gracie, als Zoe an ihr vorbeiging. »Wo er ist, sind sie auch.«

»Ich weiß. Das ist es ja, was mich beunruhigt. Paß bitte kurz mal auf den Laden auf, ja? Ich bin gleich wieder zurück«, rief sie über die Schulter, bevor sie zur Tür hinausging.

Als sie die Straße überquerte, sah sie Will, der von Pfosten zu Pfosten lief und die Steckbriefe herunterriß.

»Will«, rief sie, »was machst du da?«

Will ließ den Kopf hängen und versteckte die Plakate hinter seinem Rücken, als sie näher kam. »Nichts.«

»O doch, du tust etwas.« Sie versuchte, hinter ihn zu schauen. »Was hast du da hinter dem Rücken?«

»Nichts.«

»Will«, ermahnte sie ihn streng.

Er scharrte mit den Schuhen.

»William Wiseman!«

Langsam zog er die Plakate hervor und gab sie Zoe. Fragend hob sie ihre Augenbrauen. »Was hat das denn zu bedeuten? Du weißt, daß du kein öffentliches Eigentum zerstören darfst.«

Mit tränenfeuchten Augen schob er die Unterlippe vor.

»Wenn es keine bösen Männer zu erschießen gäbe, würde Onkel Cade bei uns bleiben.«

Zoe ließ die Schultern hängen, als sie sich bückte, um den Kleinen zu beruhigen. Sein Schluchzen brach ihr fast das Herz.

»Er ... er hat gesagt ... daß er weg muß ... um ... einen bösen Mann zu fangen. Und daß er ... uns ... deshalb ... nicht behalten ... kann.«

Empörung wallte in ihr auf. Cade hätte ruhig ein bißchen taktvoller sein können!

»Selbst wenn er fortgeht, wird er zurückkommen.«

»Nein, das wird er nicht«, schluchzte Will. »Mama sagte, er käme nie zurück.«

Zoe nahm das Handtuch von dem Brot und trocknete damit die Tränen des kleinen Jungen. »Nun, darüber wollen wir uns jetzt nicht den Kopf zerbrechen. Onkel Cade ist ja noch hier, und ich glaube nicht, daß er bald wieder fortgeht, um böse Männer einzufangen. Und jetzt möchte ich, daß du Pop diese Plakate bringst und ihm sagst, es täte dir sehr leid, daß du sie abgerissen hast.«

»Und daß ich es nie wieder tue.«

»So ist es brav, mein Junge.« Sie küßte ihn auf die Wange und sah stolz zu, wie er mit den Steckbriefen unter dem Arm in das Gefängnis ging.

Nachdem sie das Tuch wieder gefaltet hatte, legte sie es auf den Korb zurück und ging langsam weiter, um Will Zeit zu geben, sich zu entschuldigen, bevor sie kam. Sie wollte auch nicht länger als unbedingt nötig in Cades Nähe sein. Unter einem Dach mit ihm zu leben war schwer genug.

Sie war verrückt gewesen, ihn so schnell wieder an sich heranzulassen. Die leidenschaftlichen Gefühle zwischen ihnen waren stark wie eh und je, und das war fast ein bißchen furchterregend. Warum war er auch nicht fett und kahlköpfig wie Frank Lovell? Warum roch er nicht nach

Mottenkugeln und abgestandenem Zigarrenrauch wie Frank? Der Himmel wußte, daß es ihr dann nicht schwergefallen wäre, ihm zu widerstehen.

Ein harter Zug erschien bei dem Gedanken um ihr Kinn. Diesmal hatte Cade es nicht mit einem verliebten Teenager zu tun. Diesmal war es eine erwachsene Frau, die sehr gut zwischen Liebe und bloßer körperlicher Lust zu unterscheiden wußte.

Langsam betrat sie das Gefängnis. Es war so überfüllt, daß kaum noch Platz zum Stehen war. Zwei kichernde junge Damen umringten Cade. Zoe runzelte verblüfft die Stirn. Judy Farnsworth? Seit wann kleidete *sie* sich wie ein Straßenmädchen? Das tiefausgeschnittene Oberteil ihres roten Seidenkleids ließ genug Busen für zwei erkennen! Zoe fragte sich, ob ihre Mutter wußte, daß sie sich in einem solchen Aufzug in die Stadt gewagt hatte.

Und die hübsche Dunkelhaarige bei Judy war Edna Mews Nichte, Susan Tetherton. Es war noch gar nicht lange her, da hatte Susan noch Zöpfe und einen Overall getragen und Murmeln mit den Jungs gespielt. Heute spielte sie allerdings ein anderes Spiel als Murmeln.

Zoe zwang sich zu einem Lächeln, als sie Susan sagen hörte: »Mr. Kolby, ich habe mein ganzes Leben lang Geschichten über Sie gehört, aber Tante Edna hat mir nie erzählt, daß Sie so gut aussehen!« Susan beugte sich lächelnd vor und legte eine Hand an Cades Brust. Ihr gelbes Kleid schimmerte und raschelte bei jeder ihrer provozierenden Bewegungen.

Ein weiteres albernes Kichern kam von Judys blutrot geschminkten Lippen. »Ich habe es dir doch gesagt, Susan. Ich habe dir doch erzählt, wie groß und stark und atemberaubend attraktiv er ist!« Sie wickelte eine Strähne ihres Haars um ihren Finger, während sie tief einatmete und die Schultern durchbog, um ihre straffen kleinen Brüste noch unübersehbarer in seine Blickrichtung zu bringen.

Zoe warf Pop und den Kindern einen Blick zu, die hinter seinem Schreibtisch saßen und Plätzchen knabberten.

»Hi, Zoe«, rief Brody. »Möchtest du auch ein Plätzchen? Judy und Susan haben sie für Onkel Cade gebacken. Sie sind lecker.«

Nachdem sie die Tür geschlossen hatte, stellte Zoe ihren Korb auf den Schreibtisch neben Pops geschientes Bein. »Brody, man redet nicht mit vollem Mund.« Mitfühlend betrachtete sie Pop. »Wie geht es dir?«

»Schlecht. Ich kann mich kaum bewegen.«

»Hat Will sich dafür entschuldigt, daß er die Plakate abgerissen hat?«

»Ja.« Pop lachte und strich dem Jungen übers Haar. »Er mag seinen Onkel. Warum, das ist mir wirklich schleierhaft. Was meinst du, Zoe?«

Missy kletterte von Pops Schoß. »Zoe, mein Bauch tut wieder weh.«

Cade entschuldigte sich bei den jungen Damen und hob Missy grinsend auf die Schulter. »Bevor Zoe böse auf uns wird, sag ihr, daß ich gesagt habe, ›nur ein Plätzchen‹.«

»Das hat er, Zoe. Wirklich«, bestätigte Holly. »Ich habe auch nur eins bekommen.«

»Brody hatte vier«, bemerkte Will.

Brody ließ den Kopf hängen und enthielt sich eines Kommentars.

Pop nahm sein geschientes Bein vom Tisch und stellte es behutsam auf den Boden. »Sie werden es schon überleben. Hier, Zoe, probier ein Stück von Ednas Rhabarbertorte. Die Frau redet zuviel, aber kochen kann sie.«

Zoe lächelte. »Ich dachte, du hättest den Torten abgeschworen.«

Judy und Susan lächelten Cade an. Ihre jugendliche Schönheit und ihre gepflegten Locken standen in auffallendem Kontrast zu Zoes verwaschenem Kattunkleid und ihrem ungekämmten Haar, das wirr und aufgelöst vom

Waschen und Bügeln der nie endenden Wäscheberge war, die Mrs. Penscott brachte. Ihr Blick glitt zu Cade, und sie fragte sich, ob er wohl denselben Vergleich anstellte.

Rasch drehte sie sich wieder zu Pop um. »Ich kann nicht bleiben – ich wollte nur kurz nach dir sehen. Ich dachte, daß du dich vielleicht über ein Nußbrot freuen würdest.«

»Das ist wirklich lieb von dir.« Er beugte sich vor und roch an dem Korb. »Das mußt du auch einmal probieren, Cade. Zoe backt das beste Nußbrot in der ganzen Stadt.«

Cade streckte die Hand aus und ließ sich ein Stück geben. »Das brauchst du mir nicht zu sagen, Pop. Ich weiß, wie gut sie kocht und backt.«

Laute Stimmen draußen unterbrachen sie.

Pop versuchte, aufzustehen, sank aber seufzend wieder auf den Stuhl zurück. »Was, zum Teufel, ist da draußen los?«

Die Tür flog auf, und Zoe sah, wie Cade mit der rechten Hand nach seiner Waffe griff, während er sie gleichzeitig mit der linken hinter seinen Körper zog. Ihr wurde ganz warm ums Herz, als sie begriff, daß er sie schützen wollte.

Der Postkutschenfahrer, der leichenblaß und staubbedeckt hereinstürzte, keuchte so heftig, daß er fast kein Wort hervorbrachte. »Die Kutsche ... sie ist überfallen worden!« Nach Atem ringend, ließ er sich auf einen Stuhl fallen. »Vier Männer ... die aussahen wie die Nelson-Bande ... aber sicher bin ich nicht.« Der Mann senkte den Kopf und schlug die Hände vors Gesicht, die zitterten wie Espenlaub. Seine Fingerknöchel waren abgeschürft und bluteten, sein Hemd war zerrissen.

»Um Himmels willen, Troy!« rief Pop.

»Hat es Tote gegeben?« Cade trat an die Tür und warf einen Blick hinaus.

»Nein, aber wir dachten wirklich, sie würden uns alle umbringen.« Troy Becker nahm das Glas Wasser, das Zoe ihm reichte, und dankte ihr.

Sie sah, daß eine Gruppe Schaulustiger sich draußen versammelte. »Du kriegst Besuch, Pop.«

»Ist etwas mit der Kutsche?« fragte Walt Mews, als er hereinstürzte. »Ich sah sie durch die Stadt rasen wie eine verbrannte Katze. Meine Kiste Haarwasser aus Boston war darin.«

»Die kannst du vergessen.« Der Kutscher richtete sich auf, stellte sein Glas auf den Schreibtisch und schaute Walt kopfschüttelnd an. »Sie ist weg, genau wie Mrs. Bradshaws Stoffe.«

Zoe stöhnte. »O nein! Die ganzen Ballen?«

»Es war nicht meine Schuld. Sie sind buchstäblich aus dem Nichts heraus erschienen!« rief Troy. »So etwas habe ich noch nie erlebt!«

Cade trat vor. »Was ist denn eigentlich geschehen, Troy?«

»Ich näherte mich schon Rider's Pass, als sie ganz plötzlich da waren. Zuerst dachte ich, es wären Indianer, so wie sie heulten, brüllten und daherjagten, aber dann sah ich, daß es Weiße waren. Nachdem sie uns den Geldsack abgenommen hatten, schnappten sie sich noch deine Kiste mit dem Haarwasser, Walt, gossen es auf Mrs. Bradshaws Stoffe und zerschmetterten dann alle Flaschen. Ich habe keine Ahnung, was sie damit bezweckten – aber genau das haben sie getan. Eine solche Schweinerei habe ich in meinem ganzen Leben noch nicht gesehen.«

Zoe faßte wieder Hoffnung. »Heißt das, daß meine Stoffe noch da draußen auf der Straße liegen?« Vielleicht war ein Teil von ihnen noch zu retten. Sie *mußte* einen Teil von ihnen retten. Es war ihr finanzielles Ende, wenn sie es nicht tat.

Der Fahrer sah ihre erwartungsvolle Miene. »Das könnte man so sagen.«

Cade runzelte die Stirn. »Was soll das heißen? Sind die Stoffe noch da oder nicht?«

»Da sind sie schon, aber ich glaube nicht, daß Mrs.

Bradshaw sie noch haben will. Die Pferde waren nicht begeistert vom Gestank des Haarwassers. Es hat sie so nervös gemacht, daß sie darauf herumgetrampelt sind.« Er schaute Zoe bedauernd an. »Ich sage es nicht gern, aber ihre Hufabdrücke waren längst nicht alles, was sie darauf zurückgelassen haben.«

»O nein.« Bestürzt sank Zoe auf einen freien Stuhl. Das war das Ende. Ohne das Geld, das die Stoffe bringen würden, war sie bankrott. Am Ende.

Cade runzelte die Stirn. »Sind die Stoffe dir so wichtig, Red?«

»Sehr wichtig«, gab sie zu und hoffte, daß ihr verzweifelter Tonfall ihre finanziellen Sorgen nicht verriet.

Wütend versuchte Pop, sich zu erheben. »Ausgerechnet jetzt, wenn hier ausnahmsweise einmal etwas Aufregendes passiert, habe ich das Bein gebrochen und kann nichts unternehmen!«

»Bleib, wo du bist, Pop«, sagte Cade. »Ich kümmere mich darum.«

»Cade!« protestierte Zoe und folgte ihm zum Waffenschrank. Die Männer der Nelson-Bande waren hartgesottene Verbrecher. Zwar sagte sie sich, Cade sei es gewohnt, Verbrechern nachzujagen, aber das hieß noch lange nicht, daß sie bereit war, dabei zuzuschauen.

»Schickt besser zuerst jemanden hinaus, um aufzuräumen«, warnte Pop.

Cade schaute Zoe an. »Ich werde eine Weile fort sein. Du solltest die Kinder heimbringen und dort bleiben, falls es Ärger geben sollte.«

Zoe runzelte die Stirn. »Ärger?« Sie hatte Cade nicht zurückgewollt in ihrem Leben, aber sie wollte auch nicht, daß er starb. Flehend schaute sie ihn an, in der Hoffnung, daß er sie beruhigte. »Ärger«, mochte zwar etwas ganz Alltägliches für ihn sein, aber für die Einwohner von Winterborn und für sie ganz sicher nicht.

Cade packte sie an den Schultern und schob sie zur Tür. »Nimm die Kinder und geh heim. Ich komme zurück, so schnell ich kann.«

Bevor sie Widerspruch erheben konnte, bat er mehrere der anderen Männer um ihre Unterstützung und teilte dann Gewehre aus.

»Geh nach Hause, Zoe«, befahl er.

Sie wollte protestieren, sah dann aber ein, wie sinnlos es gewesen wäre. Nachdem sie die Kinder hinausgescheucht hatte, schaute sie sich rasch noch einmal um und sah, wie das Büro sich langsam leerte und die jungen Mädchen vor Aufregung kicherten. Sie war wütend auf Cade, weil er sich einmischte. Das war alles, was die Kinder jetzt noch brauchten: daß Cade erschossen wurde.

Eine Gruppe von Männern formierte sich und legte eine Strategie zurecht. Zoe wartete auf Cade am Pfosten, wo die Pferde angebunden waren. Als er aufsitzen wollte, streckte sie die Hände nach ihm aus.

»Das ist Wahnsinn, Cade!«

»Jemand muß hinreiten.«

»Aber …«

»Hast du nicht gesagt, die Stoffe seien dir sehr wichtig?«

»Ja, aber es klingt, als ob sie sowieso ruiniert wären.«

»Ich werde retten, was ich kann.« Den Sattelgurt noch fester anziehend, sagte er: »Bring die Kinder heim und bleib bei ihnen.«

Sie packte seinen Arm. »Wenn du schon darauf bestehst, hinauszureiten, dann versprich mir wenigstens, daß du vorsichtig sein wirst.« Der Atem stockte ihr, als sie in seine blauen Augen sah. Der Anflug eines Lächelns erschien um seine Lippen.

»Sorgst du dich um mich, Red? Ich dachte, ich sei dir gleichgültig.«

Stirnrunzelnd trat sie zurück und verschränkte ihre Arme. »Sei nicht albern. Ich denke an die Kinder.«

Er schwang sich in den Sattel. »Du sorgst dich viel zu sehr.«

Sie bedachte ihn mit einem ärgerlichen Blick und sah, wie seine Miene ernst wurde. »Ich verspreche dir, daß ich vorsichtig sein werde. Ich denke auch an die Kinder.« Und damit wendete er sein Pferd, tippte sich noch einmal grüßend an den Hut und ritt davon.

Zoe hoffte nur, daß dies ein Versprechen war, das er ausnahmsweise einmal halten würde.

9

Cade klopfte seinem Pferd beruhigend den Hals und spürte, wie sein Magen sich verkrampfte, als er das stinkende Durcheinander sah. Fliegen umschwirrten die Haufen frischen Pferdedungs auf den einst so farbenfrohen Baumwollstoffen. Zerbrochene Flaschen lagen überall herum. Cade schaute Walt Mews an und sah, daß auch er angewidert seine Nase rümpfte. Es war nichts mehr zu retten von dem Haarwasser. Zoe Bradshaws Stoffballen hatten sich einen denkbar schlechten Zeitpunkt ausgesucht, um an der Grenze zwischen Suffox und Miller County aufzutauchen. ›Rider's Pass‹ war nichts weiter als eine Biegung in der schmalen Straße, die zu beiden Seiten so dicht mit Gebüsch und Unterholz bestanden war, daß sie den idealen Ort für einen Hinterhalt darstellte.

Red würde an die Decke gehen vor Wut, wenn sie ihre teuren Stoffballen in diesem Zustand sehen könnte! Cade hielt sich mit einer Hand die Nase zu und wendete sein Pferd. Es würde einen stärkeren Mann als ihn erfordern, diesen stinkenden Haufen Stoffe durchzusehen.

»Walt, reite du mit deinen Leuten in Richtung Süden. Roy, du nimmst ein paar Männer mit nach Westen. Und du, Ben, übernimmst mit deinen Jungs den Osten. Ich reite nach Norden. Wir treffen uns bei Sonnenuntergang vor dem Gefängnis – und seid vorsichtig! Wir wissen nicht, mit wem wir es zu tun haben.«

Die Männer wendeten ihre Pferde und galoppierten in einer Staubwolke davon.

Cade lenkte Maddy auf die Straße und fragte sich, wie teuer diese verlorene Sendung Stoffe Zoe wohl zu stehen kommen würde. Er kannte ihre finanzielle Lage nicht, aber nach dem, was er bisher gesehen hatte, konnte sie nicht allzu gut sein.

Das Geräusch eines sich nähernden Wagens erregte seine Neugier, und rasch zog er sich in sicherer Entfernung hinter das Gebüsch zurück. Von hier aus konnte er die Biegung in der Straße überblicken, als das Rumpeln der Räder und das Hufgeklapper lauter wurde, und dann sah er, daß ein offener Pferdekarren mit hoher Geschwindigkeit in seine Richtung raste.

Als der Wagen an ihm vorbeijagte, erkannte er, daß der Fahrer vornübergebeugt auf dem Kutschbock hockte. Rasch ließ er Maddys Zügel locker, und sie galoppierte den beiden Wagenpferden nach. »Los, Mädchen«, brüllte er und stieß ihr die Sporen in die Flanken.

Maddy holte den Wagen langsam ein, da sie mit ihren längeren Beinen und schlankerem Körper sehr viel schneller als die beiden kleineren Zugpferde war.

»Und jetzt ganz ruhig, Mädchen«, befahl ihr Cade, als sie direkt neben den beiden außer Kontrolle geratenen Pferden weitergaloppierten. Sich weit nach rechts vorbeugend, ergriff Cade einen der losen Zügel und zog mit aller Kraft daran. »Hooo! Hooo!«

Der Wagen hielt, und Cade zog seine Waffe, bevor er aus dem Sattel stieg, um sich den Fahrer anzusehen. Falls dies einer von McGills Einfällen war, war er darauf vorbereitet. Vorsichtig trat er auf die Speiche eines Rads und zog sich auf den Wagen. Den Lauf seiner Waffe auf den Fahrer richtend, brüllte er: »Hey, Sie da!« Dann, als er merkte, daß der Mann bewußtlos war, steckte er die Waffe wieder ein und tastete nach dem Puls des Mannes.

Eine junge Frau lag auf einer Decke auf der Ladefläche und warf sich unruhig von einer Seite auf die andere. Cade stieg über den Sitz und kniete sich neben sie. Mit beiden Händen ihren Kopf umfassend, versuchte er, sie stillzuhalten. Sie glühte vor Fieber.

»Wer sind Sie?«

»Krank …« keuchte sie. »Wo ist … Bruce?«

Er sah den Ehering an ihrem Finger und nahm daher an, daß der Fahrer des Wagens ihr Ehemann war. »Er ist hier. Ich werde Sie zu einem Doktor bringen.«

»Bruce … krank … braucht Hilfe.«

Cade stieg wieder über den Sitz zu dem bewußtlosen jungen Mann. »Wachen Sie auf!« Er schüttelte ihn an den Schultern, und der Mann stöhnte, als Cade ihn hochzog. »Können Sie mich hören?« Der Kopf des jungen Mannes fiel kraftlos auf die Seite.

»Verdammt.« Cade schaute sich um, als ob ihn jeden Augenblick ein Blitzschlag treffen könne. Wenn noch mehr als bisher schiefging, würde er bald einen halben Meter tief unter der Erde liegen. Pop und sein gebrochenes Bein; Bonnie, die das Fieber hatte. Zoe, die ihm im Nacken saß wegen der Kinder und darauf drängte, daß er so schnell wie möglich wieder fortritt. Eine Verzögerung nach der anderen, und jetzt jagte er auch noch Nobodys, auf deren Ergreifung nicht einmal ein Kopfgeld stand, obwohl er Winterborn doch eigentlich schon vor Tagen hätte verlassen müssen.

Eine kalte Decke, ein einsamer Pfad und Dörrfleisch erschienen ihm allmählich sehr verlockend vorzukommen. Und er brauchte sich weder zu rasieren noch seine Haare schneiden zu lassen, wenn er es nicht wollte.

Er stieg auf die Ladefläche, hob den Bewußtlosen auf und legte ihn neben die Frau. Dann pfiff er nach Maddy, band ihre Zügel am Wagenende fest, stieg auf den Kutschbock und trieb die beiden Pferde an.

Zoe, die gerade die Veranda vor dem Laden fegte, schaute auf, als sie das Rumpeln eines Wagens hörte. Passanten stoben auseinander und suchten Deckung, als der Wagen mit überhöhtem Tempo über die Straße jagte und vor Doc Whitneys Praxis zum Stehen kam.

Zoe war zutiefst verblüfft, als Cade vom Kutschbock sprang, die Stufen hinaufeilte und mit beiden Fäusten an die Tür des Arzthauses hämmerte. Wieso war er schon so früh zurück? War einer der anderen Männer der Gruppe angeschossen worden? Sie ließ den Besen fallen und lief zur Praxis. »Was willst du von dem Doc?« rief sie keuchend.

»Ich habe zwei kranke Leute hier.« Cade deutete auf den hinteren Teil des Wagens. »Kennst du sie?«

Sie warf einen Blick auf das junge Paar. »Das sind Bruce und Ida Evans – was ist mit ihnen?«

»Ich weiß es nicht. Aber sie haben hohes Fieber, und sie waren ohnmächtig, als ich sie vor etwa einer Stunde fand. Sie brauchen einen Arzt. Wo ist der Doc?«

Zoe schüttelte den Kopf, als sie plötzlich den durchdringenden Geruch von Kautabak wahrnahm. Rasch wandte sie sich zu dem alten Gayford um, der sich mit seinem Hemdsärmel den Mund abwischte, nachdem er Tabaksaft gespuckt hatte. »Sawyer, weißt du, wo Doc Whitney ist?«

»Er ist vor zwei Stunden heimgegangen. Er sagte, er fühlte sich nicht gut.«

»Verdammt!« Fluchend knallte Cade mit einer Hand den Hut an seinen Schenkel und schlug dann mit der anderen an die Tür.

»Was ist?« rief Glori-Lee vom Café herüber.

»Es sind noch mehr Leute erkrankt!« schrie Sawyer.

Cade drehte sich um. »Noch *mehr*? Es gibt noch andere?«

»Ja.« Sawyer spuckte wieder Tabak aus. »Clyde Abbott und sein Ältester haben seit heute morgen auch das Fieber. Der Doc hat sie ins Bett geschickt.«

»Wie schlecht geht es dem Doc?« fragte Cade den alten Sawyer.

»Keine Ahnung. Er sah nicht gut aus heute morgen. Er sagte nichts, aber er hat geschwitzt wie Judas, als er ging.«

»Was soll ich mit Bruce und Ida tun?«

»Tun?« Zoe schüttelte den Kopf. »Ich weiß nicht, was zu tun ist. Das müßte schon der Arzt entscheiden.« Sie schaute auf zur anderen Straßenseite. »Bring sie erst mal ins Gefängnis.«

Und damit begann sie, zu ihrem Geschäft zurückzulaufen, während sie über die Schulter rief: »Ich hole Wasser und Tücher.« Cade stieg wieder auf den Wagen, wendete ihn und lenkte ihn vor das Gefängnis.

Zoe eilte in den Laden. »Holly, du wirst eine Zeitlang auf Missy aufpassen müssen. Brody, kannst du die Kunden bedienen, die in der Zwischenzeit hereinkommen?« Der Junge nickte strahlend. Zoe hielt inne und drohte ihm mit dem Zeigefinger. »Ich weiß, was du denkst, Brody. Du darfst dir gern ein Bonbon nehmen. Aber nur *eins*, hörst du?«

»Wieso weißt du immer, was ich denke?«

»Ich weiß es eben.«

Holly legte ihre Puppen fort, ging zu Zoe und zupfte an ihrem Rock. »Was ist los?«

»Bruce und Ida haben Fieber.« Beunruhigt über die Angst im Blick der Kleinen, fügte sie rasch hinzu: »Wir wissen aber nicht, ob es das gleiche Fieber ist, das deine Eltern hatten.« Sie nahm Handtücher und Schwämme und warf sie in Eimer und Wasserschüsseln. »Ich bin im Gefängnis, falls ihr mich brauchen solltet.«

Missy erschien mit Tränen in den Augen in der Tür. »Ich will nicht, daß du stirbst wie meine Ma, Zoe.«

»Komm her, Liebes.« Die Kleine kam, und Zoe umarmte sie. »Ich werde nicht sterben.«

Brody reichte seiner Schwester eine Pfefferminzstange.

»Du kannst mir beim Bedienen helfen, Missy.« Dann wandte er sich noch einmal Zoe zu. »Geh nur. Ich passe schon auf die Mädchen auf.«

»Danke, Brody.« Sie berührte flüchtig seine Wange und dachte voller Stolz, wie reif er schon geworden war.

Ihre Gedanken überschlugen sich, als sie die Straße hinuntereilte, aber sie war froh, daß sie diese weitere Krise nicht allein durchstehen mußte. Sie wünschte, Cade wäre auch bei Addy und John schon dagewesen, doch nun war er ja hier, und sie war ihm für jede noch so kleine Unterstützung dankbar.

Als sie Pops Büro betrat, schien Cade erleichtert. Wahrscheinlich lag ihm genausowenig wie ihr selbst daran, die Situation allein zu meistern. »Wo ist Pop?« fragte sie.

»Keine Ahnung. Ich habe Sawyer losgeschickt, um ihn zu suchen. Wenn wir das Gefängnis in ein Krankenhaus verwandeln, dann muß Pop es wissen.«

»Was ist mit meinen Stoffen? Sind sie noch zu retten?«

Er schüttelte den Kopf. »Nein. Tut mir leid, Zoe.«

Sie krempelte die Ärmel auf. Um die Stoffe würde sie sich später sorgen. Mit schlechten Nachrichten umzugehen fiel ihr inzwischen nicht mehr schwer. Sie gab Cade einen Schwamm. »Du wäschst Bruce, und ich werde sehen, was ich für Ida tun kann.« Die jungen Leute, die in der Zelle auf dem Boden lagen und einander riefen, taten ihr von Herzen leid. Als Ida versuchte, aufzustehen, hinderte sie sie daran und drückte sie zurück aufs Kissen. »Bruce ist hier, Ida. Bleib ruhig liegen. Das kühle Wasser wird dir helfen. Wir müssen irgendwie das Fieber senken.«

»Schlecht ... so schlecht.«

»Ich weiß ... Psst«, murmelte Zoe beruhigend. Beim Geräusch von Stiefelscharren drehte sie sich um. Der alte Sawyer kam hereingeschlurft, gefolgt von Pop, der sich schweratmend auf seine Krücken stützte.

»Was ist los?« fragte er. »Jemand sagte, die Evans wären krank.«

Cade tupfte Bruce' Stirn mit einem feuchten Lappen ab. »Wir werden das Gefängnis ein paar Tage brauchen, Pop. Der Doc ist krank, und wir haben keinen anderen Platz für diese Leute.«

»Von mir aus können sie gern hierbleiben«, meinte Pop. »Die Zelle wird seit Jahren nicht benutzt – es sei denn, die Gruppe brächte einen der Banditen mit zurück.«

»Sie wollten bei Sonnenuntergang zurückkehren. Dann werden wir weitersehen.«

»Ich glaube nicht, daß sie die Kerle kriegen. Falls es die Nelson-Bande war, dann sind sie bestimmt längst über alle Berge.« Er trat vor und beugte sich über das kranke junge Ehepaar. »Sie sehen schlecht aus.«

»Ich habe sie vorhin auf der Straße gefunden. Sie müssen versucht haben, zu Doc Whitney zu gelangen.« Cade goß noch mehr Wasser in die Schüssel. »Halte die Leute lieber von hier fern, Pop. Wir wollen doch keine Fieberepedemie hier in der Stadt.«

»Ja, da hast du recht.« Pop trat zurück und humpelte an seinen Krücken aus der Zelle. »Ich würde dir ja gerne helfen, aber ich wäre dir wahrscheinlich bloß im Weg. Ich bin daheim, falls du mich brauchen solltest.«

»Sawyer, du stehst Wache an der Eingangstür. Laß niemanden herein«, befahl Cade.

Der Alte nickte, ging hinaus und schrie: »Zurück, ihr alle! Kolby sagt, daß niemand hier herein darf. Das Fieber ist vielleicht ansteckend.«

Zoe wußte, was dieser neue Ausbruch für Winterborn bedeutete. Er rief den Leuten Johns und Addys Tod wieder in Erinnerung, genauso wie die Furcht, das Fieber könnte epidemisch sein. Sie konnte nur hoffen, daß es nicht zu einer Panik kam.

Missys Worte echoten ihr noch in den Ohren: *Ich will*

nicht, daß du stirbst wie meine Ma. Als sie Addy und John gepflegt hatte, hatte sie keine Sekunde lang gedacht, daß auch sie erkranken könnte. Verstohlen schaute sie zu Cade hinüber. Was sollte werden, falls sie beide krank wurden? Es war zu spät, sich jetzt darum zu sorgen; sie hatten bereits Kontakt gehabt zu den Erkrankten. »Gott, sei uns gnädig«, murmelte sie, während sie der Frau die Stirn abtupfte.

Eine knappe Stunde später hörte sie, wie der alte Sawyer Perry Drake befahl, zurückzutreten. Perry, der draußen vor der Tür stand, rief: »Zoe! Kannst du noch Hilfe brauchen?«

Zoe legte das Tuch beiseite und ging hinaus. Sie hätte wissen müssen, daß Perry einer der ersten sein würde, der seine Hilfe anbot. »Danke, daß du gekommen bist, Perry. Es sind Bruce und Ida. Cade hat sie hergebracht, und der Doc liegt selber krank zu Hause.«

»Der Doc war heute mittag in der Bank. Da fühlte er sich schon nicht sehr gut, erwähnte er.«

Zoe biß sich auf die Lippen. »Wir hatten gehofft, das Fieber habe mit John und Addy aufgehört.«

Perry ergriff ihre Hände. »Ist es das gleiche Fieber?«

»Das kann man noch nicht sagen, aber Bonnie Brighton ist krank, und Clyde und sein Ältester haben das Fieber auch seit heute morgen. Und jetzt sind Bruce und Ida krank geworden.« Die Besorgnis, die in Perrys Blick erschien, war typisch für ihn. Zoe schaute zu Cade hinüber, der im Eingang stand und sie beobachtete. Sein neugieriger Gesichtsausdruck empörte sie. Es ging ihn nichts an, mit wem sie redete. Sie trat einen Schritt zur Seite, damit Perry sich von der offenen Tür entfernte.

»Ich bin sofort gekommen, als ich es erfuhr«, sagte er. »Das ist kein gutes Omen für die Stadt.«

Cade kam jetzt heraus und winkte Zoe. »Ida braucht dich.«

Sie war sicher, daß er nur ihr Gespräch mit Perry unterbrechen wollte. Was war in ihn gefahren? Vor Jahren waren er und Perry Schulfreunde gewesen. Aber sie trat trotzdem zurück und sagte: »Entschuldige bitte, Perry, Ida braucht mich.«

Er hielt sie zurück. »Sag mir, was ich tun kann.«

»Such den Arzt. Wir brauchen Chinin – und zwar soviel wie möglich.«

»Natürlich. Ich gehe sofort zu ihm.«

Perry drückte ihr noch einmal aufmunternd die Hand, und Zoe sah den mißbilligenden Ausdruck, der auf Cades Gesicht erschien.

»Ich mache mir große Sorgen um dich«, meinte Perry. »Ich will nicht, daß du krank wirst.«

Abgesehen von ihrer Müdigkeit und der Sorge um den Riesenstapel Wäsche, der sie daheim erwartete, ging es ihr ganz gut. »Ich habe Addy und John die ganze Zeit gepflegt. Wenn ich anfällig wäre für die Krankheit, dann hätte ich sie längst.«

Zoe kehrte in die Zelle zurück, als Perry ging. Ida schlief noch genauso friedlich, wie Zoe sie verlassen hatte. Stirnrunzelnd wandte sie sich zu Cade. »Ich dachte, Ida brauchte mich.«

Es ärgerte sie, daß er sie nicht einmal ansah.

»Ich hatte das *Gefühl*, daß sie dich brauchte.«

Ohne etwas darauf zu erwidern, nahm sich Zoe einen Eimer und verließ gerade das Gefängnis, als ein Wagen draußen vorfuhr.

»Oho«, rief Sawyer, »hier ist noch einer! Macht Platz!«

Zoe ging rasch wieder hinein und nahm die letzte Decke aus dem Regal neben der Zelle.

Der Neuankömmling war Seth Brighton. Mit aschfahlem Gesicht trug er Bonnie, seine Frau, herein. »Jemand muß ihr helfen. Sie redet unsinniges Zeug daher in ihrem Fieberwahn.«

Zoe deutete auf Cade. »Schieb den Schreibtisch fort, damit wir Platz für eine weitere Matratze haben.« Es würde eine lange Nacht werden.

Gegen Sonnenuntergang hörte Zoe die Gruppe der Männer zurückkehren. Sawyers Stimme drang bis durch die Gefängnismauern, als er den Männern zubrüllte, sie sollten weiterreiten.

»Was ist denn los?« rief Roy Baker.

»Die ganze Stadt hat jetzt das Fieber!« schrie Sawyer.

Die ganze Stadt? Zoe schüttelte den Kopf. Sawyer würde noch eine Massenhysterie auslösen.

Cade erhob sich. »Ich werde mit ihm reden und ihm sagen, daß er etwas diskreter sein soll.«

Bruce stöhnte und warf sich auf seinem Bett herum.

Zoe richtete sich müde auf und rieb sich mit einer Hand den steifen Nacken. Als Cade hinausgegangen war, kam Gracie mit einem großen Tablett herein.

»Dich schickt der Himmel, Gracie«, seufzte Zoe.

»Es ist nichts – bloß Hühnerbrühe für die Kranken und Rindergulasch für die Gesunden.«

»Du hättest nicht herkommen sollen. Wir wissen nicht, womit wir es zu tun haben.«

»Unsinn. Ich wollte helfen.« Gracie setzte das Tablett ab und betrachtete die Patienten. »Mein Gott, die sehen ja schrecklich aus. Noch keine Besserung?«

»Nicht die geringste. Vielleicht nützt es etwas, wenn wir ihnen etwas Hühnerbrühe einflößen.« Aber als Gracie einen Löffel nehmen wollte, hielt Zoe sie zurück. »Du nicht. Geh wieder. Cade und ich werden die Kranken füttern.«

»Herrgott, Zoe, das kann ich genausogut wie …«

»Geh!« befahl Zoe.

Aber Gracie blieb und redete unaufhörlich weiter, während sie das Tablett abräumte. »Ich habe vorhin nach den Kindern gesehen, ihnen geht es gut. Kurz bevor ich herkam, war ich noch im Laden, und dort kümmert Brody sich um alles. Die Nacht können sie bei mir verbringen, dann hast du eine Sorge weniger.«

»Das ist nicht nötig, Gracie. Ich werde nachher heimgehen.« Sie atmete erleichtert auf, als Cade zurückkam.

»Bist du sicher? Ich würde mich über ihre Gesellschaft freuen.«

»Du würdest mir einen Gefallen tun, wenn sie bei dir zu Abend essen könnten, aber nachts möchte ich sie bei mir haben.«

Gracie ging, und Zoe wandte sich zu Cade. »Jetzt sind wir ganz allein auf uns gestellt, scheint mir.«

»Was soll ich tun?«

»Vor allem dein Benehmen ändern. Du warst sehr unhöflich zu Perry.«

»Ich dachte, du hättest mir gesagt, es sei nichts zwischen euch beiden?«

»Wir sind nur gute Freunde.«

»So sieht *er* das aber nicht.«

»Woher willst du wissen, was er denkt?«

»Weil ich ein Mann bin.«

Ihre Lippen wurden schmal. Ein Mann *war* er, das ließ sich nicht verleugnen. Aber die liebevolle Art, mit der er Bruce versorgte, hatte ihr eine andere Seite an ihm offenbart, von der sie vergessen hatte, daß sie existierte. Plötzlich verspürte sie den Wunsch, die Hand nach ihm auszustrecken und ihn anzufassen ... *Hör auf damit,* rief sie sich streng zur Ordnung. Was sollte sie mit einem Mann, der sich wie ein eifersüchtiger Verehrer aufführte, aber nicht bereit war, auch nur die geringste Verantwortung zu übernehmen?

Sie flößte Ida warme Brühe ein und kümmerte sich dann um Bonnie Brighton.

»Du solltest heimfahren und dich ausruhen«, sagte sie zu Seth und legte tröstend eine Hand auf seine Schulter. »Wir werden jemanden zu dir schicken, falls ihr Zustand sich verändern sollte.«

»Vielleicht sollte ich wirklich lieber gehen. Es wartet noch viel Arbeit auf mich auf der Farm.«

Seth bückte sich und küßte seine Frau. Zoe hoffte, daß es nicht das letzte Mal sein würde.

Später lehnte Zoe draußen am Gebäude und aß etwas von dem kalten Gulasch. Ihr Rücken schmerzte, und sie hatte starkes Kopfweh. »Ich muß nach den Kindern sehen«, sagte sie zu Cade.

Er schenkte eine Tasse Kaffee ein und gab sie ihr. »Du hättest sie bei Gracie übernachten lassen sollen.«

Sie seufzte und hob mit einer Hand ihr langes Haar an, um die kühle Abendbrise an ihren Nacken heranzulassen. »Ich will sie bei mir haben. Ich muß sie im Auge behalten und vorbereitet sein, falls sie ebenfalls erkranken sollten.«

»Ich sehe keinen Grund, warum du nicht daheim bei ihnen bleiben solltest«, meinte Cade. »Ich kann mich hier um alles kümmern. Und wir wollen ja auf keinen Fall, daß die Kinder hier in die Nähe kommen.«

»Jetzt, wo schon drei Leute erkrankt sind, wirst du Hilfe brauchen. Ich sehe nach den Kindern und komme dann zurück.« Sie ignorierte den Ausdruck leiser Ungeduld, der über seine Züge huschte.

»Findest du nicht, daß einer von uns beiden wenigstens *versuchen* sollte, sich nicht anzustecken?«

»Klar, das stimmt natürlich. Ich hatte ja schon Kontakt mit dieser Krankheit. Geh du also zu den Kindern und bleib bei ihnen, und ich versorge die Patienten.«

»Die Gefahr einer Ansteckung ist für dich genauso groß wie für mich – aber ich verstehe nichts von der Betreuung kleiner Kinder und wüßte auch nicht, wie man deinen Laden führt.«

Und bügeln kannst du auch nicht, setzte sie grollend hinzu im stillen, als sie an den großen Korb voll Wäsche dachte, der in der Küche auf sie wartete. Er konnte nicht warten, bis die Evans' und Bonnie Brighton wieder auf den Beinen waren, und in einer Woche war die nächste Ratenzahlung fällig. Außerdem wäre es sinnlos, ihm zu widersprechen; der Blick in Cades Augen schien eine Auseinandersetzung anzukündigen.

Er schüttete den Rest des Kaffees in seiner Tasse auf dem Boden aus. »Dann ist es also abgemacht. Ich bleibe, und du gehst heim. Falls wir das Fieber unter Kontrolle halten können, wird das Schlimmste in ein paar Tagen vorüber sein.«

»Ihr zwei streitet euch über die lächerlichsten Sachen«, warf der alte Sawyer ein, als er aus dem Schatten trat und Tabaksaft ausspuckte. »Du gehst, ich gehe. Was macht es schon für einen Unterschied, wer geht?«

»Warum gehst *du* nicht, Sawyer?« versetzte Cade. »Komm morgen früh zurück, wenn du hier helfen willst.«

Zoe vermutete, daß der alte Mann verstanden hatte, denn er wandte sich beleidigt ab und ging.

Hundemüde verfolgte sie, wie Cade stirnrunzelnd seinen Tassenrand betrachtete. Er tat ihr plötzlich leid, als sie die tiefen Linien der Erschöpfung um seine Augen sah. Falls er geglaubt hatte, sein Besuch in Winterborn würde nur vorübergehend und komplikationslos sein, so hatte er sich schwer getäuscht. Würden die neuen Ausbrüche von Fieber nicht noch weiter seine Abreise verzögern?

Zoe schaute auf, als Perry Drakes einspänniger Wagen auf die Hauptstraße einbog. Erleichtert stand sie auf. »Gott sei Dank. Da ist Perry mit dem Doc.«

Der Wagen hielt vor dem Gefängnis, und Perry sprang vom Bock. »Warten Sie, Doc. Ich helfe Ihnen.«

»Hören Sie mit diesem albernen Getue auf!« schimpfte der weißhaarige Arzt. »Ich habe ein leichtes Fieber – das ist nichts Tragisches. Ich werde wieder so gut wie neu sein morgen früh.« Als er aus der Kutsche stieg, brach er ohnmächtig zusammen.

»Cade!« schrie Zoe alarmiert.

Cade half Perry, Doc Whitney aufzuheben. Den schlanken Mann von beiden Seiten stützend, schleppten sie den kranken Arzt in das behelfsmäßige Hospital.

Zoe drängte sich hinter Cade herein, um rasch eine vierte Matratze auszurollen. Sie half den Männern, den Arzt auf das provisorische Bett zu legen, und trat dann zurück, als Cade den Schlips des Kranken lockerte und sein Hemd aufknöpfte.

Perry richtete sich auf. »Jemand muß zum Haus des Docs hinausreiten und seiner Frau mitteilen, daß er krank ist und wir ihn hierbehalten.«

»Tun Sie das, Drake.« Cade zog dem Arzt die Schuhe aus und stellte sie beiseite.

Der Raum kam Zoe plötzlich erstickend klein vor, als sie die abschätzenden Blicke sah, mit denen die beiden Männer sich betrachteten. Was kam als nächstes? Sie würden doch wohl keine Prügelei beginnen?

»Zoe braucht meine Hilfe«, erklärte Perry. »Sie brauchen eine Atempause, und Pop braucht Sie woanders.«

Zoe erschrak, als Cades Augen schmal wurden. Wortlos ging er zur Tür und hielt sie auf.

»Machen Sie, daß Sie hier fortkommen, Drake, bevor Sie sich noch etwas einfangen!«

»Cade!« Zoe war entsetzt über seinen Mangel an Manieren. Als Perry seinen Arm durch ihren schob, entschuldigte sie sich. »Es tut mir leid, Perry. Es war ein anstrengender Tag. Wir wissen deine Hilfe wirklich sehr zu schätzen, aber wir möchten nicht, daß du dich unnötigerweise in Gefahr begibst.«

Sie spürte, wie sie errötete, als Perry sich zu ihr vorbeugte und flüsterte: »Ich komme nachher wieder, um dich heimzubringen.« Sie lächelte und fragte sich, warum er plötzlich so aufmerksam war. Er benahm sich, als wäre ihre Beziehung sehr viel enger, als sie tatsächlich war.

Zoe wußte, daß sie kurz vor einer Auseinandersetzung standen, als Cade seine beeindruckende Gestalt neben der Eingangstür aufbaute, die Arme über der Brust verschränkte und darauf wartete, daß Perry ging.

Als sie ein leichtes Beben in Perrys Arm verspürte, wuchs ihre Entrüstung. Wie konnte Cade es wagen, ihren Freund so einzuschüchtern! Diese Taktik mochte vielleicht bei einem Mann wirken, auf dessen Ergreifung eine Prämie ausgesetzt war, aber ganz gewiß nicht bei einem anständigen, gesetzestreuen Bürger, wie Perry Drake es war.

Sie blieb im Eingang stehen, um sich zu verabschieden, und trat dabei absichtlich auf Cades linke Stiefelspitze. Es tat ihr gut, zu sehen, wie wütend er sein Gesicht verzog.

»Danke, Perry, für dein Angebot, mich heimzubringen, aber ich muß länger bleiben, weil wir jetzt schon vier Patienten haben. Ich werde dich morgen in der Bank besuchen.«

»Schön. Ich freue mich schon darauf.«

Sie lächelte, als Perry sich vorbeugte und versuchte, sie auf die Wange zu küssen. Er verpaßte sie um gut zwei Zentimeter, als Cade seinen Stiefel unter ihrem Schuh fortriß und sie aus dem Gleichgewicht brachte. Dann packte er sie am Arm, zog sie in den Raum zurück und schlug die Tür zu.

Zoe fuhr ärgerlich zu ihm herum und riß sich los. »Was für ein unsensibler *Klotz* du bist! Wir brauchen Perrys Hilfe!«

»Du vielleicht. *Ich* nicht.«

Nach einem vernichtenden Blick auf ihn setzte sie

gerade dazu an, ihm sein ungehobeltes Benehmen vorzuwerfen, als Doc Whitney murmelte, er habe Durst.

Sie schenkte ihm rasch ein Glas Wasser ein. »Ich gehe gleich nach Hause, Cade. Hast du ein Paar saubere lange Unterhosen?«

»Was hast du denn an denen auszusetzen, die ich anhabe?«

Sie konnte sich jetzt vorstellen, wie ihre Frage geklungen haben mußte. »Wir müssen die Patienten ausziehen. Ich werde ihre Sachen gleich morgen früh sehr gründlich auskochen. Für Bonnie und Ida habe ich noch saubere Nachthemden, und ich dachte, du könntest mir vielleicht auch etwas für die Männer geben.«

»Tut mir leid – ich reise nicht mit viel Gepäck.«

»Dann zieh den Männern ihre Sachen aus, und ich hole Laken, um sie darin einzuwickeln. Laken sind sowieso leichter zu sterilisieren.«

»Möchtest du, daß ich auch die Frauen ausziehe?«

»Das dürfte dir gewiß nicht schwerfallen, aber in diesem Fall tue *ich* es lieber.«

Sie sah sein Grinsen, als sie sich abwandte, und plötzlich ließ die Anspannung ein wenig nach, und beide lachten. Zoe war ausnahmsweise einmal froh über Cades Humor, so fehl am Platz er jetzt vielleicht auch sein mochte.

Während sie schmutzige Handtücher einsammelte, mußte sie sich widerwillig eingestehen, daß sie ihn gerne um sich hatte. »Du Dussel bringst mich auch in jeder Situation zum Lachen!«

»Wahrscheinlich müßte ich jetzt beleidigt sein, aber ich weiß gar nicht, was du mit ›Dussel‹ meinst. Es ist bestimmt kein Kosewort.«

Doc Whitney stöhnte, als er langsam wieder zu Bewußtsein kam. »Oh ... es geht mir schlechter, als ich dachte.«

Zoe kniete neben ihm nieder. »Haben Sie das Chinin mitgebracht?«

»In meiner Tasche ist eine Flasche.«

Sie hielt ihn zurück, als er sich aufrappeln wollte. »Ich hole es.« Wahrscheinlich würden sie erheblich mehr als eine Flasche brauchen, bevor dies hier vorüber war.

10

Am Dienstag morgen hängte Zoe im Hof gerade Wäsche auf, als Cade um die Hausecke herumkam. Rasch wandte sie den Blick ab, als er am Regenfaß sein Hemd auszog und anfing, sich zu waschen. Doch obwohl sie sich die größte Mühe gab, sich auf ihre Arbeit zu konzentrieren, glitt ihr Blick immer wieder in seine Richtung.

»Wer ist bei den Kranken?« fragte sie.

»Sie schlafen. Ich dachte, ich bringe dir derweil die schmutzigen Laken und wasche mich ein bißchen.«

Sie hängte ein Paar Arbeitshosen auf und tat, als beachtete sie Cade gar nicht, obwohl es ihr sehr schwerfiel, ihn nicht bewundernd anzustarren. Wasser rann über seine nackte Brust und versickerte in dem krausen, dunklen Haar darauf. Muskeln zuckten an seinen bloßen Armen, und sie erkannte wieder einmal, daß aus dem Jungen, den sie vor so langer Zeit geliebt hatte, ein beeindruckender Mann geworden war. Er hatte sich in so vielen Dingen verändert, daß sie sich manchmal gar nicht sicher war, ihn überhaupt zu kennen …

Als er merkte, daß sie zu ihm herüberstarrte, trat sie errötend hinter eins der großen Laken und rief sich in Erinnerung, daß sie sechsunddreißig Jahre alt und kein verliebtes Schulmädchen mehr war, das sein Interesse zu gewinnen hoffte. Susans und Judys Benehmen war empörend. Schämten sie sich nicht, ihm auf solch unverhohlene Art und Weise nachzustellen? Falls Cade seine Meinung ändern und beschließen sollte, eine Frau zu nehmen, brauchte er sich bloß eins der beiden Mädchen auszusuchen und hätte im Handumdrehen eine Mutter für die Kinder seiner Schwester …

Zoe steckte eine Wäscheklammer in den Mund, als sie sich bückte, um ein Handtuch aufzuheben. Ein Zweig knackte hinter ihr. Als sie herumfuhr, umfaßten große Hände ihre Taille, und sie spürte, wie sie aufgehoben wurde.

Erschrocken stieß sie Cade zurück. Doch er lachte nur und ließ sie nicht herunter. Rasch spuckte sie die Wäscheklammer aus und hieb ihm ihre Fäuste auf den Rücken. »Laß mich runter!«

Er zog sie an sich. »Witwe Bradshaw, ich finde Ihr Benehmen sehr empörend! Es schickt sich nicht, den nackten Oberkörper eines Mannes anzustarren.«

Sie war hilflos wie eine Stoffpuppe in seinen Armen. Er war ihr an Kraft weit überlegen.

»Laß mich runter, Cade«, wiederholte sie. »Brody und Will könnten uns sehen.«

Er warf einen Blick hinter das Haus, wo die Jungen mit dem Hund spielten. »Na und? Hat ihnen noch niemand von den Vögeln und den Bienen erzählt?«

»Nein, und *du* wirst es auch nicht tun, hörst du?« Sie konnte sich denken, wie er ihnen die Sache darstellen würde.

»Unter einer Bedingung«, warnte er. Ein leidenschaftliches Funkeln, von dem sie nur zu gut wußte, was es zu bedeuten hatte, erschien in seinen Augen.

Sie packte ihn an den nackten Schultern und versuchte, ihn fortzustoßen. Aber seine starken Arme waren wie Eisenklammern. »Ich akzeptiere keine Bedingungen.«

Der Duft von Sonnenschein und feuchter Wäsche erfüllte ihre Sinne, als Cade sie langsam an sich herabließ, bis ihr Gesicht ganz dicht vor seinem war.

Brüsk wandte sie den Kopf ab und weigerte sich, ihn anzusehen. »Laß mich los. Mir ist heiß. Ich schwitze.«

Schmunzelnd tat er, als wolle er sie fallen lassen, und erschrocken schlang sie ihm die Arme um den Hals.

»Paß auf! Laß mich nicht fallen.« Grinsend verstärkte er seinen Griff und schien ihr Dilemma zu genießen.

»Ein Gentleman läßt eine Frau nicht fallen ... schon gar nicht, wenn sie zum Küssen hübsch aussieht.« Er legte eine Hand um ihren Nacken. »Du wirst mich sicher dafür ohrfeigen – aber ich *muß* dich einfach küssen.«

Sie schluckte und befeuchtete nervös die Lippen. Er zog sie noch fester an sich, bis seine Nähe ihr die letzte Fassung raubte. »Tu es nicht, Cade«, flehte sie, aber ihre Worte trafen taube Ohren. Er streifte ihre Lippen mit den seinen und küßte ihre Wange.

»Hm, du schmeckst sehr gut ... und salzig.«

Sie legte die Hände auf seine Schultern und ignorierte den verführerischen Tonfall seiner Stimme. Das Atmen fiel ihr schwer, und sie kam sich sehr hilflos und verletzlich vor.

Obwohl sie sich streckte, bis ihre Zehen fast die Erde berührten, schaffte sie es nicht, sich zu befreien. Wassertropfen glitzerten auf Cades Schultern, aber sie widerstand der Versuchung, sie abzuwischen. Sie hatte vergessen, welch lustvolle Gefühle die Berührung seiner nackten Haut in ihr entfachte. Die Erinnerung an sein weiches Brusthaar, wie es ihre nackten Brüste kitzelte, ließ längst vergessene Sehnsüchte wieder in ihr auferstehen.

Seine Augen wurden sanfter, und sie wußte, daß er sie jetzt küssen würde. Aber das durfte sie nicht zulassen, egal, wie sehr sie es ersehnte. Ein Kuß, und der ganze Wahnsinn würde nur wieder von vorn beginnen. Aber war er je wirklich vorbei gewesen? Es hätte so schön sein können zwischen uns, dachte sie. Wenn er zurückgekommen wäre – hätte sie dann auch ihr Kind verloren? Hätte es etwas geändert, wenn er davon erfahren hätte?

Das Gefühl seines starken Körpers, als er sie langsam

daran hinuntergleiten ließ, war überwältigend. Fragend schaute sie zu ihm auf, als er sie losließ. Jetzt, wo er sie freigegeben hatte, widerstrebte es ihr, die Geborgenheit seiner Umarmung zu verlassen.

Schließlich löste sie den Blick von ihm und strich verlegen über ihren Rock. »Glaubst du, daß du zum Abendessen daheim sein wirst?«

»Ist das eine Einladung?«

»Ich habe Apfelauflauf vorbereitet.«

»Woher weißt du, daß das mein Lieblingsessen ist?«

»Ich habe nichts vergessen.« Auch jetzt vermied sie es, ihn anzusehen.

Er legte einen Finger unter ihr Kinn und drehte ihr Gesicht zu sich herum. »Ich werde kommen«, versprach er leise. »Doc Whitney geht es schon viel besser. Er hat etwas von der Brühe getrunken, die Glori-Lee vorbeibrachte.«

Sich von ihm abwendend, sagte Zoe: »Glori-Lee ist wirklich eine große Hilfe. Sie und Gracie haben mit mir zusammen die Kleider der Patienten ausgekocht.« Sie nahm ein Hemd und steckte es an die Leine. »Keine neuen Fälle heute nacht?«

»Nicht, daß ich wüßte. Hast du eine Ahnung, was es sein könnte?«

»Nein. Was meint der Doc?«

»Er sagt, es könnte Influenza oder ein Dutzend anderer Leiden sein.«

Seufzend hängte sie ein weiteres Hemd auf. »Das Abwarten macht mich verrückt.«

Stirnrunzelnd betrachtete Cade die langen Reihen feuchter Wäsche. »Ist all das von den Kranken?«

»Es sind auch Sachen von den Kindern dabei.« Sie sah, wie er in Gedanken die Röcke, Unterröcke und weiblichen Dessous zählte. »Nun ja – ich habe auch etwas für Mrs. Penscott mitgewaschen. Sie hat wieder Probleme mit dem Rücken.«

»Richter Penscotts Witwe? Man sollte meinen, sie hätte genug Geld, um ihre Wäsche fortzugeben.«

»Ja, das sollte man meinen, nicht?« murmelte sie, während sie im stillen den Himmel um Vergebung bat für ihre kleine Lüge. »Hilf mir ein bißchen«, sagte sie zu Cade. »Häng Wills lange Unterhosen auf.«

»Mr. Drake wird dich jetzt gleich empfangen.« Mary Beth Peters lächelte, als sie Zoe am späten Nachmittag zum Büro des Bankdirektors führte. »Das mit den Stoffen tut mir leid«, sagte sie mitfühlend. »Ich hatte mich schon so auf ein neues Kleid gefreut. Wirst du eine Bestellung aufgeben?«

Zoe besaß nicht einmal Geld für ein neues Taschentuch, geschweige denn für eine ganze Sendung Stoffe. »Ich habe mich noch nicht entschieden, Mary Beth.«

Als die Frauen sich Perrys Schreibtisch näherten, stand er auf, um Zoe zu begrüßen. »Ich habe schon die ganze Zeit an dich gedacht, Zoe. Hast du wenigstens ein bißchen geschlafen gestern nacht?«

»Ja. Cade ist bei den Patienten geblieben.«

»Das ist gut.«

Perry hielt sich schlank und fit – er war zwar nicht so muskulös wie Cade, sah aber ausgesprochen vornehm aus.

Mary Beth entschuldigte sich und kehrte an ihren Tisch zurück.

Perry lächelte, als er sich setzte. »Ich freue mich, daß du vorbeigekommen bist. Sind die Kinder bei dir?«

»Nein, Gracie hat sie heute morgen abgeholt. Ich bin auf dem Weg zum Gefängnis, um Cade abzulösen.«

»Hat er jetzt doch beschlossen, in der Stadt zu bleiben?«

»Nein.« Sie sah die Erleichterung, die über seine Züge huschte.

»Ich frage nur, weil die Leute reden – wo er jetzt doch bei dir wohnt …«

»Reden? Es überrascht mich, Perry, daß du auf Gerede hörst. Cade wohnt nur bei mir, weil der Sturm das Dach des Gefängnisses beschädigt hat. Wenn das Fieber nicht dazwischengekommen wäre, wäre er längst fort.«

Perry lehnte sich auf seinem Stuhl zurück. »Hat er schon ein Heim gefunden für die Kinder?«

»Nun ja … Ich hoffe, daß ich sie bei mir behalten kann, obwohl Cade dagegen ist.« Sie sah, wie der Bankier die Brauen hochzog. »Er ist der Meinung, ich sollte heiraten und eigene Kinder haben.«

»Da hat er recht. Nicht viele Männer würden eine Frau wollen, die sich vier Kinder aufgebürdet hat.«

Aufgebürdet? Sie versteifte sich. Seit wann waren Kinder für Perry eine Last?

Ein unbehagliches Schweigen entstand nun zwischen ihnen, und Zoe nahm ihr Taschentuch heraus und tupfte sich die Stirn ab.

»Ich wollte dich eigentlich bitten, mir mein Darlehen zu erhöhen«, sagte sie schließlich.

»Schon wieder?« Perry lockerte mit einem Finger seinen Kragen.

Zoe merkte, daß ihm das Thema peinlich war. »Nicht viel – nur gerade genug, um meine Rechnungen in diesem Monat zu bezahlen. Ich habe die Stoffe verloren und muß jetzt neue nachbestellen.«

Perry betrachtete sie nachdenklich. »Wärst du mit einem privaten Darlehen einverstanden? Ich fürchte nämlich, daß die Aktionäre … ohne weitere Sicherheiten …«

Sie konnte seine Reaktion verstehen. Es war nicht leicht, einer guten Bekannten etwas abzuschlagen. »Ich würde dich nicht darum bitten, wenn es nicht wirklich nötig wäre. Ich hatte mich auf den Gewinn aus diesem Material verlassen, und nun bin ich nicht nur das Geld für die Stoffe los, sondern muß zudem noch mehr einkaufen.«

Perry senkte die Stimme. »Wenn es an mir läge, würde ich dir soviel leihen, wie du brauchst. Ich weiß, daß du eine schwere Zeit durchmachst, aber meine Hände sind gebunden ohne zusätzliche Sicherheiten.«

Sicherheiten. Zoe haßte dieses Wort. Sie hatte schon alles beliehen, was sie besaß, und es war noch immer nicht genug. Bedrückt ließ sie den Kopf hängen und zupfte an ihrem Taschentuch herum.

»Wenn du von mir kein Geld annehmen willst«, fuhr Perry fort, »dann vielleicht von einer anderen Privatperson. Frank Lovell ist jederzeit bereit, Geld zu verleihen.«

»Frank würde ich *niemals* darum bitten.« Lovell war ein stadtbekannter Halsabschneider und berüchtigt für die hohen Zinsen, die er nahm. Sie ertrug es nicht mehr, daß er ständig um sie herumscharwenzelte und versuchte, sie mit seinem Reichtum zu beeindrucken. Alles Geld der Welt hätte ihn nicht sympathischer gemacht. Er besaß sowieso schon praktisch alles in der Stadt; sollte er doch damit glücklich werden.

»Eher würde ich den Laden verlieren, als zu Frank zu gehen.«

»Verkauf den Laden, Zoe. Egal, an wen.«

Sie war schon aufgestanden, um zu gehen, aber der Ernst in Perrys Stimme veranlaßte sie, sich wieder hinzusetzen.

»Deine Treue zu deinem verstorbenen Mann ist wirklich sehr bewundernswert«, fuhr Perry fort, »aber du hast Probleme, weil er nicht imstande war, das Geschäft zu führen. Er war viel zu großzügig. Niemand in der Stadt hat je gehungert, solange er am Leben war.«

Zoe seufzte. »Das ist ein Teil meines Problems. Wie könnte ich heute nein sagen, wenn Jim immer so großzügig zu allen war?«

»Dein Problem sind die Kinder, Zoe. Gib sie auf. Du kannst sie dir nicht leisten.«

Zoe schüttelte den Kopf. »Ich kann es mir nicht leisten, sie *aufzugeben*. Der Gedanke, daß sie bei Fremden leben müßten, ist mir schlicht unerträglich.«

Perry stand auf, kam zu ihr und legte eine Hand auf ihre Schulter. »Schlag dir diesen albernen Gedanken aus dem Kopf. Cade wird ein gutes Zuhause für die Kinder finden, und dann kannst du dein eigenes Leben führen – und vielleicht noch einmal heiraten. Dir bleibt noch Zeit genug, um eigene Kinder in die Welt zu setzen.«

Nein, die blieb ihr nicht. Selbst wenn sie alle Zeit der Welt gehabt hätte, würde sie nie wieder eigene Kinder haben. Nach der Fehlgeburt vor siebzehn Jahren konnte sie keine Babys mehr bekommen.

Ihre Traurigkeit wich Groll. Cade *schuldete* ihr Addys Kinder! Addy hatte gewußt, daß Zoe keine Kinder mehr haben konnte, *warum* also hatte sie sie ihr nicht überlassen?

»Das letzte, was du brauchen kannst, sind vier weitere hungrige Münder«, sagte Perry. »Du wirst dich noch zu Tode schuften, wenn du so weitermachst, Zoe. Du brauchst bloß Frank den Laden zu verkaufen, dann hast du keine Sorgen mehr.«

»Und das ganze Geld ginge für die Rückzahlung meines Bankdarlehens drauf!«

Perry hockte sich auf die Schreibtischkante und betrachtete sie sinnend. »Es tut mir leid. Ich wünschte, ich könnte etwas für dich tun. Du weißt, wie sehr du mir am Herzen liegst. Wenn du bereit wärst, mich als ernsthaften Bewerber zu betrachten ...«

Zoe sprang auf und trat ans Fenster. »Bitte, Perry. Du warst ein guter Freund. Laß uns diese Freundschaft nicht zerstören.« Sie sah den Leuten auf der Straße nach und überlegte sich sein Angebot. Nein. Sie konnte ihn nicht heiraten.

»Ist es wegen Cade? Ist es das, worauf du wartest? Denn wenn, dann wirst du eine alte Frau sein, bis er sich endlich irgendwo niederläßt.«

Perrys Worte rissen sie aus ihrer Versunkenheit. Sie lachte. »Cade? Sei nicht albern. So dumm bin ich nicht.«

»Das freut mich.«

Perry stand auf und trat zu ihr ans Fenster. »Wenn man vom Teufel spricht – da ist er!« Beide schauten zu, wie Cade mit einem Tablett von Glori-Lee vorbeiging.

»Für einen Kopfgeldjäger gibt er eine hervorragende Krankenschwester ab«, bemerkte Perry. »Wie lange wird er bleiben?«

»Das hat er nicht gesagt. Aber durch Bonnies Erkrankung hat sich seine Abreise verzögert.«

»Ich hoffe, daß er bald verschwindet. Wir können hier sehr gut verzichten auf den Abschaum, den ein Typ wie er anlocken könnte.«

Seine Worte ärgerten Zoe. »Ich billige auch nicht, was er tut, aber die Entscheidung über die Zukunft der Kinder darf nicht überstürzt getroffen werden. Er mag seine Fehler haben, aber er liebte Addy und wird das Richtige für ihre Kinder tun.« Daß sie Cade verteidigte, überraschte Zoe genausosehr wie Perry, nach seinem schockierten Blick zu urteilen. Cade war kein Engel, aber Perry besaß kein Recht, ihn zu verurteilen. »Addy hat ihn jedenfalls genug geliebt, um ihm die Entscheidung zu überlassen.«

Perry ließ die Jalousie herab. »Addy war blind für seine Fehler.«

Wie konnte sie Addys Entschluß rechtfertigen, wenn sie ihn selber nicht verstand?

Perry legte die Hände auf Zoes Schultern. »Du weißt, daß Jim nicht gewollt hätte, daß du allein bist oder unglücklich. Er liebte dich über alles, Zoe.«

Ihre tapfere Fassade begann zu bröckeln, als er sie an sich zog und still in seinen Armen hielt. Trostsuchend legte

Zoe den Kopf an seine Schulter und schloß die Augen. Doch irgendwie gab seine Umarmung ihr nicht das, was sie jetzt brauchte. Sie trat zurück und rang um Haltung. »Ich muß jetzt wieder zu den Kranken. Sie brauchen mich.«

»Warte.« Perry ging zu seinem Schreibtisch. »Ich bestehe darauf, dir einen privaten Scheck über eine Summe auszustellen, die zumindest für die nächsten Monate genügen müßte.«

Zoe legte rasch ihre Hand auf seine. »Auf keinen Fall, Perry.«

»Sei vernünftig. Deine Möglichkeiten sind erschöpft. Was bleibt dir anderes übrig, wenn du das Geschäft behalten willst?«

»Ich werde meine Freunde nicht mit meinen Geldsorgen belasten.«

Damit wandte sie sich ab und ging. Sie mochte zwar finanziell am Ende sein, aber ihren Stolz besaß sie noch. Und den konnte ihr nicht einmal der finanzielle Ruin wegnehmen.

»Zurück, Herschel – du kannst hier nicht herein!«

Herschel Mallard versuchte, sich an Sawyer vorbeizudrängen, aber der alte Mann verstellte ihm den Weg. Zoe, die neben Bonnie kniete, sah zu, wie Cade hinüberging und dem Streit ein Ende machte. »Was gibt es, Herschel?«

»Einer meiner Bullen ist verschwunden.«

Cade grinste. »Vielleicht ist er bei den Kühen.«

»Ich habe keine Zeit für Späße, Kolby. Dieser Bulle hat mich eine Menge Geld gekostet. Wo ist Pop?«

»Der liegt mit einem gebrochenen Bein zu Hause«, sagte Sawyer.

»Und wer vertritt den Sheriff?« Herschel versuchte, an den beiden Männern vorbeizusehen, die ihm den Weg verstellten. »Was ist denn hier los? Ist das der Doc da drüben?«

Doc Whitney hob stöhnend seinen Kopf. »Geh weg, Herschel. Wir alle haben das Fieber.«

Herschel trat abrupt zurück. »Das Fieber!«

»Und schließ die Tür, Herschel!« rief der Arzt. »Das Licht tut mir in den Augen weh.«

Cade warf Zoe einen Blick zu. »Kommst du hier allein zurecht, während ich mit Herschel seinen Bullen suche?«

Zoe nickte und wandte sich dann wieder Bonnie zu.

Cade ritt mit Herschel zu seiner Farm westlich der Stadtgrenze.

Als sie die Zäune überprüften, fand Cade eine offene Stelle am fernen Ende der großen Weide.

Herschel fluchte, als er das zerschnittene Drahtgeflecht sah. »Viehdiebe!«

»Höchstwahrscheinlich. Hatte sonst noch jemand Ärger in der letzten Zeit?«

»Clyde Abbotts Bruder, Saul, hat vor ein paar Wochen zwei Stiere verloren. Pop hat sie nie gefunden.«

Cade nickte. »Ich werde mich mal umsehen, aber ich glaube nicht, daß es viel nützen wird.«

Bei Einbruch der Dunkelheit ritt Cade zu Saul Abbotts Farm. Es roch nach gebratenem Fleisch, als er anklopfte, und sein Magen knurrte. Er hatte seit dem Frühstück nichts mehr gegessen. Ein Mädchen in Hollys Alter öffnete die Tür. Das Kind war barfuß, sein Kleid schon alt und arg verschlissen.

»Sind deine Eltern da?«

Das Mädchen nickte. »Sie haben sich hingelegt. Sie fühlten sich nicht gut.«

Ein Mann erschien im Hintergrund und zog seine Hosenträger über die Schultern. Ein dichter, roter Bart bedeckte sein Gesicht. Der Mann blinzelte und beschattete mit einer Hand die Augen. »Bist du das, Kolby? Ich hörte schon, daß du zurückgekommen bist.«

»Hallo, Saul. Hab' dich im ersten Augenblick gar nicht erkannt. Bist du krank?«

»Meine Frau und ich, wir haben etwas Schlimmes. Ich kann nicht einmal ins Licht sehen, ohne daß mir so ist, als ob mein Kopf zerspringen müßte.«

»Herschel sagte, du vermißtest Stiere.«

»Hast du sie gefunden?«

»Nein. Aber einer von Herschels Bullen ist verschwunden.«

»Diese Mistkerle! Ich möchte wirklich wissen, wer das war.«

Das kleine Mädchen zupfte an Sauls Ärmel. »Ich brate Koteletts, Pa. Darf ich Mr. Kolby dazu einladen?«

»Er kann sie alle haben, Sis. Deine Mom und ich können sowieso nichts essen.«

»Wie viele Kinder habt ihr, Saul?« Saul war etwa in seinem Alter, so daß er inzwischen jede Menge Nachwuchs haben konnte.

»Drei – zwei Jungs und Sis hier.«

»Ist noch jemand erkrankt?«

»Bisher noch nicht.« Saul ließ sich auf einen Stuhl sinken und hielt sich den Kopf mit beiden Händen.

»Ich finde, daß du und Mrs. Abbott mich begleiten solltet. Wir haben bereits mehrere am Fieber Erkrankte im Gefängnis. Einer von ihnen ist der Doc.«

»Ich würde dir widersprechen, wenn ich die Kraft besäße, aber vielleicht hast du ja recht. Meiner Frau geht es wirklich schlecht. Ich will nicht, daß die Kleinen es auch bekommen.« Sich an seine Tochter wendend, sagte er: »Sis, hol deine Brüder. Ihr werdet euch um alles kümmern müssen, bis eure Mom und ich wieder zurück sind.«

Am späten Abend hielt Cade den Wagen der Abbotts vor dem Gefängnis an. Saul und seine Frau lagen auf der Ladefläche. Cade half Mrs. Abbott gerade herunter, als Zoe aus der Tür kam.

»O Gott, noch mehr?«

Cade nickte. »Zwei.«

Zoe half ihm, Belle Abbott hineinzubringen. »Ich war schon sehr beunruhigt«, gestand Zoe. »Die Kinder mußten bei Gracie essen, da du noch nicht zurückgekommen warst.«

»Fang bloß nicht an – ich bin todmüde.«

»Du solltest etwas mehr Verantwortung für diese Kinder übernehmen ...«

»Das tue ich, und ich werde auch dafür sorgen, daß sie anständig untergebracht werden.«

»Du brauchst ja nicht die *ganze* Verantwortung zu übernehmen. Wenn du vernünftig wärst ...«

Sawyer spuckte aus. »Jetzt geht das schon wieder los mit diesem alten Lied! ›Ich will die Kinder; du kriegst sie aber nicht‹.«

»Sieh die Sache realistischer, Zoe. Ich habe noch zwei weitere Kranke. Hör auf zu meckern, und hilf mir mit Belle.«

»Zu meckern!«

»Zu meckern«, bestätigte Sawyer, bevor er noch einmal ausspuckte.

Seufzend ging sie zum Wagen, um Saul zu holen. »Du auch, Saul? Ich hörte, daß dein Bruder Clyde und sein Junge seit gestern früh das Bett hüten.«

»Ich habe Clyde seit dem Tanzabend vor zwei Wochen nicht mehr gesehen.«

Zoe machte Platz für die beiden neuen Patienten. Matratzen wurden verschoben, die der Männer in die Zelle und die der Frauen ins Büro.

Doc hob den Kopf vom Kissen. »Das nimmt allmählich

überhand. Wir werden die Stadt unter Quarantäne stellen müssen.«

»Das wäre wohl das Beste.« Zoe drückte einen Schwamm aus. »In vierundzwanzig Stunden acht Fälle, die uns bekannt sind. Aber es könnten noch viel mehr sein. Wir müssen etwas unternehmen.« Sie wandte sich an Cade. »Frank Lovell ist heute nach Chesterfield geritten, um Chinin zu holen. Er hat es sogar selbst bezahlt.«

»Frank Lovell? Dieser Halsabschneider ist plötzlich human geworden? Schwer zu glauben«, sagte Cade. »Sawyer, du wirst die nördliche Stadtgrenze bewachen müssen. Ich hole einen der Pointer-Jungs, damit er das Südende übernimmt. Stellt ein Quarantäne-Schild auf und laßt niemanden herein.«

Sawyer nickte. »Aber das Schild mußt du mir geben. Ich kann nicht schreiben.«

Zoe nahm zwei Plakate mit Steckbriefen und schrieb mit großen Lettern auf die leeren Rückseiten: »Quarantänegebiet. Zutritt verboten.«

»Komisch, daß keins der Kinder krank geworden ist«, bemerkte Zoe, als sie draußen vor dem Gefängnis ihren Kaffee trank. »Bisher sind an dem Fieber nur Erwachsene erkrankt. Clyde Abbotts Sohn war der jüngste, und er ist einundzwanzig.«

»Du solltest bei den Kindern sein«, sagte Cade. »Ich habe hier genug Hilfe. Glori-Lee versorgt uns mit den Mahlzeiten, Edna brachte heute morgen ihre Seife ...« Er schaute zur offenen Tür hinüber. »Und Woodall ist eine furchtbare Nervensäge.«

»Er will nur helfen.«

Cade lächelte. »Als Kind war er mir fast unheimlich, weil er alle paar Minuten auf die Uhr schaute. Aber jetzt steht er da und merkt sich ganz genau, wann ich die nächste Dosis Chinin austeilen muß.«

Sie sah, wie sein Blick in die Ferne schweifte, und fragte sich, ob er an sein Leben in der Prärie zurückdachte. Wenige Freunde zu haben, die einem zu Hilfe kamen, und noch weniger, die sich um einen sorgten – wie mußte er sich fühlen? Während ihrer eigenen Probleme hatte sie immer Addy und Gracie gehabt. Und die anderen Stadtbewohner. Sie alle waren durch dick und dünn mit ihr gegangen. »Vermißt du Winterborn?« fragte sie.

»Manchmal.«

»Aber nicht genug, um endgültig zurückzukehren.«

Er nippte an seinem Kaffee, und Zoe merkte, daß er nicht beabsichtigte, auf ihre Bemerkung einzugehen.

»Ich haßte früher den Geruch von Ednas Seife«, sagte er, »aber er ist mir immer noch lieber als der Gestank des Fiebers.«

Zoe hörte seine Worte kaum. Sie war hundemüde, und ihr Rücken schmerzte. Im Laufe der Nacht waren keine weiteren Erkrankungen gemeldet worden. Der Zustand der Patienten war stabil. Zoe hätte gern geglaubt, das Schlimmste sei vorüber, aber für ihr eigenes Leben galt das leider nicht. Sie stand vor dem geschäftlichen Ruin. Der Quarantäne wegen würde niemand von außerhalb der Stadt in ihren Laden kommen, und die wenigen Verkäufe an die Stadtbewohner genügten nicht, um ihre Rechnungen zu zahlen. Die Bank wollte ihr kein zusätzliches Geld mehr leihen, und sie konnte nicht noch mehr Wäsche zum Bügeln und zum Waschen annehmen und weiterhin den Kranken helfen. Nachdenklich betrachtete sie den Mann an ihrer Seite. Spürte Cade nicht ihre Frustration? Er saß vollkommen ruhig da, trank seinen Kaffee und sprach über Alltägliches. Er weigerte sich, ihr die Kinder zu überlassen, obwohl die Umstände ihn daran hinderten, sich nach einem anderen Heim für Addys Kinder umzusehen.

Sie legte eine Hand auf seinen Arm und senkte ihre Stimme, damit Woodall sie nicht hören konnte. »Vielen Dank für deine Hilfe, Cade. Ich weiß nicht, was ich ohne dich getan hätte. Ich weiß, daß du nicht vorhattest, so lange in der Stadt zu bleiben.«

»Ich kann nicht eher weg, bis ich ein Heim für die Kinder gefunden habe.«

Natürlich, dachte sie. Er blieb schließlich nicht *ihr* zuliebe. »Du hast es schon; du willst es nur nicht einsehen.« Jetzt flüsterte sie nicht mehr.

»Du wirst die Kinder nicht allein aufziehen.«

Sie stand auf und stützte ärgerlich die Hände in die Hüften. »Du bist der halsstarrigste Mensch, der mir je über den Weg gelaufen ist!«

»Setz dich, Red. Du willst doch sicher keine Szene machen.« Seine Gelassenheit empörte sie noch mehr.

»Hey, ihr zwei da!« rief Woodall von der Tür her. »Das haben wir alles schon gehört!« Mit strenger Miene deutete er auf seine Uhr. »Chinin für die Patienten!«

11

»Aus dem Weg, Alter!« Laticia Wiseman schwang ihre Peitsche über Sawyers Kopf.

»*Alter*? Sie sind ja selbst uralt!« Sawyer packte das Geschirr des Pferds, um den Einspänner zu wenden. »Sie dürfen nicht weiterfahren.« Er zeigte auf das Quarantäne-Schild. »Können Sie nicht lesen?«

Laticia schnaubte und schaute ihn verächtlich an. »*Sie* können es anscheinend nicht. Das Schild steht verkehrt herum, Sie Dummkopf.«

Sawyer runzelte die Stirn und drehte sich nach dem Schild um, das er an einen Zaunpfosten genagelt hatte. »Wir haben das Fieber in der Stadt. Kehren Sie dorthin zurück, woher Sie kommen!«

Die Peitsche hebend, warnte sie ihn noch einmal: »Gehen Sie mir aus dem Weg! Ich bin in meinem ganzen Leben noch nicht krank gewesen!«

»Das glaube ich Ihnen«, brummte Sawyer. »Selbst das Fieber würde vor jemanden wie Ihnen fliehen.«

Laticia gab die Peitsche ihrem Fahrer. »Schlag ihn, Abraham.«

Abrahams Augen wurden rund wie Suppentassen. »Aber Miss Laticia – ich glaube nicht, daß wir das tun sollten!«

»Gib her!« befahl sie und riß Abraham die Peitsche wieder aus der Hand, während Sawyer seinen Kopf mit seinen Armen schützte. Nach einem geschickten Peitschenschlag Laticias setzte das Pferd sich wieder in Bewegung. Der unerwartete Ruck brachte Sawyer aus dem Gleichgewicht und warf ihn in den Straßengraben. Ein Hinterrad erfaßte das Quarantäneschild und schleifte es über die Straße.

Fluchend rappelte sich Sawyer wieder auf und schrie dem Wagen nach: »Ich hab' gesagt, daß Sie nicht weiterfahren dürfen!«

Zoe ging gerade zum Gefängnis hinüber, als der Wagen auf der Straße auf sie zujagte. Erst nachdem sie sich in Sicherheit gebracht hatte, erkannte sie Laticia, die Großtante der Kinder, auf dem Kutschbock.

»Miss Wiseman!« Sie begann zu laufen und hastete dem Wagen nach. »Was machen Sie denn hier? Und wie sind Sie überhaupt hereingekommen? Wir stehen unter Quarantäne!«

»Blödsinn! Mir sagt keiner, wo ich hinzugehen habe.«

Der alte schwarze Fahrer zog seinen Hut vor Zoe, als die Kutsche vor ihrem Laden hielt. Grinsend stellte Abraham die Bremse fest. »Wie geht es Ihnen, Mrs. Bradshaw?«

Zoe war so verblüfft, daß ihr Mund aufklappte. Laticia saß steif wie ein Brett im Wagen und war gekleidet wie für ein Begräbnis. Ihr mit Federn besetzter schwarzer Hut war zu einer Seite hin verrutscht, und ein gestärkter schwarzer Kragen schnürte ihr den langen Hals zu wie ein Schraubstock. Ein schwarzes Mieder, ein schwarzer Rock, schwarze Schuhe, schwarze Handschuhe und ein schwarzer Stock mit einem Elfenbeingriff vervollständigten ihre deprimierende Erscheinung. Es war verständlich, daß die Kinder sich vor ihr versteckten. Zoe hatte vergessen, wie einschüchternd Laticia wirkte.

Die alte Dame bedachte sie mit einem arroganten Blick, und Zoe fragte sich, was dieser unerwartete Besuch bedeuten mochte. Da Laticia nicht zu Johns und Addys Beerdigung gekommen war, war es verblüffend, daß sie jetzt erschien.

»Miss Wiseman, wir haben eine Fieberepedemie hier in der Stadt. Sie müssen sofort wieder fahren – Ihre Gesundheit ist gefährdet.«

»Unsinn. Abraham! Hilf mir von dem Sitz!«

Abraham sprang vom hohen Bock und reichte der alten Dame seinen Arm. »Vorsicht, Miss Laticia. Es ist ein großer Schritt bis unten.«

»Pah. Ich werde doch wohl noch aus einer Kutsche steigen können.«

Als ihr Fuß den Boden berührte, stützte sie sich auf den schweren Stock und entließ Abraham mit einem kurzen Nicken. »Geh hinüber in den Mietstall und warte dort auf mich. Ich habe mit Mrs. Bradshaw etwas zu besprechen.«

»Ja, Ma'am.« Abraham ging schon auf den Mietstall zu, als Laticia sich zu Zoe umwandte.

Sie hatte das Gefühl, unter Laticias Blick zu schrumpfen. Die Frau hatte Augen wie ein Geier, und die Kinder hatten recht: sie roch wirklich komisch – als ob ihre Kleider lange Zeit in einem feuchten Schrank gehangen hätten. »Was kann ich für Sie tun, Miss Wiseman?«

»Ich bin gekommen, um die Kinder abzuholen.«

Zoe fuhr zusammen. »Was?«

»Die Kinder meines Neffen John. Wo sind sie?«

»Sie spielen hinter dem Geschäft ...«

»Packen Sie ihre Sachen; sie werden mich begleiten.« Die alte Dame tupfte sich mit einem Taschentuch die Stirn ab. »Und da Sie sowieso hineingehen, bringen Sie mir auch gleich etwas Kühles zu trinken mit.«

Zoe bemühte sich, die Bedeutung ihrer Erklärung zu erfassen. Sie war wegen der Kinder hier? Sie wollte sie mit zu sich nach Hause nehmen? Nein, das war von ihr ganz bestimmt nicht ernst gemeint.

»Sie möchten, daß sie zu Besuch kommen?«

Die alte Dame tupfte den Schweiß von ihrer Oberlippe und runzelte die Stirn. »Die Nachricht vom Tod meines Neffen erreichte mich erst heute morgen.«

»Das tut mir leid – ich hatte Ihnen geschrieben.«

Die alte Frau hob ihren Stock. »Ich mache Ihnen keinen Vorwurf. Ich war zu Besuch bei Bekannten in Wichita – aber jetzt bin ich zurück und werde für die Kinder sorgen.«

»Das ist nicht nötig! Ihr Onkel Cade ist schon hier und kümmert sich um sie.«

»Blödsinn!« entgegnete Laticia ärgerlich. »Was versteht dieser … dieser Kopfgeldjäger schon von Kindern?«

Der Haß in ihrer Stimme verursachte Zoe eine Gänsehaut. Was wußte Laticia von Cade? Vermutlich gar nichts, hätte sie geschworen. Die Schultern straffend, bereitete sie sich auf eine Auseinandersetzung vor. »Trotzdem haben Addy und John ihm die Entscheidung überlassen, wer ihre Kinder aufzieht.«

Laticia verwarf den Einwand mit einer herrischen Bewegung ihres Stocks. »Mein Neffe war offensichtlich nicht mehr ganz bei Sinnen kurz vor seinem Tod. Denn wäre er es gewesen, hätte er mir die Kinder überlassen.« Sie stieß die Spitze ihres Stocks auf den festgestampften Lehmboden. »Und jetzt gehen Sie! Bringen Sie mir meine Großnichten und Neffen! Abraham liebt es nicht, nach Einbruch der Dunkelheit noch unterwegs zu sein.«

»Aber Miss Wiseman …«

»Kein Aber! Holen Sie die Kinder!«

Das Blut stieg Zoe in die Wangen, als sie merkte, daß Laticias scharfe Worte Zuschauer anlockten. Sie sah Cade über die Straße auf sie zukommen und war erleichtert, obwohl sie die Befürchtung hegte, daß nicht einmal er Laticia gewachsen war. Sie hielt den Atem an, als sie sah, wie die alte Dame sich bei seinem Näherkommen versteifte.

»Sieh an, Cade Kolby. Der verlorene Sohn ist also zurückgekehrt«, bemerkte sie verächtlich.

Cade schaute Zoe an, und sie zog die Schultern hoch. Sie wußte nicht, was sie sagen sollte. Sie konnte nur hoffen, daß es Cade gelingen würde, diese übellaunige alte Jungfer einzuschüchtern. »Miss Wiseman«, begann Cade, »ist Ihnen bewußt, daß die ganze Stadt unter Qua...«

»Sehe ich aus, als wäre ich schon so verkalkt? Ich *weiß*, daß die Stadt unter Quarantäne steht, und fahre sofort weiter, sobald die Kinder kommen. Holen Sie sie jetzt endlich!«

Cade runzelte die Stirn. »Welche Kinder?«

»Johns Kinder.«

»*Addys* Kinder bleiben hier.«

Laticia hieb mit dem Stock gegen den Pfosten über seinem Kopf. »Vergreifen Sie sich nicht im Ton mir gegenüber, junger Mann.«

Zoe fuhr herum, als sie ein lautes Fluchen hinter sich vernahm. Sawyer humpelte über die Straße und schleifte das Quarantäne-Schild hinter sich her. »Dieses verrückte alte Weib hat den Zaun eingerissen und ihn halb mit in die Stadt geschleppt!«

Zoe hob die Hand, um dem drohenden Fiasko Einhalt zu gebieten. »Beruhigen Sie sich doch alle erst einmal! Miss Wisemann, kommen Sie herein, dann können wir die Angelegenheit bei einem Glas kühler Limonade diskutieren.«

»Ich habe keine Zeit zu vergeuden, junge Frau. Holen Sie die Kinder.«

»Die Kinder bleiben hier.« Cade trat auf die Veranda, und während er geschickt dem Stock auswich, den Laticia schwenkte, ergriff er ihren Arm und zog sie in den Laden. Zoe folgte ihnen, und die Moskitotür schlug hinter ihnen zu.

Als Brody und Will die alte Dame sahen, sprangen sie auf und rannten schreiend auf die Hintertür zu.

Zoe vertrat ihnen den Weg. »Ihr bleibt hier!«

»*Sie!*« schrie Brody und versuchte, sich an Zoe vorbeizudrängen.

»Die alte Hexe!« kreischte Will.

Zoe kniete sich hin und zog die beiden Jungen in die Arme, um sie zu beruhigen. »Die Tante eures Vaters ist nicht hergekommen, um euch etwas Böses anzutun.« Zoe hatte es nie gebilligt, daß John seine Kinder mit dem Bild ihrer Tante Laticia quälte. Wenn sie sich etwas zuschulden kommen ließen, hatte John auf die Fotografie der strengen alten Frau mit dem harten Gesicht, der spitzen Nase und den eng zusammenstehenden Augen gezeigt und den Kindern angedroht, sie zur Strafe für ihr schlechtes Benehmen zu seiner Tante zu Besuch zu schicken.

Addy hatte ihren Mann stets darauf hingewiesen, daß Laticia eine Verwandte war und er sie nicht als Drohung nutzen sollte, aber Johns Methode, die Kinder zur Verantwortung ziehen, hatte sich, auch wenn sie nicht gerade fair war, als erheblich wirkungsvoller erwiesen als ein Rohrstock. Für die Kinder war ihre Großtante so etwas wie der Beelzebub – ein böser Teufel, der zudem auch noch schlecht roch –, und Zoe konnte ihre Gründe jetzt verstehen.

»Jungs, sagt eurer Großtante Laticia guten Tag«, verlangte sie. Will und Brody öffneten die Münder, aber kein Ton kam über ihre Lippen. »Mädchen!« rief sie. Keine Antwort. »Mädchen! Seid ihr da drinnen?«

Zoe führte die Jungen zu den Stühlen an dem großen Tisch. »Setzt euch, während ich eure Schwestern suche.« Rasch schenkte sie Laticia ein Glas Limonade ein. »Nehmen Sie doch bitte Platz, Miss Wiseman. Sie wollen sich doch sicher ein bißchen ausruhen nach der Reise.«

»Ich bin nicht zum Plaudern hergekommen.« Die alte Dame schloß ihre gichtgekrümmten Finger um das Glas und nahm einen tiefen, geräuschvollen Schluck daraus.

Ihre Lippen kräuselten sich, und Zoe wußte, was jetzt kam.

»Zu wenig Zucker. Keiner weiß mehr heutzutage, wie man richtige Limonade macht.«

»Setzen Sie sich, Laticia.« Cade zog einen Stuhl für sie heran. »Wie meinten Sie das vorhin, als Sie sagten, die Kinder würden Sie begleiten?«

»Für Sie Miss Wiseman«, sagte sie und schaute ihn aus schmalen Augen an. »Sie waren schon ein Störenfried, als Sie noch jung waren, und daran hat sich scheinbar nichts geändert. Ich habe nie verstanden, daß Sie und Addy Geschwister waren. *Sie* erschien mir sehr vernünftig.«

Zoe hörte Cade leise fluchen, als er den Jungen Limonade einschenkte. Sie räusperte sich. »Weißt du, wo die Mädchen sind, Cade?«

»Ich habe sie nicht gesehen. Ich war die ganze Zeit beim Doc und habe versucht, ihn davon abzubringen, daß er heimfuhr.«

»Der Doc ist heimgefahren?«

»Er sagte, er fühle sich dort wohler. Und daß er sich Sorgen um die Hunde mache.«

Zoe schüttelte den Kopf, nahm einen Stapel frischer Handtücher von der Anrichte und ging ins Schlafzimmer, um sie fortzuräumen. Sie brauchte einen Moment für sich allein. Ihr Blick fiel auf die große Wölbung unter ihrer Bettdecke. Butch! Der Hund war schon wieder in ihr Bett gekrochen. Sie legte die Handtücher in ein Regal und zog die Bettdecke zurück, um den Hund hinauszujagen.

Es waren jedoch Holly und Missy, die dort unter der Decke kauerten. »Was macht ihr denn hier?« wisperte Zoe. »Eure Tante Laticia ist zu Besuch gekommen.«

Die Mädchen schlangen die Arme um Zoes Taille und drückten sich schutzsuchend an sie. »Nein, Zoe. Sag ihr, wir sind krank«, bat Holly.

»Sag ihr, wir sind weggelaufen«, schluchzte Missy.

Zoe zog die Mädchen an sich. »Kinder, ihr braucht wirklich keine Angst zu haben. Sie liebt euch, eure Tante. Sie ist bloß ...«

»Muffig?« sagte Holly.

»Ich wollte sagen, ›anders‹. Sie ist anders.« Und sie roch auch muffig, aber diese Betrachtungsweise konnte Zoe nicht unterstützen.

Sie kehrte mit den Mädchen in die Küche zurück, wo sie Laticia und Cade mitten in einer hitzigen Debatte antraf. Als Holly und Missy am Tisch bei ihren Brüdern saßen, wandte Zoe sich an Laticia. »Noch etwas Limonade, Miss Wiseman?«

Die Frau reichte Zoe ihr leeres Glas. »Die Kinder sollten bei Familienangehörigen aufwachsen. Die Brightons mögen anständige Leute sein, aber sie sind keine Verwandten.«

»Es gibt noch eine andere Möglichkeit«, schlug Zoe vor und schaute Cade an, als sie einschenkte. »Eine, von der ich wünschte, Sie würden sie ernsthaft in Erwägung ziehen.«

»Und was soll das sein?« Bei Laticias feindseligem Blick lief es Zoe kalt über den Rücken.

»Lassen Sie mich die Kinder aufziehen.«

»Ha! Haben Sie nicht zugehört? Ich sagte, sie sollten bei *Familienangehörigen* aufwachsen. Sie sind keine Verwandte.« Laticias Blick wurde noch ungemütlicher. »*Sie* sollten sich einen neuen Ehemann suchen und Ihre eigenen Kinder kriegen.«

Zoe vermied es, Cade anzusehen. Sie wollte nicht diesen ›Sei still‹-Blick auf seinen Zügen sehen. Sie ertrug es nicht mehr, daß ihr alle sagten, sie solle ihre eigenen Kinder kriegen. Wußten sie denn nicht, daß sie inzwischen schon ein ganzes Dutzend hätte, wenn das möglich wäre? Nein, sie wußten es nicht. Niemand wußte das.

»Sie haben ganz recht, Laticia«, sagte Cade. »Die Kinder

sollten bei Familienangehörigen aufwachsen. Das bin ich, und deshalb werde ich sie behalten.«

Zoe zog nur stumm die Brauen hoch.

Cade straffte seine Schultern und verschränkte die Arme vor der Brust. »Bis sich hier alles beruhigt hat.«

»Und was dann?« wollte die alte Dame wissen.

»Das ist mein Problem. Es besteht kein Grund für Sie, noch länger in der Stadt zu bleiben. Lassen Sie sich von Abraham heimfahren.«

Laticias Stock schlug krachend auf dem Boden auf. Alle vier Kinder fuhren erschrocken von ihren Plätzen auf.

»Ich werde in dieser Stadt bleiben, solange es mir paßt, junger Mann. Es erfordert mehr als jemanden wie Sie, um mich zu zwingen, abzufahren.« Sie wandte sich den Kindern zu und betrachtete sie nacheinander prüfend. »Du da.« Sie deutete auf Holly. »Komm her und gib deiner Tante einen Kuß.«

Laticia tippte mit einem gichtgekrümmten Finger auf ihre Wange, und Zoe nickte Holly zu. Das Mädchen richtete sich widerstrebend auf und ging auf steifen Beinen zu Laticia. Als sie sich vorbeugte, um mit den Lippen flüchtig ihre Wange zu berühren, hielt sie sich so weit entfernt wie möglich von ihr. Zoe wurde hundeelend, als sie sah, wie Holly und die anderen Kinder das Gesicht verzogen, als grauste es ihnen vor Laticia.

Um ihnen beizustehen, machte Zoe einen Vorschlag. »Kinder, warum bringt ihr Abraham nicht etwas kühle Limonade in den Mietstall? Er hat bestimmt auch Durst.«

»Ja!« schrie Brody und sprang begeistert auf. »Er ist ganz sicher durstig!«

Die anderen drei rempelten sich gegenseitig an bei ihrem Versuch, als erster aus der Tür zu sein, während Brody rasch den Krug mit der Limonade holte.

»Bleibt nicht zu lange.« Zoe merkte, daß sie ihrer Ermahnung keinerlei Beachtung schenkten. Langsam wandte sie sich wieder zu Laticia. Es war offensichtlich, daß sie nicht die Absicht hatte, ohne die Kinder heimzufahren. »Ich könnte Gracie Willis fragen, ob Sie heute nacht in ihrem Gästezimmer übernachten können.«

»Gracie wer?« fragte Laticia ungehalten.

»Die Frau des Bürgermeisters«, sagte Zoe und sah, wie Laticias Gesicht sich aufhellte.

»O ja, Gracie. Die Frau des Bürgermeisters.« Die unverheiratete alte Jungfer strich mit spitzen Fingernägeln über ihr graues Haar. »Ja, ich glaube, das Haus des Bürgermeisters wäre eine angemessene Übernachtungsmöglichkeit.«

»Nun, dann laufe ich hinüber und sage Gracie, daß Sie kommen werden – bald.« Zoe legte bittend ihre Hand auf Cades Schulter. »Würde es dir etwas ausmachen, Miss Wisemans Gepäck zu Gracie zu bringen?«

Bevor er protestieren konnte, mischte sich Laticia ein. »Ich habe kein ›Gepäck‹. Ich brauche keins. Ich habe nur das mit, was ich am Körper trage. Und ich habe nicht die Absicht, es mit irgend etwas zu beschmutzen.«

Zoe unterdrückte einen Einfall. Was hätte sie nicht dafür gegeben, an Laticias Kleider heranzukommen, um sie zu waschen! Waschen. Großer Gott! Da waren ja noch all die Laken der Patienten, die sie heute abend waschen mußte!

»Gracie, es tut mir leid, daß ich dich darum bitten muß, aber ich habe wirklich keinen Platz für sie.«

»Es macht mir keine Mühe, Liebes. Eine Nacht mit Laticia Wiseman wird uns nicht umbringen.« Gracie lachte, als sie den Kaffeetisch deckte.

»Da wäre ich mir nicht so sicher. Sie ist sehr tyrannisch.«

»Du hast Cade mit ihr allein gelassen?«

»Das geschieht ihm recht.« Zoe grinste. »Vielleicht wird sie ihn das Fürchten lehren.«

Wieder lachte Gracie, und Zoe stimmte ein. »Was

könnte sonst noch geschehen, Gracie? Von dem Augenblick an, als Cade zurückgekommen ist, hatten wir ein Drama nach dem anderen. Ich schaffe die Wäsche kaum noch. Dem Himmel sei Dank, daß du mit Glori-Lee für das Essen der Patienten sorgst. Ich weiß nicht, ob ich auch dazu noch die Zeit hätte – oder überhaupt genug zu essen. Ich habe fast keine Waren mehr im Laden, aber das ist nicht weiter tragisch. Niemand kauft etwas.« Sie lehnte sich auf ihrem Stuhl zurück. »O Gracie, was soll ich bloß tun? Ich würde es nicht ertragen, wenn Miss Wiseman diese Kinder mitnähme. Sie haben Todesangst vor ihr.«

Gracie runzelte die Stirn. »Ich habe Johns Erziehungsmethoden nie gebilligt. Es war falsch von ihm, den Kindern solche Angst vor ihrer Tante einzujagen.«

Zoe seufzte und griff nach dem Milchkännchen. »Ich bin froh, daß Addy das nicht mit ansehen muß. Ist dir klar, daß Laticia neben Cade die einzige Verwandte der Kinder ist? Wenn ihm etwas passieren würde ...« Sie konnte den Gedanken nicht zu Ende denken. Er war zu beunruhigend.

»Wie ist sie an der Absperrung vorbeigekommen?«

»Sie hat Abraham gezwungen, einfach hindurchzufahren. Sawyer sagte, sie hätten ihn beinahe überfahren.« Zoe betrachtete ihre Tasse. »Aber natürlich wird er das nächste Mal, wenn er es erzählt, behaupten, sie *hätten* ihn überfahren und ihn umgebracht.«

Gracie legte den Kopf zurück und lachte schallend. »Sawyer muß sehr empört gewesen sein.« Sie hörte auf zu lachen und lächelte nur noch. »Abraham. Ist dieser alte Kutscher von Laticia noch am Leben? Ich habe vor ein paar Tagen noch an ihn gedacht und mich gefragt, wie die alte Dame ohne ihn zurechtkäme.«

Zoe nippte an ihrem Kaffee. »Er kümmert sich sehr liebevoll um sie. Ich habe nie verstanden, wie er in all diesen Jahren so höflich und so freundlich bleiben konnte. Wann immer Laticia zu Besuch bei John und Addy war, habe ich Abraham immer nur als sehr zuvorkommenden alten Gentleman erlebt.«

»Wußtest du«, fuhr Zoe fort, »daß Laticias Vater ihr Abraham geschenkt hatte, als sie noch ein kleines Mädchen war? Obwohl die Sklaverei dann abgeschafft wurde, fuhr Abraham fort, diese Leute zu bedienen, als ob sie seine eigene Familie wären.«

Gracie kicherte.

»Laticia kann froh sein, ihn zu haben«, meinte Zoe. »Aber beide sind auf jeden Fall zu alt, um kleine Kinder aufzuziehen.«

»Ich werde dir was sagen«, meinte Gracie nachdenklich. »Abraham ist klüger, als man denkt. Wenn du einmal genau darüber nachdenkst, ist er der einzige, der imstande ist, Miss Laticia in ihre Grenzen zu verweisen.«

Zoe zog eine Braue hoch. »Wie meinst du das?«

»Hast du ihn je sagen gehört: ›Aber Miss Laticia, das sollten wir nicht tun‹, oder ›So sollten wir nicht denken, Miss Laticia‹?«

Zoe nickte.

»Und hast du je gesehen, daß Laticia tat, was sie zu tun vorhatte, nachdem Abraham sie aufgefordert hatte, es zu lassen?«

Zoe schüttelte den Kopf.

Gracie schlug sich mit beiden Händen auf die Oberschenkel. »Nein, ganz sicher nicht. Und deshalb sage ich, daß er der einzige ist, der mit ihr umgehen kann.«

»Hm.« Zoe nahm sich einen Keks. »Vielleicht sollte ich mit Abraham reden. Möglicherweise könnte *er* Laticia vor Augen führen, wie unsinnig es wäre, Johns und Addys Kinder mitzunehmen. Sie ist alt und nicht mehr die Gesündeste. Wenn sie erkrankte, könnte Abraham sich nicht um alle kümmern.«

Gracie drückte Zoes Hand. »Der Weg zu Laticia führt

über Abraham. Es wäre gut, wenn du mit ihm reden würdest. Und das so bald wie möglich.

Zoe verabschiedete sich und dankte Gracie dafür, daß sie Laticia bei sich übernachten ließ. Sie erschrak jedoch, als sie Lawrences Miene sah und erkannte, daß er alles andere als entzückt über seinen griesgrämigen Hausgast war. Mit einem Buch und einer großen Karaffe Brandy zog er sich in den Salon zurück.

Auf dem Weg zurück zum Laden ging Zoe am Mietstall vorbei, um die Kinder abzuholen und kurz mit Abraham zu reden.

»Oh, Mrs. Bradshaw, ich glaube nicht, daß Miss Laticia auf mich hören würde, falls ich etwas über diese Kinder sagte. Sie hat es sich in den Kopf gesetzt, sie mitzunehmen. Sie sagte, wir brauchten etwas, um uns zu beschäftigen, damit der Tag uns nicht zu lang wird.«

Zoe bedeckte die Hand des schwarzen Mannes mit der ihren. »Abraham, eine Frau in ihrem Alter ist gar nicht in der Lage, vier Kinder aufzuziehen. Was Laticia braucht, das ist ein Haustier – eine hübsche kleine Katze vielleicht.«

Abraham strahlte. »O ja, das wäre sehr viel leichter für mich, Mrs. Bradshaw. Eine nette, stille kleine Katze.« Sein Blick glitt durch den Stall. »Eben habe ich hier noch eine gesehen. Sie war sehr zutraulich. Und ganz schwarz. Sie erinnerte mich an Miss Laticia.«

Zoe umarmte den alten Mann und fand Trost in seinen sanften schokoladenbraunen Augen. »Sie sind ein guter Mensch, Abraham.«

»Ja, Ma'am. Gehen Sie jetzt ruhig nach Hause – und machen Sie sich keine Sorgen mehr.«

Zoe schaute sich in dem rustikalen Stallgebäude um. »Ich wünschte, ich könnte Ihnen einen besseren Platz zum Schlafen anbieten.«

»Das ist schon in Ordnung, Mrs. Bradshaw. Es macht mir nichts, im Stall zu schlafen.«

Nach dem Abendessen bügelte Zoe noch etwa eine Stunde und ging dann auf die hintere Veranda, um ein bißchen frische Luft zu schnappen. Es war der erste ruhige Moment, den sie seit dem frühen Tagesanbruch ganz für sich allein hatte. Sie hielt ein Glas Wasser an ihren Nacken und ließ ihre erhitzte Haut davon erfrischen. Sie fragte sich gerade, wie Cade mit seinen Patienten zurechtkommen mochte, als er um die Ecke des Gebäudes kam.

Sie rang nach Atem. Sein bloßer Anblick raubte ihr die Kraft aus ihren Knien, und rasch setzte sie sich hin.

»Was tust du hier?« fragte sie. Sie konnte selbst im Mondschein die Müdigkeit auf seinen Zügen sehen.

»Ich habe die Nacht frei. Seth schläft heute im Gefängnis.«

Einladend deutete sie auf die Stufe neben ihr. Die letzten Tage waren auch für ihn nicht leicht gewesen. Was dachte er? Ob er wohl schon die Stunden zählte, bis er wieder fortreiten und sich einer Verantwortung entledigen konnte, die fremd und ungewohnt für ihn war?

Seufzend ließ er sich auf die hölzerne Stufe nieder, nahm seinen Hut ab und lehnte sich zurück, um Zoe zu betrachten. »Du wirst täglich hübscher. Hat dir das schon mal jemand gesagt?«

»Nur Männer, die dringend eine Brille brauchen.«

Sich auf seine Arme stützend, schaute er zum sternenklaren Himmel auf. »Darauf hättest du eigentlich erwidern müssen: ›Oh, vielen Dank, Sir. Wie charmant von Ihnen!‹.«

Sie verzog das Gesicht. »Hast du je einen ernsthaften Gedanken?«

»Nicht oft. Zumindest nicht in letzter Zeit.«

Laubfrösche sangen bei der Viehtränke, und Mondlicht fiel durch die Zweige der alten Eiche, die den Hof beschattete.

»Fragst du dich eigentlich nie, wie es wäre, ein normales Leben zu beginnen, Cade?«

»Manchmal schon.« Er setzte sich auf und strich mit einer Hand sein Haar zurück. »Aber wechsle nicht das Thema. Du bist eine schöne Frau. Akzeptier das Kompliment, oder laß es bleiben.«

»So romantisch ausgedrückt, wie könnte ich mich weigern?« Ihr Kleid war fleckig, ihr Haar war ungekämmt und aufgelöst. Sie hatte keine Zeit mehr gehabt, in den Spiegel zu sehen, seit … Seit wann? Seit Tagen? Sie mußte wirklich einen attraktiven Anblick bieten. Aber er hatte sie ja immer hübsch gefunden. Das war schön zu wissen.

»Hast du schon gegessen?« fragte sie.

»Glori-Lee hat mir etwas mitgebracht heute abend. Bis auf die Pfirsichtorte mit Sahne habe ich alles aufgegessen.«

»Die wollten wohl die Kinder haben, nicht?« Sie fröstelte. Sobald die Sonne unterging, kühlte es sehr schnell ab.

Cade setzte sich auf die Stufe über Zoe und zog die Frau an sich. Mit einer leichten Drehung versuchte sie, ihm auszuweichen, aber er hielt sie fest. Nach einer Weile gab sie ihren Widerstand auf. Es hatte eine Zeit gegeben, in der ihr seine intimen Gesten so natürlich wie der nächste Atemzug erschienen waren.

»Kalt?« fragte er.

Nein, dachte sie und schüttelte den Kopf. Alles, nur nicht kalt. Behaglich. Viel zu behaglich für eine Frau, die entschlossen war, Distanz zu halten.

Sich vorbeugend, roch er an ihrem Haar. Sein warmer Atem, der ihre Wange streifte, löste ein Erschauern in ihr aus.

»Wie schaffst du es nur, immer so gut zu riechen?« fragte er. »Wie Zitrone und französische Seife.«

»Und was weißt du schon über französische Seife?«

Er küßte ihren Nacken. »Ich weiß, daß mir ihr Duft gefällt.«

»Cade, bitte.« Sie versuchte, sich ein wenig von ihm zu entfernen, aber das ließ er nicht zu.

»Du riechst ganz anders als Laticia. Was ist das für ein komischer Geruch an ihr?«

Zoe kicherte. »Sie hat schon immer so gerochen.«

»Ich weiß, aber was kann es sein?«

»Mottenkugeln? Wer hätte schon den Mut, zu fragen?«

Seine Finger fanden ihren ›Musikantenknochen‹ und begannen, ihn zu kitzeln.

Sie kicherte und zappelte und haßte sich dafür. *Hör auf damit, Zoe! Steh sofort auf und geh hinein. Es ist idiotisch, hier zu sitzen, dich von ihm kitzeln zu lassen und dich wie eine verliebte Närrin aufzuführen!*

Sie rückte ein Stück von ihm ab, um seinen suchenden Händen zu entgehen. Er lächelte und flirtete ganz offenbar mit ihr.

»Wenn dir nicht kalt ist – ich könnte ein bißchen Aufwärmen gebrauchen.«

Zoe atmete tief ein und entspannte sich dann wieder, als er näher rückte und sie wieder in seine Arme zog. Es *war* verrückt, aber es gefiel ihr. Und selbst wenn es heute vielleicht nichts mehr gab, was sie verband, waren sie doch einst ein Paar gewesen und hätten fast sogar ein Kind gehabt. Zoe seufzte. Sie waren Freunde jetzt, und damit würde sie sich begnügen müssen. Sie brauchte nichts Persönliches daraus zu machen. Den Kopf an seine Schulter legend, schaute sie zu den Sternen auf.

»Gib es zu«, sagte sie. »Du hast die Kinder schon ins Herz geschlossen.«

»Ich habe nie gesagt, daß ich es nicht tun würde.«

Das stimmte. Er mochte seine Zuneigung zwar nicht offen zeigen, aber seine Augen verrieten ihn. Holly oder Missy brauchten sich nur auf seinen Schoß zu setzen, und er hatte verloren.

»Sie vergöttern dich.«

»Sie sind nette Kinder.«

Ich habe dich auch einmal vergöttert. So sehr, daß ich sterben zu müssen glaubte, als du nicht zurückkamst. Sie blinzelte, um ihre Tränen zu verdrängen, und ermahnte sich, daß die Vergangenheit vergangen war. So schmerzlich das auch war, es wurde langsam Zeit, sie zu begraben. »Wie stand es heute im Gefängnis?«

»Keine weiteren Erkrankungen in den letzten vierundzwanzig Stunden. Seit der Doc heimgefahren ist, haben wir ein bißchen mehr Platz, um uns zu bewegen.«

»Diese Krankheit ist sehr eigenartig. Addy und John hatten die gleichen Symptome wie die anderen, wurden aber immer kränker. Bruce und Ida haben kein Fieber mehr. Sie essen schon ein wenig, und bis auf die Pusteln in ihren Gesichtern haben sie keinerlei Beschwerden mehr.«

Er rieb Zoes Arme, um sie zu wärmen. »Ich glaube, daß es Ednas Seife ist.«

»Wieso?«

»Bonnie schwört, daß sie auch Pusteln davon bekommt.«

Seine Finger glitten jetzt zu ihren Schultern, und sie spürte, wie die Anspannung aus ihren Muskeln wich, als er ihren Nacken sanft massierte.

»Du bist ganz steif. Entspann dich, Red.«

Seine sanfte Stimme weckte Gefühle in ihr, von denen sie geglaubt hatte, sie schliefen schon seit langer Zeit. Sie und Jim hatten eine befriedigende Ehe geführt, was ihre intimen Beziehungen betraf. Sie hatte nicht gedacht, daß sie die Berührung eines Mannes je wieder so vermissen würde wie in diesem Augenblick.

»Du arbeitest zuviel.«

Verständnis, vermischt mit exakt dem richtigen Maß an Mitgefühl; eine Kombination, die tödlich war. Wußte er, was er tat? Wie leicht es wäre, seinen Zärtlichkeiten zu erliegen. Seine Finger bewirkten Wunder in ihren müden

Muskeln. Jeder einzelne Knochen in ihrem Körper tat ihr weh. Nichts hätte sie lieber getan, als in Cades Armen Geborgenheit zu suchen und für den Rest ihres Lebens dort zu bleiben.

Er hob die schmale Kette an ihrem Nacken. »Ist das das Medaillon, das ich dir schenkte?«

Sie schob seine Hand fort. »Ich trage es nur noch aus Gewohnheit.«

Sein Mund streifte ihr Ohr. »Ich könnte dir eins aus echtem Gold kaufen.«

»Ich mag dieses hier. Du hast es mir in der Nacht gegeben, als du fortgegangen bist.«

»Und du hast es all diese Jahre behalten?«

»Ich bewahre viele Dinge auf, Cade. Aber das hat nichts zu bedeuten.« Das Thema wechselnd, murmelte sie: »Es tut mir leid, daß du so lange bleiben mußt.«

»Das braucht es nicht. Mich stört es nicht. Ich bin den Kindern gern ein Onkel. Es ist bloß schade, daß erst Addy sterben mußte, damit ich das begriff.«

Fast tat er ihr leid – vielleicht, weil sie müde war und schwach und seinen Trost und seine Unterstützung dringender benötigte, als sie sich eingestehen wollte. Er war Hals über Kopf in eine chaotische Situation gestürzt: er hatte seine Schwester verloren und vier Kinder gewonnen, war Krankenschwester und Deputy geworden, und all das in nur wenigen Tagen. Angesichts all dessen hielt er sich gar nicht schlecht. »Ich könnte verstehen, wenn du fortgehen würdest und nie wiederkämst.«

»Das habe ich schon einmal getan und es sehr bereut.«

Lächelnd seufzte sie. Sie war todmüde. Sie würde nur für einen Moment die Augen schließen; dann würde sie sich besser fühlen. Es war wunderbar, so dazusitzen. Solange Cade ihre Schultern massierte und langsam die Anspannung aus ihrem Körper wich, erschienen ihr die Dinge nicht mehr ganz so schrecklich wie vor einer Stunde noch. Den Patienten ging es besser, sie hatte nur noch einen halben Korb Wäsche zu bügeln, und morgen – nun, morgen war ein neuer Tag …

Sie schlief an seiner Brust ein und merkte gar nicht, wie er sie nach einigen Minuten aufhob und ins Haus trug.

12

Als Cade am nächsten Morgen die Tür zum Sheriffbüro öffnete, beugte Zoe sich gerade über Bonnie und schüttelte ihr Kissen auf. Der Anlaß seines Besuchs war rasch vergessen, als sein Blick zu ihrem kleinen, wohlgeformten Po glitt.

Das unausgesprochene Bedürfnis, sie zu lieben, war so machtvoll, daß er es fast nicht mehr unterdrücken konnte. Zoe gestern abend in den Armen zu halten hatte seine Selbstbeherrschung einer harten Prüfung unterzogen. Wie sollte er ihr sagen, daß er sie begehrte?

Cade räusperte sich und hoffte, damit auch seinen Kopf zu klären. »Warum hast du mich nicht geweckt?«

Sie strich eine lose Haarsträhne hinter das Ohr. »Du hast so fest geschlafen, daß ich dich nicht stören wollte.«

Er warf einen Blick auf die Patienten. »Irgendwelche Veränderungen?«

»Sie haben alle gut gefrühstückt.«

»Und du? Wie fühlst *du* dich?« fragte er besorgt.

»Gut. Und du?«

Er grinste. »Es ging mir schon mal besser.«

Zoe seufzte. »Ich hoffe nur, daß Gracie Laticia noch ein paar Stunden aufhält.«

»Laticia blufft nur. Sie wird die Kinder nicht mitnehmen.«

»Dessen kannst du dir nicht sicher sein.«

»Sie kann es gar nicht tun. Sie mag zwar eine Blutsverwandte sein, aber kein vernünftiger Mensch würde ihr das Sorgerecht für vier kleine Kinder übertragen.«

Zoe wandte das Gesicht ab und sagte leise: »Bis heute abend könnte dies alles ein für allemal erledigt sein. Wenn du bereit wärst, mir die Kinder zu überlassen, könnte Richard Moyer die Adoptionspapiere in ein paar Stunden vorbereiten.«

»Wer ist Richard Moyer?«

»Der Anwalt hier. Er könnte die Sache regeln, wenn du vernünftig wärst.«

»Du vergißt anscheinend, daß *vernünftig sein* nicht meine Stärke ist.«

»Je länger Laticia bleibt, desto unruhiger werden die Kinder.«

»Sie sind nicht dumm, die Kinder. Sie wissen, daß ich sie nicht irgendwohin gehen lassen würde, wo sie nicht glücklich wären.«

»Und woher sollen sie das wissen?« Ihr Blick erinnerte ihn an den Ruf, den er in dieser Stadt besaß.

»Weil ich es ihnen gesagt habe.« Er senkte die Stimme und sprach leiser, um sie zu beschwichtigen. »Und ein Versprechen habe ich bisher noch nicht gebrochen, oder?«

Sawyer hielt Cade auf, als er die Straße überqueren wollte.

»Hey, Kolby, warten Sie!«

Cade wandte sich um und fragte sich, ob der alte Wachhund jemals schlief. »Brauchen Sie etwas?«

Der alte Mann kam auf ihn zu. Als er Cade erreichte, spuckte er einen Klumpen Tabak aus, nahm seinen Hut ab und straffte seine Schultern. Dünne Strähnen grauen Haars standen in verschiedenen Richtungen von seinem Schädel ab.

»Ich will ein Abzeichen.« Der alte Mann drehte seinen Hut in seinen gichtgekrümmten Händen. Blaue Adern und Altersflecken überzogen seine wettergegerbte Haut.

»Was für ein Abzeichen?«

»Eins, das mir Autorität verschafft. Wenn ich die Leute draußen halten soll, muß ich mir Respekt verschaffen. Haben Sie gesehen, wie diese alte Jungfer Wiseman mich gestern nachmittag behandelt hat?«

»Jeder weiß, daß Laticia Wiseman nicht sehr höflich ist.«

»Na und! Sie kann mich trotzdem nicht einfach in den Straßengraben werfen und mein Quarantäneschild umreißen!«

»Und Sie glauben, daß ein Abzeichen Ihnen mehr Glaubwürdigkeit vermitteln würde?«

Sawyer nickte. »Ja, genau. Das ist es, was wir wollen – Glaubwürdigkeit. Jemand muß hier schließlich das Gesetz vertreten! Gesetz ist Gesetz! Und kein verdammtes Frauenzimmer hat das Recht, sich einfach darüber hinwegzusetzen!«

»Also gut. Kommen Sie später im Laden vorbei, dann gebe ich Ihnen ein Deputy-Abzeichen.«

Der alte Mann grinste bis über beide Ohren und entblößte seine wenigen, vom Tabak braunen Zähne. »Danke, Mr. Kolby. Danke.«

Eine Motte flatterte über Cade Kolby auf, als er seinen Stuhl zurückkippte, die Beine auf den Küchentisch hob und den Stapel Fahndungsplakate auf seine Brust legte. Nach einem dicken Schinkensandwich und einer großen Portion von Zoes eingelegtem Gemüse fühlte er sich satt und herrlich träge.

Die Hände im Nacken verschränkt, lauschte er Missy, die vorn im Laden mit ihren Puppen spielte. Ein Lächeln spielte um seinen Mund, als er sie sagen hörte: »Dolly, du sitzt hier, und Bud, du setzt dich dahin.«

Wenn sie bloß die verflixte Tarantel in ihrem Glas ließ, würde er sich nicht beschweren.

Gähnend rekelte und streckte er sich auf seinem Stuhl.

Da sich die anderen Kinder bei Abraham im Mietstall aufhielten, war es ungewöhnlich still im Haus. Was ihm Zeit gab, nachzudenken.

McGill würde seines Müßiggangs bald überdrüssig werden und sich auf die Suche nach ihm machen. Je länger er sich auf dieses gefährliche Spiel einließ, desto mehr gefährdete er die Kinder. Und nun auch noch diese verfluchte Geschichte mit Laticia – was sollte er ihretwegen unternehmen? Bonnie war noch lange nicht wieder vollständig auf den Beinen. Sollte er die Brightons vergessen und mit diesem anderen Ehepaar aus Saline sprechen, das Pop erwähnt hatte? Dort würde McGill die Kinder niemals finden.

War das die Ladenglocke? Lauschend richtete er sich auf. Nein, es war irgendeins von Missys Spielzeugen.

Seit das Fieber ausgebrochen war, hatte Zoes Geschäft stark nachgelassen. Edna war vorhin dagewesen, um für zehn Cent braunen Zucker einzukaufen; ganze dreißig Minuten hatte es gedauert, bevor er sie wieder losgeworden war. Dann war Pop gekommen, um den samstäglichen Tanzabend wegen des Fiebers bis auf weiteres abzusagen. Cade lächelte. *So ein Pech, Drake. Jetzt wirst du doch nicht mehr mit Zoe tanzen.*

Zufrieden lehnte er sich zurück und schloß die Augen. Sekunden später war sein leises Schnarchen in der Küche zu vernehmen.

»Onkel Cade wird dir gefallen, Bud. Er wollte dich neulich nicht erschrecken«, wisperte Missy durch die Löcher im Deckel des Marmeladenglases, als sie in die Küche ging. »Er sagte, er würde mit mir spielen, wann immer ich es will.«

Als sie an Cades Stuhl vorbeikam, blieb sie stehen. »Oooh ... Onkel Cade schläft, Bud.« Leise setzte sie den Korb mit dem Teeservice der Puppen und den Plätzchen auf den Tisch, blieb dann stehen und schaute ihren Onkel lange schweigend an.

Dann zuckte sie die Schultern, schraubte das Marmeladenglas auf, nahm Bud heraus und setzte die Spinne auf Cades Brust. »Du bleibst da, Bud, während ich für unsere Teeparty den Tisch decke.«

Nachdem sie eine Serviette als Tischtuch ausgebreitet hatte, arrangierte sie drei der winzigen Tassen und Untertassen um die Tischecke herum. Eine Schale Ingwerplätzchen vervollständigte das Bild.

»Onkel Cade?«

Cade bewegte sich. »Hm?«

Missy trat auf Zehenspitzen näher und berührte seine Wange. »Wach auf, Onkel Cade. Es ist Zeit für unsere Teeparty.«

»Hm.« Cade öffnete ein Auge und lächelte, als er die Kleine sah.

Missy lächelte und winkte.

Cade senkte den Blick, und seine Augen weiteten sich, als er Bud mitten auf seiner Brust erblickte. Die haarigen Vorderbeine der Tarantel zuckten, als wolle sie Cade damit packen. Wie kam es nur, daß jedesmal, wenn er erwachte, diese verdammte Spinne auf ihm saß? Er starrte sie an und dachte, daß nichts geschehen würde, solange Bud sich nicht bewegte.

Aber da begann Bud, auf sein Gesicht zuzukriechen. Verdammtes Mistvieh! Cade sprang so abrupt auf, daß die Stuhlbeine unter ihm wegrutschten und er krachend auf dem Rücken landete.

Bud krabbelte blitzschnell davon und verschwand um eine Ecke.

Missy stampfte mit dem Fuß auf. »Onkel Cade! Du hast Bud *schon wieder* erschreckt!«

»Missy, du solltest das verdammte Ding im Glas lassen!« Cade wischte sich schaudernd über seine Brust. Siebzehn Jahre war er nun schon unterwegs von einem Ort zum anderen, und in all der Zeit war er nie mit einem solchen Anblick aufgewacht!

Missy stützte die Hände in die Hüften und musterte ihn streng. »Zoe wird sehr empört sein, wenn sie hört, daß du solch böse Worte brauchst vor mir.«

Bud kam um die Ecke und krabbelte über den Dielenboden.

Missy holte ihn rasch und steckte ihn in sein Glas zurück. »Keine Angst, Bud. Onkel Cade mag dich. Er ist nicht böse! Er wird dich ganz bestimmt nicht mehr erschrecken.«

»Ich habe *ihn* erschreckt? Das ist eine Tarantel, Missy!«

»Ach was.« Sie schmollte. »Er ist Bud, mein Käfer.«

Cade hob seinen Stuhl auf und setzte sich. »Es tut mir leid, Liebes. Es ist nur, weil Bud so ...«

»Haarig ist?«

»Ja, verdammt noch mal. Das auch.« Er fuhr sich mit den Fingern durch das Haar und lehnte sich aufatmend zurück, als Missy den Deckel des Glases zuschraubte.

»Er braucht jetzt sicher Ruhe«, erklärte sie. »Er ist erschöpft.« Sie hielt Cade das Glas unter die Nase. »Sag, daß es dir leid tut, Onkel Cade.«

»Ich soll mich entschuldigen?« fragte er. »Bei Bud?«

Ihre blauen Augen blickten flehend.

»Entschuldige bitte ... Bud.« Cade konnte es fast nicht glauben, daß er eine *Tarantel* um Verzeihung bat.

Missy kletterte auf seinen Schoß und legte ihm die Arme um den Hals. »Alles in Ordnung, Onkel Cade.« Sie gab ihm einen dicken Kuß auf die Wange. »Bud ist dir nicht mehr böse.«

Woher sie das wissen wollte, konnte er sich nicht vorstellen, aber es kümmerte ihn auch nicht. Er wußte nur, wie schön es war, von einem Kind umarmt zu werden.

Missy strich ihm sanft über die Wange. »Bist du bereit für unsere Teeparty?«

Er grinste und spielte mit. »Ja, eine Tasse Tee wäre sicher sehr erfrischend, meine Liebe.«

»Gut, und wenn wir gegessen haben, kümmere ich mich um dein Haar.« Missy kletterte von seinem Schoß, um ihre Gastgeberinnen-Pflichten wahrzunehmen. Sie tat, als ob sie Tee einschenkte.

Er zog die Brauen hoch. »Mein Haar, Miss Wiseman? Gefallen Ihnen meine dunklen Locken nicht?«

Missy kicherte. »Sie sehen schrecklich aus, *Miss* Kolby.«

»Um Himmels willen«, rief er mit verstellter Stimme. »Dann sollten Sie wirklich etwas daran tun, Miss Wiseman. Machen Sie mich so hübsch, daß ganz Winterborn vor Neid erblassen wird.«

Mit abgespreiztem kleinen Finger hob er seine Tasse auf und tat, als nähme er laut schlürfend einen Schluck daraus. Das kleine Mädchen kicherte entzückt.

Während sie mit seinem Haar beschäftigt war, las er die Steckbriefe. Missy stand auf einer Obstkiste hinter seinem Stuhl und frisierte ihn mit Kamm und Bürste.

»Wenn du noch so langes Haar hättest, wie als du herkamst, könnte ich es flechten. Zoe hat mir gezeigt, wie man Zöpfe flechtet.« Sie kämmte und kämmte. »Aber es wird auch so hübsch aussehen.«

»Hm ... ja, das freut mich«, erwiderte Cade versonnen, während sein Blick auf einem der Plakate ruhte. Hart McGill ... der Hurensohn.

Cade schaute auf, als die Ladenglocke bimmelte. Shelby Moore betrat den Laden und ging gleich in die Küche weiter. Moore sah aus, als wäre er die sechs Meilen in die Stadt gerannt, so keuchte er.

»Hallo, Shelby«, begrüßte Cade ihn freundlich.

Shelby wollte den Gruß schon erwidern, aber dann glitt sein Blick verblüfft nach oben, als ob er an die Zimmerdecke starrte.

»Hallo, Mr. Moore.« Missy ließ sich von dem Besuch nicht stören und fuhr fort, Cades Haar zu kämmen.

»Hallo, Missy. Wo ist Zoe?«

»Im Gefängnis. Sie pflegt die Kranken.«

»Wie sind Sie an Sawyer und der Quarantänesperre vorbeigekommen?« fragte Cade.

Shelby blickte verständnislos. »Quarantäne?«

»Die Stadt steht unter Quarantäne. Sawyer hat den Auftrag, alle Leute fortzuschicken. Es ist das Fieber.« Es hatte offenbar nicht viel genützt, Sawyer ›Glaubwürdigkeit‹ zu verschaffen.

»Ich bin nicht auf der Straße, sondern über die Felder hergekommen. Wer hat das Fieber?«

Cade erzählte es ihm, und Shelby schüttelte den Kopf.

»Dann werde ich erledigen, wozu ich hergekommen bin, und zusehen, daß ich wieder fortkomme.«

Cade sah, wie Moore erneut zur Zimmerdecke aufschaute und fragte sich, was ihn dort so faszinieren mochte. Es war nichts Ungewöhnliches zu sehen. »Was hat Sie in dieser Hitze hergebracht, Shelby?«

»Ich muß mit Pop reden. Ich habe einen toten Bullen in der Nähe meiner Farm gefunden und denke, daß es Herschel Mallards sein könnte. Pop sollte ihn sich ansehen, bevor ich den Kadaver wegbringe.«

»Ich vertrete Pop für ein paar Tage. Haben Sie noch nicht gehört, daß er sich das Bein gebrochen hat?«

»Nein, das wußte ich nicht.«

Cade bemerkte, daß Shelby ganz bewußt vermied, ihn anzusehen, und fragte sich, woran das liegen mochte.

»Es wäre mir lieber, wenn Pop sich darum kümmern würde.«

Cade runzelte die Stirn. »Ich mache das schon, Shelby ...« Wieder starrte der Mann zur Zimmerdecke auf. »Sehen Sie da oben irgend etwas, was ich nicht sehen kann?«

Shelby senkte den Blick auf seine Schuhe. »Wo ist Pop?«

»Zu Hause.« Cade stand auf. »Geben Sie mir eine Minute Zeit, um jemanden zu finden, der auf Missy aufpaßt, dann sehe ich mir diesen Bullen an.«

Shelby räusperte sich. »Verstehen Sie mich nicht falsch, Kolby, aber mir wäre lieber, wenn Pop mitkäme.« Er schluckte. »Ein Mann mit rosa Schleifen im Haar sollte nicht den Ordnungshüter spielen, finde ich.«

Cades Augen wurden groß, als er einen Blick in den Spiegel warf und die fünf kleinen Zöpfchen mit den rosa Schleifen sah. Rasch entfernte er die Bänder und setzte seinen Hut auf. »Missy, ich muß dich bei Gracie lassen, während ich Mr. Moore begleite, um mir den toten Bullen anzusehen.«

Missy ergriff Buds Glas und drückte es an ihre Brust. »Nein, nein, Onkel Cade! Du kannst mich nicht zu Gracie bringen. Tante Laticia ist dort!«

Der furchtsame Blick in ihren großen Augen rührte ihn. »Glori-Lee könnte gewiß jemanden brauchen, der das Restaurant ausfegt.«

Missys Gesicht hellte sich auf. »Das können Bud und ich tun!«

»Ich glaube, Bud würde sich hier wohler fühlen.«

»Nein, Tante Laticia könnte kommen und ihn mit nach Hause nehmen.«

»Das wird sie nicht. Ich kann dir versprechen, daß Tante Laticia Bud nicht mit nach Hause nehmen wird.«

Missy schob die Unterlippe vor, und ihre Augen füllten sich mit Tränen. *Wie könnte man diesem Kind je etwas abschlagen?* »Also gut, dann nimm ihn mit.«

Glori-Lee saß draußen auf ihrer Veranda, als Cade mit Missy zu ihrem Restaurant hinüberging.

»Ich bringe dir Hilfe, Glori-Lee. Zoe ist bei den Kranken, die anderen Kinder sind im Mietstall, und ich habe etwas zu erledigen.«

»Ich kann immer Hilfe brauchen«, erwiderte sie lächelnd.

»Ich bin bald wieder da. Ich reite nur mit Shelby zu seiner Farm hinaus, um mir einen toten Bullen anzusehen.«

»Nimm dir ruhig Zeit.« Glori-Lee klopfte einladend auf die Stufe neben ihr. »Komm und setz dich zu mir, Missy. Ich sehe, daß du Bud dabeihast. Er sieht sehr gut aus heute.«

Missy stieg die Stufen hinauf, setzte sich und stellte Buds Glas zwischen sich und die Restaurantbesitzerin. Als Cade ging, um sein Pferd zu holen, winkte Missy. »Beeil dich, Onkel Cade! Ich und Bud, wir warten hier auf dich!«

»Shelby, bist du sicher, daß das Herschel Mallards Bulle ist?« Cade hielt sein Taschentuch vor das Gesicht, als er sich neben den verwesenden Kadaver hockte.

»Ja, das ist Samson«, sagte Shelby. »Ich würde ihn überall erkennen. Siehst du diese Markierung hier an seinem Hinterhuf? Herschel hat immer damit angegeben. Er dachte, der Bulle wäre dadurch etwas Besonderes.«

Cade stand auf und wischte sich die Hände ab. »Es sieht so aus, als wäre er erschossen worden. Wenn jemand Fleisch gewollt hätte, hätten sie das Tier geschlachtet und es nicht verrotten lassen.«

»Das war wohl wieder die verdammte Nelson-Bande – dieselbe, die am Rider's Pass die Kutsche überfallen hat. Ich sag' dir was, Kolby – es wird Zeit, daß jemand die Kerle an den Galgen bringt!«

»Ich werde mich mal umsehen.« Es konnte das Werk von einem Dutzend oder mehr bedeutungsloser kleiner Banden sein. Sie waren meistens eher lästig als gefährlich, aber Cade konnte sehen, daß die Farmer allmählich unruhig wurden. Dies hier war ein preisgekrönter Zuchtbulle, was bedeutete, daß die Bande sich mit Rindern auskannte.

»Ich würde ja mitkommen, aber ich muß noch das Heu hereinholen, bevor es zu regnen anfängt.«

»Gehen Sie ruhig wieder an die Arbeit, Shelby. Ich kümmere mich darum.«

Shelby nickte und wendete sein Pferd.

Cade trieb Maddy zu einem leichten Trab an und lenkte sie auf die Straße zu. Nichts deutete auf den Täter hin. Wer immer den Bullen erschossen hatte, hatte seine Spuren gut verwischt.

Es war früher Nachmittag, als Cade bei Herschel vorbeiritt, um ihm von dem Bullen zu erzählen. Er fand den Farmer beim Pflügen auf dem Feld.

»Jemand muß den Kerlen das Handwerk legen.« Herschel nahm seinen schweißdurchtränkten Hut ab. »Dieser Bulle hat mich eine Menge Geld gekostet.«

Die Sonne ging schon unter, als Cade zur Stadt zurückritt. Niemand in der Gegend hatte etwas Ungewöhnliches bemerkt. Pop würde der Sache nachgehen müssen, sobald er wieder laufen konnte.

An einem Bach hielt Cade an, um sein Pferd zu tränken, und beugte sich dann vor, um Wasser für sich selbst zu schöpfen. Dabei nahm er aus dem Augenwinkel eine Bewegung neben ihm wahr.

Maddy bäumte sich plötzlich auf. Cade griff nach den Zügeln, aber das Pferd bäumte sich von neuem auf und schleuderte ihn ins flache Wasser. Im Aufspringen zog er seine Waffe und feuerte sie ab. Die Kugel zerriß eine Klapperschlange, und während das Tier sich sterbend auf dem Boden wälzte, fuhr die Stute aufwiehernd herum und jagte in einem kopflosen Galopp davon.

Cade steckte zwei Finger in den Mund und pfiff, aber das Pferd war schon weit fort. Aus dem Wasser steigend, schob er die tote Schlange mit dem Fuß ins Gras. Maddy haßte Schlangen – und auch er hatte nicht viel für sie übrig. Geduldig setzte er sich unter einen Baum und wartete. Maddy würde zu ihm zurückkehren, sobald sie sich beruhigt hatte.

Eine Stunde verging, und Cade fühlte, wie er schläfrig wurde. Ein dumpfer Schmerz hämmerte in seinem Hinterkopf. Den Hut über das Gesicht gezogen, döste er ein, weil er wußte, daß das Pferd ihn wecken würde, wenn es zurückkehrte.

Als er das nächste Mal die Augen öffnete, war es stockfinster. Der Schmerz in seinem Hinterkopf war jetzt noch ausgeprägter, und ihm war kalt. Als er mit einer Hand über seinen Nacken strich, war er verblüfft, wie heiß er war, obwohl er fröstelte vor Kälte.

»Maddy?«

Wieder pfiff er, hörte aber kein vertrautes Wiehern in der Nähe. An den Baum gelehnt, schaute er zu dem vollen Mond auf, der am Himmel aufging. Er war vor Stunden fortgeritten aus der Stadt; Red machte sich bestimmt schon Sorgen wegen ihm.

Langsam richtete er sich auf und streckte sich, um die Steifheit aus seinen Gliedern zu vertreiben. Er wurde alt. Jeder Knochen tat ihm weh, und es war ein weiter Weg bis in die Stadt zurück.

Ärgerlich setzte er seinen Hut auf und machte sich auf den Weg. Wenn er Maddy jetzt in die Hände bekommen hätte, wäre eine Schlange das geringste ihrer Probleme gewesen …

Zoe öffnete und schloß die Ladentür zum zehnten Mal an diesem Abend schon. Wo *war* er? Es war fast neun Uhr, und er war noch immer nicht zurückgekehrt. Wie lange konnte es dauern, sich einen toten Bullen anzusehen?

Gut, daß Gracie die wöchentliche Schachpartie wegen Laticias Besuch abgesagt hatte. Zoe war viel zu besorgt um Cade, um sich auf irgend etwas anderes konzentrieren zu können.

»Hast du mich schon wieder sitzenlassen?« wisperte sie traurig. Es nützte nichts, daß sie sich sagte, es kümmerte sie nicht. Es waren nicht nur die Kinder, die enttäuscht sein würden.

»Aber ich will nicht ins Bett, ohne Onkel Cade Gute Nacht zu sagen«, murrte Missy, die mit ihren Brüdern und Schwestern und ihrer Großtante am Küchentisch saß.

Zoe lächelte, um ihre Unruhe zu verbergen. »Ich werde ihn zu dir schicken, sobald er heimkommt.«

»Aber *wo* ist er? Er wollte gleich zurückkommen. Und jetzt ist es schon dunkel draußen!«

»Er wird kommen«, versprach Brody, während er zur Hintertür ging und hinausschaute. »Wahrscheinlich hat er bei Shelby Abendbrot gegessen.«

»Ja, das ist es«, sagte Will. »Mr. Moore hat Onkel Cade zum Abendessen eingeladen.«

»Ist es das, Zoe? Ist er deshalb noch nicht zurückgekommen?«

»Das ist es ganz bestimmt.« Zoe nickte. »Und jetzt komm – ich bringe dich ins Bett.«

Stirnrunzelnd gab Laticia Zoes letzten Zucker in ihren Kaffee. »Und was macht Sie so sicher, *daß* er zurückkommen wird?« Die Feder an ihrem Hut wippte, als sie sprach. »Haben Sie je gehört, daß er sein Wort gehalten hätte?«

Missy begann zu weinen.

»Miss Wiseman, warum gehen Sie nicht auf die Veranda, wo es kühler ist? Wenn ich Missy ins Bett gebracht habe, können wir uns unterhalten.«

Zoe hätte Laticia erwürgen können für die Zweifel, die sie in Missy säte. Das Kind war auch so schon unruhig genug. Zoe wünschte, sie hätte Laticia nicht zum Abendessen eingeladen, aber wie hätte sie auch ahnen können, daß Cade mittags fortreiten und nicht zurückkehren würde? Oh, wo steckte er bloß?

»Es ist schon eine Stunde nach meiner gewohnten Schlafenszeit«, beschwerte sich Laticia. »Holen Sie Abraham, damit er mich zurückfährt zu den Willis'.«

»Brody, geh bitte in den Mietstall und sag Abraham, daß er die Kutsche bringen soll.«

Brody nickte und gehorchte.

»Lassen Sie sich eins gesagt sein«, warnte Laticia. »Selbst wenn dieser Kolby zurückkehrt, ändert das nichts. Ich werde die Kinder morgen früh mitnehmen. Er ist unzuverlässig und hat keine Frau, die ihm helfen könnte, sie aufzuziehen. Er hat kein Recht auf sie.« Damit erhob sie sich und ging durch den Laden zur Tür, wo sie noch einmal stehenblieb und sich zu Zoe umsah. »Sie sind sehr töricht, falls Sie glauben, Sie könnten sich auf ihn verlassen. Wahrscheinlich ist er inzwischen bereits in Missouri.«

Zoe dachte nicht daran, der alten Frau Gehör zu schenken. Sie hatte keine Ahnung, was Cade aufgehalten hatte, aber ihr Instinkt sagte ihr, daß er nicht in Missouri war.

O Gott – und wenn er einem seiner Feinde unterwegs begegnet war? Ihre Knie wurden weich. Oder überfallen worden war? Lag er in diesem Augenblick vielleicht blutüberströmt und ohnmächtig im Straßengraben?

»Ich bin sicher, daß er jeden Augenblick erscheinen wird.« Zoe holte tief Atem und versuchte, ihr Zittern zu verbergen. »Es sähe Shelby ähnlich, darauf zu bestehen, daß Cade zum Essen bleibt.«

»Wenn Abraham keine Magenbeschwerden hätte, wären wir schon lange fort«, sagte Laticia. »All dieses fette Essen hier bei Ihnen. Keiner weiß heutzutage mehr, wie man Hühnchen brät. Man kann das gar nicht essen, ohne krank zu werden.«

Falls Laticia eine Magenverstimmung hatte, dann ganz sicher nicht des Hühnchens wegen, sagte Zoe sich. Laticia hatte fünf große Stücke davon gegessen, sowie Kartoffelpüree, Sauce und drei Maiskolben. Sie habe kaum noch

Raum für das Dessert, hatte sie erklärt, aber es dann trotzdem geschafft, noch zwei Portionen zu verdrücken.

»Ist Ihnen nicht gut, Miss Wiseman?«

»Mir schon.« Die Matrone rülpste. »Ich bin in meinem ganzen Leben noch nicht krank gewesen. Aber Abraham – er ist empfindlich.«

»Vielleicht hätte er gern einen Kamillentee, um seinen Magen zu beruhigen.«

Laticia hob eine knochige Hand. »Ich kümmere mich um Abraham. Ich will nicht, daß Sie so viel Aufhebens um ihn machen.«

Zoe lächelte im stillen. Abraham war nicht krank; er schindete nur Zeit, der Gute. Aber der arme Lawrence Willis ... Zoe fragte sich, ob er je wieder mit ihr reden würde.

Abraham kam kurz darauf, um Laticia abzuholen. Als sie fort und die Kinder alle im Bett waren, nahm Zoe ihren Nähkorb und ging ins Wohnzimmer, wo sie das Grammophon anstellte. Die Musik stimmte sie traurig, gab ihr aber auch das Gefühl, Cade nahe zu sein. Sie hatten zu diesem Lied getanzt.

Immer wieder ging ihr Blick zum dunklen Fenster. Wo war er? Hatte Laticia recht? War er fortgeritten, um nie wieder zurückzukehren?

Nachdem sie sämtliche Socken in ihrem Korb gestopft hatte, stellte sie ihn fort und schaute zum hundertsten Mal an diesem Abend auf die Uhr. Zwei Uhr morgens. Sie ging zum Fenster und zog den Vorhang beiseite. Es war hell draußen durch den Vollmond.

Das Hufgetrappel eines Pferds ließ sie aufhorchen, und sie lief zur Hintertür. »Cade? Bist du das?«

Die reiterlose Maddy blieb unter der Eiche stehen, um zu grasen, und Zoe schaute sich verwundert um. Niemand war zu sehen außer Maddy. *Bitte nicht. Nicht Cade, nicht jetzt.* Shelby sagte, er sei hinter der Nelson-Bande her.

O Cade, du Narr. Warum bist du allein geritten? Ein Schluchzen stieg in ihrer Kehle auf.

»Zoe?«

Erschrocken drehte sie sich um. »Holly – wieso bist du aufgestanden?«

Das Mädchen rieb sich die Augen, als Zoe sie ins Wohnzimmer führte und sie auf das Sofa setzte. Sie wollte nicht, daß das Kind Cades Stute sah. Hollys Blick glitt zu dem Bettzeug in der Zimmerecke. Cades.

»Schläft Onkel Cade heute abend im Gefängnis? Ist er deshalb nicht nach Hause gekommen?«

Zoe wollte Holly nicht belügen, aber sie konnte sie auch nicht noch mehr beunruhigen, als sie es ohnehin schon war. »Nein, Seth bleibt dort, damit ich bei euch sein kann. Onkel Cade hat Pops Vertretung übernommen.«

Hollys Augen fielen zu. »Kommt er bald?«

Zoes Blick glitt zum Fenster. »Ja, bestimmt.«

»Ich kann nicht schlafen«, sagte Will, der ebenfalls hereingekommen war. »Es ist zu laut.«

Zoe klopfte auf das Sofakissen. »Komm her.«

»Brody schnarcht«, murmelte Will, als er sich zu ihnen setzte.

»Brody schnarcht immer. Warum stört dich das heute?« fragte Holly und schob ihren Bruder von sich ab.

Zoe streckte die Hand aus und zog Will auf ihre andere Seite. Als sie die beiden Kinder an sich drückte, dachte sie darüber nach, was geschehen würde, falls Cade heute abend nicht zurückkehrte. Laticia würde die Kinder mitnehmen, und sie hatte keine Möglichkeit, es zu verhindern, weil sie nicht einmal verwandt mit ihnen war. *O Cade! Wie konntest du mir das antun?* Unwillkürlich zog sie Holly und Will noch fester an sich. Sie würde sie nicht gehen lassen. Eher würde sie mit ihnen fliehen, bevor sie sie Laticia Wiseman überließ – so schnell und weit sie konnte, und dann würde sie Cade suchen und ... *was?* Nichts. Wenn Cade nicht zurückkam, gab es überhaupt nichts, was sie tun konnte. Die Kinder würden für immer für sie verloren sein.

Brody erschien gähnend in der Tür. »Ist es schon Morgen?«

»Nein. Geh wieder schlafen«, brummte Will.

»Ich kann auch auf sein, wenn du es kannst.«

»Komm her und setz dich, Brody«, sagte Zoe. »Ich hole uns ein paar Plätzchen. Ich glaube, wir alle können jetzt etwas zum Naschen brauchen.«

Holly hob den Kopf und blinzelte sie verschlafen an. »Jetzt? Mitten in der Nacht?«

Brodys Augen leuchteten. »Ehrlich?«

»Ehrlich.« Addy mochte sich vielleicht im Grab umdrehen, aber ein paar Süßigkeiten mitten in der Nacht waren immer noch besser, als vor Angst zu sterben.

Zoe kehrte mit den Plätzchen zurück, als Missy gerade mit Buds Glas hereinkam. »Bud fürchtet sich.«

Zoe lächelte. »Wovor sollte er sich fürchten?«

»Er will, daß Onkel Cade ihn beschützt.«

»Wovor?«

»Vor Tante Laticia.«

Zoe streckte die Arme aus und zog Missy auf ihren Schoß. »Ich glaube, wir sollten uns einmal über Tante Laticia unterhalten.« Missy schmiegte sich an Zoe, und Holly und Will rückten näher. »Sie ist nicht hier, um euch etwas zu tun, und sie würde auch Bud nichts antun – ihm schon gar nicht.«

»Wo ist Onkel Cade? Ich will Onkel Cade.«

»Psst – hier, nimm ein Plätzchen. Laßt uns eine Party feiern und an glücklichere Dinge denken.«

»Onkel Cade macht mich glücklich.«

Lächelnd umarmte Zoe sie. Hoffentlich hatte er eine gute Ausrede parat, wenn er kam – eine *verdammt* gute. Wieder glitt ihr Blick zum Fenster, und sie biß sich auf die Lippen. *Wo bist du, Cade?*

Die Uhr schlug vier. Von ihrem Platz am Küchentisch schaute Zoe zum Wohnzimmer hinüber und stellte erleichtert fest, daß alle vier Kinder auf dem Sofa eingeschlafen waren. Auch sie war todmüde, und ihr war übel vor Sorge. Ihr Kopf schmerzte, und ihre Augen brannten. Wie hatte sie nur denken können, Cade habe sich geändert? Wußte sie es nicht besser, als sich auf seine Unterstützung zu verlassen? Genügte es ihr denn nicht, daß er sie schon einmal schwer enttäuscht hatte?

Sie ließ die Schultern hängen und schlug die Hände vors Gesicht. *Bitte komm zurück, Cade.*

Hilfe. Sie brauchte Hilfe. Von wem? Pop? Nein, er nützte ihr nichts mit seinem gebrochenen Bein. Abraham? Ja, sie würde sich von Abraham zu der Stelle fahren lassen wo Shelby den toten Bullen gefunden hatte. Aber wo war das? Sie erinnerte sich nicht mehr, was Glori-Lee dazu gesagt hatte.

Ihren Schal ergreifend, verließ sie das Haus und lief rasch zum Mietstall, um Abraham zu wecken, und eilte dann zum Restaurant. »Glori-Lee!« rief sie, während sie an die Tür pochte. Sie wußte, daß Glori-Lee um diese Zeit auf war, um ihr Brot zu backen.

Die Restaurantbesitzerin kam in ihrem Morgenrock zur Tür. »Was in aller …«

»Hat Cade gesagt, wohin er wollte?«

Glori-Lee überlegte kurz. »Er sagte nur, daß er zu Shelbys Farm wolle und danach zu Herschels.«

»Die Kinder waren fast die ganze Nacht auf, sie werden also sicher lange schlafen. Könntest du später mal kurz nach ihnen sehen?«

»Du kannst nicht um diese Zeit allein hinausfahren. Hol Walt oder Ben …«

»Das dauert zu lange. Abraham fährt mich.«

»In Laticia Wisemans Kutsche? Bist du verrückt?«

»Ich hoffe, zurück zu sein, bevor sie etwas merkt.«

»Das hoffe ich auch – die ganze Stadt kann es nur hoffen«, betonte Glori-Lee.

Fünf Minuten später hielt Abraham vor dem Café, und Zoe stieg rasch ein und erklärte ihm, wohin sie wollte.

»Haben Sie eine Pistole mitgebracht, Mrs. Bradshaw, falls es Ärger geben sollte?« fragte er.

»Nein, Abraham, ich fürchte mich vor Pistolen.«

»Ich auch – vor allem, wenn ich am falschen Ende stehe.« Er zog einen kleinen Derringer aus seiner Jackentasche und legte ihn zwischen sie auf den Wagensitz. »Nur zur Vorsicht, Mrs. Bradshaw«, sagte er beruhigend.

Als sie am Stadtrand an Sawyer vorbeikamen, rief Zoe: »Waren Sie die ganze Nacht hier?«

Sawyer straffte sich und deutete auf sein Abzeichen. »Das ist meine Aufgabe.«

»Ist Cade hier vorbeigekommen, als er gestern fortritt?«

»Klar – er sagte, sie hätten Herschels Bullen aufgefunden. Tot.«

»Danke!«

Der helle Mond warf unheimliche Schatten auf die Straße. Das dichte Gestrüpp und Unterholz bot die perfekte Deckung für Banditen. Zoe merkte, daß sie unwillkürlich die Hand auf die Pistole legte, ›nur zur Vorsicht‹. Sie waren schon etwa zwei Meilen gefahren, als Zoe plötzlich Abrahams Arm ergriff.

»Fahren Sie langsamer!« Sie zeigte auf etwas vor ihnen. »Da ist etwas – dort vorn am Straßenrand!«

Abraham kniff die Augen zusammen. »Ja, es ist ... O Gott, es sieht aus wie eine Leiche, Mrs. Bradshaw!«

Zoe war aus dem Wagen, bevor er anhielt. Sie rannte so schnell, daß ihre Lungen von der Anstrengung zu bersten drohten. Noch bevor sie Cade erreichte, hatte sie ihn schon erkannt. Aber als ein scharfer Schmerz ihr Herz zerriß, sagte sie sich, daß er es ausschließlich sich selber zuzuschreiben hatte, falls jemand ihn ermordet hatte. *Sie* kümmerte das nicht!

Schluchzend fiel sie vor ihm auf die Knie. »Bitte nicht …« Wem versuchte sie etwas vorzumachen? Sie hätte ihr Leben für ihn dahingegeben. Rasch öffnete sie den Kragen seines Hemds und seufzte vor Erleichterung, als sie seinen starken Puls an ihren Fingerspitzen spürte. »Abraham, komm schnell. Er lebt!«

Unter Aufbietung all ihrer Kraft gelang es ihr, Cade in eine sitzende Stellung aufzurichten. »Kannst du mich hören, Cade?« Sie klopfte auf seine Wange. »Cade!«

Seine Augenlider flatterten. »Red? Ich bin so müde.« Er lehnte sich an ihre Brust. »Maddy ist mir davongelaufen …«

»Ich weiß.« Zoe strich ihm das Haar aus der Stirn und spürte seine Hitze. Furcht schnürte ihr die Kehle zu, als sie wisperte: »Du hast hohes Fieber, Cade.« Zitternd wandte sie sich zu Abrahm um, als er herbeigelaufen kam. »Beeil dich, Abraham! Wir müssen ihn in den Wagen bringen. Er hat das Fieber!«

13

»Ich kann es nicht fassen, daß du ganz allein hinausgeritten bist.« Zoe kühlte Cades Stirn mit einem feuchten Tuch und deckte ihn behutsam zu auf der Matratze, die sie neben die anderen im Sheriffbüro gelegt hatte. »Pop war ganz krank vor Sorge um dich. Ich werde ihm sagen, daß wir dich gefunden haben.«

Cade öffnete ein Auge und stöhnte. »Warst du auch beunruhigt?«

»Nur wegen der Kinder.«

»Es freut mich, daß du dir Sorgen um mich machst.« Cade ergriff ihr Handgelenk, als sich sein Gesicht vor Schmerz verkrampfte. »Kannst du etwas tun gegen die Kopfschmerzen?«

»Leider nicht. Bleib still liegen.«

»Bitte, Zoe. Ich sterbe.«

»Ich kann wirklich nicht viel tun. Du hast die gleichen Symptome wie die anderen.« Sie zog die Decke bis unter sein Kinn. »Ruh dich aus. Ich verstehe nicht, wie du so weit gekommen bist mit diesem Fieber.«

Er zog die Decke bis über den Kopf. »Verdammt ... meine Augen schmerzen ... das Licht tut weh.«

»Psst. Schlaf jetzt.«

Sie sah noch nach den anderen Patienten und stellte fest, daß alle friedlich schliefen. Sie hätte ein Königreich dafür gegeben, so zu schlafen. Jetzt, wo auch noch Cade krank war, wann würde sie überhaupt je wieder Zeit zum Schlafen finden?

Sie haßte sich selbst dafür, daß sie das Schlimmste von ihm dachte, obwohl sie wußte, daß die Idee, sich einfach aus dem Staub zu machen, ihm von Tag zu Tag verlockender erscheinen mußte. Wenn *sie* schon daran dachte, dachte *er* bestimmt daran. Versonnen schaute sie ihn an. Er war so krank und anfällig – überhaupt nicht mehr der große, starke Kopfgeldjäger, sondern nur noch ein kranker, schwacher Mann. Zum ersten Mal in seinem Leben brauchte er sie, und so sehr der Gedanke sie auch irritierte, wußte sie doch, daß auch sie ihn brauchte.

Als sie das Gefängnis verließ, begegnete sie Pop, der, sich schwer auf seine Krücken stützend, draußen vor der Tür stand. Sawyer klärte ihn gerade über die Anzahl der Besucher auf, die er daran gehindert hatte, in die Stadt zu kommen. »Mindestens fünfzig waren es.«

Pop runzelte die Stirn. »Sawyer, im ganzen County leben keine fünfzig Leute. Du kannst nicht zählen.«

Sawyer spuckte aus und wandte sich, vor sich hin murmelnd, zum Gehen. »Wenn ich nicht wäre, hätten inzwischen alle schon das gottverdammte Fieber.« Über die Schulter schrie er: »Ich habe jetzt das Glaubhaftigkeits-Ding! Die Leute müssen auf mich hören!«

»Du hast was?« rief Pop.

Zoe lächelte. »Ich glaube, er meint ›Glaubwürdigkeit‹, Pop. Cade hat ihm ein Abzeichen gemacht.«

Pop seufzte. »Das könnte riskant werden. Sawyer ist ein bißchen von der Rolle. Er hat zu viele Schläge auf den Kopf erhalten, als er Boxer war.«

»Er war uns trotzdem eine große Hilfe, selbst wenn er ein bißchen zu despotisch ist.« Zoe setzte sich auf die neue Bank, die der Bürgermeister gestiftet hatte, und bedeutete Pop, sich zu ihr zu gesellen. »Schade, daß er keine Boxhandschuhe trug, als Laticia Wiseman kam. Er hatte einen ziemlichen Zusammenstoß mit ihr.«

»Wer hat das nicht?« versetzte Pop, während er sich

setzte und vorsichtig sein verletztes Bein ausstreckte. »Die Frau mag es ja gut meinen, aber sie kann selbst die Geduldigsten von uns auf die Palme bringen.«

Den Kopf zurücklehnend, schloß Zoe ihre Augen. »Sie wird die Kinder mit zu sich nach Hause nehmen.«

»Wann?«

»Sie sagte, heute morgen, falls Abraham sich besser fühlt.«

Pop beugte sich vor. »Abraham ist krank?«

»Ich glaube nicht. Meiner Ansicht nach versucht er nur, Zeit zu gewinnen, damit ich mir etwas überlegen kann. Aber jetzt, wo auch Cade erkrankt ist ...«

»Was sagt Cade dazu, daß Laticia die Kinder will?«

»Er hat nicht vor, sie ihr zu geben, und deshalb werde ich versuchen müssen, sie zu bremsen, bis er wieder auf den Beinen ist«, erklärte Zoe.

»Nun, dann viel Glück.« Pop rieb sich das Kinn. »Laticia ist eine sehr energische Frau.«

»Ich weiß nicht, was ich heute morgen ohne Abraham getan hätte. Er hat mir geholfen, Cade zu suchen.«

Pop erhob sich von der Bank und schob die Krücken unter seine Arme. »Ich glaube, ich werde ihn mal besuchen – um zu sehen, ob er etwas braucht.«

»Darüber freut er sich bestimmt. Er könnte eine Pause von den Kindern brauchen. Sie sind schon wieder dort und stören ihn.«

Pop lachte. »Diese Kinder sind viel zu artig, um zu stören.«

Zoe lächelte. »Sag ihnen, daß sie zu Glori-Lee zum Abendessen gehen sollen. Sie wollte sie versorgen.«

Pop hob grüßend seine Krücke und humpelte davon.

Später am jenem Tag flog die Tür des Sheriffbüros auf, und Zoe ließ vor Schreck beinahe die Suppe fallen, die sie Ida gerade gab.

»Doc!« Sie haben mich erschreckt!« Sie stand auf, als sie seine ärgerliche Miene sah und die dicken roten Pusteln, die sein Gesicht verunzierten. »Sind Sie in Ordnung, Doc?«

»Himmeldonnerwetter, nein! Sehen Sie mich an. Sehen Sie sich diese Dinger an!« Anklagend deutete er auf sein Gesicht. »Wissen Sie, was das ist?«

»Eine allergische Reaktion auf Ednas Seife?«

»Masern!«

Zoe starrte ihn offenen Mundes an, als ihr die Bedeutung seiner Worte dämmerte. »Masern?«

»*Masern.* Wir alle haben *Masern.*«

Die Erleichterung, die sie durchflutete, nahm ihr alle Kraft aus ihren Knien. Kopfschüttelnd ließ sie sich auf den nächsten Stuhl fallen und begann zu lachen. »Masern! Sie alle haben *Masern*!« Das bedeutete, daß auch Cade vermutlich nur die Masern hatte und nicht das Fieber. Sie war vollkommen aus der Fassung über die guten Neuigkeiten und konnte nicht aufhören, zu lachen.

»Das finde ich überhaupt nicht komisch«, belehrte der Arzt sie streng. »Nun ja, ein bißchen vielleicht – obwohl Masern bei Erwachsenen eine ziemlich ernsthafte Erkrankung sind.«

Bonnie hob den Kopf vom Kissen. »Mein Jimmy hatte sie vor ein paar Wochen. Er war nicht sehr krank – ich habe mir nicht viel dabei gedacht.«

Der Doktor setzte sich auf einen Stuhl. »Nachdem John und Addy am Fieber gestorben waren, nahmen wir natürlich alle an, das wäre es.«

Bruce richtete sich auf seinem Lager auf und blinzelte verschlafen. »Aber Ida hatte so hohes Fieber, daß sie nicht mehr wußte, was sie sagte.«

Der Arzt nickte. »Wie schon gesagt – Erwachsene trifft

es härter. Bei einigen ist es schlimmer als bei anderen.« Er schaute sich im Zimmer um. »Ist das dort drüben Cade?«

Zoe nickte grinsend. »Er erkrankte heute morgen. Ich wollte gerade jemanden zu ihnen schicken, um noch mehr Chinin zu holen.«

»Das ist jetzt nicht mehr nötig«, sagte Doc. »Das Fieber wird von selbst vergehen.«

»Aber warum habe ich die Masern nicht bekommen – und auch Seth nicht? Er war so oft bei Bonnie ...«

»Sie hatten sie wahrscheinlich schon als Kinder und sind immun dagegen«, erläuterte der Arzt. »Und falls Sie alle sich jetzt dazu in der Lage fühlen, können Sie ruhig heimfahren, um sich dort in Ruhe zu erholen.«

»Na, Gott sei Dank«, sage Bonnie und stand auf, um ihre Sachen einzusammeln.

Als Cade aufstehen wollte, hielt Zoe ihn zurück. »Alle außer dir«, informierte sie ihn. »Du wirst hierbleiben, solange du noch Fieber hast.«

Pop fand Abraham im Mietstall, wo er die Kinder damit beschäftigte, das Leder an Laticias Kutsche zu polieren.

»Dieses Ding sieht aus wie neu, Abraham«, sagte Pop anerkennend.

»Danke, Sheriff. Miss Laticia ist sehr eigen mit ihrer Kutsche.«

»Darf ich mich einen Moment zu Ihnen setzen?«

Abraham beeilte sich, eine Kiste heranzuziehen. »Hier. Machen Sie es sich bequem.«

Holly half Pop, sich hinzusetzen, als Brody ihm die Krücken abnahm, ein Bein hochhob und versuchte, auf ihnen zu gehen. Er landete mit dem Gesicht im Heu.

»Vorsicht, Junge«, sagte Pop und lachte.

»Wie machen Sie es nur?« fragte Brody, als er sich wieder aufgerappelt hatte.

»Ich hoffe nur, daß du es nie zu lernen brauchst«, versetzte Pop.

Holly nahm Brody die Krücken ab und gab sie Pop. »Nehmen Sie sie lieber, bevor Brody sie zerbricht.«

Missy hüpfte auf einem Fuß herbei. »Darf ich es mal versuchen?«

Pop zog sie auf den Schoß. »Diese Krücken sind viel zu lang für dich.« Unauffällig nahm er eine Pfefferminzstange aus der Tasche und tat, als zöge er sie hinter Missys Ohr hervor. »Sieh mal, was ich gefunden habe – das muß dir gehören.«

Will zupfte an seinem Ohr. »Habe ich auch eine?«

Pop winkte ihn zu sich heran. »Ich wette, daß da eine ist.« Wie durch Zauberhand erschien auch eine hinter seinem Ohr, und dann warf Pop Holly und Brody jeweils eine zu. »Hebt sie aber lieber auf, bis ihr bei Glori-Lee gegessen habt, sonst kriegen wir alle Ärger mit Zoe. Geht jetzt – Glori-Lee erwartet euch schon.«

Die Kinder steckten das Pfefferminz ein und liefen über die Straße zum Café.

Pop wandte sich jetzt Abraham zu. »Zoe hat die Kinder gut erzogen.«

»Ja, Mrs. Bradshaw ist eine feine Frau ... eine wirklich feine Dame.«

»Sie würde die Kinder gern behalten.«

»Ja, das weiß ich.« Abraham spuckte auf seinen Lappen und rieb über einen Schmutzfleck auf dem Sitz des Wagens.

»Ich hörte, daß Laticia vorhat, sie mit heimzunehmen.«

»Ja, das weiß ich auch.« Abraham klatschte den Lappen gegen die Radspeichen.

»Wie denken Sie darüber?«

»Ich glaube nicht, daß es eine Rolle spielt, was ich dazu zu sagen habe, Sheriff.«

Pop lächelte. »So? Da bin ich anderer Ansicht. Ich weiß, daß Laticia in vielen Dingen auf Sie hört, Abraham.«

Der große Schwarze grinste. »So wie ich es sehe, brauchen die Kinder eine Mutter und einen Vater. Miss Laticia ist zu alt, um sich noch einen Mann zu suchen, aber Mrs. Bradshaw …« Er verdrehte seine dunklen Augen. »Sie ist überhaupt noch nicht zu alt dazu.«

»Was wollen Sie damit sagen? Daß Laticia, wenn Zoe verheiratet wäre, sie die Kinder vielleicht adoptieren lassen würde?«

»Schon möglich – wenn es der richtige Mann wäre.«

Pop strich nachdenklich seinen Schnurrbart glatt. »Hm … Wissen Sie, das ist gut möglich, Abraham. Perry Drake interessiert sich seit geraumer Zeit für Zoe. Er wäre doch bestimmt ein guter …«

»Ich sagte, es müßte der *richtige* sein. Miss Laticia würde nicht *irgendeinen* Mann als Vater der Kinder ihres Neffen akzeptieren.«

»Was könnte sie denn schon an Perry auszusetzen haben? Er ist Bankdirektor; es würde ihnen an nichts fehlen …«

»Klar, Sheriff, aber Mr. Drake ist nur einer von vielen. Er ist kein Blutsverwandter.«

»Wer dann? Cade?«

Abraham hielt inne und begann langsam im Kreis zu wischen. »Nun, er wäre *nicht* nur irgendeiner, oder?«

Pop schüttelte den Kopf. »Zoe würde ihn nicht nehmen. Sie macht kein Hehl daraus, daß sie nichts mehr von ihm wissen will. Sie streiten sich andauernd …«

Abraham lachte. »Ja, genau wie Eheleute.«

»Sie will die Kinder … er will sie nicht allein aufziehen …« Pop brach ab und überlegte. »Aber würden sie einander heiraten, wäre das Problem gelöst.« Er schlug sich auf die Knie. »Abraham! Bei Gott, das ist es!«

Abraham schüttelte seinen Lappen aus. »Ich wußte ja, daß ein kluger Mann wie Sie eine Lösung finden würde.«

Pop ergriff Abrahams Arm und zog sich daran auf die

Beine. »Geben Sie mir meine Krücken, guter Mann. Ich muß eine Stadtratsversammlung einberufen.«

Abraham schaute auf. »Sofort?«

»Auf der Stelle«, meinte Pop. »Je eher, desto besser.«

Abraham nahm seine Arbeit wieder auf. »Wenn eins der Wagenräder brechen würde, brauchte ich eine Weile, um es zu reparieren.« Er hielt inne und kratzte sich den Kopf. »Ich brauchte mindestens ... na ja, vier bis fünf Stunden würde es schon dauern, so ein Rad zu reparieren.«

»Wenn eines der Räder brechen würde?« sagte Pop versonnen. »Das wäre wirklich schade – denn dann müßte Laticia ja ihre Heimfahrt noch einmal verschieben.«

»Allerdings, Sheriff. Das müßte sie.« Er grinste.

»Nun, Abraham, dann sollten sie am besten gleich zu Miss Laticia gehen und ihr sagen, daß ihr Wagenrad gebrochen ist.«

»Ja, Sir, das werde ich. Sie wird nicht begeistert sein, aber das ist leider nicht zu ändern. So etwas kann vorkommen.«

Pop lachte, als er Abrahams tugendhaftes Lächeln sah. »Wir sehen uns später. Ich muß jetzt die Versammlung einberufen.«

»Nun beruhigt euch doch! Ich möchte Ruhe hier im Saal!« Pop schlug mit seinem Hammer auf den Tisch und warf Edna Mews einen warnenden Blick zu. »Edna, kannst du diese blöden Rezepte nicht später mit May austauschen?«

»Nein das kann ich nicht! Ich will heute abend Schweinekoteletts braten«, beschwerte Edna sich.

»Walt wird schon nicht sterben, wenn er die Koteletts erst morgen abend kriegt. Setzt euch bitte alle!«

Stühle scharrten geräuschvoll über den Holzboden, als die Einwohner von Winterborn ihre Plätze einnahmen. Der Konferenzraum des Bürgermeisteramts war bis an den Rand gefüllt; alle hatten stehen- und liegengelassen, was sie gerade taten, um der Versammlung beizuwohnen.

»Ich hoffe bloß, daß du nicht unsere Zeit verschwendest«, bemerkte Frank Lovell.

Sam Pritchard nahm seinen Arm. »Setz dich, Frank. Du hast sowieso nichts anderes zu tun. Und zumindest hast du keine Gicht.«

»Hör mir auf mit deiner gottverdammten Gicht, Sam«, knurrte Frank.

»Also.« Pop legte den Hammer beiseite, als Stille eintrat. »Ich habe Neuigkeiten.«

Glori-Lee stand auf. »Was für Neuigkeiten?«

»Wir haben nicht das Fieber in der Stadt, sondern die Masern.«

Ein verblüfftes Schweigen breitete sich in der Menge aus. »Bist du sicher?« fragte Walt Mews.

Pop nickte. »Der Doc hat sie, genau wie Ida, Bruce, Bonnie, Clyde Abbott und sein Junge, Saul und Belle und jetzt auch Cade.«

»Ich will verdammt sein!« Roy Baker brach in schallendes Gelächter aus, in das die anderen erleichtert einstimmten.

»Seths jüngster Sohn muß sie vor ein paar Wochen auch gehabt haben«, sagte Pop. »Mit ihm hat die Epidemie begonnen.«

Edna stand auf. »Seth und Bonnie bringen die Kleinen immer zu den samstäglichen Tanzabenden mit. Dort müssen die anderen sich dann angesteckt haben.«

»Ja, so wird es wohl gewesen sein«, stimmte Pop zu.

»Aber kann man so krank von Masern werden?« fragte May Wilks.

»Der Doc sagte, bei Erwachsenen wäre es schlimmer als bei Kindern.« Pop kratzte sich am Kopf. »Die Patienten sind wieder zu Hause, aber ich würde vorschlagen, daß alle, die noch keine Masern hatten, sich noch eine Zeitlang von den Kranken fernhalten.«

»Werden die Tanzabende wieder beginnen, jetzt, wo wir wissen, daß es nicht das Fieber ist?« wollte Harry Miller wissen.

Pop bedachte ihn mit einem ärgerlichen Blick. »Wir haben wichtigere Dinge zu besprechen, Harry.«

»Und die wären?«

»Laticia Wiseman.«

Schweigen fiel über den Raum. Sawyer erhob sich. »Diese Hexe? Die tut doch nichts anderes, als mit ihrem Stock herumzufuchteln und die Leute zu belästigen. Ich wäre nur zu gern bereit, diese alte Zicke persönlich aus der Stadt zu jagen.« Sawyer rieb sich die Schultern. »Ich bin ihr nämlich noch was schuldig.«

»Das wird nicht nötig sein«, erklärte Pop. »Ich habe einen Plan.« Er winkte Abraham aufs Podium. »Kommen Sie zu mir.«

Abraham trat zurück. »Nein, Sir. Ich habe nichts zu sagen.«

»Sie haben sogar sehr viel zu sagen. Nun kommen Sie schon. Wir wollen doch keine Zeit verschwenden.«

Abraham stieg seufzend auf das Podium.

»Erzählen Sie den Leuten, was wir beide heute abend besprochen haben«, forderte Pop ihn auf.

»Ich glaube nicht …«

»Abraham glaubt, daß Laticia möglicherweise davon absehen würde, die Kinder mitzunehmen, falls Zoe Bradshaw heiratet.«

»Heiraten? Wen?« rief Woodall Thompson und schaute auf die Uhr.

Abraham flüsterte mit gesenktem Kopf: »Miss Laticia wird mich umbringen, wenn sie erfährt, daß ich über sie geredet habe.«

»Sie wird nichts davon erfahren«, versprach Pop. »Und

Sie sprechen ja nicht schlecht über Sie. Sie tun ihr und dieser Stadt nur einen Gefallen.«

Abraham nickte. »Ja, Sir, ich habe dabei nur Miss Laticias Wohl im Sinn. Sie ist ein guter Mensch.«

Im Hintergrund des Raums erhob sich Shelby Moore. »Was ist der Zweck dieser Versammlung, Pop? Nun reden Sie schon. Ich muß nach Hause und die Kühe melken, bevor es dunkel wird.«

»Beruhigen Sie sich, Shelby. Es geht um Folgendes: Sie wissen, was in den letzten Tagen geschehen ist. Addy und John sind gestorben, und Cade ist zurückgekommen.«

Die Tür ging auf, und Seth Brighton kam herein.

»Setzen Sie sich, Seth. Ich wollte gerade von Ihnen sprechen«, sagte Pop.

Stirnrunzelnd nahm Seth bei Shelby Platz.

»Wie bereits gesagt – Cade und Zoe streiten nun schon tagelang darüber, wer die Kinder nehmen wird.«

»Ich dachte, Addy hätte Cade diese Entscheidung überlassen«, rief Glori-Lee.

»Das hat sie auch«, gab Pop zu. »Aber Zoe will die Kleinen.«

»Meine Frau und ich werden sie adoptieren«, wandte Seth ein.

»Warum sollte Zoe sie haben wollen? Sie ist eine alleinstehende Frau«, gab Hank Farnsworth zu bedenken.

Empört sprang Gracie auf. »Weil sie diese Kinder liebt, als ob sie ihr eigen Fleisch und Blut wären! Wer könnte besser für sie sorgen? Ich verstehe sowieso nicht, warum Addy ihr nicht gleich die Kinder überlassen hat.«

»Warum sollte sie? Cade ist ihr Onkel«, warf Walt ein.

»Cade kennt die Kinder nicht«, hielt Willa Baker dagegen. »Er hat sie in all den Jahren nicht einmal besucht. Warum sollte *er* über ihr Wohl entscheiden?«

Pop hob die Hand. »Das ist ja das Problem, Freunde. Wir können nicht die ganze Nacht darüber diskutieren, wer sie haben sollte und wer nicht. Keiner in diesem Raum würde bestreiten, daß das Sorgerecht für diese Kinder sowohl Zoe wie auch Cade zusteht – aber jetzt hat noch jemand seinen Anspruch angemeldet.«

»Wer?«

»Laticia Wiseman. Auch sie verlangt die Kinder.«

Die Frauen reagierten sehr erschrocken.

»Was nur ihr gutes Recht ist«, mischte Perry Drake sich ein. »Miss Wiseman ist außer Cade die einzige noch lebende Verwandte. Warum sollte sie nicht das Sorgerecht für ihre Großneffen beanspruchen?«

»Laticia ist zu alt, um vier kleine Kinder aufzuziehen!« erklärte Gracie. »Und die Kinder fürchten sich vor ihr. Ich habe selbst gesehen, wie sie sich vor ihr verstecken und zittern, wenn sie in ihre Nähe kommt.«

Pop nickte. »Sag *ihr* das. Sie will die Kinder mitnehmen. Und wenn Cade nicht die Verantwortung für seine Neffen übernimmt, wird sie es tun.«

Roy Baker schüttelte den Kopf. »Wie könnte Cade das? Er ist ständig unterwegs – er kann nicht für vier Kinder sorgen.«

»Wäre es nicht besser, wenn sie von Verwandten aufgezogen würden?« beharrte Perry. »Laticia kann Personal einstellen. Sie hat das Geld dazu.«

Seth erhob sich. »Bonnie und ich nehmen die Kinder. Bonnie wird in ein paar Tagen wieder auf den Beinen sein, und in einer Woche habe ich das neue Zimmer fertig. Was soll also das ganze Gerede?«

Pop bat um Ruhe, als eine lautstarke Debatte ihren Anfang nahm. »Freunde!« Er schaute Seth an. »Keiner von uns hier bestreitet, daß ihr Addys Kindern gute Eltern wärt, aber wer von uns denkt nicht, daß Cade und Zoe die geeignetsten Personen wären, um sie aufzuziehen? Gott weiß, daß die Kinder die beiden genauso lieben, wie sie ihre eigenen Eltern liebten.«

Schweigen legte sich über den Raum. Die Leute starrten Pop an.

Er nickte Abraham zu. »Abraham?«

Nachdem er sich geräuspert hatte, sagte der alte Mann leise: »Ich weiß, daß es mich nichts angeht, aber ich stimme mit dem Sheriff überein, daß es nur eine Lösung gibt. Miss Laticia wird nicht nachgeben, das können Sie mir glauben. Sie wird nicht zulassen, daß Mr. Kolby ihr eigen Fleisch und Blut weggibt. Niemals. Aber der Sheriff hatte eine ausgezeichnete Idee. Falls es eine Möglichkeit gäbe, Mr. Kolby und Mrs. Bradshaw dazu zu bringen, daß sie heiraten – nun, dann bestünde nicht der geringste Zweifel mehr, wer die Kinder kriegt.«

Die Stadtbewohner schwiegen ehrfürchtig.

»Natürlich wird es nicht leicht sein ...«, Abraham lachte, »... diese zwei vor den Altar zu bringen.«

»Das ist ja lächerlich!« Perry sprang auf. »Zoe sollte nicht gezwungen werden, eine Ehe einzugehen.«

Pop winkte ab. »Setz dich, Perry. Wir alle wissen, daß du dich für sie interessierst, aber diese Stadt ist wie eine Familie, und die Umstände erfordern, daß wir unsere eigenen Interessen zurückstellen und ausschließlich an das Wohl der Kinder denken.«

»Dann werde ich meine Pläne in die Tat umsetzen und Zoe heiraten.«

Pop stöhnte und hieb mit der Faust aufs Podium. »Bist du verwandt mit Addys Kindern?«

Perry runzelte die Stirn. »Nein. Natürlich nicht.«

Walt Mews räusperte sich. »Cade dazu zu bringen, daß er Zoe heiratet, erscheint mir ziemlich illusorisch. Wie sollen wir das erreichen? Diese beiden sind wie Öl und Wasser. Was ist, wenn sie merken, was wir vorhaben?«

»Es liegt an uns, dafür zu sorgen, daß sie nichts merken – zumindest nicht, bis sie verheiratet sind.«

»Sie sind beide erwachsene Menschen. Glaubst du wirklich, du könntest etwas derart Unwahrscheinliches bewirken?« knurrte Perry.

»Wir kriegen sie ja nicht einmal dazu, daß sie sich wie normale Menschen unterhalten«, sekundierte Sawyer.

Edna Mews erhob sich. »Ich würde mich freuen, wenn Zoe wieder verheiratet wäre. Seit Jim tot ist, hat sie es sehr schwer gehabt. Und Cade ist kein schlechter Mann – er hatte eine anständige Erziehung. Senda und Mac Kolby waren feine Leute. Aber angenommen, Cade und Zoe heiraten – würde das nicht alle möglichen dunkle Gestalten in diese Stadt locken?«

»Ganz sicher sogar!« rief Jake Bledso. »Und ich möchte mir keine Sorgen machen müssen, daß meine Kinder in eine Schießerei geraten könnten.«

Zustimmendes Gemurmel wurde laut.

»Ich habe nichts gegen Cade, er ist ein feiner Junge«, sagte Roy. »Aber Edna hat recht. Wir wollen keinen Ärger hier in Winterborn.«

Das Stimmengewirr wurde noch lauter.

»Ruhe!« rief Pop seine Mitbürger zur Ordnung. »Was ihr sagt, ist ja nicht unvernünftig. Und es gibt noch andere Probleme, an die ihr bisher nicht einmal denkt. Was ist mit Cade? Wenn wir ihn dazu bringen, Zoe zu heiraten, wäre er dann etwa nicht gefährdet?«

Das ernüchterte die Leute.

»Was ist mit seiner Sicherheit?« beharrte Pop. »Cade hat Feinde. Wir alle wissen, daß er ein guter Junge ist. Vielleicht gefällt uns seine Arbeit nicht, aber – Roy? Hast du schon vergessen, daß Cade dir, als du im Begriff warst, deine Farm und alles andere zu verlieren, durch Mac Geld schickte, um sie zu retten?«

Roy senkte den Kopf.

»Und du, Walt? Hast du vergessen, wie der Sturm das Schaufenster des Barbiersalons zerbrach und du nicht das

Geld hattest, es zu ersetzen? Wer schickte dir damals die fünfundzwanzig Dollar ein paar Tage später?«

»Cade«, gab Walt zu. »Addy hat ihn immer über alles hier auf dem laufenden gehalten.«

Pop schaute einen nach dem anderen an. »Keinem von uns gefällt die Art, wie Cade sein Geld verdient, aber wir haben keine Bedenken, es zu nehmen. May Wilks!«

Sie schaute auf.

»Was war, als deine Mutter sich die Hüfte brach und Cade dir das Geld schickte, um die Arztrechnungen zu bezahlen?«

Ralph Otis stand jetzt auf. »Oder als meine Kuh im Winter starb und meine Kinder keine Milch zu trinken hatten. Als Cade davon erfuhr, ließ er Mac eine Kuh kaufen und sie noch in derselben Woche zu mir bringen.«

Pop senkte die Stimme. »Das ist es, was ich sage. Cade ist einer von uns, und er braucht jetzt unsere Hilfe. Er weiß es bloß nicht. Wir alle wissen, daß er Addy liebte. Es muß sehr schwer sein für ihn, zu entscheiden, ob er bleiben oder gehen soll, wem er die Kinder geben oder ob er sie behalten soll. Wir sind seine Familie. *Wir* müssen ihm jetzt helfen.«

»Aber wie?« fragte Lucy Ellen Black.

»Ich habe einen Plan gefaßt.« Pop beschrieb ihnen kurz, was er sich ausgedacht hatte, und alle außer Perry und Jake Bledso nickten.

»Wenn wir einen solch verrückten Plan ausführen, dann müssen wir Cade auch beschützen«, warnte Walt.

Einige der Männer stimmten zu.

»Selbst ich kann sehr gut schießen, wenn es nötig ist«, rief May Wilks.

»Und ich schieße besser als jeder Mann in diesem Raum«, prahlte Lucy Ellen.

»Wir alle werden unser Bestes geben müssen«, sagte Pop mit ernster Miene. »Und es gibt keine Garantie dafür, daß wir es schaffen, aber wenn wir Laticia daran hindern wollen, die Kinder mitzunehmen, müssen wir jetzt handeln. Seth – ich weiß, daß du und deine Frau die Kinder wollt, aber Cade und Zoe zuliebe werdet ihr euch an unserem Vorhaben beteiligen müssen. Und ich glaube, du weißt selbst, daß Zoe ihnen eine gute Mutter sein wird.«

Seth nickte. »Bonnie wird enttäuscht sein, aber was du sagst, ist richtig. Zoe hat aufopfernd gesorgt für diese Kinder. Bonnie und ich wollen nur ihr Bestes.«

»Dann sind wir uns also einig«, erklärte Pop. »Ich werde sofort mit der Ausführung des Plans beginnen. Sobald das Fieber sinkt, werden bei Cade die Masern ausbrechen. Er wird kein hübscher Bräutigam sein, aber ich bezweifle, daß Zoe das bemerken wird.« Pop lachte. »Ich tue es den beiden wirklich nur sehr ungern an, aber wer weiß – vielleicht gefällt die Ehe ihnen ja. Seltsamere Dinge sind schon vorgekommen.«

»Das sind doch Hirngespinste!« protestierte Perry. »Cade besitzt gar nicht die nötige Charakterstärke, um hierzubleiben und ein guter Vater oder Ehemann zu sein. Es muß doch noch andere Möglichkeiten geben.«

»Es gibt keinen anderen Weg.« Pop beendete die Sitzung. »Ich habe noch eine Menge zu erledigen, bevor der Tag zu Ende ist.«

14

»Ich will keine Suppe! Ich will etwas zu *essen*«, verlangte Cade.

»Es ist keine Suppe, sondern Brühe!« Zoe atmete tief durch und zog das Laken unter seinem Körper fort. Mit einem Ruck landete er auf der Matratze und schaute ärgerlich zu Zoe auf.

»Brühe ist keine Suppe!« wiederholte sie. »Und hör auf, dich zu beschweren. Seit alle anderen heimgegangen sind, hast du die Pritsche und nicht irgendein unbequemes Lager auf dem Boden.«

»Brühe ist *Wasser,* schlimmer noch sogar als Suppe. Suppe hat wenigstens etwas drin – Fleisch, Kartoffeln und Gemüse. Ein Mann kann nicht von Wasser leben – oder in dieser miserablen Zelle.«

»*Wasser* ist alles, was du kriegst. Entweder trinkst du die Brühe, oder du mußt Hunger leiden.«

Cade setzte sich auf der Pritsche auf und nahm die Schale mit der Brühe. »Ich werde sie trinken und trotzdem Hunger leiden.«

Stirnrunzelnd probierte er. »Woher soll ich wissen, daß es nur die Masern sind?«

»Weil es Sinn ergibt. Du hast die Kranken gepflegt und warst draußen bei den Brightons. Hattest du als Kind die Masern?«

Er schüttelte den Kopf. »Nein, an so etwas Unangenehmes würde ich mich erinnern – und ich *weiß,* daß meine Ma mich nie hungern ließ.«

Zoe schüttelte ein Kissen auf. »Hör auf, dich zu beklagen, Cade.«

Er stellte die Schale mit der Brühe fort und legte sich zurück. »Ich will weg von hier.«

»Aus dem Gefängnis? Oder aus der Stadt?« Sie kannte die Antwort, auch ohne ihn zu fragen. Er wollte weg aus Winterborn – fort von den Masern, von Laticia Wiseman und von ihr. Sich aufrichtend, griff er wieder nach der Brühe. Nach einem weiteren Löffel verzog er das Gesicht.

»Es fehlt Salz.«

»Es ist *zuviel* Salz darin.«

»Du willst mich hier verhungern lassen.«

»Verhungern wäre viel zu langsam, zu human.« Sie hielt inne, als dächte sie sich etwas ganz besonders Böses aus, um ihn zu töten, beugte sich dann vor und wisperte: »Vielleicht hab ich die Brühe ja vergiftet ... oder sammle ein paar Giftpilze und gebe sie dir heute abend in dein Essen. Ja, das wäre noch besser. Eine Pilzvergiftung. Ein ziemlich unangenehmer Tod, aber du wirst in den nächsten Tagen ja sowieso nirgendwohin gehen. Du hast also Zeit, langsam und qualvoll zu sterben. Ja, ich muß einen Pilz suchen, der Schwindel, Übelkeit und heftiges Erbrechen verursacht. Und dann wirst du ins Delirium fallen und Halluzinationen haben, die Augen werden dir aus dem Kopf quellen und ...«

Cade gab es auf mit der Brühe und legte sich wieder hin. »Ich will ein Steak – ein großes, saftiges Steak mit viel Sauce und Kartoffeln.«

»Wollen wir das nicht alle?« Sie nahm das schmutzige Laken und verließ die Zelle.

»Gib mir noch ein Kissen«, rief er ihr nach.

»Hol es dir.«

»Komm schon, Zoe. Ich habe Kopfschmerzen.«

»Es liegt ein zweites Kissen neben dir.«

»Mein Wasser ist lauwarm. Ich möchte etwas Kühles. Mein Mund ist trocken.«

»Du hättest die Brühe trinken sollen.«

Zoe schaute auf, als jemand das Büro betrat. »Hi, Pop. Was macht dein Bein heute morgen?«

»Steif wie ein Schürhaken.« Pop hinkte zum Schreibtisch und ließ sich auf den Stuhl sinken. Dann schaute er sich um. »Ich habe diesen Ort vermißt.«

»Dann komm doch zurück.« Sie faltete eine Decke und legte sie über einen Stuhl. »Du hattest doch die Masern, oder nicht?«

»Als Kind.« Er schaute zu Cade hinüber. »Warum hast du ein Kissen über dem Gesicht?«

Seine Antwort klang erstickt. »Weil es mir schlechtgeht.«

Pop lachte. »Das klingt, als ob es ihm schon sehr viel besserginge.«

»Ja, denn er ist mürrisch wie ein alter Bär. Das Kissen hat er nur auf dem Gesicht, damit er mich nicht sehen muß.«

Zoe räumte auf und legte Decken und Kissen zusammen. »Gracie sagte, du hättest gestern abend eine Versammlung einberufen. Worum ging es?«

»Gracie hat dir nichts gesagt?«

»Nur, daß du den anderen mitgeteilt hast, es sei kein Fieber, sondern Masern.«

»Ja, das stimmt. Es war einfacher, die Leute zusammenzurufen, als jemanden von Haus zu Haus zu schicken.«

»Ich bin sicher, daß alle froh sind, daß es nicht das Fieber ist.« Sie trug die Decken an der Zelle vorbei und stapelte sie auf einem Regal daneben. »War sonst noch etwas?«

»Die Leute meuterten gegen Laticia. Sie wollen sie nicht hier haben. Du weißt ja, wie sie sein kann.«

Und ob Zoe das wußte. Laticia war in den vergangenen vierundzwanzig Stunden zweimal im Gefängnis gewesen und hatte Cade die Hölle heiß gemacht. Aber dank Gracies Gastfreundschaft und ihres unvergleichlich guten Rinderbratens fühlte sich Laticia wohl in ihrer Unterkunft und würde möglicherweise länger bleiben, als sie dort erwünscht war.

»Nun«, sagte Zoe, »in ein paar Tagen wird Cade wieder in der Lage sein, seine Verhandlungen mit Bonnie und Seth fortzusetzen.« Es war kein angenehmer, aber sehr realistischer Gedanke. Sie mußte der Wirklichkeit ins Auge sehen. Ohne die Kinder konnte sie das Geschäft verkaufen und vielleicht als Schneiderin für Mrs. Prescott arbeiten. Sie hatte sich bemüht, Jims Erbe zu bewahren, doch jetzt war sie zu müde, um den Kampf noch weiter fortzusetzen.

Die Tür ging auf, und Seth trat ein. Pop lächelte. »Morgen, Seth. Wie geht es Bonnie?«

Seth nahm den Hut ab. »Schon viel besser.«

»Bleibst du auf eine Tasse Kaffee?«

»Nein, ich habe leider keine Zeit. Ich wollte nur mit Cade reden.«

Pop grinste. »Dann solltest du ihm das Kissen vom Gesicht nehmen, damit er dich hören kann.«

Seth betrat die Zelle, beugte sich vor und hob das Kissen an. »Kolby?«

Cade blinzelte.

»Ich habe schlechte Nachrichten.«

Zoe erschrak, als sie Seth' ernsten Tonfall hörte. Gab es überhaupt noch irgend etwas anderes als schlechte Nachrichten in Winterborn?

»Was?« fragte Cade.

»Wir können leider nicht die Kinder nehmen, Cade. Bonnie und ich haben gestern abend darüber gesprochen und beschlossen, daß wir lieber noch zwei eigene Kinder haben wollen für das neue Zimmer, das ich anbaue.«

Cade richtete sich auf. »Was?«

»Ich weiß, daß du jetzt enttäuscht bist, aber ich und

meine Frau sind zu dem Schluß gekommen, daß wir Addys Kinder doch nicht adoptieren sollten.«

»Aber es sind doch wirklich brave Kinder«, wandte Cade ein.

»Vier mehr wären einfach zuviel für mich, Cade.«

Cade stand auf, und Zoe sah die Unruhe in seinen Augen. »Ich hatte mich auf dich verlassen, Seth.«

Sie schluckte, als ihr zu Bewußtsein kam, daß Cade nun langsam die Optionen ausgingen. Seth' Entscheidung mußte ihm doch klar vor Augen führen, daß er ihr die Kinder überlassen *mußte.*

Seth schüttelte ihm die Hand. »Ich hoffe, du nimmst es mir nicht übel, aber ich dachte, du würdest es lieber jetzt als später erfahren wollen.«

Cade nickte. »Schade, daß es nicht geklappt hat.«

Seth setzte seinen Hut auf. »Gute Besserung, Cade. Wenn die Pusteln kommen, wird ein bißchen Backpulver den Juckreiz lindern.«

Und dann ging Seth und schloß hinter sich die Tür. Zoe hätte eine Nadel fallen hören können, als Cade sich wieder hinsetzte und die Hände vors Gesicht schlug.

Pop saß an seinem Schreibtisch und strich mit Daumen und Zeigefinger über seinen Schnurrbart. Draußen ließ Seth die Peitsche knallen, und kurz darauf war das Rattern seines alten Wagens zu vernehmen.

»So.« Pop stellte sein verletztes Bein vorsichtig auf den Boden. »Wer möchte Kaffee?«

»Zoe«, rief Cade, »laß mir von Glori-Lee ein Steak herüberbringen!«

»Glori-Lee kocht gerade das Abendessen. Du wirst schon warten müssen.«

»Ich warte nicht. Ich habe Hunger. Ich muß hier raus und mich um meine Angelegenheiten kümmern. Wie hieß doch noch diese Familie aus Saline, Pop? Ich reite gleich nach dem Abendessen zu ihnen.«

»Du reitest nirgendwohin«, schalt Zoe. »Du würdest sie bloß zu Tode erschrecken, so wie du aussiehst. Leg dich sofort wieder hin!«

»Ich habe vier Kinder, die ein Zuhause brauchen. Und das werden sie nicht bekommen, wenn ich hier auf der faulen Haut liege.« Cade stand auf und griff nach seinem Hut. »Wenn du das Steak nicht holst, tu ich es.«

Zoe verstellte ihm den Weg. »Nur über meine Leiche.«

Ein harter Zug erschien um Cades Mund. »Ich würde es lieber friedlich regeln, aber wenn es sein muß ...«

Sie schob das Kinn vor. »Du wirst die Zelle nicht verlassen.«

»Laß mich vorbei, Red.«

»Nein.« Sie verschränkte die Arme vor der Brust. »Dies könnte alles leicht geregelt werden, wenn du vernünftig wärst. Gib mir die Kinder – dann kannst du deiner Wege gehen und tun und lassen, was du willst.«

»Geh mir aus dem Weg, Zoe.«

»Ich habe deine Pistole.« Mit dem Kopf deutete sie auf den Waffenschrank. »Du bleibst hier.« Sein düsterer Blick vermochte sie nicht einzuschüchtern.

»Du glaubst, du könntest mich entwaffnen?«

»Ich habe es getan, nicht wahr?«

Sich vorbeugend, zog er einen kleinen Derringer aus seinem Stiefel. »Und jetzt?«

Zoe zog nur die Schultern hoch. »Wenn du schläfst, nehme ich dir die auch ab.«

»Ich sagte, geh mir aus dem Weg.«

Sie schluckte und hielt ihn mit einem Arm zurück, als er sich an ihr vorbeidrängeln wollte. »Pop! Hilf mir!«

Der alte Mann stand auf und humpelte zur Zelle, wo er abrupt den Schritt verhielt und in die Ecke neben der Pritsche starrte. »Ist das Bonnies Ohrring?«

Zoes Blick glitt zum Zellenboden. »Wo?«

»Dort drüben, bei der Pritsche. Sie wird den Ohrring sicher wiederhaben wollen, nicht?«

Zoe ging an Cade vorbei, ließ sich in der Zelle auf die Knie fallen und spähte unter die Pritsche. »Wo? Ich sehe nichts.«

»Zeig es ihr, Cade.« Pop hob eine seiner Krücken. »Da vorne liegt er.«

Cade hockte sich neben Zoe hin. »Ich sehe auch nichts.«

Ihr Kopf flog hoch und prallte gegen seinen, als sie die Zellentür laut zuschlagen hörte.

Cade fuhr auf und wirbelte herum. »Was soll das?«

Grinsend drehte Pop den Schlüssel um. »Ich tue euch nur einen Gefallen, Junge. Ihr werdet nicht eher die Zelle verlassen, bis ihr entschieden habt, wer für Addys Kinder sorgen wird – du oder Zoe. Die ganze Stadt zerbricht sich schon den Kopf über die Frage! Und jetzt haben wir auch noch Laticia im Nacken. Wir wollen endlich wieder Ruhe haben, Cade.«

»Pop! Hast du den Verstand verloren?« Zoe lief zur Zellentür und rüttelte an den Gitterstäben. »Schließ sofort die Tür auf! Die Kinder brauchen …«

»Ich werde mich um die Kinder kümmern«, sagte Pop. »Ihr seht zu, daß ihr euch einigt.«

»Ich habe Bügelwäsche eingesprüht – sie wird verschimmeln!«

»Das wäre dann doch ein guter Grund, die Sache so schnell wie möglich zu entscheiden, oder?«

»Pop, laß uns heraus«, verlangte Cade. »Ich habe keine Zeit für deine Spielchen.«

Pop hängte den Schlüssel an einen Haken an der Wand. »Tut mir leid, aber ich muß jetzt gehen, Kinder.«

»Pop!« schrien Zoe und Cade im Chor.

Pop hinkte noch einmal zurück zur Zelle. »Ihr beide könnt da drinnen bleiben, bis ihr alt und grau seid, oder aber euch hinsetzen und vernünftig über diese Sache reden. Auf jeden Fall kommt ihr nicht eher hier heraus, bis ihr einen Entschluß getroffen habt, damit diese Streitereien endlich aufhören und die Kinder ein anständiges Zuhause haben.«

Zoe starrte ihn an. »Das ist nicht fair, Pop. Cade hat sich bereits entschieden. Aus sehr egoistischen, unpraktischen und unvernünftigen Erwägungen heraus weigert er sich, die Kinder bei mir zu lassen ...«

Cade preßte die Lippen zusammen. »Sie kriegt sie nicht.«

»Siehst du? Er wird mir nie die Kinder geben.«

»Nie«, bestätigte Cade. »Also hör auf, unsere Zeit zu verschwenden, Pop.«

»Schade. Das hört sich an, als ob ihr sehr lange in der Zelle bleiben würdet. Trotzdem bin ich sicher, daß ihr irgendwann, wenn ihr nur lange und gründlich genug nachdenkt, die Antwort finden werdet, die für alle anderen offensichtlich ist.«

Cade rüttelte an den Stäben. »Warum sagst du uns nicht einfach, was du meinst, und ersparst uns eine Menge Ärger?«

»Nein. Darauf müßt ihr schon von selber kommen.«

Und damit ging er und zog die Tür hinter sich zu.

»Sawyer?«

»Ja, Pop?«

»Hast du noch immer die Plakette?«

»Ja.«

»Dann bewach die Tür und laß niemand außer Glori-Lee herein, verstanden?«

Sawyer grinste. »Ja, Sir.«

Zoe schaute auf die Uhr. Seit vier Stunden saßen sie sich schweigend gegenüber. Wie lange würden sie die Stille noch ertragen?

Grollend blickte sie zu Cade hinüber. Den Hut über dem Gesicht, lag er da und ignorierte sie.

»Cade.«

»Was?«

»Das ist verrückt. Wenn wir je wieder hier herauswollen, müssen wir reden.«

Er stand auf und trat ans Gitter. »Wir können reden bis zum Jüngsten Tag, aber es wird nichts ändern. Ich gebe dir die Kinder nicht.«

Krank oder nicht krank, am liebsten hätte Zoe ihn geschlagen. »Na schön, aber bald wird man uns die Entscheidung sowieso abnehmen.«

Cade wandte sich zu ihr um. »Pop kann uns einschließen, solange er will, es wird trotzdem immer noch meine Entscheidung sein.«

»Laticia wird die Kinder mitnehmen. Wenn wir beide hinter Gittern sitzen, kann sie tun, was sie will.«

Er kam zurück und setzte sich neben Zoe.

Sie befühlte seine Stirn. »Du solltest dich hinlegen. Du siehst schlecht aus.«

»Kein Wunder, wenn du mich verhungern läßt.«

»Hör auf, dich zu beschweren. In ein, zwei Tagen, wenn die Pusteln kommen, wirst du dich besser fühlen.«

»Pusteln! Die haben mir gerade noch gefehlt.«

»Sie sind die geringste unserer Sorgen.« Seufzend lehnte sie den Kopf an die Wand. »Wenn ich dich auf den Knien darum bitten würde, die Kinder mir zu überlassen, würde dich das umstimmen? Wäre das nicht sinnvoller, als sie Laticia zu überlassen?«

»Was für eine Sprache rede ich? Ich habe nein gesagt, Zoe. Mach Platz. Ich will mich hinlegen.« Sie rutschte ein Stück weiter, und Cade streckte sich auf der schmalen Pritsche aus.

»Bin ich so unfähig als Mutter?«

»Ich weiß, daß du eine gute Mutter wärst.«

Sie nahm das zweite Kissen und schlug es ihm auf den Kopf. »Du sturer Esel!«

Er nahm ihr das Kissen ab und warf es auf den Boden. »Du wirst nicht aufgeben, nicht wahr?«

»Nein.« Sie verschränkte ihre Arme.

Langsam richtete er sich auf und atmete tief durch, bevor er sagte: »Also gut. Ich wollte nicht, daß du es weißt, aber es gibt jemanden, der mich töten will – der Kerl heißt Hart McGill.«

Zoe erschrak. Ihn töten? Das war eigentlich nicht überraschend, wenn man seine Tätigkeit bedachte, aber so, wie er es sagte, klang es, als führte dieser McGill einen persönlichen Rachefeldzug gegen ihn. »Was hat das mit den Kindern zu tun?«

»McGill sucht Rache. Er hat bereits meinen besten Freund getötet. Er wird jeden umbringen, den er mit mir in Verbindung bringt.«

»Er würde Kinder töten?« Sie konnte sich nicht vorstellen, daß jemand so brutal sein konnte.

»Er wird jeden töten, der mir nahesteht. Wenn wir uns das nächste Mal begegnen, wird nur einer von uns überleben.«

Sie schwieg einen Moment und versuchte, das Gesagte zu verstehen. Als das Schweigen unerträglich wurde, legte sie ihre Hand auf seine.

»Warum haßt er dich so?«

»Weil ich seinen Bruder erschossen habe.«

»Cade! Für Geld?«

»In Notwehr. Es war entweder er oder ich, Red.«

»Weiß McGill, wo du dich aufhältst?«

»Ich hoffe nicht. Ich habe das Gerücht verbreiten lassen, ich sei nach Saint Louis unterwegs, aber das wird er nicht lange glauben. Er ist nicht dumm. Ich muß die Kinder sicher unterbringen und sehen, daß ich fortkomme, bevor er merkt, daß er getäuscht wurde.«

»Deshalb hast du es so eilig, aufzubrechen? Weil du glaubst, die Kinder in Gefahr zu bringen?«

»McGill wird nach Winterborn kommen.« Cade zwang sie, ihn anzusehen. »Und dann soll er weder die Kinder noch dich mit mir in Verbindung bringen.«

»Ich ziehe fort.«

»Nein. Ich muß die Kinder bei jemandem unterbringen, den nichts mit mir verbindet. Wir beide kennen uns schon lange. Es wäre verrückt, sie bei dir zu lassen, und ich denke dabei nicht bloß an die Kinder, sondern auch an dich. Die ganze Zeit schon.«

»Du hast natürlich recht«, wisperte sie. »Zuerst müssen wir an die Kinder denken.« Sie stand auf und begann in der kleinen Zelle auf und ab zu gehen. »Aber sie Laticia zu überlassen ist keine Lösung. McGill könnte sie auch dort finden.«

»Niemals. Ein Blick auf sie, und er würde um sein Leben rennen, feige, wie er ist, der Bastard.«

Sie lächelte, weil sie merkte, daß er nur die Spannung mildern wollte. »Die Kinder wären unglücklich bei ihrer Tante. Cade, bitte. Ich würde alles tun, um sie bei mir zu behalten. Ich ziehe um, ändere meinen Namen ...«

»Red.« Er streckte einen Arm aus, und sie ging bereitwillig zu ihm. In seinen Armen fühlte sie sich sicher und beschützt vor den McGills der Welt. »Ich kann nicht zulassen, daß du fortziehst und deinen Namen änderst. Schließlich bist du hier zu Hause«, sagte er.

Sie fuhr zurück. Er wußte nichts über sie – nicht das Geringste. Sie hatte die Wahrheit so lange schon in sich verborgen, daß sie Gefahr lief, daran zu ersticken. »Wenn diese Kinder mir genommen werden, habe ich gar nichts mehr.« Die einzige Waffe, die ihr blieb, war die Wahrheit, so schmerzlich sie auch war. Sie wollte nicht sein Mitleid, aber sie wollte Brody, Will, Missy und Holly – genug, um alles zu riskieren. »Ich werde nie eigene Kinder haben.«

»Natürlich wirst du …«

»Ich kann nicht, Cade. Ich bin unfruchtbar.«

»Unfruchtbar?«

»Ja, unfruchtbar.« Sie sah, wie seine Augen sich vor Schmerz verdunkelten, und dann zog er sie sanft an sich. Sie legte den Kopf an seine Brust und schluckte, um ihre Tränen zu unterdrücken.

»Bist du sicher?«

»Vor Jahren hatte ich …« Es fiel ihr schwer. Sie bewahrte dieses schreckliche Geheimnis schon so lange, daß sie jetzt weder die Worte noch den Mut fand, es zu offenbaren.

»Du könntest dich auch irren. Dein Mann …«

»An Jim lag es nicht.«

»Hat er mit Dr. Whitney gesprochen?«

»Das brauchte er nicht.«

Cade nickte. »Stolz. Aber wenn er gewollt …«

»Jim hat sich Kinder genauso sehr gewünscht wie ich – verdammt, Cade!« Sie richtete sich auf und suchte ihr Taschentuch. »Du bist mir Addys Kinder schuldig!«

Er starrte sie an. »Ich *schulde* dir die Kinder?«

»Ja«, schluchzte sie und betupfte ihre Augenwinkel.

»Willst du mir sagen, warum, oder sollen wir weiter Quiz spielen?«

»Wie konntest du so blind sein?« Er konnte nicht wissen, welche Pandora-Büchse er da öffnete – aber vielleicht wurde es Zeit für ihn, es zu erfahren.

»Cade.« Zärtlich strich sie über seine Wange. Sie glühte vor Fieber. »Ich … ich weiß nicht, wie ich es dir sagen soll. Addy wollte es dir immer schreiben, aber ich habe es ihr verboten. Ich war so verbittert.« Es gab keinen schonenden Weg, um es ihm beizubringen. »Ich trug dein Kind unter dem Herzen, als du vor siebzehn Jahren fortgegangen bist.«

Die Worte fielen wie ein Kanonenschuß in die Stille der kleinen Zelle.

Cade starrte Zoe an. »Was?«

»Psst – hör zu.« Die Vergangenheit heraufzubeschwören brachte auch all die alten Qualen wieder mit. »Zuerst war ich begeistert. Wir würden ein Baby haben – du und ich, wir hatten einen winzig kleinen neuen Menschen geschaffen. Ich konnte es kaum erwarten, daß du heimkamst, um es dir zu sagen.«

Er schüttelte enttäuscht den Kopf. »Und warum habe ich nie etwas davon erfahren?«

Sie biß sich auf die Lippe. »Als du nicht kamst – ein paar Monate später –, bekam ich Angst. Papa konnte ich es nicht erzählen. Ich hatte außer Addy niemanden, mit dem ich darüber reden konnte, und weinte ohne Unterlaß. Und dann fingen die Blutungen an – es war entsetzlich.« Aufschluchzend wandte sie sich ab.

Er griff nach ihrer Hand, aber sie entzog sie ihm. »Nicht ...« Sie mußte weiterreden, um den Schmerz für immer loszuwerden. »Addy fand mich in der Nacht, in der ich das Kind verloren hatte. Wenn sie nicht gewesen wäre, wäre ich gestorben. Sie hat mich wieder gesund gepflegt und mein Geheimnis nie verraten.«

Cade zog Zoe an sich. »Wenn ich das gewußt hätte ... Es tut mir leid, Zoe.«

Sie schluchzte noch heftiger. »Mir auch. Daß wir nie unser Baby sehen konnte, meine ich.«

»Wußte Ma davon?«

Zoe schob ihn fort und trocknete ihre Tränen. »Senda? Du liebe Güte, nein. Sie wäre dir nachgeritten und hätte dich am Ohr zurückgeschleift.«

»Jemand hätte es tun sollen.«

»Ich wollte nicht, daß sie dich zwangen, heimzukehren. Ich wollte, daß du freiwillig zu mir zurückkamst.«

Er hielt sie und streichelte ihr Haar. Zum ersten Mal seit Jahren verspürte sie Frieden. »Ich hasse dich nicht, Cade. Ich dachte früher, ich täte es, aber das ist jetzt vorbei.«

»Ich hätte bei dir sein sollen.«

»Addy wußte, daß der Arzt mir gesagt hatte, ich könnte nie wieder Kinder haben – und trotzdem hat sie dir und nicht mir ihre Kinder überlassen, obwohl sie wußte, wie sehr ich sie liebe.«

Sie schauten sich einen langen Moment an, bevor Cade fragte: »War es ein Mädchen oder ein Junge?«

»Ich weiß es nicht. Ich hatte gehofft, es sei ein Junge.« Sie schaute weg. »Ich wollte ihn Cade nennen.«

Er lächelte. »Nach seinem Pa.«

Zoe griff nach einem feuchten Tuch und seufzte. »Was sollen wir wegen Laticia unternehmen?«

»Ich weiß es nicht.« Er sank zurück und schloß die Augen, als sie das Tuch auf seine Stirn legte. »Sie wird nicht eher Ruhe geben, bis die Kinder bei Verwandten sind.«

»Nun ...« Zoe biß sich auf die Lippen, um Mut zu sammeln für den Vorschlag, den sie ihm jetzt machen wollte. »Ich habe eine Idee, Cade.«

»Ach ja? Ich höre.«

»Wir könnten heiraten.«

»Wen?«

Sie schlug nach ihm. »Wir beide, Cade.«

Er nahm das Tuch von seinem Gesicht. »Hast du kein Wort von dem gehört, was ich über Hart McGill sagte?«

»Hör mich an. Es ist verrückt, aber es könnte funktionieren. Wir heiraten, dann gehören die Kinder mir. Du gehst fort, verschwindest und schreibst ihnen an Geburtstagen und Feiertagen. Wenn du dich an diesem absurden Rachefeldzug unbedingt beteiligen mußt, kannst du außerhalb der Stadt mit Hart McGill zusammentreffen. Dann wird er nie etwas über die Kinder oder über mich erfahren.«

»Doch, das würde er. Es hat keinen Sinn.« Er stand auf und begann, auf und ab zu gehen.

»Ich würde alles tun, um die Kinder zu behalten. Und das geht nur, wenn wir heiraten.«

»Nein. Ich würde nicht nur die Kinder, sondern auch dich gefährden. Wenn McGill erführe, daß ich eine Frau und ...«

»Das wird er nicht. Weil du dann nicht mehr hier bist. Hart McGill wird wieder deine Spur aufnehmen, und alles wird genau wie vorher sein.« Sie kam sich kühn und unerschrocken vor. Es hatte eine Zeit gegeben, wo sie ihr Leben geopfert hätte, um Cades Frau zu sein; jetzt bat sie ihn, ihr seins zu geben.

Er blieb stehen und wandte sich zu ihr um. »Ich weiß nicht, Zoe ...«

»Nenn mich Red.«

Er blickte ernst, aber das Lächeln, das um seine Mundwinkel erschien, verriet ihn.

»Bitte, Cade. Es ist die einzige Lösung. Wir werden Ruhe haben vor Laticia, weil sie dann nicht mehr behaupten kann, die Kinder wären nicht bei Blutsverwandten. Du bist verwandt mit ihnen, und ich wäre es dann durch die Heirat auch.«

»Und was ist, wenn ich wieder fort bin? Ich möchte die Kinder nicht enttäuschen. Sie haben genug gelitten, und du auch.«

Wie würden sich die Kinder fühlen, wenn er ging? Genau wie sie. Entsetzlich. Sie würden schon wieder einen geliebten Menschen verlieren. Denn die Kinder liebten ihn. Aber wie war das bei ihr? Sie gab zu, daß sie stärkere Gefühle für ihn hegte, als sie wollte – aber Liebe?

Sie betrachtete ihn lange. »Wie gesagt, ich könnte fortziehen – irgendwohin, wo McGill uns niemals finden würde. Und ich könnte einen anderen Namen annehmen.«

Natürlich würde sie Winterborn vermissen, aber dafür würde sie die Kinder haben. Bei ihnen würde sie schon Trost finden. Aber wieso war ihr dann, als trüge sie die ganze Welt auf ihren Schultern, wenn sie an ein Leben ohne Cade dachte?

»Es muß einen besseren Weg geben«, sagte er.

»Den gibt es nicht, und die Zeit verstreicht. Abraham kann Laticia nicht ewig hier zurückhalten. Sie wird heimfahren – mit den Kindern, wenn wir nichts dagegen unternehmen.«

»Ich kann nicht heiraten. Ich bin krank.«

»Es gibt kein Gesetz, das es verbietet, zu heiraten, wenn man die Masern hat. Reverend Munson könnte uns von der Tür aus trauen, damit er sich nicht ansteckt.« Zoe begann sich für die Idee allmählich zu erwärmen. Sie hatte nichts mehr zu verlieren. Sie hatte vor siebzehn Jahren alles schon verloren. »Oder hat der große, böse Kopfgeldjäger Angst vor einem kleinen Ring?«

Cade schnaubte. »Und wie.« Er zog sie an sich, bis seine Lippen ihre fast berührten.

»Du kannst mich nicht küssen, du hast die Masern«, protestierte sie.

»So? Dann paß mal auf.«

Seine Lippen waren heiß vom Fieber, was die Wirkung seines Kusses nur noch intensiver machte. Es lag keine Leidenschaft in seinem Kuß, aber eine solche Zärtlichkeit und Zuneigung, daß er eine fast schmerzhafte Sehnsucht in ihr weckte. Als ihre Zungen sich berührten, glitten ihre Hände wie von selbst an seine Brust hinauf, um zärtlich seine Wangen zu umfassen. Sie schloß die Augen und bemühte sich vergeblich, sich gegen die Macht zu wappnen, die er über sie besaß.

Cade unterbrach den Kuß. »Ich soll dich also heiraten.« Seine Finger glitten unter ihr langes Haar und zogen sie noch näher. Sie erschauerte vor Verlangen, bevor sie sich ihm sanft entzog.

»Ich werde tun, was nötig ist, um die Kinder zu behalten«, sagte sie.

»Was für eine Art von Ehe wird es sein?« wisperte er an ihren Lippen.

Eine heiße Woge durchströmte sie bei seinem sinnlich-rauhen Ton. »Eine kurze.« Noch immer erschüttert von dem Kuß, versuchte sie, der Situation den Ernst zu nehmen. »Soll das heißen, daß du meinen Antrag annimmst?«

Er sank auf das Bett zurück und griff nach seinem Kissen. Das lange Warten, bis er sprach, war ungemein aufreibend.

»Ich glaube nicht, daß ich es bis in die Kirche schaffe.«

»Das brauchst du auch nicht. Ich kümmere mich um alles.«

»Dann ruf den Reverend, in Gottes Namen.« Er legte sich zurück und schloß die Augen.

Zoe grinste, als sie sah, daß sie gewonnen hatte. »Hol den Priester, Pop! Wir wollen heiraten!«

15

Als die Gefängnistür sich hinter Zoe schloß, stand Cade auf und verließ die Zelle. Sich an einer roten Pustel kratzend, betrachtete er sein Gesicht im Spiegel. »Ich werde einen schönen Bräutigam abgeben, Pop.«

»Bist du wirklich auch bereit dazu?«

»Nicht, bevor ich nicht mein Steak habe.« Cade setzte sich und legte die Stiefel auf den Tisch.

Pop lachte. »Ich werde Glori-Lee bitten, dir eins zu braten, das so groß wie Kansas ist.«

»Texas«, korrigierte Cade. »Mach es so groß wie Texas, und dazu eine Kartoffel in der Größe von New York. Ich heirate den Rotschopf. Und dazu werde ich Kraft benötigen.«

»Vielleicht sollte ich Zoe lieber auch eins holen.« Pop ging zum Restaurant hinüber, und Cade zog seinen Hut über seine Augen. So. Er und Red würden also endlich heiraten. Sie hatte recht; eine Heirat war der einzige Weg, Laticia auszutricksen. Die alte Dame war zwar eigensinnig, aber nicht senil. Wenn die Kinder ein gutes Zuhause hatten, würde sie sicher nicht das Sorgerecht beantragen. Und bei Red würden die Kinder bestens aufgehoben sein.

Aber wenn er Zoes Leben damit gefährdete ... Damit könnte er nicht leben.

Er lächelte bei der Erinnerung an ihr übermütiges Lachen. »Eine Vernunftehe.« Das bloße Wort ärgerte ihn. Er hatte einst geglaubt, daß es für immer sein würde wenn er Zoe einmal heiratete, aber sie empfand nicht mehr das gleiche für ihn wie vor all den Jahren. Und das konnte er ihr auch nicht verdenken. Er hatte jeden Tag an sie gedacht, seit er fortgegangen war, und sogar noch häufiger, seit er zurückgekommen war. Was er für sie empfand, war im Laufe der Jahre stärker geworden, aber sie hatte kein Hehl daraus gemacht, daß sie ihm nachtrug, daß er sie verlassen hatte, und daß sie diesen Groll nie überwinden würde.

Seit sie ihm von dem Baby erzählt hatte, verstand er sie erheblich besser. Er hätte nicht einmal im Traum daran gedacht, daß sie sein Kind unter dem Herzen trug. Wenn er das gewußt hätte, wäre er zurückgekommen. Wenn Addy ihm davon geschrieben hätte, wäre er umgehend zurückgekehrt, um Zoe zu heiraten. Addy und Zoe glaubten, ihn so gut zu kennen, aber ihr Verhalten bewies nur, daß sie ihn überhaupt nicht kannten. War es möglich, daß Addy ihm mit ihrer Bitte, sich um ihre Kinder zu kümmern, auf ihre Art nur zu verstehen geben wollte, daß er nach Hause kommen und zu Ende bringen sollte, was vor all den Jahren zwischen ihm und Zoe begonnen hatte?

Die Nachricht, daß er ein Kind verloren hatte, schmerzte, obwohl schon sehr viel Zeit seither vergangen war. Er hätte heimkehren und einen erwachsenen Sohn oder eine Tochter haben können. Hätte sie das Kind auch verloren, wenn er bei ihr gewesen wäre? So viele Fragen und so viele Gefühle – wie sollte er das bloß alles einordnen?

Die Tür schlug zu, und er blickte auf. Das Steak war über eine Meile weit zu riechen. »Na endlich.«

Glori-Lee folgte Pop hinein und stellte den Teller mit dem heißen Essen auf den Tisch. »Glaubst du, das genügt, um dich über die Hochzeitsnacht zu bringen?«

»Vielleicht solltest du mir besser noch eins bringen. Sie haben mich hier verhungern lassen.«

»Pop meinte, ich sollte eins für Zoe bringen.« Glori-Lee lachte, als sie den Raum verließ.

Pop zeigte auf den Teller. »Du hast nicht viel Zeit, mein Junge. Iß.«

Cade setzte sich. »Ich schätze, das wird anders werden als Zoes Hochzeit mit Jim Bradshaw.«

Pop betrachtete das Steak und die Kartoffeln. »Nun ja, ein bißchen schon. Wie fühltest du dich, als du es erfahren hast?«

»Ich war eine Woche lang betrunken, und nachdem ich einen Monat lang gegrollt hatte, schluckte ich meinen Stolz und gestand mir ein, daß es ihr gutes Recht war, einen anderen zu heiraten.«

Sie hatte Jim geheiratet, aber ihn hatte es viel Zeit und Kraft gekostet, auch nur an eine andere Frau zu denken. Zoes Heirat war eine bittere Pille für ihn gewesen, obwohl er gewußt hatte, daß das unvernünftig war. Wieso er geglaubt hatte, sie werde ewig auf ihn warten, verstand er heute noch nicht.

Pop, der gerade ein frisches Hemd anzog, schüttelte den Kopf. »Ich verstehe nicht, warum ihr beide so lange gebraucht habt, um zu sehen, was offensichtlich ist.«

Cade tat, als verstünde er ihn nicht. »Ja, Glori-Lees Steaks sind wirklich Spitzenklasse.«

»Ich rede nicht von dem Steak, Kolby. Ich meinte, daß diese Heirat das Klügste ist, was du je getan hast.«

Cade lachte. »Klug? Ich gewinne eine Frau und vier Kinder mit einem bloßen ›Ja‹. Das nennst du klug?«

»Mach die Ehe nicht so schlecht. Vielleicht gefällt sie dir sogar. Ich und meine Frau, Gott hab' sie selig, hatten eine gute Ehe miteinander, und wenn du Zoe auch nur die kleinste Chance gäbst, hättest du wahrscheinlich auch eine.«

»Doris hatte nicht Reds Charakter.«

»Nun, dann erklär das mal meinem Pferd. Wie oft habe ich in der Scheune übernachtet!« Pop zog seinen Schlips gerade. »Im Ernst, mein Junge – ich möchte nicht, daß du der Kleinen weh tust. Sie ist eine gute Frau, und wir alle lieben sie. Deine Haut wird keinen Cent mehr wert sein, wenn du ihr Unrecht tust.«

Cade erstickte fast an dem Stückchen Fleisch, das er gerade kaute. »Ich habe nicht vor, ihr Unrecht zu tun, aber du kennst den Grund, warum wir heiraten. Zoe liebt mich nicht.«

Pop hob seine Stiefel auf, spuckte darauf und begann, sie zu polieren. »Nun, da wäre ich mir nicht so sicher. Sie war als junges Mädchen schon verliebt in dich, und es würde mich nicht überraschen, wenn sie es noch immer wäre.«

Hundert Gedanken schossen Zoe durch den Kopf, als sie die Straße überquerte. Sie würde rasch ihr gutes blaues Seidenkleid bügeln, während Holly Will und Missy beim Anziehen ihrer Sonntagskleider half. Brody hatte zuviel Brot gegessen in letzter Zeit; sie hoffte, daß er noch die Hose zubekam.

Sie konnte es kaum erwarten, ihnen von der Hochzeit zu erzählen. Es mochte zwar nicht die ideale Lösung sein, aber die Kinder würden ihr gehören. Ihr! Sie würde Cades Frau sein und ... *Wer weiß? Vielleicht gefällt das Eheleben ihm so gut, daß er ...*

Wow! Zoe hielt inne, um tief durchzuatmen. Das war genau die Art von unsinnigen Gedanken, die ihr vor siebzehn Jahren durch den Kopf gegangen wären. *Sieh zu, daß du dein Kleid gebügelt kriegst, und sei froh, daß du Laticia nicht mehr fürchten mußt.*

»Zoe! Warte mal. Ich muß mit dir reden.«

Sie wandte sich um zu Perry, der gerade aus der Bank trat. »Ich habe keine Zeit, Perry«, rief sie. »Ich hab' es eilig.«

Er holte sie ein und nahm ihren Arm, um sie zurückzuhalten. »Wozu die Eile? Brennt es irgendwo?«

»Nein, natürlich nicht.« Sie wußte nicht, wie sie ihm beibringen sollte, daß sie heute heiratete. Er hatte ihre Freundschaft im Laufe der Jahre mehr Bedeutung zugemessen, als ihr zukam. Sie wußte, daß er sehr bestürzt sein würde, wenn er erfuhr, daß sie Cades Frau wurde. »Ich weiß nicht, wie ich es sagen soll, Perry. Ich werde heiraten.«

Er erblaßte. »Du meinst, sie haben dich tatsächlich überzeugt mit ihrem lächerlichen Plan?«

»Was für einen Plan?«

»Dem Plan, den sie bei der Stadtversammlung ausgeheckt haben – du weißt gar nichts davon?« Er schüttelte den Kopf, als sei das zu ironisch.

Sie runzelte die Stirn. »Ich weiß nicht, was du meinst.«

»Pop hatte die Idee, und die ganze Stadt war einverstanden – außer mir und ein paar anderen, die wie ich vernünftig blieben.«

Sie winkte ab. »Ich kann dir versichern, daß es *meine* Idee war, Perry. Ich will die Kinder behalten, und das wird mir nur gelingen, wenn ich Cade heirate.«

»Das ist doch Wahnsinn, Zoe! Sei doch vernünftig!« Er nahm ihren Arm und versuchte, sie in Richtung Bank zu steuern. »Komm mit in mein Büro und laß uns reden. Wenn du einen Ehemann willst ...«

Zoe riß sich los. »Laticia sagte, die Kinder müßten im Familienkreis aufwachsen. Wenn ich Cade heirate, gehöre ich zur Familie, und sie kann nichts mehr tun.«

»Meine Liebe.« Sie nahm ihm den gequälten Unterton in seiner Stimme übel. »Ich weiß, daß du dich wegen deiner Freundschaft mit Addy verantwortlich für diese Kinder fühlst, aber denk doch an die Vorteile, die sie hätten, wenn sie bei Laticia leben würden. Sie ist wohlhabend genug, um so viel Personal einzustellen, wie sie braucht, um die Kinder aufzuziehen. Sie würden die beste Ausbildung bekommen ...«

»Perry, ich liebe diese Kinder, und sie lieben mich. Daß ich finanzielle Schwierigkeiten habe, ist mir bewußt, aber ich werde trotzdem einen Weg finden, ihnen all das zu geben, was sie brauchen.«

Er schüttelte den Kopf. »Ich kann nicht glauben, daß du diesen Unsinn wirklich mitmachst!«

»Es ist die einzige Lösung, Perry. Bitte versuch, das zu verstehen.«

»Wenn du beharrst auf diesem Wahnsinn, dann werde ich dir beistehen. Ich weiß ja, daß es nur eine Scheinehe ist. Sobald Cade wieder fort ist, werde ich dir helfen, die Angelegenheit so diskret wie möglich zu bereinigen.«

Sie konnte fast nicht glauben, daß Perry das gesagt hatte. Ihr war selbst klar, daß es keine richtige Ehe sein würde, aber es klang so abwertend, so schäbig fast, wenn er es sagte. Früher hätte sie wahrscheinlich selbst so gedacht. Ein Schwur, den Mann und Frau sich vor Gott gaben, war nichts Leichtfertiges, und Cade *würde* in der Tat fortgehen und nie wieder zu ihr zurückkehren. Aber das machte ihre Zuneigung zu ihm oder den Kindern nicht weniger wahrhaftig.

Sie drehte sich nach dem Gefängnis um. »Perry, wir reden später weiter. Ich muß die Kinder holen ...«

Ohne ihren Einwand zu beachten, fuhr er fort: »In einigen Jahren werden die Kinder erwachsen sein und aus dem Haus. Dann brauchst du Gesellschaft. Ich habe nie ein Hehl daraus gemacht, was ich für dich empfinde.«

Sie fühlte sich unbehaglich. Perry war ein Freund und Vertrauter, aber es lag auf der Hand, daß er nur sie und nicht die Kinder wollte.

»Eins mußt du wissen, Perry. Ich werde diese Kinder *immer* haben. Selbst wenn sie erwachsen und verheiratet sein werden, werden sie noch meine Kinder sein. Und ihre Kinder werden meine Enkelkinder sein.«

»Selbstverständlich, meine Liebe. Ich meinte ja auch

nicht, daß du sie vergessen sollst. Ich meinte nur, daß wir ein schönes Leben zusammen haben könnten, wenn sie erwachsen sind – nur du und ich. Ich habe mir immer gewünscht, zu reisen. Wir könnten zurück in den Osten ...«

Zoe schüttelte den Kopf, als ihr die Ironie der Lage zu Bewußtsein kam. Gestern hatte sie noch keinen Mann; heute hatte sie gleich zwei, die bereit waren, sie zu heiraten. Es war schon fast ein wenig lächerlich – bis auf die Tatsache, daß sie nur einen dieser beiden wollte. Und zwar den, den sie nicht halten konnte.

»Wir reden später«, rief Perry, als sie die Eingangsstufen zu ihrem Laden hinaufeilte.

»Kinder!« Sie ging an der Theke vorbei und durch den Gang mit den Konserven. »Wascht euch und zieht eure besten Kleider ...« Sie brach ab, als sie Holly, Missy und Will mit langen Gesichtern am Küchentisch sah. »Was ist los? Was habt ihr?«

Will schob die Unterlippe vor. »Brody läuft weg, und ich will mit ihm gehen, aber er hat das ganze Brot genommen.«

»Weglaufen? Kekse? Was soll das heißen, Will?«

Holly stand auf und schlang die Arme um Zoes Taille. »Brody hat den Rest des Brots von Glori-Lees Essen in eine Serviette eingepackt und gesagt, er würde weglaufen bis Kalifornien.«

Zoe gab Holly einen liebevollen Klaps. »Wo ist dein großer Bruder?«

Missy zeigte auf das Schlafzimmer. »Er packt seine Sachen in einen Leinensack.«

»Und das Brot und Glori-Lees Serviette«, fügte Will hinzu. »Ich habe ihm gesagt, daß er Ärger kriegt, wenn er Glori-Lees Serviette mitnimmt, aber er sagte, er habe keine Zeit, sich das Gejammer eines Sechsjährigen anzuhören.« Er begann zu weinen. »Ich jammere doch gar nicht. Sie hat gesagt, das Brot könne er haben, aber von der Serviette hat sie nichts gesagt ...«

»Gut, Will, das reicht. Ich werde die Serviette waschen, und Brody kann sie Glori-Lee zurückbringen.«

Will sprang auf und hing sich an ihre andere Seite. »Brody will mich nicht mitgehen lassen.«

Zoe drückte die beiden Kinder an sich. »Niemand wird irgendwohin gehen.«

Missy legte den Kopf auf ihre Arme und begann zu weinen. »Wir wollen nicht zu Tante Laticia.«

Holly schaute Zoe aus großen Augen an. »Bitte zwing uns nicht, sie zu begleiten.«

»Will Brody deshalb weglaufen?« Zoe war sehr erleichtert, als sie nickten. »Nun, dann habe ich gute Nachrichten für euch. Euer Onkel Cade und ich werden heiraten. Das bedeutet, daß niemand irgendwohin geht. Ihr werdet bei mir leben.«

Das Geschrei, das sich darauf erhob, war so laut, daß Zoe sich die Ohren zuhielt. »Bitte, Kinder!«

Brody erschien in der Schlafzimmertür, einen Sack über der Schulter und ein Stück Brot in seiner Hand. »Du wirst wirklich unsere Ma sein?«

Zoe breitete die Arme aus, und alle vier Kinder stürzten sich hinein. »Eure Ma wird immer eure Ma sein, aber von nun an werdet ihr auch meine Kinder sein.« Sie blinzelte, weil ihr die Tränen kamen. »Ich werde die beste Ma sein, die ihr euch wünschen könnt.«

»Ist Onkel Cade dann unser Pa?« fragte Missy.

Zoe nickte. Die Kinder sahen so glücklich aus, daß sie es nicht übers Herz brachte, ihnen zu sagen, daß Cade nicht bleiben würde. Sie wollte ihnen nicht den Tag verderben – ihren Tag, ihren Hochzeitstag.

»Ich werde ihn Onkel Pa nennen«, erklärte Will.

Missy kicherte. »Ich auch.«

Zoe lachte mit ihr. »Wascht euch, während ich mein

blaues Kleid bügele.« Sie schaute Brody an. »Ich hoffe nur, daß du nicht seinen Sonntagsanzug mit in diesen Sack gestopft hast, Mr. Wiseman. Ich habe nämlich keine Zeit, ihn aufzubügeln. Euer Onkel Pa erwartet uns schon im Gefängnis. In einer knappen Stunde werden wir getraut.«

Missy begann, auf und ab zu hüpfen. »Wir heiraten! Wir heiraten! Wir heiraten!«

Sawyer steckte ein frisches Stück Tabak in den Mund. »Geht weiter!« rief er Susan und Judy zu, die versuchten, einen Blick durch das Fenster des Gefängnisses zu werfen. »Cade heiratet, und Zoe wird euch Beine machen, wenn sie euch herumspionieren sieht!«

Die jungen Mädchen murrten, traten aber zurück und mischten sich unter die anderen Schaulustigen, die sich versammelt hatten.

»Macht Platz!« befahl Sawyer. »Laßt die Braut und ihre Kinder vorbei – hörst du nicht, Sam? Ich sagte, du sollst Platz machen!«

»Halt dein gottverdammtes Maul, Sawyer. Ich bewege mich, so schnell ich kann mit meiner Gicht.«

Zoe war stolz wie ein Pfau, als sie und die Kinder eintraten und Edna Mews ihr einen Strauß Stiefmütterchen aus ihrem eigenen Garten überreichte.

Pop hatte ein frisches Hemd angezogen für seine Rolle als Trauzeuge, und Zoe hatte Gracie, ihre Brautjungfer, noch nie zuvor so hübsch gesehen.

Gracie strich ihr grünes Kleid glatt. »Ich bin nervös wie an meinem eigenen Hochzeitstag.«

Zoe lächelte sie an und wischte dann rasch Wills Nase ab und richtete Brodys steifen Kragen. Die Kinder sahen entzückend aus. Ihr Herz klopfte in freudiger Erwartung. Bald würden sie ihr gehören – ihr und Cade.

Fast alle waren erschienen zu der Hochzeit, und zum ersten Mal fiel Zoe auf, daß irgend etwas nicht in Ordnung war. Daß Pop eine Waffe und ein Halfter trug, machte sie nicht weiter mißtrauisch, aber Gracie sah wirklich komisch aus mit dem Derringer, der in ihrer breiten Schärpe steckte. Zoe drehte sich nach den Leuten draußen auf der Straße um. Die meisten trugen Waffen. Sie runzelte die Stirn. Glaubten sie etwa, Cade werde es sich noch anders überlegen, und hatten sie sich bewaffnet, um ihn zu der Heirat zu zwingen?

»Sollten die Kinder sich nicht lieber von mir fernhalten« fragte Cade.

Sie berührte seine Stirn. Sie war schon sehr viel kühler, und er hatte ein paar rote Flecken auf der Wange. »Ich glaube, das Schlimmste ist vorbei, Cade.«

Der Arzt kam, um die roten Stellen zu untersuchen. »Ja, das sind die Masern. Sie werden sich bald besser fühlen, Kolby.«

Die Kinder traten zwischen Zoe und Cade und hielten sich an den Händen. Missy grinste ohne Unterlaß und konnte den Blick nicht von ›Onkel Pa‹ abwenden. »Freust du dich, daß du uns heiratest, Onkel Cade?«

Zoes Herz floß über, als sie Cade lächelnd nicken sah. Sie waren jetzt eine Familie. Selbst wenn es nur für kurze Zeit sein sollte, sie gehörten jetzt zusammen. Sie zog die himmelblaue Schärpe ihres Kleids an, als sie sah, daß Cades Blick auf ihr ruhte. Dann zog er sie an seine Seite und sprach ganz dicht an ihrem Ohr.

»Du bist bezaubernd«, wisperte er und hob ihr Medaillon an seine Lippen, um das kleine goldene Herz zu küssen.

»Du auch – nicht bezaubernd«, berichtigte sie sich errötend. »Ich meinte, du siehst gut aus.« Sie nahm das Medaillon aus seiner Hand und küßte es ebenfalls.

Cade gab ihr einen kleinen Klaps auf den Po, als er an

ihr vorbeiging, um sich aufzustellen. Unauffällig nahm sie seine Hand und verbog den Daumen.

Obwohl sie die Bedingungen der Ehe kannte, verspürte sie eine freudige Erregung. Mrs. Cade Kolby, Mutter der Wiseman-Kinder. *Mutter.* Das gefiel ihr.

Rasch wandte sie sich zu Cade. »Wir haben keinen Ring.«

Cade schien einen Moment verwirrt, dann wandte er sich an Pop. »Wir haben keinen Ring.«

Pop winkte Ben Pointer heran und flüsterte ihm etwas zu. Ben nickte und ging hinaus. Kurz darauf kam er mit einem Ring zurück, den er aus Kupfer angefertigt hatte. Zoe war noch nie so stolz auf die Stadtbevölkerung gewesen, wie sie es heute war. Ihren Mienen nach zu urteilen, freuten sie sich, hier zu sein.

Aber wozu dann all die Waffen? Sie hatte Ben Pointer noch nie mit einem Gewehr gesehen, und sogar seine Jungen trugen Jagdgewehre auf den Schultern – und das bei einer Hochzeit!

Als Reverend Munson kam, umringten ihn die Leute lächelnd.

»Liebe Freunde, wir haben uns versammelt hier im Hause …« Er hielt inne und räusperte sich. »Wir sind zusammengekommen, um die Vereinigung von Cade Kolby und Zoe Bradshaw im heiligen Bund der Ehe zu bezeugen …«

Wieder räusperte sich der Reverend und sprach dann die Ehegelübde vor.

Cade griff nach Zoes Hand und schaute ihr in die Augen. Sie schluckte und vermochte den Blick nicht von ihm abzuwenden. Ihr Magen zog sich zusammen, als er ernst und feierlich sein Gelübde sprach. Sie war ihm dankbar für sein Feingefühl. Niemand hätte aus seinem Verhalten schließen können, daß er sie nur heiratete, damit die Kinder bei ihr bleiben konnten.

Die Gelübde wurden ausgetauscht, und Reverend Munson schloß die Bibel und erklärte sie zu Mann und Frau.

Alle gratulierten ihnen, und es hagelte Glückwünsche und Küsse für die Kinder, die gewissenhaft Kuß um Kuß erwiderten.

Cade hob Zoes Hand an seine Lippen. »Darf ich die Braut küssen?«

Gerührt von der Geste, zog sie seine Hand an ihren Mund. »Nur wenn ich den Bräutigam auch küssen darf.«

Lächelnd zog er sie an sich.

»Küß sie, Onkel Pa«, ermunterte ihn Will.

Missy kicherte, und Holly wirkte sehr verlegen.

Brody kaute einen Keks. »Ich werde nie ein Mädchen küssen«, erklärte er.

Cade grinste Zoe an. »Du wirst deine Meinung sehr bald ändern, Junge. Es ist etwas sehr Schönes, Mädchen zu küssen.«

Sein Ton war leise und verführerisch, und Zoe lehnte sich unwillkürlich an ihn und erwiderte seine Umarmung.

Ihre Lippen hatten sich jedoch kaum gestreift, als sich ein lautes Getöse draußen auf der Straße erhob.

»Macht Platz! Laßt mich durch!« Das Zischen von Laticia Wisemans Stock, der die Luft durchschnitt, veranlaßte die Stadtbewohner, rasch zurückzutreten und sie vorbeizulassen.

Laticias Blick schien Zoe zu durchbohren. »Was geht hier vor?«

Missy trat vor, rümpfte die Nase und trat zurück. »Wir haben geheiratet, Tante Laticia.«

»Geheiratet!«

Cade zog Zoe näher. »Laticia, Zoe und ich sind jetzt verheiratet.« Er lächelte. »Sie gehört jetzt zur Familie.«

»Warum habe ich nichts davon erfahren?«

»Wir haben uns sehr schnell entschieden ...« begann Zoe schüchtern.

»Abraham!«

»Ja, Ma'am?«

Laticia stieß mit ihrem Spazierstock in die Luft. »Hast du davon gewußt?«

»Ich habe es eben erst erfahren. Ich wollte schon kommen und es Ihnen sagen, aber mein Magen ...«

»Du und dein *Magen.* Wir fahren heim, wo wir etwas Vernünftiges zu essen kriegen.« Sie drehte sich herum und tippte Cade mit der Spitze des Stocks an. »Ich weiß nicht, was du vorhast, aber wenn ich höre, daß diese Kinder bei irgend jemand anderen als dir und Zoe leben, lasse ich dich am nächsten Baum aufhängen. Hast du das verstanden?«

»Ja, Ma'am«, sagte Cade. Er schaute die Kinder an und sagte augenzwinkernd: »Fahren Sie jetzt lieber heim, bevor Sie auch noch krank werden.«

»Unsinn. Ich war in meinem ganzen Leben noch nicht krank. Da werde ich doch jetzt nicht damit anfangen.« Sie beugte sich vor zu Holly, die zurückwich, als ihre Tante ihr in die Augen sah. »Wenn ihr Kinder irgend etwas braucht, dann laßt es eure Tante Laticia wissen.«

Sie alle nickten.

»Abraham! Spann den Wagen an. Wir fahren heim.«

Die alte Dame verließ die Stadt mit der gleichen Eile, mit der sie hergekommen war.

»Wow!« flüsterte Edna May Wilks zu. »Sie braucht etwas von meiner Seife, um diesen unangenehmen Geruch, der ihr anhaftet, loszuwerden.«

Während Cade mit Pop sprach, ging Zoe mit den Kindern heim und räumte rasch die Wohnung auf. Da die Kinder glaubten, ihre Ehe sei nicht anders als die ihrer verstorbenen Eltern, wäre es sinnlos gewesen, Cade ein Bett auf dem Sofa herzurichten.

Der Gedanke an ihre erste gemeinsame Nacht ließ ihr keine Ruhe. Sie kam sich wie ein Schulmädchen bei der ersten Verabredung vor.

»Onkel Pa kommt«, verkündete Will, der aus dem Küchenfenster schaute.

Missy öffnete die Moskitogittertür und lief Cade entgegen. Zoe sah, wie sie ihre Arme um seine Taille schlang und ihm viele kleine Küsse auf die Wangen gab.

»Nun, das war ein wunderbarer Empfang«, sagte er, als er die Kleine hereintrug. »Wer ist der nächste?« fragte er, den Blick auf Zoe richtend.

Zoe errötete. »Hast du dich gesehen?«

»Nein. Wieso? Muß ich mich rasieren?«

Sie schob ihn zum Spiegel über dem Waschtisch. »Das auch, aber ...«

Cade setzte Missy ab, schaute in den Spiegel und stöhnte. »Die Masern brechen aus. Ob ich wohl überall so aussehe?«

»Juckt es überall?«

»Ja.«

»Dann ist deine Frage wohl beantwortet.« Sie unterdrückte ein Kichern. »Ich hole die Backpulversalbe, die wird den Juckreiz etwas lindern.«

»Ich kann dich damit einreiben«, bot sich Missy an.

Cade schaute Zoe in die Augen. »Danke, Liebes, aber ich glaube, das sollte deine neue Ma jetzt tun.«

Zoe schaute ihn aus schmalen Augen an. »Geh ins Schlafzimmer. Ich bringe dir die Salbe.«

Naserümpfend sah er Missy an. »Sie versteht es, einem Kranken wirklich jeden Spaß zu nehmen.«

Später an diesem Abend, als die Kinder schliefen, brachte Zoe Tee ins Wohnzimmer. Cade hatte sich auf dem Sofa ausgestreckt und las die Zeitung.

»Fühlst du dich jetzt besser?« fragte sie.

Er nahm ihr eine Tasse ab. »Erheblich besser. Danke.« Nach einem Schluck Tee schwang er die Füße auf den Boden und deutete auf das Kissen neben sich. »Setz dich zu mir. Ich möchte mit dir reden.«

Sie tat es und betrachtete ihre Tasse. »Die Kinder sind so glücklich – wir haben das Richtige getan, Cade.«

»Haben wir das?«

Sie schaute auf. »Glaubst du nicht?«

»Ich gebe zu, daß ich mich verliebt habe in diese Kinder.«

Lächelnd sagte sie: »Das ist auch gar nicht schwer.« Ihre Blicke suchten sich. »Und auch nicht so leicht rückgängig zu machen, nicht?«

»Nein, aber du weißt, was ich zu tun habe. Ich werde noch etwa eine Woche bleiben, bis Laticia überzeugt ist, daß die Ehe bindend ist.«

»Ist es nicht zu riskant für dich, hierzubleiben?«

Er beantwortete die Frage nicht. »Wenn ich für immer bleiben könnte, würde ich es tun. Ich will nicht fort, Red. Der Kinder wegen nicht – und auch deinetwegen nicht.«

Darauf schaute sie ihn fragend an. »Meinetwegen?«

»Es wird nicht leicht sein, ganz allein vier Kinder aufzuziehen.«

Sie lächelte und lehnte sich zurück. »Du hast mich sehr glücklich gemacht. Ich kann mich nicht beklagen.«

»Genügen dir die Kinder?«

Sie dachte lange nach. Waren sie genug? Nein, sie wollte ihn. Sie hätte nie gedacht, daß sie je so etwas denken würde, aber sie wünschte jetzt McGill den Tod. »Sie werden mir genügen müssen. Das weiß ich, Cade.«

Die Uhr auf dem Kamin schlug Mitternacht, und Zoe wußte, daß der schwierigste Moment gekommen war. »Es ist schon spät.«

»Möchtest du, daß ich hier schlafe?«

»Nein, die Kinder würden sich wundern, daß wir nicht zusammen schlafen wie John und Addy. Ich habe Missy gesagt, daß sie bei Holly schlafen wird.«

Cade fuhr sich mit den Fingern durch das Haar. »Ich weiß nicht, Red. Ich glaube nicht, daß ich im selben Bett mit dir schlafen kann, ohne …«

»Natürlich kannst du das. Ich werde es dir einfach machen.« Ob die Gelübde ernst gemeint gewesen waren oder nicht, sie waren jedenfalls verheiratet. Es würde nicht besonders schwer sein, neben ihm zu schlafen und so zu tun, als ob er immer dort an ihrer Seite bleiben würde.

»Wir könnten …«

»Sag es nicht.« Sie empfand das gleiche quälende Verlangen, aber sie war stark. Sie würde keine Ehe vollziehen, die höchstens eine Woche dauern würde oder zwei.

Zoe entkleidete sich zuerst und kroch unter die Decken. Cade kam wenig später und blieb steif neben ihr liegen.

»Gute Nacht«, wisperte sie.

»Was ist gut daran?«

Sie stopfte einen Zipfel der Decke in den Mund, um nicht laut zu kichern. Irgendwann hörte sie, wie seine Atemzüge ruhiger wurden, und entspannte sich, froh, daß er nicht darauf beharrte, die Ehe zu vollziehen.

Gegen Morgen spürte sie eine Hand auf ihrem Po. »Cade!« zischte sie.

»Hm?« Verschlafen richtete er sich auf. »Was ist?«

Sie wandten sich einander zu, konnten sich aber nicht sehen, weil eine gähnende Missy sich zwischen ihnen aufsetzte und mit unschuldiger Miene fragte: »Ist es schon hell draußen?«

Ein frischer Wind bewegte am Montag morgen die Laken auf der Wäscheleine. Cade trat um die Hausecke und blieb wie angewurzelt stehen, als er seine Frau im Hof erblickte.

Der Anblick ihres hübschen Pos, wenn sie sich nach der Wäsche bückte, war ungemein verführerisch. Die gestärkten Unterröcke, die sie aufhängte, strafften sich in der steifen Brise und schlugen gegen ihr Haar, das sich aus seinen Nadeln löste. Cade kam sich vor, als sei er wieder fünfzehn und beobachtete sie unbemerkt an dem Teich, in dem sie früher geschwommen waren. Einmal hatte sie sich dort sogar ganz ausgezogen, war hineingewatet und hatte ihr langes rotes Haar gelöst und es frei auf dem schimmernd klaren Wasser treiben lassen. Sein Blut raste noch genau wie damals, als er sie zum ersten Mal nackt gesehen hatte.

Leise trat er hinter sie, griff um sie herum und hielt die Wäschestücke an der Leine fest, damit sie sich besser bewegen konnte. »Führen wir hier ein Hotel, Zoe?«

Sie lächelte und akzeptierte seine Hilfe. »Nein, wieso?«

Sein Blick glitt über die lange Reihe von Kleidern. Männerhosen, lange Unterhosen, Damenkleider und Kinderkleidung füllten die straff gespannten Wäscheleinen. »Dann waschen wir fürs Waisenhaus?«

»Nein.«

»Für die Armee vielleicht?«

Sie steckte einen weiteren Rock fest. »Nein, Dummchen, wir haben bloß viel Wäsche.«

Er schüttelte den Kopf. »Niemand kann so schmutzig sein.«

»Es liegen saubere Decken in der Küche. Würdest du sie bitte ins Gefängnis bringen?«

»Ich war gerade auf dem Weg dahin. Ich wollte nur zuerst meiner Frau einen Kuß geben.«

»Sei nicht albern. Was ist es, was du wirklich willst?«

»Backpulver.« Er kratzte sich an einer roten Pustel. »Es juckt wie wahnsinnig.«

Sie nickte mitfühlend. »Das muß schrecklich sein.«

Das Jucken war nicht halb so unerträglich wie das Ziehen in seinen Lenden. Nur zum Schein verheiratet zu sein war schlimmer, als seinen eigenen Kopf gegen die Wand zu schlagen, bis man bewußtlos war. »Wo sind die Kinder?«

»Im Mietstall.«

»Ich dachte, Abraham sei fort?«

»Ist er auch. Sie gehen zu Ben, weil er ihnen Äpfel schenkt.«

»Ich gebe ihnen auch Äpfel.«

»Du verwöhnst sie viel zu sehr, und das muß aufhören. Sie betrachten die Süßigkeiten, die du so großzügig verteilst, bereits als selbstverständlich.«

»Ein bißchen Naschen hat noch niemandem geschadet.«

»Nein, im Ernst, Cade. Hör auf, so nachsichtig zu sei. Sie sind auch so schon ganz verrückt nach dir, und es wird es nur noch schwerer für sie machen, wenn du fortgehst.«

»Na gut.« Er reichte ihr einen Unterrock, der viel zu groß für sie aussah. »Ich werde mich bemühen, so mißmutig und griesgrämig wie du zu sein ...«

Sie warf den Unterrock nach ihm und traf ihn im Gesicht.

Rasch nahm er eine lange Unterhose aus dem Korb und schleuderte sie in ihre Richtung.

Eine Wäscheschlacht entbrannte, und sie kämpften, bis auch das letzte saubere Laken schmutzig und zertrampelt unter ihren Füßen lag.

Sein Magen zog sich zusammen beim Anblick ihres Haars, das frei und aller Bande ledig über ihre Schultern fiel und ein Gesicht umrahmte, das erhitzt war von der Anstrengung. Am liebsten hätte er sie aufgehoben und in ihr verdammtes Bett getragen. Jetzt, wo Missy nicht da war, um sie zu beschützen, würde er ihr keine Gnade zeigen. Stundenlang. Tagelang ...

Schmunzelnd bückte sie sich nach dem Wäschekorb. »Ich habe heute morgen einen neuen Karton Backpulver geöffnet. Er steht im Küchenschrank.« Als sie zum Waschzuber hinüberging, rief sie ihm zu: »Wirst du zum Abendessen zu Hause sein?«

Er hätte es nicht tun sollen. Es wäre klüger, jetzt auf der Stelle fortzureiten. »Was gibt es?«

»Kaninchen und Kartoffelknödel.«

Kaninchen und Kartoffelknödel. Beim bloßen Gedanken daran lief ihm das Wasser schon im Mund zusammen. Er zwinkerte Zoe zu und lächelte, als sie errötete. »Das würde ich mir um nichts in der Welt entgehen lassen.«

Durch die Moskitogittertür betrat er die Küche, in der es jetzt sehr still war ohne all die Kinderstimmen. Er fragte sich, wie es sein mochte, zehn Jahre alt zu sein und keine andere Verantwortung zu tragen, als brav zu sein. Vor dem Spiegel betupfte er die roten Stellen im Gesicht mit Backpulver. Ein schöner Bräutigam war er. Masern. In seinem Alter. Wie demütigend es wäre, wenn McGill ihn so erwischen würde! Sein Kinn reibend, das genauso juckte wie alles andere, betrachtete er sich und fand abscheulich, was er sah.

Dir gefällt wohl die Idee, verheiratet zu sein? Vergiß es, Junge. Gewöhn dich nicht an das Familienleben. Das ist nichts für dich – weder jetzt noch überhaupt. Vergiß es, wie es ist, Zoes warmen, weichen Körper neben dir zu spüren und den Duft ihres Haars zu riechen statt den Rauch des Lagerfeuers. Ihr leises Atmen zu hören, das so anders als der Ruf des einsamen Kojoten ist …

Cade verdrängte die Bilder, strich sein Haar zurück und setzte seinen Hut auf.

Wenig später war er auf der Straße und ging auf das Haus des Bürgermeisters zu. Geduldig wartete er, bis Gracie öffnete, nachdem er angeklopft hatte. Sie grinste, als sie ihn erblickte.

»Meine Güte, Cade, du siehst ja schrecklich aus!«

»Darf ich hereinkommen? Ich bin nicht ansteckend, nur häßlich.«

Gracie öffnete die Tür noch weiter. »Suchst du meinen Mann? Er ist im Rathaus. Er und ...«

»Nein, eigentlich wollte ich mit dir sprechen.«

»Oh?« Gracie schloß die Tür und führte ihn ins Wohnzimmer. »Ich werde Kaffee aufbrühen.«

»Das ist nicht nötig; ich halte dich nicht lange auf. Ich wollte etwas sehr Persönliches mit dir besprechen.«

Gracie strich errötend über ihren Haarknoten. »Nun ...«

»Es betrifft Zoe.«

»Oh?« Sie schien verblüfft. »Etwas Persönliches?«

»Ich weiß, daß ihr beide euch sehr nahesteht. Deshalb bin ich auch zu dir gekommen. Weil ich möchte, daß niemand sonst von dem Gespräch erfährt.«

»Natürlich nicht.« Gracie nickte. »Das klingt, als sei es etwas Ernstes. Worum geht es?«

»Ich bin nicht sicher, aber ich habe das Gefühl, daß Zoe finanzielle Schwierigkeiten hat.«

»Oh.« Gracie faltete die Hände, als fühle sie sich unbehaglich mit dem Thema.

»Sie *hat* doch Schwierigkeiten, nicht?«

Ihr nervöser Blick glitt durch das Zimmer. Auf einem zerdrückten Kissen verweilte er, und sie stand auf, um es zu richten. »Hat Zoe dir etwas gesagt?«

»Nein.«

Als Gracie sich wieder gesetzt hatte, tat sie, als zupfte sie einen losen Faden von der Manschette ihres Ärmels. »Ich habe mir schon gedacht, daß sie nicht mit dir darüber sprechen würde.«

»Dann sprich *du* mit mir darüber. Nimmt sie Wasch- und Bügelwäsche an, um noch etwas hinzuzuverdienen?«

»Nun ... was glaubst du?«

Er dachte an die vollen Wäscheleinen – nicht nur heute morgen, sondern jeden Morgen, seit er angekommen war. »Ich glaube, niemand kann so schmutzig sein.«

Lächelnd schaute Gracie auf. »Sie würde mir den Kopf

abreißen, wenn sie wüßte, daß ich mit dir darüber spreche, aber ja, sie wäscht und bügelt schon seit geraumer Zeit für andere. Sie hat schwere finanzielle Sorgen seit Jims Tod. Er hat ihr einen Stapel unbezahlter Rechnungen hinterlassen, und er hatte sehr viel auf Kredit gekauft, was nie bezahlt wurde. Sie mußte diese zusätzliche Arbeit annehmen, um zurechtzukommen.«

Cade knirschte mit den Zähnen. »Ich wußte es!«

»Zoe ist sehr stolz, Cade. Sie will nicht, daß andere etwas von ihren Problemen wissen. Ich wüßte auch nichts davon, wenn ich nicht jeden Tag bei ihr gewesen wäre und die Ringe unter ihren Augen gesehen hätte. Sie arbeitet sich zu Tode, und jetzt, wo sie noch vier weitere Mägen zu füllen hat, schuftet sie noch mehr als früher.«

»Wie hoch sind ihre Schulden?«

»Das hat sie mir nie gesagt, aber ich weiß, daß der Bankkredit die schwerste Belastung für sie ist. Jim hat sich eine Menge Geld geliehen in seinem letzten Lebensjahr. Lawrence und ich haben versucht, sie zum Verkauf des Ladens zu bewegen, aber sie will nichts davon hören. Das Geschäft ist schon seit Jahren in der Familie der Bradshaws, und sie glaubt, sie müsse es erhalten.«

Cade spürte, wie sein Ärger wuchs. Warum hatte Zoe ihm nichts davon gesagt? Er hatte ihr angeboten, für den Unterhalt der Kinder aufzukommen, aber sie hatte abgelehnt. Warum? Weil es sein Geld war? Kopfgeld? Weil sie stolzer war, als es die Vernunft erlaubte? Sie durfte den Laden nicht verlieren. Er war alles, was sie hatte.

»Danke, Gracie.« Cade erhob sich. »Ich weiß deine Aufrichtigkeit zu schätzen.«

Gracie seufzte. »Wenn Zoe davon erfährt …«

»Das wird sie nicht.« Er lächelte. »Da kannst du ganz beruhigt sein.«

»Ich verlasse mich auf dich, Cade. Du bist das Beste, was

Zoe je geschehen ist. Ich hoffe nur, daß du dich nicht bald schon wieder auf Verbrecherjagd begeben mußt.«

»Ich auch, Gracie.« Er setzte seine Hut auf und zog ihn in die Stirn. »Grüß Lawrence von mir.«

Perry Drake saß über einem seiner Rechnungsbücher, als Cade sein Büro betrat. Perry runzelte die Stirn. »Wo ist Mary Beth?«

»Sie war nicht an ihrem Schreibtisch.«

»Tut mir leid, ich bin beschäftigt.« Der Bankier nahm wieder seine Arbeit auf.

Cade ging zum Schreibtisch und klappte das Buch vor Perrys Nase zu. »Jetzt sind Sie es nicht mehr.«

»Was wollen Sie, Cade?«

»Ich bin hier, um Zoes Darlehen zu bezahlen.«

Perry schien einen Moment zu überlegen, dann deutete er auf einen Stuhl. »Setzen Sie sich, Kolby.«

Cade nahm seinen Hut ab und setzte sich Drake gegenüber.

»Ich hörte, daß man Ihnen gratulieren kann.«

»Ja. Zoe und ich haben gestern geheiratet.«

Perry wirkte nicht besonders glücklich über diese Wendung. Cade wußte, daß er Zoe gern selbst geheiratet hätte, aber er war nicht hergekommen, um das Thema anzusprechen.

Der Bankdirektor betrachtete ihn sinnend. »Es überrascht mich, daß der Stadt dieses Bravourstück so mühelos gelungen ist.«

»Was für ein *Bravourstück*?«

»Zoe mit einer List dazu zu bringen, Sie zu heiraten.«

Cade beherrschte seinen Ärger. Drake war ein schlechter Verlierer. Das hatte er erwartet. »Das ist doch lächerlich, was Sie da sagen, Drake.«

Perry stand auf und lehnte sich an den Schreibtisch. »Ich

weiß, daß es nur ein vorübergehendes Arrangement sein soll. Zoe hält Laticia Wiseman für zu alt, um diese Kinder zu erziehen. Ich bin zwar anderer Ansicht, aber Zoe denkt so.«

Cade zog eine Braue hoch. »Wie kommen Sie darauf, daß unsere Ehe nur ein vorübergehendes Arrangement sein soll?«

Drakes Lächeln war kalt wie der Winterwind. »Kommen Sie, Kolby, Sie wollen mir damit doch sicher nicht zu verstehen geben, daß es eine Liebesheirat war?«

»Ich will Ihnen gar nichts zu verstehen geben. Aber mich würde interessieren, was *Sie* versuchen, anzudeuten, Perry.«

»Nur, daß ich mit dieser Vereinbarung einverstanden bin – fürs erste.«

Cade wandte den Blick ab und unterdrückte den Impuls, Drakes Grinsen mit der flachen Hand von seinem Gesicht zu wischen.

»Ich weiß, daß Zoe ein gutes Herz hat«, fuhr Perry fort. »Sie ist sehr besorgt um die Waisen Ihrer Schwester, und ihr ausgeprägtes Verantwortungsbewußtsein gestattet ihr nicht, sie fremden Leuten zu überlassen.«

»Wirklich?« Cade lehnte sich zurück und musterte den eingebildeten Bankdirektor. »Und ich hatte den Eindruck, daß sie die Kinder liebt.«

Perry öffnete ein Walnußkästchen auf dem Schreibtisch und nahm eine Zigarre heraus. »Rauchen Sie?«

Cade schüttelte den Kopf.

»Schade.« Er betrachtete die Zigarre liebevoll. »Ich kaufe sie in Boston. Sie sind sehr gut.«

Cade kehrte zum Zweck seines Besuchs zurück. »Wieviel schuldet Zoe Ihrer Bank?«

Perry hielt ein Streichholz an das Zigarrenende und blies den Rauch aus. »Tut mir leid. Das fällt unter das Bankgeheimnis.«

»Nicht für ihren Ehemann.«

Perry lächelte, als er das Streichholz löschte. »Sie sind nicht ihr Ehemann, Kolby. Sie sind nichts weiter als die einstweilige Lösung einer unmöglichen Situation.«

Cades Augen wurden schmal. »Wieviel schuldet sie der Bank?«

»Ich sagte, das fällt unter das Bankgeheimnis.«

»Nicht, wenn ich es abbezahle.«

Perry zog sich hinter seinen Tisch zurück. »Das können Sie nicht.«

»Mein Geld ist hier nichts wert?«

»Natürlich ist es das. Es ist nur ...«

»Den Schuldschein, Drake. Ich bezahle ihn.« Cade stand auf und starrte den Bankier drohend an.

Perry sprang auf. »Das werden wir ja sehen. Ich schicke Mary Beth zu Zoe, und dann werden wir ...«

Cade sah, wie das Blut aus Perrys Wangen wich, als er ihm den Weg verstellte. »Holen Sie den verdammten Schuldschein, Drake.«

Er hätte gern gedacht, daß er diesem arroganten Kerl Angst machte, aber er war sich über seine momentanen Beschränkungen im klaren. Selbst wenn er einen Colt im Halfter trug, wirkte ein Mann mit Backpulver im Gesicht nicht einschüchternd. Andererseits jedoch war Drake Bankier, und das bedeutete, daß er es sich gar nicht leisten konnte, Cades Geld abzulehnen.

Achselzuckend öffnete Perry die Tür und rief seine Sekretärin. »Bringen Sie mir bitte Mrs. Bradshaws Akte.«

»Mrs. Kolbys«, korrigierte Cade.

Perry räusperte sich. «Die Akte, Mary Beth.«

Drake schwieg, während er und Perry warteten. Wenige Minuten später kam Mary Beth zurück und legte eine Akte auf den Schreibtisch. »Bitte, Mr. Drake.«

»Danke.« Er bedeutete ihr, zu gehen und die Tür zu schließen.

Dann ging er die langen Zahlenreihen durch. »Ist ihnen klar, was Sie da tun? Das ist eine beträchtliche Summe, die Sie zahlen müßten.«

»Sagen Sie mir bloß, wieviel es ist.«

Der Bankier reichte ihm das Dokument, und Cade las es. »Ich werde meiner Bank in Wichita telegrafieren. Sie werden bald die volle Summe haben.«

»Wenn das Ihr Wunsch ist.« Perry senkte den Kopf und knirschte mit den Zähnen.

Cade erhob sich, um zu gehen. »Noch etwas, Drake.« Er zog seinen Hut tief in die Stirn. Perry sah sehr verärgert aus; er schaute weder auf, noch antwortete er. »Ich will nicht, daß Zoe erfährt, woher das Geld kommt.«

Perry hob verblüfft den Kopf. »Was soll ich ihr denn sagen? Daß eine gute Fee das Geld überwiesen hat?«

Cade zwinkerte ihm zu. »Sagen Sie ihr, Sie hätten es bezahlt. Es wird Ihre Position stärken in den Augen meiner Frau.«

16

Die Ladentür des *Bradshaw General Store* öffnete sich, und die ganze Familie Kolby kam heraus, alle sechs in ihren besten Sonntagskleidern. Cade, Brody und Will trugen Anzüge und Krawatten. Die Kleider, die Zoe, Holly und Missy trugen, waren bunt wie die Blumen, die links und rechts von der Veranda wuchsen.

Zoe konnte es gar nicht glauben, wie schnell die eine Woche vorübergegangen war; aber noch unglaublicher war fast, daß Cade mit ihnen in die Kirche ging. Wenn sie die Bedrohung durch McGill vergaß, konnte sie sich sie alle als eine richtige Familie vorstellen.

Missy blieb stehen und drehte sich im Kreis vor Cade. »Gefällt dir mein Kleid?«

»Es ist sehr hübsch, Missy.«

Die Augen der Kleinen wurden plötzlich feucht. »Meine Ma hat es für mich genäht.«

Cade ging neben ihr in die Knie und zog sie an sich. »Deine Ma war eine gute Schneiderin. Du mußt sehr stolz auf so ein hübsches Kleidchen sein.« Dann zog er auch Holly an sich. »Und wenn ich das einmal so sagen darf – ich werde die Jungen heute morgen mit einem Stock vertreiben müssen, so entzückend siehst du aus.«

Die liebevolle Szene rührte Zoe. Sie hatte nicht gewußt, daß er so sanft sein konnte.

»Hast du meine Ma gekannt, Onkel Cade?«

»Sehr gut sogar, Missy. Deine Ma war meine Schwester – so wie Holly deine Schwester ist.«

Missys Tränen versiegten, und Zoe lachte, als das kleine Mädchen zu ihm aufschaute, als ob er etwas sehr Lustiges, aber nicht sehr Glaubwürdiges gesagt hätte.

Cade grinste. »Vor vielen Jahren waren eure Ma und ich so klein wie ihr. Wir spielten zusammen, nahmen unsere Mahlzeiten zusammen ein, lebten im selben Haus und bekamen Ohrfeigen von unserer Ma und unserem Pa.«

Missy stieß ihn an. »Das stimmt nicht! Ma ist viel zu groß für Ohrfeigen!«

»Missy, stell deinem Onkel nicht so viele Fragen.« Zoe öffnete ihren Sonnenschirm und betrachtete den Himmel. »Ich fürchte, es wird wieder Regen geben.«

Cade hob Missy auf, drückte sie noch einmal an sich und setzte sie dann in den Wagen, den er aus Johns und Addys Scheune geholt hatte. »Es wird noch eine Weile trocken bleiben, denke ich.«

»Das wird lustig heute, Onkel Cade!« Missy umklammerte Cades Hals noch fester. »Zuerst gehen wir zum Gottesdienst und dann ... dann machen wir ein Picknick!«

Cade schaute Zoe an und lächelte. »Ich kann mir nichts Lustigeres vorstellen. Du?«

Zoe lachte. »Nein, ich glaube nicht.« Sie rückte ihren Hut zurecht, nervös, weil sie heute zum ersten Mal mit Cade als Frischvermählte in die Kirche ging. Die Leute würden Ausschau halten nach Beweisen ehelichen Glücks bei ihnen, und das einzige, was sie finden würden, waren Anzeichen schlafloser Nächte. Es war lange her, seit ein Mann in ihrem Bett geschlafen hatte, und sie war froh, daß ein simpler Ehering Missys Schlafgewohnheiten nicht beeinträchtigte.

Sie unterdrückte ein Lächeln, als sie dachte, wie schön es wäre, eine echte Ehe mit Cade zu führen. Es war die reinste Qual, seinen warmen Körper so nahe zu haben und doch so unerreichbar. Sie fragte sich, wie John und Addy es geschafft haben mochten, Zeit für sich allein zu finden, und lächelte dann, als sie begriff, daß sie damit keine Schwierigkeiten gehabt haben konnten. Brody, Will, Holly und Missy waren der lebendige Beweis dafür.

Cade warf ihr einen Blick zu. »Was ist so komisch?«

»Nichts.« Sie zog ihre Handschuhe an und atmete tief durch. »Wir sollten uns beeilen, sonst kommen wir zu spät zum Gottesdienst.«

Die Kirchenglocken läuteten bereits, als die neugegründete Familie eintraf. Wagen und Kutschen standen dicht an dicht auf dem Feld neben der Baptistenkirche. Die Kolbys traten nacheinander ein, blieben gleich hinter dem Eingang aber wieder stehen.

Brody schaute Zoe an. »Wo sitzen wir?«

Ratlos glitt Zoes Blick über die langen Bankreihen. Die Bank der Kolbys lag zur Rechten, die der Bradshaws vorne links und die Sitzplätze der Wisemans ganz hinten in der letzten Reihe.

»Wo sollen wir sitzen?« fragte nun auch Will. »Sind wir Kolbys, Wisemans oder Bradshaws?«

Fragend schaute Zoe Cade an.

»Ja, Onkel Cade. Wer sind wir?«

Schweigend nahm er Zoes und Missys Hand und ging mit ihnen durch den Gang voran. Die anderen Kinder folgten. An einer leeren Bank im vorderen Teil der Kirche blieb er stehen und bedeutete seiner Familie, sich zu setzen.

»Oh«, sagte Missy. »Wir sind eine neue Familie – wir haben eine Bank für uns allein!«

Cade setzte sich neben Zoe und nahm Missy auf den Schoß. »Das stimmt. Wir sind eine ganz neue Familie.«

»Oh, wie schön!«

Im Bewußtsein, daß alle Blicke auf ihnen ruhten, lehnte Zoe sich zurück. Sie spürte Gracies liebevolle Anerkennung und Ednas zustimmendes Lächeln. Obwohl es nicht so hätte sein sollen, erfüllte es sie mit Stolz, neben ihrem attraktiven Ehemann zu sitzen. Die roten Flecken auf seinem Gesicht waren zurückgegangen und kaum noch sichtbar. Für sie war er der bestaussehende Mann im Raum.

Cade beugte sich zu ihr vor und flüsterte: »Warum starren alle so?«

Zoe erwiderte nichts und schaute zur Decke.

»Was ist?« Cades Blick folgte ihrem zu den freiliegenden Dachbalken.

»Wir haben alle Angst, daß das Dach über uns zusammenbricht«, erwiderte sie leise.

Prüfend betrachtete er die dicken Holzbalken. »Es sieht doch recht solide aus. Hattet ihr Probleme damit?«

»Nein, aber du bist heute morgen in der Kirche.«

Er warf ihr einen sauren Blick zu, als Edna Mews sich von ihrem Platz erhob und zu ihnen herüberkam.

»Hallo, meine Lieben. Ihr gebt ein hübsches Bild ab als Familie. Addy und John wären sehr glücklich, wenn sie euch jetzt sehen könnten.«

Zoe bemühte sich, ihre Freude zu verbergen. »Danke, Edna.«

Als Reverend Munson seinen Platz auf der Kanzel einnahm, ging Edna rasch zu ihrer Bank zurück, und Zoe hob ein Gesangbuch auf. Cade blätterte geräuschvoll in dem Buch, als er nach der richtigen Seite suchte. Zoe zeigte ihm rasch ›What a Friend We Have in Jesus‹, als Lorraine Munson sich an die Orgel setzte und zu spielen begann.

Cades tiefer Bariton vermischte sich harmonisch mit Zoes Altstimme, als sie die ersten Hymnen dieses Morgens sangen. Zoe fühlte sich zurückversetzt um zwanzig Jahre, in die Zeit, als sie als Kinder hier in derselben Kirche gesungen hatten.

Die Gemeinde setzte sich, als die Musik verklang, und Reverend Munson mit der Bibel unter dem Arm aufs Podium zuging.

Seine gütigen Augen auf die Neuvermählten richtend, sagte er: »Guten Morgen, Freunde.«

»Guten Morgen, Reverend«, erwiderten die Gläubigen.

»Und was für ein schöner Morgen es heute ist. Ich sehe, daß auch die Familie Kolby heute morgen bei uns ist.« Er verneigte sich in Richtung Cade und Zoe. »Kein besserer Ort auf Erden als das Gotteshaus.«

Der Prediger schlug seine Bibel auf, und Zoe war sehr verblüfft, als sie die Umrisse eines Revolvers unter seinem Anzugjackett sah.

Cade beugte sich zu ihr vor. »Ist das eine Waffe?«

Den Finger an die Lippen legend, nickte sie und machte große Augen, als sie das Jagdgewehr auf dem Schoß des alten Bess Harris liegen sah.

»Reverend Munson ist *bewaffnet*?« fragte Cade.

Sie stieß ihn an, damit er schwieg.

»In meiner Predigt werde ich heute morgen über die Liebe sprechen. Die Bibel sagt, ein Mann solle Vater und Mutter verlassen, so wie eine Frau auch ihre Eltern, damit sie eins werden vor Gott. Dann sind sie nicht mehr zwei verschiedene Menschen, sondern ein Fleisch und Blut geworden.« Der Prediger hielt inne und räusperte sich. »Was Gott vereint hat, darf der Mensch nicht trennen.«

Reverend Munson schloß die Bibel und hielt einen Moment in Gedanken versunken inne. »Die Ehe ist eine Vereinbarung zwischen einem Mann und einer Frau und Gott.«

Als Cade sich unruhig neben ihr bewegte, tat Zoe, als ob sie nichts bemerkte. Warum Reverend Munson ausgerechnet heute morgen über die Unantastbarkeit der Ehe sprach, war ihr unerklärlich. Hatte er erraten, daß sie ihre Ehe aus verkehrten und selbstsüchtigen Motiven eingegangen waren? Schuldbewußtsein quälte sie. Vor einer Woche noch waren ihr die Kinder wie ein vernünftiger Grund erschienen, eine Ehe einzugehen. Die Worte des Predigers erinnerten sie jedoch wieder daran, daß die Ehe eine geheiligte Verbindung war, die man nicht leichtfertig einging, und das flößte ihr ein starkes Schuldbewußtsein ein.

Was hätte Gott von ihr gewollt? Daß sie Laticia die Kinder übergab und die Angst in ihren Augen sah, als sie fortgingen, um von einer Frau erzogen zu werden, die ihre Urgroßmutter hätte sein können? Vielleicht war eine Ehe nicht die ideale Lösung, aber sie war die einzige Möglichkeit gewesen, die ihnen zur Verfügung stand.

Cade zappelte unruhig auf seinem Sitz und warf ihr hin und wieder einen Blick zu. Spürte auch er den Druck, sah auch er die vielsagenden Blicke und das zustimmende Nicken der Gemeinde?

»Eine Frau sollte zu ihrem Mann stehen und er zu ihr«, fuhr der Reverend fort. »Das ist es, was die Bibel lehrt.«

Zoe, der es plötzlich viel zu warm war, fächelte sich mit einem Taschentuch Luft zu. *Sah der Reverend sie und Cade an?* Die halbstündige Predigt kam ihr vor wie eine kleine Ewigkeit. Sie hatte nicht gemerkt, daß sie steif war wie ein Brett, bis sie Woodall Thompson auf die Uhr schauen sah, was bedeutete, daß der Gottesdienst sich seinem Ende näherte.

Sie fächelte noch heftiger, als der Reverend den Blick auf Cade richtete. »Heute morgen möchte ich die Predigt mit einer Botschaft aus den Korintherbriefen beenden.«

Zoe biß sich auf die Lippen. Eine tiefe Stille legte sich in diesem feierlichen Augenblick über die Kirche. Nicht einmal ein Rascheln war zu hören.

Der Reverend sprach aus dem Gedächtnis und wählte Worte, die jeder im Raum verstehen konnte. »Wenn ich die Gabe besäße, in anderen Sprachen zu sprechen, ohne sie erlernt zu haben, könnte ich in jeder Sprache sprechen, die es auf Erden und im Himmel gibt, aber ohne Nächstenliebe würde ich nur reden, um mich selbst reden zu hören. Wenn ich die Gabe besäße, zu erraten, was die Zukunft bringt, und alles über alles wüßte, aber nicht meinen Nächsten liebte, was würde mir das alles dann schon nützen? Selbst wenn ich die Macht oder den Glauben besäße, Berge zu versetzen, wäre ich ohne Liebe gleichwohl überhaupt nichts wert.«

Reverend Munson senkte seine Stimme. »Wer liebt, ist gut und geduldig, er ist nicht eifersüchtig oder neidisch, nicht prahlerisch und stolz, nicht überheblich oder selbstsüchtig. Wer liebt, der ist nicht reizbar und empfindlich; er kennt keinen Groll und wird es kaum bemerken, wenn andere ihm ein Unrecht tun.«

Zoe schluckte ihre Tränen. Wie gern hätte sie dem Reverend geglaubt. War ewige, selbstlose Liebe zwischen Mann und Frau möglich? Auf der anderen Seite des Ganges sah sie Gracie und Lawrence, die sich an den Händen hielten. Ihre Ehe hatte vierzig Jahre allen nur denkbaren Prüfungen standgehalten.

Edna und Walter saßen nebeneinander, und Edna tupfte sich mit einem Tuch über die Augen, während Walter liebevoll ihr Knie berührte. Auch sie waren schon seit siebenunddreißig Jahren verheiratet ...

Wohin Zoe auch blickte in der Kirche, überall sah sie Paare, die ihre Gelübde abgelegt und ernst genommen hatten. Aber *sie* hatte ein Versprechen abgegeben, das zu erfüllen sie nie vorgehabt hatte. Wie konnte sie sich zum Richter über Cade aufspielen, wenn ihr eigenes Leben einer gründlichen Reinigung bedurfte?

Reverend Munson trat vom Podium. »Zum Schluß sagt uns die Bibel noch: Glaube, Hoffnung und Liebe werden nie vergehen – und das Mächtigste von allem ist die Liebe.« Er schaute seine Gemeinde an. »Ich hoffe, daß jeder einzelne von euch in diesem Raum diese Worte in Erinnerung behalten wird und sie auf seine eigene Ehe anwendet.« Sein Blick glitt jetzt zu Cade. »Denn bis ein Mann seine Bestimmung findet, wird er niemals glücklich sein.«

Nach dem Gottesdienst verließ Cade die Kirche und blieb bei all jenen stehen, die ihm gratulierten und ihm Glück für seine Ehe wünschten. Jetzt, wo die Kinder versorgt waren, wußte Zoe, daß ihre Tage als glückliche Familie vorbei waren. Reverend Munsons Predigt war sehr eindrucksvoll gewesen, aber sie waren schon zu weit gegangen, um noch etwas zu ändern.

Cade hatte versprochen, den Abschied kurz und schmerzlos zu gestalten. Er würde den Kindern sagen, etwas Unverhofftes habe sich ergeben, das ihn zwänge, eine Weile zu verreisen. Er würde ihnen bloß nicht sagen, daß er nicht vorhatte, zurückzukehren. Mit der Zeit würde sie, Zoe, schon die richtigen Worte finden, um den Kindern zu erklären, warum er nicht zurückkam.

Während sie zusah, wie er Hände schüttelte, während sie sein Lächeln bewunderte und den warmen Tonfall seiner tiefen Stimme hörte, wußte sie, daß sie ihn dieses Mal sogar noch mehr vermissen würde. Ihre neugegründete Familie würde ohne ihn nicht mehr dieselbe sein. Er würde eine Lücke hinterlassen, die groß genug wäre für Herschel Mallards toten Bullen, aber das war die Abmachung, die sie getroffen hatten. Endlose einsame Tage und kalte Nächte waren der Preis, den sie dafür zu zahlen hatte.

Reverend Munsons Botschaft hatte einen wunden Punkt getroffen. Falls sie je daran gedacht hatte, die Ehe aufzulösen, waren diese Überlegungen jetzt wie ausgelöscht. Wie konnte sie ihre Gelübde brechen, wenn sie sich fast ihr ganzes Leben lang gewünscht hatte, Cades Frau zu sein?

Als die kleine Schar der Gläubigen sich zu zerstreuen begann, nahm Cade Wills Hand. Zoe, die sah, daß Missy in einer nahen Pfütze spielte, seufzte. »Sie wird ihr Kleid ruinieren«, sagte sie zu Cade.

»Das kann gewaschen werden, nicht?«

Sie rief Missy und zog ein Taschentuch aus ihrem Retikül. Als Missy herbeigelaufen kam, gab Zoe Cade ihre Tasche und begann, die Schmutzflecken der Kleinen abzuwischen.

»Du solltest es besser wissen, Missy, als im Dreck zu spielen.«

Grinsend hängte Cade sich Zoes Retikül über den Arm und drehte es kokett am Handgelenk, bis Missy schallend lachte.

Holly kicherte. »Du bist albern, Onkel Cade.«

»Und er gibt eine sehr häßliche Frau ab«, warf Zoe ein und lachte mit den anderen.

Cade straffte sich und tat, als wäre er beleidigt. »Verzeihung?«

Zoe reichte ihm das schmutzige Taschentuch, und mit abgespreizten kleinem Finger schüttelte er es geziert aus und drehte unter dem Gelächter der Mädchen einige anmutige Pirouetten.

Von ihrer Reaktion ermuntert, drehte er sich auf einem Fuß – und landete direkt vor Shelby Moore, der gerade die Eingangsstufen der Kirche hinunterkam.

Moore starrte ihn verwundert an.

Cade ließ das Taschentuch rasch sinken. »Guten Morgen, Shelby.«

Der Farmer drängte sich an ihm vorbei und murmelte etwas, das wie ›Hampelmann‹ klang.

Cade grinste, als Shelby ging. »Sei still, Moore, sonst schlag' ich dich mit meinem Retikül.«

Gracie und Lawrence blieben stehen, um Zoe und ihrer Familie beim Einsteigen zuzusehen, bevor sie zu Edna, Walt und Sawyer weitergingen. Auch Pop gesellte sich zu ihnen, und sie alle unterhielten sich ein paar Minuten.

Gracies Blick folgte Cades und Zoes Wagen, als er aus dem Kirchhof ratterte. »Sie sind eine wirklich ansehnliche Familie, nicht?«

Pop nickte. »Cade ist schon erstaunlich lange hiergeblieben. Ich dachte, er würde inzwischen längst verschwunden sein. Das Familienleben scheint ihm besser zu gefallen, als er dachte.«

Sawyer biß ein Stück Kautabak ab. »Er ist bloß geblieben, um diese alte Hexe von den Kindern fernzuhalten. Ich wette, daß er sich schon sehr bald auf die Socken machen wird.«

»Sprich nicht von Regen, solange du nicht naß wirst«, sagte Pop. »Ich habe so ein Gefühl, daß diese beiden noch sehr, sehr lange zusammenbleiben werden.«

»Nun«, meinte Gracie, »ich glaube nicht, daß ihre Ehe im biblischen Sinne tatsächlich eine ist.«

Edna runzelte die Stirn. »Meinst du damit, was ich glaube, was du meinen könntest?«

Gracie nickte.

»Hat Zoe das gesagt?«

»Natürlich nicht, Edna. Eine Dame spricht nicht über so etwas, aber ...« Gracie zögerte einen Moment und warf einen Blick auf die vier Männer. »Missy erwähnte, daß sie nachts zwischen den beiden schläft.«

»Das ist eine Schande«, meinte Walt. »Die beiden brauchen ihre Intimsphäre.«

Sawyer spuckte. »Was diese Ehe braucht, das ist ein bißchen von dieser ... dieser ... Glaubhaftigkeit.«

»Glaub*würdig*keit«, verbesserte ihn Pop. »Aber du hast recht. Ist irgend jemand in der Stimmung für eine *Shivaree*?«

»*Shivaree*?« Gracie drückte ihr Taschentuch an ihre Brust. »Ist es nicht ein bißchen zu spät dazu? Sie sind doch schon eine Woche lang verheiratet.«

Pop lachte. »Um so besser. Dann rechnen sie zumindest nicht damit.«

Als sie den Laden betraten, nahm Zoe ihren Hut ab und rief über die Schulter: »Zieht euch um, Kinder, während ich die Sandwiches mache.« Als sie durch den Laden ging, band sie schon eine Schürze um. Es gab mindestens ein Dutzend anderer Dinge, die sie hätte tun sollen, aber als Cade von einem Picknick sprach, hatte sie einfach nicht widerstehen können.

»Kann ich helfen?« Cade legte seinen Rock ab und hing ihn über eine Stuhllehne.

»Danke – hier.« Sie gab ihm eine Schürze. »Mach dir nicht dein Hemd schmutzig.«

»Du meinst, Jims Hemd.«

Sie schaute weg. Sie hatte Jims Kleider eigentlich fortgeben wollen, war bisher aber zu beschäftigt gewesen, um sich darum zu kümmern. Der Stoff straffte sich um Cades breite Schultern, weil er viel größer und viel kräftiger als ihr verstorbener Ehemann war.

Als sie sich nach Cade umsah, hielt er die Schürze hoch, um zu sehen, wo oben und wo unten war. Sie konnte sich gut vorstellen, daß er sie nicht gern anzog.

»Wie kommen Frauen bloß in diese Dinger rein?«

Zoe warf einen Blick über die Schulter, als sie Brot aufschnitt. »Brauchst du Hilfe?«

Er nickte und hielt ihr die Schürze hin. Sie zog sie über seinen Kopf und griff um seine Taille, um die Bänder zu befestigen.

»Danke.«

»Gern geschehen.« Sie fuhr fort, Brot zu schneiden, und spürte, wie ihr heiß wurde unter seinem Blick, als er ihr bei dieser alltäglichen Verrichtung zusah. »Was ist?«

»Nichts. Ich fragte mich bloß gerade, was in aller Welt bloß über mich gekommen ist.«

»Wie meinst du das?«

»Wie ich in diese schwierige Situation geraten bin. Bis vor ein paar Wochen brauchte ich nur für mich selbst zu sorgen – und jetzt trage ich eine Schürze und bereite mit meiner Ehefrau ein Picknick für meine vier kleinen Kinder vor.«

Sie lächelte und ignorierte die Gefühlsbewegung, die sein Geständnis in ihr weckte. »Und?«

»Das ist nicht fair.« Er senkte die Stimme zu einem verführerischen Flüstern. »Fünf gegen einen.«

Über die Schulter sagte sie: »Wirst du nun helfen oder nicht?«

»Was soll ich tun?«

Sei ein Ehemann und Vater. Lieb mich, bleib bei mir. Wenn du uns lieben würdest, würdest du einen Weg finden, die Lage zu bereinigen. »Hol den Picknickkorb von der Veranda und pack ein Glas saure Gurken ein. Oh, und nimm auch ein paar Kekse – aber nicht zu viele. Brody wird nicht eher aufhören, bis sie alle aufgegessen sind.«

Cade hörte ihr zu, obwohl er in Gedanken ganz woanders war. Sein Blick ruhte auf ihren Händen, die geschickt den Schinken zwischen die Scheiben Brot legten. Er wandte sich ab, weil er die Augen nicht von ihren Brüsten abwenden konnte, als sie sich reckte, um etwas aus dem Schrank zu nehmen. Lust war nicht das einzige, was er empfand; er bewunderte Zoe – bewunderte, wie sie mit den Kindern und dem Leben fertig wurde und wie hart sie arbeitete, um sie alle zu ernähren. Die zarte Haut an ihrem Nacken, die so weiß und so verwundbar war, hatte einen solch erregenden Effekt auf ihn, daß er vollkommen aus dem Konzept geriet.

»Cade!« Sie stützte die Hände in die Hüften. »Was ist los mit dir? Du hast ein Glas Tomaten in den Korb gelegt. Ich sagte, Gurken. Und hol die Hühnchenreste aus dem Eisschrank.«

»Entschuldige«, murmelte er. Sie versklavte ihn. Ließ ihn Schürzen tragen, sich vor dem Abendessen waschen und jeden Tag rasieren. Heute in der Kirche hatte der Prediger über die Liebe aus der Bibel vorgelesen. Und das Schlimmste war, daß ihm all das gefiel.

»Wir können uns nicht vor den Jungen ausziehen«, beschwerte Holly sich, als die Kinder aus dem Schlafzimmer kamen. »Brody sagte, er müsse in seinen langen Unterhosen gehen, weil er die Hosen, die er werktags trägt, nicht finden kann.«

»Das kann er nicht!« warf Missy naserümpfend ein. »Er hat ein Loch im Hosenboden seiner Unterhosen.«

Zoe band ihre Schürze ab und legte sie auf einen Stuhl. »Niemand geht in Unterwäsche zu dem Picknick. Cade, wenn du die Brote einpackst, suche ich rasch die verschwundenen Hosen. Beeilt euch, Mädchen, und zieht euch um.«

Cade stapelte die Brote auf ein Stück Pergamentpapier, wickelte sie ein und legte das Päckchen zu den anderen Sachen in den Korb. Dann packte er auch die Reste des gebratenen Hühnchens ein. Und plötzlich merkte er, daß er ein munteres Liedchen pfiff, hielt lächelnd inne und dachte an jenen sonnigen Nachmittag zurück, an dem er Zoe und Addy am Teich beim Schwimmen überrascht hatte. Ihre Kleider hatten auf einem Ast gehangen, als warteten sie nur darauf, daß er sie fortnahm, und genau das hatte er getan. Wenn er nicht so laut dabei gelacht hätte, hätten sie ihn vermutlich nie erwischt. Der Blick in Zoes Augen, als sie aus dem Wasser stieg, nackt wie ein Vogeljunges und wütend wie eine Hornisse, war die Prügel wert gewesen, die seine Mutter ihm verabreicht hatte, als Addy ihn beim Heimkommen verpetzte.

»Jemand da?«

Cade schaute auf und sah Shelby Moore an der Moskitogittertür stehen. »Kommen Sie herein, Shelby.«

»Ich störe nicht gern an einem Sonntag, aber …«

Shelby brach ab und starrte Cade stirnrunzelnd an. »Ist Pop noch immer nicht im Dienst?«

»Nein. Was kann ich für Sie tun? Haben Sie noch mehr totes Vieh gefunden?«

»Nein, diesmal betrifft es meine Hühner, aber … nun … das kann auch warten. Ich sehe ja, daß Sie beschäftigt sind …«

Cade schaute an sich herab und zog dann rasch die Schürze aus. »Wir haben Brote geschmiert für ein Picknick.«

»Ich glaube, ich warte lieber, bis Pop wieder auf dem Damm ist.«

»Ich kann mich darum kümmern, Shelby.«

»Nehmen Sie es mir nicht übel, Kolby, aber ich hätte lieber Pop dafür.«

Abwesend hob Cade die Hand und kratzte sich, als Shelby ging. Verdammt. Jetzt *wußte* er, daß der Farmer ihn für einen Hampelmann hielt.

Nach dem Essen, als die Kinder im Teich planschten, legte Cade sich auf die Decke neben Zoe, die eingeschlafen war. Er drehte sich auf die Seite, um sie zu betrachten. Sie verdiente diese Pause. Er kannte keine Frau, die so hart arbeitete wie Red. Er hob eine Strähne ihres Haares an und ließ sie durch seine Finger gleiten. Sie roch nach Sonnenschein und Seife. Er zupfte einen Grashalm aus und kitzelte sie damit an der Nase.

Murmelnd strich sie sich über das Kinn.

Er ließ den Halm tiefer gleiten, strich ganz sachte über ihr Kinn und dann über ihre Stirn.

Noch halb im Schlaf, rieb sie sich ihre Nase und schlug die Augen auf.

Zärtlich strich er ihr das Haar zurück, nahm ihre Hand und drückte sie an sein Gesicht. Ihr Blick war weich und zärtlich, ihre Haut warm von der Sonne. Der Duft von wilden Blumen hing in der Luft und erinnerte ihn daran, wie hinreißend sie war.

»Hör auf damit.«

»Versuch, mich davon abzuhalten.« Er rückte noch näher, fest entschlossen, sie nicht freizugeben. Es war an der Zeit, daß sie ihm ihre Gefühle für ihn endlich eingestand. Sie waren sich ganz nahe und schauten sich in die Augen. Sie atmete schneller, was ihm bestätigte, daß sie nicht so immun gegen ihn war, wie sie behauptete.

»Die Kinder werden uns sehen, Cade ...«

»Na und? Sie wissen, daß wir Eheleute sind.« Er nahm ihr Ohrläppchen zwischen die Lippen und zupfte sanft daran. Ein kleiner Seufzer entrang sich ihren Lippen, und er lächelte. Als sie die Hände an seine Brust legte und versuchte, ihn fortzuschieben, merkte er an ihrem Zittern, daß sie im Grunde gar nicht wollte, daß er aufhörte.

Doch dann schob sie ihn fort und richtete sich auf. »Benimm dich.«

»Wenn du bei mir bist, habe ich nur eins im Sinn.« Er sah, wie sie errötete. Sie war schön, und er begehrte sie mit einer Leidenschaft, die er nie an sich vermutet hätte, eine Leidenschaft, die mit den Jahren noch gewachsen war und in seinem Herzen schwelte wie ein Feuer.

»Cade«, sagte sie warnend. »Du bist unmöglich.«

Lächelnd strich er mit dem Grashalm über ihren Brustansatz und Hals und wünschte, er könne den Stoff beiseite schieben. Es war so lange her, daß er sie nackt gesehen oder ihre wundervolle zarte Haut berührt hatte.

Er war ein Junge gewesen damals, und jetzt wollte er sie wie ein Mann lieben, langsam und geduldig, mit der ganzen Leidenschaft und Zärtlichkeit, die er sich nur für sie allein bewahrt hatte.

»Wußtest du, daß ich früher jeden Abend vor dem Einschlafen an dich gedacht habe?«

»Das hast du nicht.«

»O doch, Red.« Er legte einen Finger unter ihr Kinn und gab mit leiser Stimme zu: »Jeden Abend stellte ich mir dein

Lächeln vor und das Grübchen an deiner linken Wange, wenn du lachst.« Zärtlich strich er über ihre Lippen, über ihren Nacken und über den Spitzenbesatz am Ausschnitt ihres Kleids. »Möchtest du wissen, was ich mir sonst noch alles vorgestellt habe?«

»Nein.«

»Feigling.« Seine Finger spielten mit ihrem Mieder und versuchten, es etwas hinabzuziehen, aber es schien so eigensinnig wie seine Trägerin zu sein. Was mußte er tun, um ihr klarzumachen, daß er sie liebte? Es war nicht fair, mit ihr zu schlafen und sie dann zu verlassen, aber er konnte gar nicht anders. Er begehrte diese Frau mehr als das Leben selbst, aber es war ihr Leben, das er schützen mußte.

»Du bist schrecklich, weißt du das?« Sie legte sich wieder auf die Decke und drehte sich auf den Bauch.

»Dann gib mir eine Chance, mich zu bessern.« Er schlang den Arm um ihre Taille und drehte sie so, daß sie ihn ansehen mußte. Sie sah noch genauso jung aus wie an dem Tag, als er sie verlassen hatte – dasselbe anmutige Lächeln, dasselbe leuchtend rote Haar, dieselbe schmale Taille – aber sie füllte das Mieder ihres Kleids wie eine Frau aus statt wie das junge Mädchen, das er vor all den Jahren hinter sich zurückgelassen hatte.

Ihr Blick wurde weicher, als er eine Locke ihres Haars um seinen Finger wickelte. Er wäre überglücklich, wenn sie ihn immer so ansehen würde wie jetzt in diesem Augenblick. »Was habe ich getan, was deine schönen Augen wieder so zum Leuchten brachte?«

»Du hast mir die Kinder gegeben.«

Das war nicht die Antwort, die er sich erhofft hatte, aber sie war ein Beginn. Als er den Kopf senkte, um sie zu küssen, wich sie nicht zurück. Sein Mund bedeckte ihren, und seine Zunge strich sehr sanft darüber, bis sie die Lippen öffnete und ihn die warme, vertraute Süße ihres Munds erforschen ließ. Sie schmeckte wundervoll und erwiderte den Kuß mit einer Inbrunst, die jeden vernünftigen Gedanken aus seinem Kopf vertrieb und seine maskulinen Bedürfnisse erweckte. Wenn er nicht aufhörte, sie zu küssen, würde er sich vor den Kindern sehr blamieren. Widerstrebend zog er sich zurück und schaute Zoe in die Augen.

»Ich werde dir ewig dankbar sein, Cade.« Sie berührte seine Wange. »Ich werde unseren Kindern die beste Mutter sein, die man sich vorstellen kann.«

»*Unseren* Kindern, Red? Sie sind jetzt deine Kinder.«

»Nein«, sagte sie und strich über seine Nase, seine Augenbrauen und seine Wangen. »Was immer auch geschehen mag, sie werden immer unsere Kinder sein.« Sie schob die Finger in sein Haar und seufzte. »Ich werde dir oft schreiben, und die Kinder auch. Vielleicht kannst du eines Tages, wenn sie älter sind, zu Besuch kommen.«

»Nein. Wenn ich fortgehe, wird es für immer sein.« Ein verletzter Blick erschien in ihren Augen, und er drückte ihre Hand. Dies war der Schmerz, den er ihr nicht zufügen wollte, der Schmerz, den er nicht sehen wollte. »Keine Briefe und keine Besuche. Es geht nicht anders, Red.«

»Du willst keinen Brief von mir? Oder von den Kindern?«

Die Qual in ihrer Stimme zerriß ihm fast das Herz. Aber er hatte keine Wahl. »Nein. Wenn sie einen deiner Briefe fänden, würden sie dich finden, Red. Das kann ich nicht riskieren.«

»Dann geh nicht fort.«

»Du willst, daß ich bei dir bleibe?« Schweigen senkte sich zwischen sie wie eine schwere dunkle Wolke.

Zoe seufzte. »Würdest du bleiben, wenn ich dich darum bitten würde?«

»Wie geht's, Leute?«

Cade und Zoe fuhren auseinander, als sie Ben Pointers Söhne über die Lichtung kommen sahen, beide ein Gewehr über der Schulter.

Cade runzelte die Stirn. Das erste wichtige Gespräch, das er und Zoe führten, seit sie verheiratet waren, und diese beiden Dummköpfe mußten sie dabei stören. »Was macht ihr hier draußen? Jagen?«

»Äh ... ja, so ist es«, sagte einer.

»Ja, wir jagen«, pflichtete der andere ihm bei.

Sie standen völlig reglos da, bis auf die Augen, deren Blicke ruhelos über die Lichtung glitten. Cade wußte, daß sie nicht auf Jagd waren. Sie hatten keinen Sack dabei, um das erlegte Wild zu tragen, und sie waren zusammen, anstatt einzeln die Gegend zu erkunden. Sie waren ganz bestimmt nicht auf der Jagd.

»Was jagt ihr? Eichhörnchen?« fragte Zoe.

»Ja ... Eichhörnchen.«

»Fasane.«

»Was denn nun?« fragte Cade ein wenig ungeduldig.

»Fasane.«

»Eichhörnchen.«

Der ältere Junge stieß den anderen an und zog den Hut vor Zoe. »Schön, Sie zu sehen, Ma'am. Mir scheint, daß hier alles in Ordnung ist. Wir gehen dann mal weiter.«

Cade nickte. »Paßt gut auf, wenn ihr nach Hause geht.«

Als sie außer Hörweite waren, schaute Zoe Cade an. »Was hatte das denn zu bedeuten?«

Er schüttelte den Kopf. »Ist dir aufgefallen, daß alle in der Stadt auf einmal eine Waffe tragen – sogar Gracie?«

»Und Reverend Munson. Ich habe ihn noch nie bewaffnet gesehen, aber ich bin sicher, daß er heute morgen einen Revolver im Gürtel stecken hatte.«

»Pointers Jungen waren nicht auf Jagd.« Sein Instinkt verriet ihm, daß etwas nicht in Ordnung war. Seine Hand glitt zu seinem Colt, als er sich umschaute.

»Was ist? Hast du etwas gehört?« fragte Zoe.

Donnergrollen ertönte in der Ferne. »Verdammt«, sagte Cade und setzte seinen Hut auf. »Es wird regnen.«

Zoe packte rasch den Korb und faltete die Decke, als die ersten Tropfen fielen.

Cade nahm ihre Hand und rief den Kindern zu: »Kommt schnell zum Wagen!«

Die Kinder kletterten über die Böschung, entzückt über den unerwarteten Schauer. »Dürfen wir im Regen spielen?« fragte Brody.

»Dürfen wir?« stimmte Will mit ein, und die Jungen begannen, auf und ab zu hüpfen, und fingen mit dem Mund die Regentropfen auf.

Cade lachte. »Warum nicht? Ertrinkt nur nicht.«

»Du bist albern, Onkel Pa«, sagte Will.

Die Mädchen hoben große Klumpen feuchte Erde auf und schleuderten sie nach ihren Brüdern.

»Onkel Pa«, wiederholte Cade, als er und Zoe zum Wagen liefen. »Sehe ich wie ein Onkel Pa aus?«

»Wie jeder andere Onkel Pa, den ich bisher gesehen habe.«

Lachend stiegen sie in den Wagen, und mit Zoes Hilfe zog Cade rasch das Lederdach über die Sitze.

»Da hätten wir auch mit den Kindern im Regen spielen können«, sagte Zoe, als sie an sich herabsah. »Wir sind mindestens genauso naß.«

»Ich will nicht mit den Kindern spielen«, sagte er und hüllte sie in eine Decke. »Ich möchte mit dir spielen.« Er fühlte sie erschauern, als er sie an sich zog und einen Arm um ihre Schultern legte. »Dir ist kalt.«

»Nicht mit dir an meiner Seite.«

Seine andere Hand fand den Weg unter die Decke und umfaßte eine ihrer Brüste. Zoe schlug auf seine Hand, und er konnte sich ein Grinsen nicht verkneifen.

»Ist das alles, woran du denkst?« fragte sie.

»Wenn ich bei dir bin, ja.« Lächelnd ließ er seine Hand von neuem auf Forschungsreise gehen. Diesmal schlug Zoe härter zu, und er lachte. Regen prasselte auf das

Wagendach. Es war, als ob sie ganz allein in einer kleinen, feuchten Kapsel wären. Nie war er sich ihrer Weiblichkeit stärker bewußt gewesen – ihres Dufts, ihres weichen Körpers, ihres warmen Atems. Mit der Fingerspitze drehte er ihr Gesicht zu sich herum. »Hallo, Mrs. Kolby.«

Sie errötete und senkte verführerisch die Lider. Wenn er gewußt hätte, was für einen Effekt es hatte, wenn er sie Mrs. Kolby nannte, hätte er das viel eher schon getan. An der Art, wie sie den Blick abwandte, konnte er sehen, daß sie ihre Freude über seine Annäherungsversuche vor ihm verbergen wollte. Als sie den Mund öffnete, um zu protestieren, küßte er sie – sehr lange und sehr zärtlich, wie damals in den sorgenfreien Tagen ihrer Jugend. Ein Kuß, der sehr schnell außer Kontrolle geriet, bei ihm zumindest. Er unterbrach ihn und strich Zoe eine feuchte Locke aus der Stirn. »Du hast mir sehr gefehlt.«

»Das will ich nicht hören.«

»Ich glaube doch.« Er küßte ihr Ohr. »Es ist einsam draußen in der Prärie. Man hat dort sehr viel Zeit, um nachzudenken. Über das, was man besitzt, und über das, was man verloren hat.« Seine Lippen schlossen sich um ihr Ohrläppchen, und er biß sehr sanft hinein und küßte es, bis sie leise aufstöhnte. »Ich habe bisher nicht gewußt, *wie* einsam ich war.« Mit der Zungenspitze strich er über ihre Ohrmuschel. »Darf ich dich noch einmal küssen?«

Ihr Schweigen sagte nein, aber ihr sanfter Blick war eine stumme Einladung. Er kannte diesen Blick und wollte sich die günstige Gelegenheit nicht entgehen lassen. Verlangend nahm er ihre Lippen in Besitz und weigerte sich, sie freizugeben, sogar, als Zoe mit den Fäusten gegen seine Brust stieß. Da zog er sie auf seinen Schoß, um sie den Beweis seiner Begierde spüren zu lassen.

Wieder seufzte sie leise, und seine Hand glitt zum Ausschnitt ihres Mieders. Einen nach dem anderen öffnete er die Knöpfe und stöhnte rauh, als sie den Kuß vertiefte.

Endlich reagierte sie auf ihn. Vielleicht war sie auch bald bereit, sein Bett zu teilen. Ohne Kind zwischen ihnen und ohne alten Groll.

»Zoe?« schrie Brody.

Beim Klang seiner Stimme versteifte Zoe sich, und das nächste, was Cade spürte, war der Aufprall ihrer flachen Hand an seiner Wange. Der Schlag schmerzte jedoch nicht halb so sehr wie die Tatsache, daß sie ihn erneut zurückgewiesen hatte.

»Darf ich noch ein Stück Hühnchen haben?« fragte Brody.

Zoe glitt von Cades Schoß und nahm die Decke mit. »Im Korb«, murmelte sie und drehte ihm den Rücken zu, als sie rasch ihr Kleid zuknöpfte.

Cade lachte im stillen, als er sah, wie sie errötete. So gern er die Kinder hatte – sie waren seinem Liebesleben wirklich nicht sehr förderlich.

»Du hast mich vor den Kindern in Verlegenheit gebracht, Cade!« sagte Zoe anklagend. »Tu das nie wieder!«

»Brody ist glücklich mit seinem Hühnchen, und ich war mehr als nur glücklich mit dem meinen.«

»Hühnchen? Ich?« Zoe hob das Kinn und schaute ihn strafend an. »Jemand sollte dir die Bedingungen unserer Ehe in Erinnerung rufen.«

»Du hast Angst, Red. Gib es zu.« Er mußte lachen, als er sah, wie ihre Augen schmal wurden und sie die Lippen schürzte. Sie *hatte* Angst vor ihm und besaß auch guten Grund dazu, aber das hinderte ihn nicht daran, sie zu begehren. Es wurde höchste Zeit, daß sie ihre Ehe vollzogen.

17

Der plötzliche Wolkenbruch ging in einen sanften Nieselregen über, als Zoe und Cade schweigend im Wagen saßen. Aber die Stille der ländlichen Umgebung wurde abrupt von einem markerschütternden Geräusch zerrissen.

»Was ...« Zoe spähte aus dem Wagen. Jemand schlug eine Trommel, deren dumpfe Töne sich mit denen einer Tuba vermischten.

Die Kinder schrien, als Kuhglocken ertönten und Gewehre abgefeuert wurden.

»Ist das ein Zirkus?« fragte Zoe.

Cade sprang aus dem Wagen und zog den Colt.

Zoe schlug entsetzt die Hände vors Gesicht. »O Gott – Cade! Nicht schießen! Es sind Walt und Lawrence ... sie schießen in die Luft.«

Als Cade sie aus dem Wagen hob, sah sie eine seltsame Prozession über die Lichtung kommen. War das Walt Mews, der da die Tuba spielte? Und warum grinste Gracie so hinterhältig?

Sawyer näherte sich dem Wagen und schwenkte eine Kuhglocke. Edna Mews schlug mit einem Holzlöffel auf einen Kupferkessel, während May Wilks lautstark »Oh, My Darling Clementine« anstimmte und den Namen Clementine mit Zoes ersetzte.

Die Kinder gesellten sich jauchzend zu den anderen, klatschten in die Hände und drehten sich im Kreis, während sie aus voller Kehle mitsangen.

Cade drehte sich zu Zoe um.

Sie schüttelte den Kopf und spürte, wie das Blut aus ihren Wangen wich. »Ich glaube, das ist ein *Shivaree*.«

»O nein.«

Hilfesuchend nahm sie seinen Arm. »Was haben sie sich bloß dabei …«

Sie wurde unterbrochen, als Gracie und Edna ihre Arme ergriffen. »Hört auf«, zischte Zoe und versuchte, sich zu befreien, als sie sie zu einer Kutsche zogen. Cade wollte ihr nacheilen, wurde aber von Walt und Lawrence aufgehalten.

»Packt ihn, Männer!« johlte Sawyer.

Zoe verdrehte die Augen, als sie Pop neben dem Wagen stehen sah. »Da bist du überrascht, was?« fragte er lachend.

»Überrascht« ist gar kein Wort dafür, dachte Zoe, als die Frauen sie in die Kutsche schoben. »Habt ihr den Verstand verloren, Gracie?«

»Keineswegs, meine Liebe. Beruhige dich. Du hast den schönsten Abend deines ganzen Lebens vor dir.«

Edna nahm die Zügel und setzte die Pferde in Bewegung.

»Wo bringt ihr mich hin?« schrie Zoe über das Getöse.

»Darf ich nicht verraten«, schrie Edna zurück. »Es ist eine Überraschung.«

»Was ist mit den Kindern?« Besorgt schaute sie sich um. Walt und Lawrence standen neben Cade und hielten ihn an beiden Armen fest.

Gracie drückte ihre Hand. »Mach dir keine Sorgen um die Kleinen. May nimmt sie für heute abend mit nach Hause.«

Langsam dämmerte es Zoe, was ihre Freundinnen mit ihr vorhatten. »Das mache ich nicht mit, Gracie.«

Edna kicherte. »Wenn alles klappt, wirst du selbst nicht allzu viel zu tun haben.«

»Edna!« rügte Gracie streng.

»Nun«, beharrte die ältere Frau schmunzelnd, »das wird sie doch auch nicht!«

Glori-Lee wartete vor ihrem Restaurant. »Fahrt am Nebeneingang vor. Ich habe mein bestes Zimmer vorbereitet!«

Gracie und Edna stiegen aus und zogen Zoe mit sich. Zoes Proteste nützten nichts, sie war der Kraft der beiden Frauen nicht gewachsen. Und so gab sie schließlich das Gezappel auf, strich ihr Kleid glatt und stieg freiwillig die Treppe hinauf, anstatt sich hinaufschleifen zu lassen.

Als sie durch den Gang zum Zimmer gingen, konnte Zoe Gardenien riechen, und als Gracie eine Tür öffnete, verschlug es ihr die Sprache, was sie sah. Die schweren grünen Vorhänge waren zugezogen, das Zimmer war erhellt von Kerzen, und das Bett hatte mehr Rüschen an dem Baldachin und an der Bettdecke, als Zoe je gesehen hatte. Dicke, weiche Kissen lagen verstreut auf dem breiten Bett und auf dem Boden. Zwei Gläser und eine Flasche Wein standen auf dem Nachttisch. Blaßgrüne Seidentücher bedeckten die beiden Sessel und das Sofa. Es sah wie ... die Lasterhöhle eines Scheichs aus!

Zoes Blick verweilte auf der Wanne, die mitten im Zimmer stand und bis an den Rand mit Schaum gefüllt war. Der vertraute Duft von Ednas selbstgemachter Seife stieg aus dem heißen Wasser auf. Zoe hielt Glori-Lee zurück, als die Frau ihr Kleid aufknöpfen wollte. »Was glaubst du, was du ...«

»Es wird nicht weh tun«, sagte Glori-Lee und grinste. »Du brauchst dich bloß in die Wanne zu setzen und Ednas parfümierte Seife zu genießen. Wenn du dann ganz warm und rosa bist, kannst du dieses herrlich weiche Nachthemd anziehen.«

Gracie hob ein dünnes, schulterfreies Nachthemd aus hellblauer Seide hoch. Es wurde über der Brust von einem weißen Band zusammengehalten, dessen Enden bis zum Saum hinunterreichten. Es war wunderschön, und unter anderen Umständen wäre Zoe entzückt gewesen, es zu tragen.

»Mädchen, ich weiß, daß ihr es gut meint, aber ... Ich kann nicht ...«

Edna nahm Glori-Lee das Nachthemd ab. »Wow – das ist ja ein richtiges Negligé!« erklärte sie bewundernd.

»Ich werde das nicht anziehen!« erklärte Zoe. »Es ist ... beschämend. Da könnte ich genausogut auch nichts anziehen.«

Edna zog eine Augenbraue hoch. »Genau das ist der Punkt.«

Gracie nahm das Kleid, und sie und Glori-Lee bewunderten es.

»Das ist das Hübscheste, was ich je gesehen habe«, wisperte Glori-Lee. »Wo hast du so etwas Frivoles her?«

»Walt hat es mir gekauft, als er vor ein paar Jahren in Kansas City war.«

Neugierig beugte Zoe sich darüber. Das Kleid war sündhaft schön. Das hauchzarte Gewebe erinnerte sie an Zuckerwatte.

»Cade wird begeistert sein«, meinte Gracie, während sie das beinahe transparente Material befingerte.

»Wäre das nicht jeder Mann?« pflichtete ihr Edna bei.

Zoe beugte sich noch ein wenig weiter vor. »Es ist hübsch, ja, aber diese langen Bänder ... Hört auf!« befahl sie, als sie merkte, daß sie auf das verrückte Spiel der anderen einging.

»Psst.« Gracie schob sie auf die Wanne zu, wo Edna ihr das Hemd und die langen Beinkleider auszog, bevor sie ihr ins Wasser half. Dann nahm sie eine kleine Kanne und begann, Wasser über Zoes Kopf zu gießen.

»Willst du mich ertränken?« protestierte Zoe und bedeckte ihre nackten Brüste mit den Armen.

Die ältere Frau schäumte Zoes Haar mit einer wohlriechenden Seife ein, während Glori-Lee einen Waschlappen nahm und ihre Beine wusch. Zoe mußte zugeben, daß es herrlich war, auf diese Art verwöhnt zu werden. Sie glitt noch tiefer in das heiße Wasser, als Gracie einen ihrer Arme hob, um ihn einzuseifen.

»So ist es gut – entspann dich, Liebes. Wir müssen dich hübsch machen für deinen Bräutigam.«

»Tja, mein Junge«, sagte Pop, »wenn du nicht so ein Theater gemacht hättest, hätten wir deine Hände nicht zu fesseln brauchen.«

Verschnürt wie ein Weihnachtstruthahn, saß Cade in einer Wanne in Walts Badehaus. »Wehe, wenn ich wieder frei bin, Pop ...«

Pop lachte. »Dann wirst du zu beschäftigt sein, um dich zu rächen.«

»Ich habe noch nie jemanden gesehen, der Baden so sehr haßt wie du«, bemerkte Walt, während er einen weiteren Kessel heißes Wasser in die Wanne goß.

»Auuu! Paß auf, wo du das hinschüttest!«

»Ja, sei vorsichtig«, sagte Pop. »Du willst ihm doch nicht das verbrühen, was er heute nacht vielleicht noch brauchen wird.«

Sawyer krümmte sich vor Lachen. »Nein, das willst du doch bestimmt nicht, oder, Cade?«

Cade versuchte, aufzustehen, aber Pop schob ihn mit der Krücke wieder zurück, und Walt drückte seinen Kopf unter das Wasser. Spuckend und fluchend tauchte er wieder auf.

»Der einzige Körperteil, den ich benutzen werde, ist mein Fuß – um euch in den Hintern zu treten, bis ihr von hier nach Kansas City fliegt!«

»Nun reg dich nicht so auf«, befahl Walt grinsend. »Eine

Ehe ohne Hochzeitsnacht ist keine Ehe. Und ich glaube nicht, daß ihr bisher viel Zeit für euch hattet, mit all den Kleinen dort im Haus.«

Lawrence hob Cades Fuß aus dem Wasser und begann, ihn mit einer Bürste zu bearbeiten. Cade zog ihn zurück unter das Wasser.

»Kitzlig?« fragte Lawrence. »Das hätte ich nicht gedacht bei dir.«

»Laß das.«

Lawrence lachte und griff von neuem nach Cades Fuß. Aber er zog ihn wieder weg.

»Du bist ja wirklich kitzlig!«

»Ich bin nicht kitzlig. Ich habe es nur nicht gern, wenn andere meine Füße waschen.«

»Das ist nicht der richtige Moment für Hemmungen.« Pop setzte sich auf einen Stuhl und legte sein geschientes Bein auf eine Kiste.

Cade hob seine gefesselten Hände und schlug damit so hart ins Wasser, daß es nach allen Seiten spritzte.

»Sieh bloß, was du angerichtet hast!« Lawrence deutete auf seine nassen Hosen. »Meine Frau wird mir den Kopf abreißen.«

»Laßt mich sofort aus der Wanne!«

»Schrei nicht so. Sie können dich bis im nächsten County hören«, meinte Lawrence und wickelte ein Handtuch um Cades Kopf. »Okay, Walt, da hast du ihn. Mach ihn hübsch – wir wollen doch, daß er gut aussieht für seine Dame.«

Sawyer hielt Cades Sachen hoch. »Ich glaube nicht, daß er die jetzt noch brauchen wird. Ich nehme sie mit nach Hause.«

Cades Protest erreichte nur noch die geschlossene Tür. Wütend wandte er sich an Pop. »Laßt mich gehen!«

Pop schüttelte den Kopf. »Sie wollen eine *Shivaree*, und die werden sie auch bekommen. Laß es einfach über dich ergehen, Junge.«

Walt kämmte Cade. »Jetzt kommt der schwierige Teil.« Er nahm ein Rasiermesser. »Es wird leichter für uns beide sein, wenn du jetzt stillhältst – aber du kannst natürlich auch gerne zappeln und das Risiko eingehen, daß ich dich schneide.«

Cade erstarrte, als Walt die scharfe Klinge über seine Wangen und sein Kinn zog, bis die Haut ganz glatt war. Das Brennen des Rasierwassers, das Walt danach auftrug, brachte wieder Leben in ihn. Die Ellbogen auf die Wannenränder stützend, richtet er sich auf.

Pop trat zurück, weg von dem Gespritze. »Donnerwetter!« sagte er und betrachtete Cade anerkennend. »Deine Frau wird begeistert sein.«

Cade bedachte ihn mit einem bösen Blick. »Du bist ein toter Mann, Winslow.«

Lachend schlugen Pop und Walt sich auf die Schultern.

»Holt meine Sachen!«

Wieder lachte Pop und hielt ein langes weißes Hemd und eine Zipfelmütze hoch. »Oh! Ich hab' nichts anderes als das Nachthemd hier. Dann wird das wohl genügen müssen.«

»Ich denke nicht daran, das Ding anzuziehen«, stieß Cade ärgerlich hervor. Als er aus der Wanne stieg, begann Walt ihn abzutrocknen, und Cade versuchte, seine Hände fortzustoßen.

»Wie du willst«, sagte Pop und warf das Kleidungsstück beiseite. »Aber«, fügte er hinzu und betrachtete Cade noch einmal schmunzelnd, »ich glaube nicht, daß Zoe begeistert wäre, wenn du splitternackt hereinkommst. Sie könnte es dir sogar übelnehmen.«

Walt faltete das Handtuch und legte es auf den Tisch. »Hier sieht's aus, als ob wir eine Wildkatze gebadet hätten. Mehr Wasser auf dem Boden als in der Wanne.«

Cade schaute sich um. »Das geschieht dir recht. Und jetzt hol meine Sachen.«

»Zieh das Nachthemd an, Junge. Deine Sachen kriegst du nicht vor morgen früh.« Pop lachte. »Komm, Walt, laß uns diese Wildkatze zu Glori-Lees hinüberbringen.«

Walt schaute Cade in die Augen. »Wie hättest du es gern? Können wir dich jetzt losbinden, damit du das Nachthemd überziehst, oder willst du lieber gefesselt und nackt wie am Tag deiner Geburt über die Straßen laufen?«

Zoe fühlte sich wie neugeboren, als Gracie und Edna sie mit einem großen, weichen Handtuch abtrockneten. Als sie fertig waren, überreichte Glori-Lee ihr Ednas skandalöses Nachthemd. Kichernd hielt sie es ihr vor. »Es wird dir vielleicht etwas zu groß sein, aber ich denke, du wirst es nicht so lange tragen, daß das auffällt.«

Zoe griff nach ihren eigenen Kleidern, aber sie waren wie durch Zauberhand verschwunden. Rasch legte sie einen Arm über die Brust und die andere vor ihren Unterleib. »Sehr witzig, meine Damen, aber jetzt muß ich nach Hause gehen. Die Kinder …«

»O nein, das wirst du nicht.« Gracie hielt sie zurück. »Der Spaß hat doch gerade erst begonnen.«

»Und wer ist *jetzt* kraß?« fragte Edna kichernd.

Gracie versetzte ihr einen Schubs. »Das meinte ich nicht!«

Glori-Lee lachte. »Du wirst uns doch nicht erzählen wollen, Gracie, daß du nicht ab und zu ein bißchen Spaß mit Lawrence hast.«

»Nun, ich …« Gracie brach verlegen ab.

»Und du, Edna?« fragte Glori-Lee. »Mir ist nicht entgangen, wie du und Walt euch angesehen habt, als der Reverend heute morgen über Liebe predigte.«

Edna ging mit einer Bürste durch Zoes langes Haar. »Walt und ich haben unsere Momente.«

Glori-Lee trat vor den Spiegel und ordnete ihr Haar.

»Ich werde euch was sagen, Mädchen. Es mag zwar bereits Schnee auf dem Dach liegen, aber da ist noch immer Feuer in dem alten Ofen. Wenn der richtige Mann daherkäme …«

Zoe nahm Edna die Bürste ab und warf sie auf den Tisch. »Ich glaube, wir können die Sitzung schließen.«

»Noch nicht ganz«, meinte Edna mit einem Blick auf ihre Armbanduhr. »Zieh besser das Nachthemd an. Du wirst gleich Besuch bekom …« Es klopfte an der Tür. »Wie ich höre, ist er bereits da.«

Als Gracie zur Tür ging, zog Zoe rasch das Negligé über und blieb dann wie versteinert stehen, während Edna ihr Haar mit einem blauen Seidenband zusammenband.

Pop schob Cade ins Zimmer, und Zoe biß sich auf die Lippen, um nicht laut herauszulachen. Er trug ein ulkiges Nachthemd und eine weiße Zipfelmütze mit einer langen Troddel. Das Nachthemd reichte ihm bis an die Waden, und mit seinen nackten Füßen und haarigen Beinen sah er in etwa so absurd aus, wie sie sich selber fühlte.

Pop tippte sich grüßend an den Hut und hielt den Kopf abgewandt, als die anderen Frauen das Zimmer verließen. »Schlaft gut«, sagte er und schloß die Tür.

Sekunden später öffnete er sie wieder, und zwei Boxhandschuhe segelten in den Raum. »Kleines Geschenk von Sawyer. Er braucht sie nicht mehr und dachte, sie könnten euch heute nacht vielleicht nützlich sein.«

Als der Schlüssel sich im Schloß drehte, zog Cade das Nachthemd aus und warf es auf den Boden. »Ich schlafe nicht in dem verdammten Ding.«

Zoe starrte ihn offenen Mundes an, als er nackt vor ihr stand. Sie wandte den Blick ab, aber sie hatte bereits mehr gesehen, als sie hätte sehen sollen. Oder war es genau das gewesen, was sie sehen *wollte*? Da sie selbst nur sehr spärlich bekleidet war, war es nicht leicht, Desinteresse an seiner Nacktheit vorzutäuschen. Und so glitt ihr Blick zurück zu ihm, als er zum Waschtisch ging, sich ein Handtuch nahm und es um seine Hüften schlang. Wie hätte sie auch etwas so imponierend Männliches ignorieren können? Neben ihm verblaßte jeder andere Mann, den sie gekannt hatte. Das war das Problem. Sie hatte jeden Mann mit ihm verglichen, und keiner hatte diesen Test bestanden.

Jim, möge er in Frieden ruhen, war ein braver und rechtschaffener Mann gewesen. Er hatte ihr seine Liebe und Unterstützung gegeben, aber selbst er hatte gewußt, daß Cade in ihrem Herzen weiterlebte, und er hatte es akzeptiert. Jetzt war Jim nicht mehr. Sie war verheiratet mit Cade und saß mit ihm in diesem Zimmer fest. Allein.

»Ich hoffe, du weißt, wie man ein Schloß aufbricht«, sagte sie.

Er ging zur Tür und rüttelte am Knauf. Er rührte sich nicht. »Ich glaube, Pop wird langsam senil.«

»Ich glaube, die ganze Stadt hat den Verstand verloren.« Sie ging zum Bett, legte sich hinein und strich mit den Fingerspitzen über die Decke.

»Vielleicht sollten wir versuchen, bis morgen früh das Beste daraus zu machen.«

»Nein!«

»Es paßt dem großen Kopfgeldjäger wohl nicht, daß er anderen ausgeliefert ist?« Zoe mußte lachen, als sie seine grimmige Miene sah. »Du bist ganz schön energisch für jemanden, der nichts weiter als ein Handtuch trägt.«

»Das ist nicht komisch, Red.«

»Nein?« Sie schlug die Hand vor den Mund, um ihr Kichern zu unterdrücken. »Ich finde, du siehst entzückend aus.« Als seine Augen sich verdunkelten vor Ärger, glitt sie noch tiefer unter die Decke. Höhnisch zog er eine Braue hoch und knirschte mit den Zähnen.

»Suchst du Streit mit mir?« fragte er.

Sie kannte ihn zu gut, um ihn zu reizen, wenn er in dieser Stimmung war. »Aber nein. Warum sollte ich?«

Er ging zum Bett und schlug die Decke zurück. Zoe kroch zur anderen Seite und warf ihm einen empörten Blick zu, als sie sah, wie er ihr Nachthemd anstarrte. »Wage nicht, mich anzufassen!«

»Was ist aus der Frau geworden, die mich heute nachmittag im Wagen noch so inbrünstig geküßt hat? Da wolltest du, daß ich dich berühre, und meine Küsse haben dir gefallen. Du wolltest mehr, das habe ich gemerkt, Red.«

»Oh!« Sie warf ein Kissen nach ihm. »Du bist unmöglich.«

»Bin ich das? Warum bist du nicht ausnahmsweise einmal ehrlich und sagst mir, daß du mich begehrst?«

Zoe unterdrückte das Bedürfnis, aufzuschreien, und hielt statt dessen ihren Atem an. Er verschränkte die Arme vor der Brust und betrachtete sie lächelnd.

»Dich begehren? Nie!« erklärte sie.

»Ich war ein Stachel in deinem Fleisch, seit ich nach Winterborn gekommen bin. Als du aus dem Laden kamst, warst du wütend genug, mich zu erschießen.« Er lachte. »Gut, daß du Angst vor Waffen hast.« Er hob die Boxhandschuhe auf und warf sie ihr zu. »Zieh sie an, Red. Wenn du einen Kampf willst, kannst du ihn haben.«

Sie warf die Boxhandschuhe zurück. Er fing sie auf und lachte.

Der hat Nerven, dachte sie verärgert. *Zuerst küßt er mich, dann will er sich mit mir prügeln.* Aber sie würde ihm weder das eine noch das andere geben. Sich auf den Bauch rollend, zog sie die Decke über ihren Kopf und schrie in die Matratze.

Kaum war der Schrei verklungen, spürte sie einen kalten Luftzug auf dem Rücken. Cade hatte die Decke zurückgezogen. Seine Hände umfaßten ihre Taille, und sie spürte, wie er sie vom Bett aufhob.

»Laß mich runter!«

»Nein. Es wird Zeit, daß wir das regeln.«

Ihr Gesicht brannte unter seiner arroganten Musterung, als er sie zwang, sich vor ihn hinzustellen. Sie kehrte ihm den Rücken zu, begriff dann aber, daß sie ihm damit einen perfekten Blick auf ihren praktisch nackten Po erlaubte. »Hör auf, mich anzusehen. Schämst du dich nicht?« Seinem Gesichtsausdruck im Spiegel nach zu urteilen, als er ihren Po betrachtete, ganz offensichtlich nicht.

»Es gibt nichts, dessen ich mich schämen müßte«, sagte er. »Ich schaue meine Frau an. Es gibt kein Gesetz, das das verbietet.«

»Ich bin nicht deine Frau, das weißt du!«

»Wenn das so wäre, hieße das, daß der gute Reverend nicht die Macht besäße, uns zu trauen.« Er lachte. »Was würden die Leute sagen, wenn sie hörten, daß sämtliche Ehepaare in unserem Distrikt in Sünde leben?«

»Du weißt schon, was ich meine.« Sie versuchte, mit den Armen ihre Brüste zu bedecken, als sie sich zu ihm umwandte.

»Nein, das weiß ich nicht.« Er stand jetzt ganz dicht vor ihr. »Gib es zu, Red. Du möchtest, daß ich mit dir schlafe.« Er zog sie an sich. »Sag es.«

Sie stieß ihn zurück und starrte ihn entrüstet an. Nichts, was sie sagte oder tat, vermochte ihn einzuschüchtern. Er stand vor ihr und grinste frech, als sei diese ganze Situation nichts weiter als ein übermütiges Kinderspiel für ihn.

»Ich begehre dich nicht, und hör auf, deine dummen Spielchen mit mir zu treiben.«

»Na gut«, sagte er und hob die Boxhandschuhe wieder auf. »Dann laß uns kämpfen.« Er packte ihre rechte Hand und steckte sie in einen Boxhandschuh.

»Hör auf damit«, sagte sie und versuchte, ihre linke zu verbergen. Aber er griff hinter sie, zog ihre Hand nach vorn und streifte ihr den anderen Handschuh über. Nachdem er beide festgebunden hatte, trat er einen Schritt zurück und musterte sie spöttisch. Nervös schaute sie zu, wie er die linke Faust ausstreckte und dann damit ihr Kinn berührte.

»Komm schon, Red. Schlag mich.« Er grinste und berührte noch einmal ihr Kinn. »Wenn wir uns nicht lieben können, dann werden wir eben tun, was wir am besten können – kämpfen.«

Wütend stützte sie die Hände in die Hüften. »Sei nicht kindisch.«

»Wieso ich? Du bist hier diejenige, die errötet und sich abwendet, wenn ich sie berühre.«

»Ich habe nie gesagt, daß ich mich küssen und berühren lasse. Es war abgemacht, daß wir der Kinder wegen heiraten, und das weißt du so gut wie ich.«

»Ich hatte mich bereit erklärt, die Frau zu heiraten, die mir nahesteht, damit sie haben konnte, was sie wollte: Addys Kinder.«

Zoe atmete tief durch. »Die dir nahesteht? Ich bin nicht dumm, Cade. Du hast mich geheiratet, weil Laticia dich in eine ausweglose Situation gebracht hatte.«

»Gut so, werde ruhig wütend! Laß es alles heraus, Red. Zeig es mir.« Er trat näher und deutete auf sein Kinn. »Worauf wartest du? Komm schon, schlag mich!«

»Mach dich doch nicht lächerlich.«

Er tippte an ihr Kinn. »Hat es dir die Sprache verschlagen? Seit wann hast du Hemmungen, mir zu sagen, was du denkst?«

Sie schüttelte den Kopf.

Er boxte sie auf die Schulter. »Laß es uns ausfechten, von Mann zu Mann.«

»Nein!«

»Du würdest doch nichts lieber tun, als all den aufgestauten Zorn, der schon seit Jahren an dir nagt, nun endlich loszuwerden. Ich gebe dir Gelegenheit dazu. Ich zeige dir einen Ausweg. Wir werden nichts zwischen uns in

Ordnung bringen, bis du mich dafür bestraft hast, daß ich dich verlassen habe.«

Zoe verschränkte die Arme und weigerte sich, seine Herausforderung anzunehmen.

»Wir sind bis morgen früh hier eingesperrt. Und wir können diese Zeit auf angenehme oder unangenehme Art verbringen. Das liegt bei dir, Zoe.«

Sein herausfordernder Ton verriet ihr, daß es ihm sehr ernst gemeint war, und der düstere, bedrohliche Blick in seinen Augen jagte ihr sogar fast ein bißchen Angst ein. Sie schrie erschrocken auf, als er sie mit der bloßen Hand leicht gegen das Kinn boxte. »Hör auf!«

Wieder berührte er sie am Kinn. »Komm schon, wehr dich.«

»Laß mich in Ruhe!«

Cade versetzte ihr einen Stoß gegen die Schulter, der sie zwang, zurückzutreten. Der Mann hatte den Verstand verloren! Er war nichts weiter als ein großes Kind, das sie in diesen Wahnsinn mit hineinzog.

»Komm schon, wehr dich!« Mit der flachen Hand schlug er nach ihrer Schulter. »Befrei dich von dem Groll, Red. Ich war ein rücksichtsloser Bastard – *sag es*.«

»Warum? Damit *du* dich besser fühlen kannst?« Sie dachte nicht daran, es ihm so leichtzumachen.

»Nein, damit *du* dich besser fühlst. Brrrrkk, brrrrkk.«

Zoes Augen wurden groß, als sie sah, wie er die Daumen in die Achselhöhlen steckte und die Ellbogen auf und ab bewegte. Er stakste durch das Zimmer wie ein Huhn und gab gackernde Geräusche von sich. Wenn sie es nicht besser gewußt hätte, hätte sie geschworen, daß er getrunken hatte. »Hör auf, dich wie ein Esel aufzuführen!«

»Es geht dir noch schlechter, als ich dachte, wenn du ein Huhn nicht mehr von einem Esel unterscheiden kannst.«

»Oooo!« Sie holte aus und versetzte ihm einen Boxhieb in den Magen. Er trat zurück und preßte beide Hände auf die Stelle, wo sie ihn getroffen hatte. Als nächstes traf sie ihn am Kinn und lächelte, als sie ihn stöhnen hörte. »Das wolltest du doch, oder?«

»Vielleicht nicht ganz so hart, aber ja, mehr oder weniger.« Er zog eine Braue hoch. »Versuch es noch einmal.«

»Laß mich in Ruhe, Cade. Ich bin nicht mehr so leicht in Wut zu bringen wie früher.« Sie schluckte und bemühte sich, sich zu beherrschen. »Von mir aus kannst du mit diesem albernen Spielchen weitermachen, aber ich gehe schlafen.«

Sie warf sich auf das Bett, landete mit dem Bauch auf den viel zu großen Handschuhen und verfluchte sie, die verschlossene Tür und Pop und Gracie – aber vor allem jedoch Cade, der ihr weh getan hatte, der mit ihr kämpfen wollte und der sie bald wieder verlassen würde. Tränen brannten hinter ihren Lidern, als Jahre der Enttäuschung nach Erlösung schrien.

Sie sprang auf, lief zu Cade und begann auf ihn einzuschlagen, bis er zurückwich und über das Nachthemd stolperte, das er vorher achtlos weggeworfen hatte.

Das Handtuch um seine Hüften glitt zu Boden.

Das geschieht ihm recht, dachte sie und spürte, wie ihr Blick zu seinen intimsten Körperteilen glitt. Das Blut schoß ihr in die Wangen, als sie merkte, wo sie hinsah, und rasch kehrte sie ihm den Rücken zu.

»Das ist schon besser.« Cade bückte sich, um das Handtuch aufzuheben, und band es um die Hüften.

»Du Schlange!« Wieder begann sie ihn mit ihren Fäusten zu bearbeiten.

»Verdammt, ich dachte, du würdest nicht mehr so schnell in Wut geraten.« Er ließ die Arme sinken. »Schlag noch härter zu, Red. Straf mich, wie du mich schon immer strafen wolltest.«

Sie drosch auf ihn ein wie wild und war einfach nicht mehr in der Lage, aufzuhören. »Zuerst dachte ich, es sei dir etwas zugestoßen, weil ich nicht wußte, ob du noch am Leben oder tot warst. Ich dachte, ich hätte dich *und* das Kind verloren.« Sie schlug ihn in die Magengrube.

»Ich wußte nichts von dem Kind, verdammt! Es war falsch, was ich getan habe, das gebe ich ja zu. Aber es war auch nicht richtig, daß du mir nichts von dem Kind gesagt hast!«

Sie stieß die Faust an seine Brust. »Warum bist du nicht zurückgekommen, Cade? Warum hast du mich nicht genug geliebt, um zu mir zurückzukommen?«

»Ich war jung und töricht.« Er wich einem direkten Schlag auf seine Nase aus. »Es tut mir leid, Red. Ich wollte dir nicht weh tun.«

»Ach ja? Dachtest du, du machst mich glücklich, wenn du mich allein läßt? Ich hatte dir meine Jungfräulichkeit geschenkt, Cade!« Sie boxte ihn in den Magen. »Ich habe dich geliebt, und alles, was ich dafür von dir zurückbekam, waren ein paar kurze Briefe, ein Karton Pralinen und eine zerbrochene Puppe!« Sie schlug noch dreimal zu, für jedes Geschenk einmal. Eine Träne rann über ihre Wange, und Zoe erschauerte, als er sich vorbeugte und sie wegküßte.

Er nahm die Kette mit dem Medaillon von ihrem Hals und ließ sie durch seine Finger gleiten. »Ich bin froh, daß du es immer getragen hast.« Mit dem Handrücken wischte er ihr eine weitere Träne ab.

Sie senkte den Kopf, weil sie nicht fähig war, ihn anzusehen. Da war soviel, was er nicht wußte und verstand. Sie reichte ihm die Hände. »Ich bin fertig.«

Cade nahm ihr die Boxhandschuhe ab. »Bist du sicher, daß du fertig bist?«

»Ja.«

Er strich mit den Fingern durch ihr langes Haar. »Bist du jetzt bereit, mir zu vergeben?«

»Vielleicht. Wenn ich wüßte, warum du nicht zurückgekommen bist.« Sie spürte, wie ihr die Tränen kamen, und blinzelte, um sie zurückzudrängen.

»Dafür gibt es hundert Gründe – und keiner von ihnen ist gut genug.« Er zog sie an sich. »Ich wünschte, ich wüßte es, Red. Aus den Tagen wurden Wochen, dann Monate und schließlich Jahre. Nach einer Weile begriff ich, daß du besser dran warst ohne mich.«

Sie stieß ihn fort. Als sie sich abwenden wollte, hielt er sie an ihrem Nachthemd fest.

»Laß mich gehen«, verlangte sie.

»Das habe ich einst getan. Aber jetzt werde ich dich nicht mehr gehen lassen.«

Sie gab nach, aus Angst, daß das Negligé zerreißen könnte. »Du wirst wieder fortgehen, und ich habe nicht die Absicht, die gleiche Qual noch einmal durchzumachen. Also laß mich los.« Aber er lockerte nicht seinen Griff, und sie spürte, wie wieder Zorn in ihr erwachte. »Cade!« Mit einem Ruck trat sie zurück, und der Stoff zerriß. Ein erschrockener Ausruf kam von ihren Lippen, als sie Cade grinsend das Stück Stoff betrachten sah, das er in seiner Hand hielt.

»Du Tier!« Sie warf sich auf das Bett und zog hastig die Decke über sich.

»Versteck dich nicht vor mir.« Er drehte sie auf den Rücken und hielt ihre Handgelenke fest. »Du bist bezaubernd.« Er bückte sich und küßte ihren Nacken, bevor er langsam seine Lippen tiefer gleiten ließ. Als er ihre Brustspitze erreichte, hielt er inne und schaute zu ihr auf. »Laß uns nicht mehr streiten. Laß dich von mir lieben, Red.«

Sie atmete ganz unwillkürlich schneller, und ein wohliges Kribbeln breitete sich in ihrem Magen aus. Cades Blick glitt verlangend über ihren nackten Körper. Sie hätte wirklich gern mit ihm geschlafen, aber durfte sie sich ein derartiges Vergnügen überhaupt erlauben, wenn sie doch schon wußte, daß sie den Rest ihres Lebens ohne ihn verbringen mußte? Er legte seine großen Hände flach auf ihren Bauch und ließ sie streichelnd höher gleiten. Sie stöhnte.

»Red?«

»Hm?«

»Wirst du mir erlauben, dich zu lieben?«

»Dich zu lieben war nie ein Problem für mich.« Sie sah, wie ernst und nachdenklich er wurde. »Schwierig ist, dich zu vergessen.«

Langsam streckte sie die Hand nach dem weichen dunklen Haar auf seiner Brust aus, deren Muskeln sich unter ihrer Berührung anspannten. Ihre letzten Zweifel schwanden, als er ihre Hand noch tiefer zog, und sein leises Lachen steigerte ihr Verlangen.

»Du hast mich nie vergessen«, sagte er und küßte ihr Ohrläppchen.

»Du warst in jeder Nacht meines ganzen Lebens bei mir, seit wir uns zum ersten Mal geliebt hatten.«

Sein Mund nahm ihre Lippen in Besitz, und er küßte sie mit einer Leidenschaft, die sie erschauern ließ. »Ich habe dich vermißt, Red«, murmelte er und bedeckte ihr Gesicht mit Küssen. »Gott, wie sehr ich dich vermißt habe.«

Mit beiden Händen zärtlich sein Gesicht umfassend, zog sie seinen Mund auf ihren und küßte ihn so, wie sie es sich in all den Jahren ohne ihn so oft erträumt hatte – nur, daß es jetzt endlich Wirklichkeit geworden war: seine nackte Brust an ihren Brüsten, sein Bauch an ihrem. Dann spürte sie, wie er das Handtuch fortzog und sie das ganze Ausmaß seiner männlichen Begierde spüren ließ. Sie begehrte jeden Zentimeter seines wundervollen Körpers, wie ein Kind, das sich nach Süßigkeiten sehnt, und wie das Kind befürchtete auch sie, daß sie nie genug von ihm bekommen würde.

»Cade.« Sein Name entrang sich ihren Lippen, bevor sie

wußte, daß sie ihn gesagt hatte, und Tränen rannen über ihre Wangen.

»Was ist, Liebling?«

»Du wirst mich wieder verlassen, und ich glaube nicht, daß ich das ertragen werde. O Cade, ich kann es nicht ...«

Sanft legte er seine Finger an ihre Lippen. »Psst. Laß dich von mir lieben, Red. Als meine Frau. Schenk mir diese Erinnerung an dich.«

Ihr Herz pochte fast schmerzhaft hart an ihre Rippen, als seine Hände forschend über ihren Körper glitten. Eine süße Schwere breitete sich in ihren Gliedern aus, und sie glaubte, sterben zu müssen, als seine Lippen sich um eine ihrer Brustspitzen schlossen und seine Zunge liebkosend über ihre harte kleine Knospe glitt. Er war der Mann, den sie liebte, den sie immer geliebt hatte, und es war nur ganz natürlich, daß er sie berührte. Sie brauchte seine Liebe, brauchte ihn.

Was er sagte, stimmte. Vor den Augen Gottes und des Gesetzes waren sie Mann und Frau – warum sollten sie also nicht etwas teilen, was sie beide sich ersehnten? Cades warme Lippen glitten nun zu ihrem Bauch hinunter, und sie erinnerte sich an ihre junge Liebe, die sich nicht vergleichen ließ mit diesem unendlich lustvollen Erlebnis hier. Sie waren beide unerfahren und gehemmt gewesen, und wann immer sie intim beisammen gewesen waren, hatten sie Angst gehabt, ertappt zu werden. Jetzt besaßen sie das Recht, ein Bett zu teilen, und Cades sanfte Küsse verrieten ihr, daß er sie liebte. Das war alles, was sie wissen mußte.

Aufstöhnend ließ er seine Hand zwischen ihre Schenkel gleiten, und sie spürte, wie die Muskeln an seinem Rücken sich unter ihren Fingerspitzen anspannten. Er hob den Kopf, als sie seinen Namen flüsterte, und seine Augen waren dunkel vor Gefühl, als er den Mund erneut auf ihren senkte.

»Oh, Red. Nie habe ich dich mehr begehrt ... Du bist der Grund, warum ich hierher zurückgekommen bin.«

»Nein, Cade. Es war wegen der Kinder.« Er hatte seine wahren Gefühle immer gut zu verbergen gewußt, doch nun zeigte er ihr eine Seite von sich, von der sie immer schon gewußt hatte, daß es sie gab.

Er streichelte ihre Wange und küßte ihre Nasenspitze. »Ich will nicht abstreiten, daß die Kinder bei meiner Entscheidung eine Rolle spielten, aber wichtiger als alles andere war mir, dich zu sehen. Die Kinder haben uns zusammengebracht. Sie haben uns gezwungen, uns mit unserer Vergangenheit auseinanderzusetzen, und sie haben mir klargemacht, daß ich dich liebe ... daß ich dich immer schon geliebt habe.«

Tränen strömten ungehindert über ihre Wangen. Sein Eingeständnis bewirkte eine wahre Flut von Gefühlen, die sie bisher stets verleugnet hatte. Irgendwie hatte sie immer schon gewußt, daß er sie liebte, aber es von ihm zu hören, machte es ihr leichter, sich ihm hinzugeben und ihm zu verzeihen. Egal, welche Probleme sie in Zukunft auch erwarten mochten, sie stellten keine Bedrohung für ihr Glück mehr dar. Nur die Liebe, die sie ihm entgegenbrachte, war von Bedeutung, nur der Mann in ihren Armen: ihr wahrer und einziger Geliebter.

Sein Mund suchte ihre Lippen; sein Kuß war eine Bitte um Vergebung und bestätigte ihr seine Liebe. Wie lange hatte sie auf diesen Augenblick gewartet, wie sehr hatte sie gehofft und sich erträumt, ihn wieder in den Armen zu halten und seine Liebe zu besitzen. Sie konnte ihm nichts verweigern. Sie hatte immer ihm gehört, und daran würde sich auch niemals etwas ändern.

Als die Glut und Hitze unerträglich wurden, drang er in sie ein und verlangte seine Rechte, so wie sie es sich von ihm ersehnte. Ihr Körper begann, sich seinem Rhythmus willig anzupassen, als er seine Hände in ihrem Haar vergrub und sein hungriger Kuß noch mehr verlangte und alles nahm, was sie zu geben hatte. Die jahrelange Trennung hatte das Feuer der Leidenschaft nur noch geschürt und machten diesen Augenblick noch schöner als den Traum.

Cades Bewegungen wurden schneller, und er begann zu keuchen, als er sie auf den Gipfel der Ekstase trieb und sie drängte, eins mit ihm zu werden, seine Frau zu werden. Ihre Hände glitten wie im Fieber über seine muskulösen Schultern; sie suchte seinen unruhigen Blick und prägte sich jede Linie seiner männlich schönen Züge ein.

Sie vermochte keinen klaren Gedanken mehr zu fassen und stöhnte heiser auf, als unfaßbar lustvolle Gefühle sie durchfluteten. Cade hielt sie in den Armen, und auf seiner Stirn brach Schweiß aus, als er sich noch schneller, noch ungestümer zu bewegen begann und Zoe alles gab, was er als Mann zu geben hatte. Der Raum begann sich um sie zu drehen, während er ihre Lust mit seinen kraftvollen Bewegungen noch steigerte, und sie erbebte in seinen Armen, als eine versengend heiße Woge sie durchströmte und das schwache Licht des Raums plötzlich so hell war, daß es blendete.

Mit einer letzten machtvollen Bewegung fand auch Cade Erfüllung. Als er auf dem Höhepunkt der Lust erschauerte, umklammerte sie seine Schultern und streichelte seine Arme, bis sie spürte, daß er sich beruhigte. Er gab ihr einen letzten liebevollen Kuß auf ihre Lippen, bevor er sich aus ihr zurückzog, um sich neben sie zu legen, und Zoe drehte sich zu ihm um und lächelte.

Cade erwiderte das Lächeln und strich mit einem Finger über ihre Wange. »Ich danke dir, mein Liebling. Du hast mich glücklicher gemacht, als ich verdiene.«

»Wir verdienen beide Glück, Cade.« Sie konnte ihm dabei nicht in die Augen schauen. »Ich fürchte nur, du bist nun schon zu lange hier. Ich habe Angst, daß Hart McGill ...«

Er brachte sie mit einem Kuß zum Schweigen.

»Diese Nacht gehört uns, und bis morgen ist noch sehr viel Zeit«, sagte er und schloß seine Hand um ihre Brust.

»Cade!«

»Ich nehme nur meine ehelichen Rechte wahr.«

Sie lachte, als sie das übermütige Glitzern seiner Augen sah. »Vielleicht sollte ich die Boxhandschuhe wieder anziehen.« Sie stieß einen erschrockenen kleinen Schrei aus, als er sie auf sich zog, sie rittlings über seine Schenkel setzte und ihr in die Augen sah.

»Für das, was ich vorhabe, brauchst du keine Boxhandschuhe.«

»Du kennst wirklich keine Scham, nicht wahr?«

Cade schüttelte den Kopf und lachte, ließ seine Hände streichelnd an ihrem Bauch hinuntergleiten und berührte sie an ihrer intimsten Körperstelle. Spielerisch schlug sie nach ihm.

»Ich weiß, daß du härter schlagen kannst.« Er lächelte, als sie die Hand nach den Boxhandschuhen auf dem Boden ausstreckte. Sie zurückziehend, lachte er. »Zeig mir lieber deine anderen Talente.«

Sie beugte sich vor und biß ihn in den Nacken. »Ich glaube, die kennst du alle schon.« Sie erschauerte, als ein langsames, verführerisches Lächeln über seine Lippen glitt.

»Dann wird es Zeit, daß ich dich neue lehre.«

18

»Gracie, ich habe keine Zeit, heute abend mit euch Schach zu spielen«, sagte Zoe. »Sag Hallie Morgan, daß sie mich vertreten soll.« Widerstrebend ließ Zoe sich von Gracie zu ihrem Haus hinüberziehen.

»Unsinn, jeder Mensch braucht ab und zu ein bißchen Ruhe. Du schuftest dich zu Tode; so kannst du nicht weitermachen. Dein Ehemann wird auch mal ein, zwei Stunden ohne dich zurechtkommen.« Gracie öffnete die Moskitogittertür und schob Zoe vor sich in das Haus. Sie fuhr zusammen, als laute Rufe im Foyer ertönten.

»Alles Gute zum Geburtstag!« May Wilks hielt einen Kuchen mit brennenden Kerzen in den Händen, und Willa Baker und Edna Mews strahlten.

Verblüfft hob Zoe eine Hand an ihre Kehle.

»Hast du vergessen, daß es dein Geburtstag ist?« fragte May.

Zoes Augen wurden feucht vor Freude. Bei all dem, was geschehen war, war ihr tatsächlich vollkommen entfallen, daß heute ihr Geburtstag war.

»Kinder ... ich weiß nicht, was ich sagen soll. Danke!«

»Rumkuchen!« May Wilks verdrehte die Augen. »Den esse ich am liebsten.«

Als Gracie in die Küche eilte, um Kaffee zu kochen, stellte May den Kuchen auf den Tisch und bedrängte Zoe, die Kerzen auszublasen.

Aber sie wartete, bis Gracie kam. Mit geschlossenen Augen wünschte sie sich etwas und blies, so fest sie konnte. Sechsunddreißig Kerzen gingen aus, die siebenunddreißigste flackerte noch. Nach einem weiteren tiefen Atemzug blies Zoe auch diese letzte aus.

Die Frauen klatschten. »Eine Rede!«

»Nein, wirklich ...«

»Eine Rede!« riefen sie im Chor.

Zoe lächelte die drei Frauen an. »Ich danke euch. Das Schönste, was ich mir wünschen könnte, sind drei Freundinnen wie ihr.«

Sie warteten lächelnd.

»Ist das alles?« fragte Gracie dann. »Nach der Woche, die du hinter dir hast, sollte man meinen, da wären noch andere Dinge, die du gern erwähnen würdest.«

»Natürlich.« Zoe betrachtete die feierlichen Gesichter ihrer Freundinnen und dachte, wie glücklich sie sich schätzen konnte, sie zu haben. »Es waren zwei aufregende Wochen«, gab sie zu. »Laticias Abreise, meine Heirat, die Kinder, die jetzt wirklich mir gehören, und dann noch all diese Erkrankungen!«

Gracie lachte. »Es war eine Zeit, die du nicht so schnell vergessen wirst.«

Zoe lachte mit ihr. »Nein, ganz sicher nicht.«

»Laßt uns den Kuchen anschneiden!« May schnitt dicke Stücke von dem Kuchen ab, während Gracie Zoe einen Umschlag übergab. »Perry hat das vorhin abgegeben. Er sagte, ich solle dir alles Gute zum Geburtstag wünschen, und er hoffe, daß das nächste Jahr ein bißchen leichter für dich wird.«

»Was mag er damit gemeint haben?«

»Keine Ahnung – ich dachte, du wüßtest es.«

»Perry hat an meinen Geburtstag gedacht?« Zoe öffnete den weißen Umschlag, und ihr Lächeln verblaßte, als sie das Dokument darin las. Nachdem sie es schweigend wieder zusammengefaltet hatte, steckte sie es ein.

»Nun?« fragte Gracie erwartungsvoll. »Was ist es?«

»Die Hypothek auf den Laden.«

»Die Hypothek … auf deinen Laden?«

»Sie ist abbezahlt.«

Die Frauen machten große Augen.

»Donnerwetter«, sagte May beeindruckt.

»Ich wußte, daß Perry dachte, du und er – aber jetzt, wo du mit Cade verheiratet bist …« Gracie war entrüstet. »Warum mag er das wohl getan haben?«

»Ich weiß es nicht. Natürlich kann ich es nicht akzeptieren.«

Ednas Augen wurden groß wie Pfannkuchen hinter ihren dicken Brillengläsern. »Was kannst du noch daran ändern, wenn es bereits geschehen ist?«

»Ich … ich weiß nicht, aber ich kann nicht Perry meine Hypothek abzahlen lassen.«

»Nun, zumindest weiß er, wie man eine Frau umwirbt. Ich wünschte, Lawrence würde von ihm lernen.« Gracie griff nach einem der hübschen kleinen Päckchen, die auf dem Kaffeetisch lagen. »Hier, das ist mein Geschenk.«

»O Gracie, das war doch nicht nötig!«

»Es ist nur eine Kleinigkeit – nur ein Spitzendeckchen, das ich für deinen Küchentisch gehäkelt habe.«

»Wie das, was du auf deinem hast?«

Gracie nickte. »Es hat dir immer so gut gefallen; ich dachte, du hättest vielleicht auch gern eins.«

»Danke.« Zoes Augen leuchteten, als sie die feine Handarbeit betrachtete. »Es ist wunderschön.«

May überreichte ihr ein kleines Päckchen. »Ich habe dir eine von den Halsketten gemacht, die dir so gut gefallen.«

»Die mit den hübschen Glasperlen?« Zoe lächelte erfreut. »Also wirklich, May, das war doch gar nicht nötig.«

May errötete vor Freude. »Ich hoffe, du magst Grün. Ich dachte, es würde gut zu deinem roten Haar passen.«

»Oh, es sieht bestimmt ganz wunderbar aus.« Zoe stand auf und ging zu May, die ihr die Kette umlegte.

»Sehr hübsch – auch wenn ich sie selbst gemacht habe.«

»Nun, mein Geschenk sieht richtig dürftig neben diesen anderen aus«, entschuldigte sich Edna. »Ich habe eine Winterlandschaft für dich gemalt.« Sie strich über ihr Kleid und wirkte plötzlich sehr verlegen. »Es ist nichts Besonderes, aber ich finde, es sieht ganz nett aus.«

Zoe wickelte das Aquarell aus dem Papier, und alle nickten beifällig. »Es paßt sehr gut in mein Wohnzimmer. Vielen Dank euch allen. Eure Geschenke gefallen mir wirklich alle sehr, sehr gut.«

»Neben Perrys verblassen sie natürlich.« Die Frauen lachten und nickten zustimmend.

May stand auf. »Ich würde sagen, wir essen ein Stück Kuchen und spielen dann ein bißchen Schach.«

Die Schachbretter wurden hervorgeholt, und das Spiel begann. Zoe fühlte ihre Gedanken zu Cade und zu den Kindern abschweifen. Als sie zu Hause fortgegangen war, hatte Holly Karamelbonbons gemacht. Missy hatte Cade versprechen lassen, ihnen bei der Herstellung zu helfen. Zoe wagte nicht, sich auszudenken, was für ein klebriges Durcheinander sie daheim erwarten würde.

»Und wie gefällt dir das Eheleben?« fragte Edna Zoe, während sie über ihren nächsten Zug nachdachte.

»Ich war bereits verheiratet, Edna«, erinnerte Zoe sie ruhig.

»Aber nicht mit Cade Kolby«, warf Willa ein. »Das ist ein Mann! All diese Muskeln! Er könnte eine Frau in Stücke brechen, wenn er sie nur richtig festhielte.« Willa schaute Zoe über den Rand ihrer Brillengläser an.

Zoe lächelte und wechselte das Thema. »Wie geht es Walt, Edna?«

»Er hat ein bißchen Rheuma im linken Arm, aber da nach der Quarantäne sowieso nicht sehr viel los ist im Salon, brauchte er den Laden nicht zu schließen.«

»Das ist gut.«

Gracie hörte auf zu spielen und schaute Willa an. »Warum bist du so unruhig? Steigt dir der Rum im Kuchen schon zu Kopf?«

»Nein.« Willa tat, als konzentrierte sie sich auf das Brett, aber wenig später rutschte sie schon wieder auf ihrem Stuhl herum.

»Willa!« sagte Gracie streng. »Sitz still! Du wirst noch den Kaffee über meine gute Tischdecke verschütten.«

»Entschuldige.«

»Was ist los mit dir?«

»Mir geht etwas im Kopf herum.«

»Etwas, das ich wissen sollte?«

»Nein.« Willa richtete den Blick auf Zoe.

Zoe zog die Brauen hoch. »Etwas, das mich angeht?«

»Das ja – aber es wird dir nicht gefallen.«

Prüfend schaute Zoe Willa an, und als sie die Sorge in den Augen ihrer Freundin sah, dachte sie sofort an Cade. »Was ist es, Willa?«

Willa rang die Hände. »Ich möchte euch die Feier nicht verderben, aber ich muß es einfach sagen. Roy hatte heute morgen in Suffox County zu tun. Und dort hörte er einige Männer über Hart McGill reden.«

Zoe erschrak. »Was ist mit ihm?«

»Er ist in Suffox County.«

Die Nachricht war so schockierend, daß alle zunächst betroffen schwiegen.

Dann legte Gracie ihre Hand auf Willas Arm. »Willa ... ist Roy ganz sicher?«

Willa nickte. »Er sagt, McGill habe sich damit gebrüstet, wie er ... Nun ja, er hat viel dummes Zeug erzählt. Ihr wißt ja selbst, wie Männer sind.«

Zoe erhob sich. »Entschuldigt mich – ich brauche ein bißchen frische Luft.« Sie rannte in die Küche.

»Ich komme mit«, rief Gracie ihr nach.

Zoe hielt sich mit einer Hand den Magen, als Gracie neben ihr erschien.

»Alles in Ordnung?«

»Warum wird es mir immer gleich wieder weggenommen, wenn ich mal ein bißchen Glück finde?« Ihre Stimme klang wie das Jammern eines kleinen Kinds.

Gracie nahm sie seufzend in die Arme. »Weine nur, Zoe. Du hast allen Grund, dir leid zu tun.«

Zoe barg ihr Gesicht an Gracies Schulter und ließ den Tränen freien Lauf. Ein dumpfer, hohler Schmerz nagte an ihrem Herzen.

»Das Leben kann sehr ungerecht sein.« Gracie wiegte ihre Freundin in den Armen, bis sie aufhörte zu weinen.

Zoe putzte ihre Nase und schämte sich ihres Ausbruchs.

Gracie griff in ihre Tasche, zog ein sauberes Tuch heraus und reichte es ihr. »Da ist noch etwas, was du wissen solltest.«

Zoes Antwort klang halb wie ein Lachen, halb wie ein Aufschrei. »Noch etwas?«

»Ich denke, du wirst inzwischen schon bemerkt haben, daß alle in der Stadt bewaffnet sind.«

Zoe nickte.

»Das ist wegen Cade. Als Pop den Plan faßte, dich und Cade vor den Altar zu bringen …«

»*Was*?«

»Nun, niemandem hier gefiel die Vorstellung, daß Laticia die Kinder mitnahm, und deshalb berief Pop eine Versammlung ein, und wir beschlossen, daß es das Beste wäre, wenn ihr heiraten würdet, um die Kinder zu behalten.«

Zoe war zutiefst verblüfft. »Perry erwähnte so etwas, aber *ich* war diejenige, die Cade vorschlug, zu heiraten.«

»Aber dazu wäre es nicht gekommen, wenn Pop euch nicht im Gefängnis eingeschlossen und gezwungen hätte, nachzudenken.«

»Gracie.« Zoe setzte sich auf die Verandaschaukel. »Ich komme mir wie eine komplette Närrin vor.«

»Ich wüßte nicht, warum. Der Plan hat schließlich seinen Zweck erreicht, oder? Laticia ist heimgefahren, und die Kinder gehören jetzt rechtskräftig dir.«

Zoe schüttelte den Kopf. Sie hatte erreicht, was sie wollte, aber zu welchem Preis? Cades Leben? McGill saß ihm im Nacken, und nur, weil er ihr zuliebe viel zu lange in Winterborn geblieben war. Nach der Nacht bei Glori-Lee fiel es ihm sogar noch schwerer, fortzugehen – und sie *konnte* ihn jetzt nicht mehr gehen lassen.

»Warum tragen sie denn alle Waffen?« fragte sie.

»Um Cade zu beschützen.«

Bei Gracies Worten wurden Zoes Augen wieder feucht.

»Warum überrascht dich das? Mac und Sendas Junge – er gehört zu uns. Wir tun, was wir können für die unseren, das müßtest du doch wissen.«

»Wie könnt ihr nur glauben, irgendeiner von euch wäre in der Lage, Cade vor Hart McGill zu schützen?« Der Gedanke, daß die achtzigjährige Bess Harris jemanden beschützen könnte, war absurd, und dennoch erinnerte Zoe sich, beim Gottesdienst am Sonntag ein Gewehr auf ihrem Schoß gesehen zu haben.

»O Gracie.« Zoes Wispern klang mehr wie ein verzweifeltes Gebet. »Was soll ich tun?«

»Heimgehen und deinem Mann erzählen, was du auf dem Herzen hast.« Gracie lächelte. »So schwer wird's schon nicht werden. Er sagte Lawrence, er habe die Kinder sehr ins Herz geschlossen und ... darf ich es sagen?«

»Bitte nicht.«

»Ich sage es trotzdem. Man müßte blind sein, um zu übersehen, wie er dich ansieht. Er will nicht fortgehen, Zoe. Er ist heimgekehrt. Ein Mann besitzt das Recht, zurückzukehren. Die Stadt wird seine Vergangenheit akzeptieren, wenn er hierbleiben will.«

»Cade würde die Stadt nie wissentlich gefährden.«

»Nicht einmal für dich?«

»Für mich schon gar nicht«, wisperte sie. »Weil ich es nicht erlauben würde.«

»Dann geh jetzt zu ihm. Sag ihm, daß McGill hier ist. Laß ihn die Entscheidung treffen.«

»Dann wird er morgen früh schon fort sein.« Die Worte kamen wie bittere Galle über Zoes Zunge.

»Du kannst ihn davon abhalten. Du brauchst ihn, Zoe, und er braucht dich.«

»Nein, das kann ich nicht, Gracie.« Zoe hob die Hand an ihren Mund und biß sich in die Knöchel. »Ich will nicht, daß er umgebracht wird.«

»Soll er den Rest seines Lebens vor diesem Verbrecher, vor diesem Abschaum der Gesellschaft fliehen?«

»Er flieht nicht vor McGill. Er will nur nicht, daß die Auseinandersetzung hier in Winterborn stattfindet, vor den Kindern. Denn *wenn* sie sich begegnen, wird nur einer von den beiden überleben.«

Gracie hielt sich den Rücken, als sie nachdenklich zum Himmel aufschaute.

Zoe konnte nur an Cade denken und wie unfair es doch war, daß dieselben Sterne auf McGill herabschienen, der irgendwo im Dunkeln hockte und wie ein hungriges Raubtier auf seine Beute lauerte.

»Ich gehe nach Hause, Gracie.«

Gracie nickte, den Blick noch immer auf den Nachthimmel gerichtet. »Ich sage den anderen Bescheid und bringe dir später die Geschenke. Geh jetzt, Kind ... und sprich mit deinem Mann.«

Zoe ging heim mit dem Gefühl, als ob das Gewicht der ganzen Welt auf ihren Schultern ruhte. Sie mußte Cade von McGill erzählen, und das hieß, daß er unverzüglich fortgehen würde. Sie hatte gewußt, daß es geschehen würde, aber sie war nicht darauf vorbereitet. Nicht nach Sonntag nacht. Und die Kinder – wie konnte sie es den Kindern sagen? Sie liebten ihn genauso sehr wie sie.

Ein schwaches Licht schien von drinnen, als sie die Hintertür erreichte. Alles war ganz still. Vielleicht waren die Kinder schon im Bett, so daß sie ihnen heute abend noch nichts sagen mußte. Wahrscheinlich hatte sie ohnehin genug damit zu tun, hinter ihnen aufzuräumen, nachdem sie Karamelbonbons gemacht hatten. Sie lächelte ein wenig müde. In Haushaltsfragen hatte Cade zwei linke Hände.

Die Moskitogittertür schloß sich hinter ihr, und ihr Blick fiel auf den Tisch. Er war gedeckt mit einer Spitzendecke, ihrem besten Porzellan, mit Kerzen und mit einer Flasche Wein. Verwundert schaute sie sich in der Küche um. Sie war tadellos sauber. Die Jungen schliefen in der Ecke, und sie konnte Hollys und Missys leise Atemzüge aus dem Schlafzimmer hören.

Ihr kamen die Tränen. Sie hatten alles aufgeräumt, die Kinder, und Cade hatte sie ins Bett gebracht. Sie waren ihre Familie, und dieses wundervolle, herrliche Gefühl würde sich in Verzweiflung verwandeln, und alles bloß wegen McGill. Wie sie ihn dafür haßte, daß er ihr Leben ruinierte!

»Schon so früh zurück?«

Sie wandte sich um und sah, daß Cade beim Bügelbrett in einer Küchenecke stand. Verwundert starrte sie ihn an. Er *bügelte.*

Aufschauend grinste er und deutete auf den vollen Korb. »Es war so viel zu bügeln da. Ich dachte, du könntest Hilfe brauchen.«

Sie hätte beinahe aufgeschrien, als er Brodys bestes Sonntagshemd hochhielt, das vorn den schwarzen Abdruck des zu heißen Bügeleisens zeigte. »Ich kann das nicht sehr gut«, sagte Cade schuldbewußt.

Sie war so überwältigt, von Dankbarkeit und Liebe, daß

es einen Moment dauerte, bis sie ihre Stimme fand. »Du machst das sehr gut ... danke.«

Er stellte das Eisen auf den Herd und kam zu ihr. Sich vor ihr verbeugend, küßte er ihr galant die Hand, bevor er ihr ein kleines Päckchen mit einer großen rosa Schleife gab. »Alles Gute zum Geburtstag, Red.«

Sie staunte. »Wieso denkst *du* an meinen Geburtstag, wenn sogar ich selber ihn vergessen habe?«

Er grinste. »Überraschung.«

Der Atem stockte ihr, als sie das Päckchen öffnete und eine kleine Spieldose mit einem eingravierten Herz herausnahm, in dem »C.K. liebt Z.K.« stand.

Zoe sank auf einen Stuhl, schlug die Hände vors Gesicht und brach in Tränen aus.

Cade hockte sich neben sie und legte einen Arm um ihre Schulter. »Was hast du, Red? Ich dachte, sie würde dir gefallen.«

Sie erhob sich und gab ihm das Geschenk zurück. »Dies ist der schlimmste Tag meines Lebens. Und nun komme ich heim und stelle fest, daß du ... betrunken bist!«

»*Betrunken*? Ich bin nicht betrunken. Ich habe etwas Wein getrunken, aber ich bin nicht beschwipst.«

Tränen verdüsterten ihren Blick, und sie konnte sein Gesicht im Kerzenschein fast nicht erkennen. »Warum solltest du mir dann etwas schenken – und die Wäsche bügeln?«

Er wandte das Gesicht ab und schaute sie dann wieder an. »Du hast Geburtstag!«

»Aber du hast mir doch noch nie etwas geschenkt!«

»Ich war ja auch nie da. Aber jetzt bin ich es und wollte meiner Frau eben etwas schenken. Warum regst du dich so auf?«

»O Cade!« Die Tränen flossen noch heftiger. »Willa hat mir gesagt, daß Roy gehört hat, daß McGill in Suffox County ist.«

Die Stille, die darauf folgte, war unerträglich. Cade stand auf und stellte die Spieldose auf den Tisch. Dann schob er die Hände in die Hosentaschen und trat ans Fenster.

»Ist er sicher?«

Sie nickte. »McGill ist ... hier«, erwiderte sie schluchzend. Sekunden später spürte sie Cades starke Arme um ihre Taille, und er zog sie an sich und legte seine Wange an ihr Haar. Sein warmer Atem streifte ihre Schläfe.

»Wir wußten beide, daß das passieren konnte.«

»Nein«, wisperte sie. »Es ist zu früh ...«

Er drehte sie zu sich um, zog sie noch fester an sich und wartete, bis sie aufhörte zu weinen. Dann wischte er mit dem Daumen zärtlich ihre Tränen ab.

»Besser?« fragte er.

Sie schüttelte den Kopf. Es würde nie besser werden, solange McGill eine Bedrohung für sie darstellte.

»Hier.« Cade zog ein Stückchen Karamel aus seiner Tasche. »Iß das. Ich glaube, die Kinder und ich stellen das beste Karamel auf unserer Seite des Missouri Rivers her.«

Sie sah sein selbstzufriedenes Lächeln und kicherte nervös. Wer außer Cade würde in einem solchen Augenblick an Süßigkeiten denken? Sie nahm das braune Papier von dem selbstgemachten Bonbon und steckte es in den Mund. »Habt ihr Spaß gehabt, du und die Kinder?«

Er lachte. »Es war gar nicht so einfach, das Chaos danach zu beseitigen. Die ganze Küche war voller Karamel.«

»Das kann ich mir vorstellen.« Sie lutschte an ihrem Bonbon und lächelte durch ihre Tränen.

Er blickte sie mitfühlend an. »Und du? Hattest du einen schönen Abend?«

Ihre Zähne klebten zusammen, was das Sprechen nicht ganz einfach machte. »Anfangs war es nett – ich habe ein verblüffendes Geschenk erhalten.«

»So?«

Sie schluckte den Rest des Bonbons. »Hm, das ist wirklich köstlich.«

Er senkte den Mund auf ihren und kostete die Süße. »Es könnte gar nicht besser sein.«

Sie entzog sich ihm, um ihre Gedanken zu ordnen. Wenn sie ihm so nahe war, war es unmöglich. »Das Geschenk war von Perry.«

»Wirklich?« Cade wischte sich die Hände ab.

»Er gab mir meine Hypothek zurück – mit dem Vermerk ›bezahlt‹!«

Cade verschränkte die Arme und lehnte sich mit dem Rücken an den Tisch. »Er hat deine Hypothek bezahlt?«

»Offensichtlich.«

»Warum sollte er das tun?«

War das Eifersucht in seiner Stimme? Ihr Herz machte einen Sprung bei dem Gedanken. »Natürlich kann ich das nicht annehmen.«

»Warum nicht?«

Zoe nahm ihm den Lappen aus der Hand und wischte ihre klebrigen Finger ab. »Du willst, daß ich ein solch beträchtliches Geschenk von Perry Drake annehme?«

»Warum denn nicht? Wen interessiert schon, wer die Hypothek bezahlt hat? Du bist jetzt schuldenfrei, nicht wahr?«

»Das ist es ja. Ich glaube nicht, daß Perry sich so etwas wirklich leisten kann, und ich möchte ihm nicht verpflichtet sein, wenn …« Sie brach ab.

»Wenn was?«

Sie atmete tief ein. »Wenn du fort bist. Ich möchte nicht, daß er denkt, ich würde …«

»Ihn heiraten?« Cade lachte.

Sie bedachte ihn mit einem ärgerlichen Blick. »Was ist daran so komisch?«

»Du.« Er beugte sich vor und flüsterte: »Du bist zu viel Frau für Perry Drake. Er wäre dir gar nicht gewachsen.«

Zoe schüttelte den Kopf. »Das ist ein Geburtstag, den ich so schnell nicht vergessen werde.«

Cade lachte. »Und er ist noch nicht vorbei.«

Als sie ihn fragend ansah, zog er die Schultern hoch. »Maddy hat dir ihr Geschenk noch nicht gegeben.«

»Maddy?«

»Dieses Pferd hat einen sehr guten Geschmack, das muß ich zugeben. Wenn du mir in den Stall folgst ...«

»O nein, kommt nicht in Frage. Ich gehe nicht mit dir in die Scheune.« Sie kannte diesen Blick.

»Warum nicht?«

»Weil ich dir nicht traue, deshalb.« Sie wußte noch sehr gut, wie die alberne Boxerei in Glori-Lees Hotelzimmer geendet hatte. Welche Verlockung duftendes weiches Heu in einer dunklen Scheune darstellen würde, wagte sie sich gar nicht auszudenken. »Was ist mit McGill?« fragte sie, um Cade vom Thema abzulenken.

»Ich will nicht über McGill reden. Komm. Maddy möchte dir ihr Geschenk geben. Danach kommen wir hierher zurück, nehmen bei Kerzenschein ein gutes Abendessen ein und sehen, wie die Dinge sich entwickeln, ja?«

Sie mißtraute ihm noch immer, aber ihre Neugier war geweckt, und der Gedanke, ein paar Minuten allein mit ihm in der Scheune zu verbringen, war zu verlockend, um zu widerstehen. »Also gut, ich gehe mit dir in die Scheune – aber ohne deine komischen Geschichten, ja?«

Cade hob in gespielter Unschuld beide Hände. »Glaub mir, Liebling, meine Geschichte wird alles andere als komisch sein.«

Maddy wieherte leise, als Zoe ihre Box betrat. Die Nachtluft war kühl, und sie zog den Schal noch fester um die Schultern. Der Duft von Heu und Petroleum aus der Lampe erfüllte die dunkle Scheune.

Cade streichelte Maddys Hals und drängte sie auf eine Seite ihrer Box.

»Ich hörte, daß du ein Geburtstagsgeschenk für mich hast, Maddy.« Zoe wich lachend zurück, als die Stute sie mit der Nase anstieß, und drehte sich zu Cade um. »Ich glaube, sie kann es kaum erwarten, mir ihr Geschenk zu geben.«

Er legte einen Arm um ihre Taille. »Ich auch nicht.«

»Cade«, warnte sie.

»Ich meinte, ich bin auch schon neugierig, was Maddy für dich hat.«

Sie lehnte sich an ihn und entspannte sich. Eigentlich war es ihr egal, ob er sie hinters Licht geführt hatte. Es war nicht schwer, ihre Sorgen zu verdrängen und einfach nur bei ihm zu sein. »Ich weiß, was du gemeint hast.«

»Dann solltest du nicht überrascht sein, wenn ich das tue.« Er hob sie auf die Arme und schwang sie über seine Schulter. Maddy scheute, versuchte zu entkommen und stieß gegen die Tür des Stalls.

»Laß mich runter!«

»Du solltest mehr Geburtstagskuchen essen! Du bist leicht wie eine Feder.«

»Du würdest mich nicht mögen, wenn ich dick wäre.«

Er ließ sie an sich herabgleiten, bis ihre Gesichter sich ganz nahe waren, und küßte sie dann flüchtig. »Ich würde dich auch dann noch mögen, wenn du so dick wie Maddy wärst und boshaft wie Laticia.«

»Lügner. Laß mich runter. Wo ist dieses angebliche Geschenk, das Maddy für mich hat?«

»Du glaubst nicht, daß sie eins hat, oder?«

»Nein, ich glaube, daß du mich aus rein egoistischen Motiven hierhergelockt hast.«

Sie kicherte, als er sie kitzelte. »Dir fehlt der Glaube, Frau.« Er stellte sie auf die Füße und wandte sich ab, um ein kleines Kästchen aus der Satteltasche zu nehmen, die neben der Boxentür hing.

Sie sah, wie sein Grinsen verblaßte, bis nur noch seine Zuneigung zu ihr zu sehen war. Er war ein liebevoller Ehemann und Vater geworden, und es war beängstigend, wie sehr sie sich bereits auf ihn verließ.

»Maddy wird an gebrochenem Herzen sterben, wenn du dieses kleine Zeichen ihrer Wertschätzung nicht annimmst.«

Vorsichtig klappte sie das Kästchen auf. Drinnen lag auf dunklem Samt ein schmaler Goldreif. Ihre Augen wurden feucht, als sie Cades erwartungsvolle Miene sah. »Wann hast du …«

»Es gibt einen Juwelier in Suffox County, der Ringe und Uhren anfertigt.« Er zwinkerte ihr zu. »Als Maddy diesen sah, hat sie sofort an dich gedacht.«

Bei näherem Hinsehen erkannte sie zwei miteinander verschlungene Herzen, von denen das eine ein »Z« in seiner Mitte trug und das andere ein »C«. Es erinnerte sie an die Zeit, als Cade ihre Initialen in die alte Eiche auf dem Hügel eingeritzt hatte. »Er ist wunderschön, Cade.« Sie küßte ihn auf die Wange. »Ich wußte gar nicht, daß du so romantisch sein kannst.«

»Es war Maddys Idee, nicht wahr?« Er lächelte. »Maddy sagt, wenn du besonders einsam bist, dann sieh dir diesen Ring an und denk an mich.«

Zoe kicherte. »An ein Pferd denken?«

»Denk an mich, weil ich an dich denken werde.«

Seine Stimme war leise wie ein Flüstern, als er sich vorbeugte zu einem Kuß, den sie rückhaltlos erwiderte. Die richtigen Worte zu finden war oft schwer, aber manchmal waren Worte gar nicht nötig.

Aufstöhnend hob er sie auf seine Arme und trug sie zu einer leeren Box, wo sie engumschlungen in das duftende Heu sanken. »Ich bin so ein leichtes Opfer für dich«, murmelte sie, als seine Finger unter die Knöpfe an ihrem Mieder glitten.

»Das freut mich.«

Mondlicht fiel durch eine Dachritze und beleuchtete Cades gutaussehendes Gesicht. Sie konnte nicht aufhören, ihn zu berühren. Ihre Hände erforschten sein Gesicht, um jeden einzelnen seiner Züge für immer in ihrer Erinnerung einzuprägen.

Sie begehrte und brauchte ihn so verzweifelt, daß es schmerzte – obwohl sie wußte, daß es die Trennung noch viel unerträglicher machen würde, ihn zu lieben. Aber alles in ihr verlangte nach ihm – nach seinen Händen, seiner Stimme und der Zärtlichkeit seiner Liebkosungen.

»Cade.« Sie nahm sein Gesicht in beide Hände. »Danke, daß du so etwas Besonderes aus diesem Tag gemacht hast.«

Er stützte sich auf einen Ellbogen, um sie anzuschauen. »*Du* bist etwas Besonderes.« Seine Lippen glitten zärtlich über ihren Nacken.

»Warum glaube ich dir bloß immer dein Süßholzgeraspel?« Er lachte leise, und sie war verloren, als er mit der Zunge über ihre Lippen strich.

»Weil du die einzige Frau bist, die ich je geliebt habe.«

Langsam streifte er den Stoff von ihren Schultern. Bevor sie wußte, wie ihr geschah, löste er die Seidenbändchen ihres Hemds und öffnete es über ihrer Brust. Sie lächelte, als er verlangend ihre Brüste anstarrte, während seine Hände schon damit beschäftigt waren, ihren Rock zu öffnen. Nachdem er ihn ihr ausgezogen hatte, stöhnte er, als er die Unterröcke sah.

»Warum trägst du so viele Sachen?«

»Weil es dich Mühe kosten soll, zu kriegen, was du willst.« Ihr Herz raste, als er ihr die Unterröcke abstreifte und sie beiseite warf. »Und was *willst* du, Cade?«

»Dich, Red.«

Sie hob die Hüften, und er streifte ihr das letzte ihrer Kleidungsstücke ab. Sie liebte es, wie er sie ansah und wie ihr Magen vor Erwartung kribbelte. Tränen kamen ihr, als sie begriff, daß es ihr letztes Zusammensein sein würde.

Als er aufstand und zurücktrat, schaute sie mit großen Augen zu. Er zog zuerst seine Stiefel aus, dann, sehr langsam und bewußt, streifte er sein Hemd über die Schultern und ließ es achtlos fallen. Seine Hände bewegten sich zu seinem Gürtel, aber sein Blick blieb auf ihr ruhen. Wann war er ein solcher Meister der Verführungskunst geworden?

»Du könntest dich etwas beeilen«, beschwerte sie sich und beobachtete voller Ungeduld, wie er seine Jeans zusammen mit den langen Unterhosen abstreifte.

»Ungeduldig?« Er lächelte. »Dies wird die Nacht sein, in der du mich genauso ungestüm begehrst wie ich dich.«

»O Cade, das tue ich doch schon.« Ihr Körper schmerzte vor Verlangen. Er gab ihr das Gefühl, so leidenschaftlich begehrt zu werden, wie jede Frau es sich erträumte. Der unübersehbare Beweis seiner Begierde, als er ausgezogen vor ihr stand, ließ sie erschauern vor Erwartung. Er beugte sich über sie und küßte sie, als ihre nackten Körper sich berührten.

Sie streichelte das weiche Haar auf seiner Brust, und er knabberte an ihrer Unterlippe, bis sie vor Verlangen zu vergehen glaubte. Eine heiße Woge durchströmte sie, als sein Mund zu einer ihrer Brüste glitt. Verlangen, heiß und brennend, durchzuckte sie, und eine süße Schwere breitete sich in ihren Gliedern aus.

Seinen Namen murmelnd, öffnete sie sich ihm und prägte sich seinen Duft ein, seine rauhen Zärtlichkeiten und das Gefühl seiner männlichen Erregung tief in ihr. Es war alles, was ihr bleiben würde, wenn er fort war. Diese kostbaren Momente würden ein ganzes Leben lang vorhalten müssen.

Obwohl es eine kühle Nacht war, glitzerten Schweißperlen auf seiner Oberlippe. Sie liebte diesen salzigen Ge schmack, als er sie küßte. Er neckte sie, zog sich aus ihr zurück und drang dann wieder in sie ein, bevor er sich erneut zurückzog. Er war ein Experte darin geworden, ihr süße Qualen zu verursachen, und jederzeit imstande, ihre Leidenschaften zu entfachen. Sie waren so weit gekommen – hatten gelernt, zu verzeihen und zu lieben. Jetzt waren sie im Begriff, sich auf immer zu verabschieden, und ihre Seele schrie um Gnade. Es war nicht fair, verlorene Liebe wiederzufinden, nur, damit sie einem gleich wieder entrissen wurde. Sie schrie auf, als er mit einem machtvollen Stoß die Leere in ihr ausfüllte und seinen aufreizenden Rhythmus begann. Ihre Hände schlossen sich um seinen Po, ihre Finger kneteten sein festes Fleisch. Sie wollte sich an ihm festklammern, an ihm, an ihrer Liebe und an dem Moment – um das Unvermeidliche zu verhindern. Er war ihr Leben, und sie würde nie wieder vollständig ohne ihn sein.

Mit geschlossenen Augen klammerte sie sich an ihn, als er sie höher und höher in jene ganz besondere Welt der Liebe trug, die sie zusammen gefunden hatten. Tränen rannen über ihre Wangen, obwohl sie ihre Lider fest zusammenkniff. Sie konnte ihn nicht gehen lassen. Die Qual der Vergangenheit war noch zu frisch; die alten Wunden waren noch nicht ganz verheilt, und schon war sie gezwungen, sie von neuem aufzureißen. Sie wisperte seinen Namen und umklammerte ihn fester, als sie es je zuvor getan hatte. Ihn loszulassen hieß, ihn zu verlieren …

Alles um sie herum verschwamm. Das einzige, was sie sehen, fühlen, berühren oder riechen konnte, war er: seinen männlichen Körper, der ihrem eigenen so nahe war; das Haar auf seiner Brust, das ihre Brüste kitzelte, als er sich bewegte, und wie er sie unausweichlich immer höher auf den Gipfel der Ekstase trieb. Grelle Blitze explodierten vor ihren Augen, und Cades rauhes Aufstöhnen mischte sich mit ihrem Schrei unbändiger Lust, als er ihr auf den Höhepunkt der sinnlichen Empfindungen folgte.

Als der Sturm abebbte, zog er sich aus ihr zurück und sank erschöpft ins Heu. Er legte eine Hand auf ihren Bauch und streichelte sie, als Zoe sich auf die Seite drehte, um ihn zu betrachten und sich jede Einzelheit seines wundervollen Körpers für immer ins Gedächtnis einzuprägen.

»Wann mußt du fort?« fragte sie nach langem Schweigen.

»Psst«, murmelte er.

Sie schob die Finger unter sein Haar und kämpfte gegen ihre Tränen an, aber es war sinnlos. Sie kam einfach nicht dagegen an, wie sie sich fühlte. Sie brach in Tränen aus und begann zu schluchzen. »Das … das ist nicht fair … Wo du doch gerade erst zu mir zurückgefunden hast!«

»Weine nicht … bitte … weine nicht, Red.« Er nahm ihre Hand und drehte den Ring an ihrem Finger.

Wie konnte sie? Die Art, wie er den Ehering berührte, besagte mehr, als Worte es vermocht hätten. Ein Teil von ihm würde immer bei ihr sein, das versprach er ihr mit dieser stummen Geste, aber es war nicht genug. Sie wollte ihn an ihrer Seite haben, als ihren Mann und ihren Geliebten.

»Oh, Cade, ich … ich …« Ihre Stimme gehorchte ihr nicht mehr, und sie begann zu zittern.

»Bitte weine nicht.« Sanft wischte er ihr die Tränen ab.

Eiserne Entschlossenheit stand jetzt in seinem Gesicht geschrieben, und die Zärtlichkeit, die während des Liebesspiels noch dort gewesen war, wich nun der rücksichtslosen Härte eines Kopfgeldjägers. Wieder einmal verfluchte Zoe im stillen seine Tätigkeit. »Wir könnten dich begleiten, ich und die Kinder …«

»Nein, ich habe es dir schon gesagt. Wenn ich gehe, ist es vorbei.«

Sie wandte sich von ihm ab und wickelte sich in ihre abgelegten Unterröcke. Plötzlich fror sie und fühlte sich sehr einsam, und der vertraute alte Schmerz erwachte wieder in ihr. Die Tränen wollten einfach nicht versiegen, aber das war ihr egal. Cades Hand umfaßte ihre Schulter und wärmte ihre kalte Haut.

»Du wirst mir fehlen, Liebling.«

»O Cade!« Sie drehte sich wieder zu ihm um. »Ich weiß selbst am besten, wie es ist, jemanden zu vermissen. Ich habe jahrelang nichts anderes getan, als dich zu vermissen. Ist das nicht schon genug fürs ganze Leben?« Sie rang nach Atem und erstickte fast in ihren Schluchzern. »Bitte ... verlaß mich ... nicht.«

Er zog sie an seine Brust, aber die Wärme seines Körpers ließ ihre Tränen nur noch heftiger fließen.

19

Ein Hahn stolzierte durch die Scheune, hob seinen Schnabel und krähte die aufgehende Sonne an, die durch die Ritzen in der Tür schien. Cade legte den Sattelgurt um Maddy und stieß sie leicht mit seinem Knie an, als sie den Bauch aufblähte. »Mach mir keinen Ärger, Mädchen. Ich habe auch so schon genug Probleme mit den Frauen.« Nachdem er den Gurt fest angezogen hatte, trat er zurück und gab der Stute einen Klaps auf ihre Hinterhand. »Auch wenn du ein hübsches Gesicht hast, lasse ich mich noch lange nicht von dir tyrannisieren.«

Zoe betrat die Scheune mit einem Becher dampfend heißen Kaffees in der Hand. Sich auf die Zehenspitzen aufrichtend, begrüßte sie Cade mit einem Kuß. »Du hast es wirklich schwer mit deinen Frauen. Ich gehe jetzt wieder ins Geschäft zurück. Reite nicht, bevor du nicht gefrühstückt hast.«

Cade schaute auf, als Pop hereinhinkte.

»Da bist du ja, Cade – oh, guten Morgen, Zoe. Du bist aber früh auf den Beinen heute morgen.«

Cade legte einen Arm um Zoe, als er sah, daß Pops unerwartetes Erscheinen sie verlegen stimmte. »Ich komme gleich, um mich zu verabschieden«, versprach er ihr.

Sie nickte und küßte ihn noch einmal, bevor sie an Pop vorbei zur Tür hinüberging. Cade stellte die Steigbügel richtig ein und führte Maddy aus der Scheune.

Pop folgte ihm. »Ich schätze, du hast die Neuigkeiten schon gehört?«

»Wie lange wußtest du schon, daß McGill so nahe ist?«

»Ein, zwei Tage.«

Ein Muskel an Cades Wange zuckte. »Warum hast du es mir nicht gesagt?«

Pop humpelte ihm nach und hielt ihn am Arm zurück. »Warte. Ich muß mit dir reden.«

Unwillig schüttelte Cade die Hand des alten Mannes ab und führte Maddy über die Straße zu Zoes Laden.

Pop folgte ihm, so schnell seine Krücken es erlaubten. »Kein Grund, sich aufzuregen. Ich habe nichts gesagt, weil ich wußte, daß die Leute in der Stadt dich schon beschützten.«

Cade verhielt abrupt den Schritt. »Daß sie *was*?«

Der Sheriff keuchte. »Daß die Leute dich beschützen. Niemand wird McGill in deine Nähe lassen.«

Ein grimmiger Ausdruck huschte über Cades Gesicht. »Ich kann mich selbst beschützen, Pop.«

»Das mag schon sein, aber jetzt hast du Hilfe.«

Schweigend band Cade Maddy an einen Pfosten.

»Ist dir noch nicht aufgefallen, daß die ganze Stadt bewaffnet ist?« fragte Pop.

Cade zuckte die Schultern. »Es ist ihr gutes Recht, sich zu bewaffnen.«

»Sie wollen dich beschützen!«

»Mich?«

Pop nickte. »Wir haben abgestimmt, und alle waren einstimmig dafür.«

»Wieso glauben diese Leute eigentlich, sie müßten mich beschützen?«

»Weil ...« Der alte Mann hielt inne und schaute zur Ladentür hinüber. »Wir dachten, es sei das Mindeste, nachdem wir dich gezwungen hatten, Zoe zu heiraten.«

Cade schüttelte den Kopf und lächelte. »Ich weiß nicht, wovon du redest. Geh zu Glori-Lee und iß dein Frühstück. Sie wird schon frischgebackenes Brot haben.«

»Steck deinen Kopf ruhig in den Sand wie ein gottverdammter Strauß – aber das ändert nichts daran, daß es die Wahrheit ist!« Pop schwenkte eine Krücke. »Wenn wir nicht gewesen wären, würdest du heute nicht mit dem beruhigenden Gedanken fortreiten, daß deine Nichten und Neffen bestens untergebracht sind!«

»Also gut.« Cade blieb stehen. »Erklär mir, was dies alles zu bedeuten hat.«

»Bist du bereit, mir zuzuhören?«

»Das kommt darauf an, was du mir sagst.«

»Als wir – und damit meine ich die ganze Stadt – erkannten, daß du nichts anderes tun würdest, als mit Zoe zu streiten, beschlossen wir, die Angelegenheit selbst in die Hand zu nehmen. Johns und Addys Kinder würden leiden, wenn wir nichts unternahmen, und deshalb beriefen wir eine Versammlung ein und beschlossen, dich und Zoe zusammenzubringen, damit die Kinder nicht zu Laticia kamen.«

»Die Kinder sind meine Verantwortung ...«

»Eine Verantwortung, der du nicht gewachsen warst.«

»Pop, du redest Unsinn. Du und die anderen, ihr habt nichts damit zu tun, daß ich Red geheiratet habe.«

»Ach nein? Und wer hat euch zusammen im Gefängnis eingeschlossen?«

»Es war Zoes Idee, zu heiraten ...«

Pop schüttelte den Kopf.

»Sie ...«

»Schlug es dir nur vor – so wie wir es uns erhofft hatten«, erklärte Pop.

»Wußte Zoe von diesem sogenannten *Plan*?«

»Nein. Wir haben ihr nichts davon gesagt. Sie wäre niemals darauf eingegangen.«

Cade ging die Stufen zum Geschäft hinauf.

»Tu nichts Unbedachtes«, warnte Pop. »Die Kinder sind jetzt, wo sie hingehören, und es besteht kein Grund, warum du nicht bleiben und ein Ehemann und Vater sein könntest. Laß McGill doch kommen. Laß es darauf ankommen und bring es hinter dich. Wir alle sind bereit, dir beizustehen und an deiner Seite mitzukämpfen. Was könntest du noch mehr verlangen?«

»Ich bleibe nicht, Pop. Ich verabschiede mich nur noch von Red und den Kindern, und dann reite ich.«

»Sei kein Narr. Was willst du noch da draußen?« Pop hinkte die Stufen hoch und versuchte, Cade zurückzuhalten. »Hör mir zu. Du bist wie ein eigener Sohn für mich. Gib es auf, Junge. Alles, was du willst, ist hier in Winterborn. Du brauchst nur zuzugreifen. Nimm dir, was du schon wolltest, seit du vor siebzehn Jahren von hier fortgeritten bist. Kannst du nicht sehen, daß deine Schwester dir eine zweite Chance gibt? Sei nicht so dumm, sie zu vergeuden.«

Cade griff nach der Türklinke, und Pop schlug ihm mit der Krücke auf die Hand. Cade fluchte, als er den roten Abdruck auf seinen Fingerknöcheln sah.

»*Hör* zu! Bleib hier und trag es aus mit Hart McGill. Wenn es vorbei ist, wirst du Zoe und die Kinder haben. Du hast nichts getan in deinem Leben, was sich nicht ändern ließe, wenn du dich bemühst.«

Cade ließ die Schultern hängen. »Ich wünschte, es wäre so einfach, Pop.«

»Das *ist* es. Du machst es dir nur selber schwer, du sturer Narr. Ist es das Geld, Cade?«

»Es war nie das Geld.«

»Dann bleib. Bis ein Mann seine Bestimmung findet, wird er niemals glücklich sein. War es nicht das, was Reverend Munson sagte? Du hast deine Bestimmung gefunden – also bleib dabei!«

Cade schob ihn fort und griff wieder nach der Türklinke.

»Hör zu, du Hohlkopf!« schrie Pop. »Wenn du *mein*

Junge wärst, würde ich dich übers Knie legen, egal, wie groß du bist. Du hast deine Bestimmung gefunden und bist vielleicht nur nicht Manns genug, es zu erkennen!«

Cade betrat den Laden und schlug die Tür hinter sich zu.

Zoe war in der Küche und ließ beim Zuschlagen der Tür die Pfanne fallen, die sie in der Hand hielt. Sie rannte in den Laden. »Cade?«

»Weck die Kinder.«

»Was? Was ist denn …«

»Sie sollen aufstehen, Red. Ich habe keine Zeit für Diskussionen. Ich möchte mich verabschieden.«

Ihr Blick ging ihm zu Herzen. Er wußte, daß er ihr und den Kindern weh tat. Aber das war nicht zu ändern, wenn er sie vor Gefahren schützen wollte. Das einzige, was er bereute, war, daß sie ihm nie verzeihen würde. Wie könnte sie?

»Gott vergebe mir«, murmelte er, als er eine Handvoll Dörrfleisch nahm und es in ein Leinensäckchen steckte. Dann ging er durch den Laden und steckte noch andere unverderbliche Lebensmittel ein. Zoe wandte sich wortlos ab und lief zurück in ihre Wohnung.

Als er kurz darauf aufschaute, sah er die vier Kinder in der Tür stehen und ihm beim Packen zusehen.

Missy schmollte. »Was hast du, Onkel Cade? Bist du böse auf uns?«

»Nein, ich bin nicht böse, Sonnenblume. Es ist etwas geschehen, das mich zwingt, noch heute fortzureiten.« Die Blicke des kleinen Mädchens folgten ihm, als er im Laden hin und her ging.

Zoe legte ihren Arm um Brody. Cade weigerte sich, sie anzusehen. Er hätte nie gedacht, daß es so schwer sein würde, sie alle zu verlassen. Teufel, ja, Pop. *Bleib und sei ein Ehemann und ein Vater*. Das war leicht gesagt, aber verdammt schwer zu erfüllen.

Wenn er blieb, würde McGill gewinnen. Selbst wenn er schneller war als dieser Schuft, würden noch mehr Brüder, noch mehr Verwandte kommen, um McGill zu rächen. Pop warf ihm vor, nicht Mann genug zu sein, um hierzubleiben, aber er war Mann genug, um fortzugehen und Red und den Kindern ein normales Leben zu ermöglichen.

»Geh nicht fort, Onkel Cade.« Brodys Unterlippe zitterte. »Du hast mir noch nicht gezeigt, wie man mit einer Pistole schießt.«

»Tut mir leid, mein Sohn.« Cade wandte ihm den Rücken zu. »Frag einen der Pointer-Jungen, ob er es dir beibringt.«

Missy begann zu weinen und klammerte sich an Zoes Rock. Holly nahm die Hand ihrer kleinen Schwester. »Weine nicht, Missy.«

»Onkel Cade geht fort«, schluchzte sie. »Ich will nicht, daß er geht.« Weinend schaute Missy Zoe an. »Mach, daß er bleibt, Zoe! Laß ihn nicht fort!«

Zoe zog das Kind an sich und beruhigte die Kleine.

»Bist du es schon leid, ein Pa zu sein?« fragte Will. »Wir können auch noch artiger sein. Ich werde versuchen, nicht mehr soviel schmutzig zu machen, wenn wir das nächste Mal Karamelbonbons machen.«

Cade schloß die Augen. Die Worte des Jungen gingen ihm genausosehr zu Herzen wie Zoes Schweigen. Sie zu verlassen war schwieriger und schmerzlicher für ihn, als alles andere bisher in seinem Leben.

Zoe ließ die Kinder stehen und kam zu ihm. »Du wirst Zucker und Kaffee benötigen.« Sie holte beides und half Cade, es einzupacken. Ihre Blicke begegneten sich für einen kurzen Augenblick. Dann schob sie sich an ihm vorbei und legte einen Moment die Hand auf seine Schulter. »Du wirst warme Sachen brauchen. Es wird bald kühler. Ich werde dir etwas von Jim einpacken.«

Ein Klumpen formte sich in seiner Kehle. »Ich will die Kleider deines Mannes nicht.«

»Sei nicht albern, Cade. Es sind gute warme Sachen. Jim würde wollen, daß du sie bekommst.« Sie verschwand in ihrer Wohnung. Die Kinder rührten sich nicht von der Stelle.

»Wirst du wirklich fortgehen?« fragte Brody.

»Ja, mein Sohn.« Cade hätte den Kleinen gern in die Arme genommen und ihm die Wahrheit gesagt. Mit zehn war er alt genug, um zu verstehen, daß das Leben nicht nur gute Karten austeilte und daß es Schlimmeres gab, als ein Feigling zu sein. Ein Feigling hätte sich überreden lassen, zu bleiben und seine Familie seinen Feinden auszusetzen, aber ein *Mann* ging fort, und zwar so weit und schnell wie möglich, um jene, die er liebte, zu beschützen.

»Das ist nicht fair!«

»Schrei mich nicht an, Brody«, tadelte ihn Cade.

»Ich hasse dich! Du hättest nicht zurückkommen sollen. Ma sagte, daß du bleiben würdest. Sie sagte, wenn du erst einmal hier wärst, würdest du uns genug lieben, um bei uns zu bleiben und uns zu behalten. Sie sagte, du würdest Zoe heiraten, weil du immer schon verliebt in sie warst – aber Ma hat uns belogen! Du wirst nicht bleiben. Du wirst gehen und nicht wiederkommen, wie du es immer tust!«

Brodys Worte schmerzten. Addy hatte unschuldigen Kindern versprochen, daß er für immer bei ihnen bleiben würde? Warum mochte sie das getan haben? *Weil sie in ihm lesen konnte wie in einem Buch.* Pop hatte recht. Sie hatte ihm einen Weg zurück geboten, aber vergessen, sein Leben in Betracht zu ziehen. Er war nicht mehr der leichtsinnige Junge, der einst fortgeritten war, um sich auf Abenteuersuche zu begeben. Und Abenteuer hatte er gefunden – genug, um ihn ganz krank zu machen. Er hatte gelebt wie ein Kind, das zu viele unreife Äpfel aß, weil niemand da war, um ihn davon abzuhalten. Und nun bezahlte er den Preis dafür.

O Addy. Warum hast du etwas versprochen, was ich nicht halten kann? Glaubst du nicht, ich würde bleiben, wenn ich könnte? Glaubst du, ich wüßte nicht, daß du mich genug geliebt hast, um mir Red zurückzugeben? Weißt du nicht, wie weh es tut …

Die Ladentür schlug zu, und als er aufschaute, sah er, daß Brody nicht mehr da war. »Brody!«

»Ich gehe mit meinem Bruder!« schrie Will. »Wir wollen hier nicht mehr leben! Ihr seid gemein!« Er rannte aus der Tür, bevor Cade um die Theke herumkam.

Missy hastete ihnen nach. Cade erwischte sie gerade noch an ihrem Nachthemd. »Zoe!«

Sie erschien in der Tür. »Was ist?«

»Die Kinder wollen weglaufen.«

»Die Kinder wollen *was*?«

»Weglaufen, verdammt!« Er schaute Missy an, die zappelnd und kreischend auf dem Boden lag. »Was soll das, Missy?«

»Ich habe einen Anfall, damit du hierbleibst!«

Er überließ die Mädchen Zoe, ging zur Tür und riß sie auf. »Ich gehe Brody und Will nach.«

»Cade«, rief Zoe und lief ihm hinterher. »Du mußt fort; ich hole die Jungen.« Sie blieb in der Tür stehen und schaute flehend zu ihm auf. »Geh nur – ich kümmere mich um sie.«

Er berührte zärtlich ihre Lippen. »Ich kann nicht gehen, solange zwei kleine Jungen sich dort draußen die Augen ausweinen und denken, sie bedeuteten mir nichts.«

Ihr Blick war ernst. »Hart McGill ist im benachbarten Distrikt. Ich dachte, wir hätten uns darauf geeinigt, daß die Sicherheit der Kinder vorgeht.«

»Das war, bevor ich wußte, was ein Onkel Pa ist.«

Sie zog ihn an sich. »Ich werde mich nicht mehr lange

beherrschen können. Es bringt mich um, dich fortzulassen«, wisperte sie.

Cade wiegte sie in seinen Armen. »Sag es«, forderte er rauh.

»Ich kann es nicht …«

»*Sag* es, Red.«

»Ich liebe dich …«

Sie schlang die Arme um seinen Nacken und barg ihr Gesicht an seiner Schulter. »Ich *liebe* dich.«

Nachdem er sie fest geküßt hatte, gab er sie frei. »Mach Frühstück. Ich hole unsere Jungen.«

Cade kniete neben dem Stamm einer Eiche und beobachtete die Jungen.

Brody und Mill knieten vor den Gräbern ihrer Eltern. Ihre Gesichter waren schmutzig und wiesen noch die Spuren ihrer Tränen auf, und wie üblich lief Wills Nase.

Cade ging zu ihnen hinüber und reichte dem Jungen ein Taschentuch. »Putz dir die Nase, Will.«

Will fuhr zurück und wischte sich mit dem Ärmel über die Nase. »Ich tue nicht mehr, was du sagst – wir sind dir doch sowieso egal!«

Cade kniete sich neben die beiden Jungen, und Brody sprang auf und lief zum Grabstein seiner Großeltern. »Hört mal«, sagte Cade, »ich will nicht, daß ihr denkt, ihr bedeutet mir nichts. Denn so ist es ganz und gar nicht. Kommt jetzt. Laßt uns heimgehen. Zoe …«

Brody trat gegen einen Klumpen Erde. »Warum sollten wir tun, was du uns sagst? Du bist nicht unser Pa. Unser Pa ist da.« Er zeigte auf Jims Grab.

Will hockte sich auf die Fersen. »Wir sind gekommen, um uns von unseren Eltern zu verabschieden. Und dann gehen wir fort und werden Kopfgeldjäger.«

Cade wandte das Gesicht ab. Kopfgeldjäger. Hatte er sie

auf die Idee gebracht? »Und wo wollt ihr euch auf Kopfgeldjagd begeben?«

»In Wichita«, antwortete Will.

»Und wie wollt ihr nach Wichita gelangen?«

»Brody kennt den Weg – er kennt sich aus.«

Cade schaute Brody an, der auf seine bloßen Füße starrte. »Stimmt das, Brody? Ihr geht nach Wichita? In euren Nachthemden?«

»Vielleicht sogar nach Kalifornien.« Brody weigerte sich, ihn anzusehen. »Was kümmert dich das?«

»Nun, ob du es glaubst oder nicht, es kümmert mich. Ich kann verstehen, daß ihr wütend auf mich seid – aber Zoe? Warum wollt ihr *ihr* weh tun?«

»Du hast ihr weh getan!« entfuhr es Brody. »Ma sagte, du hättest ihr einmal ganz schlimm weh getan.«

»Ja«, stimmte Will ihm zu. »Aber sie sagte, das Gute in dir würde eines Tages überwiegen, und dann kämst du zurück und würdest alles wiedergutmachen.«

Cade hob einen Stein auf und schleuderte ihn fort. Schon wieder Addy! Er verstand nicht, warum sie den Kindern solch leere Hoffnungen gemacht hatte.

Brody schlug mit der Hand an einen Grabstein. »Es ist nichts Gutes in dir. Du bist bloß zurückgekommen, um allen wieder weh zu tun.«

»Ich glaube, es ist an der Zeit, daß wir uns einmal unterhalten.« Cade bedeutete ihnen, sich zu setzen. »Ihr seid alt genug, um die Wahrheit zu erfahren.«

»Ich will die Wahrheit gar nicht wissen«, sagte Brody.

»Das ist schade, weil du sie nämlich trotzdem hören wirst.«

Widerstrebend setzte Brody sich zu Will.

Cade schwieg einen Moment, um sich zu sammeln. »Also zunächst einmal muß ich euch sagen, daß der Beruf eines Kopfgeldjägers gar nichts für euch ist.«

»Du bist auch einer«, wandte Brody ein.

»Und wenn ich noch einmal die Wahl hätte, würde ich eine klügere Entscheidung treffen.«

»Wie was zum Beispiel?« fragte Will.

»Ich würde Farmer werden, einen Mietstall führen oder irgend etwas anderes tun, womit man sich auf bessere Weise seinen Lebensunterhalt verdienen kann.«

Er setzte sich zwischen die Jungen und legte ihnen die Arme um die Schultern. »Ich würde gerne euer Pa sein. Ich kann es bloß nicht.«

»Warum nicht?« fragte Will. »*Du* läßt dir von keinem etwas vorschreiben – das hat Zoe oft genug gesagt.«

»Das ist etwas anderes.«

»Onkel Pa.« Will schaute fragend zu ihm auf. »Wenn du diesen bösen Mann nicht jagen müßtest, würdest du dann hierbleiben, um unser Pa zu sein?«

»Ja, Will, das würde ich.«

»Dann bleib.«

Appellier an seinen Verstand. »Es gibt da einen Mann – sein Name ist Hart McGill. Er sucht mich.«

Will lehnte sich an Cade. »Du kannst dich unter Zoes Bett verstecken. Da versteckte ich mich vor Holly, wenn sie ...«

»Du verstehst es nicht, mein Sohn. McGill ist ein Verbrecher. Er will mich töten.« Cade war nicht sicher, ob die Jungen das verstanden. »Ich kann euch und eure Schwestern und Zoe nicht gefährden. Ich muß so weit wie möglich weg von Winterborn, damit McGill nie etwas von meiner Familie erfährt.«

Will runzelte die Stirn. »Du glaubst, er schießt dich tot?«

Cade nickte. »Zumindest will er das.«

Brody lehnte sich an seine Schulter. »Ich wette, daß ich ihn auch totschießen könnte.«

»Ja«, stimmte Will ihm zu. »Brody sagt, er würde lernen, wie man schießt.«

Cade schüttelte den Kopf. »Waffen sind nicht die

Lösung, Kinder. Ein Mann lernt nicht das Schießen, damit er andere Menschen töten kann. Er hat Respekt vor einer Waffe und weiß, was für einen Schaden sie anrichten kann. Man hat ein Gewehr, um Kaninchen oder Rehe zu jagen, wenn man kein Fleisch zu essen hat. Auf einen Menschen schießen darf man nur, um andere zu schützen.«

»Erschießt du deshalb böse Männer?« fragte Will. »Um andere zu schützen?«

Cade strich dem Jungen übers Haar. »Ich will niemanden erschießen, aber ich kann auch nicht dabeistehen und zusehen, wie ein Verbrecher unschuldige Menschen quält. Deshalb verfolge ich, ›böse Männer‹ und bringe sie vor Gericht.«

»Oder du erschießt sie«, wandte Brody ein.

»Manchmal schieße ich, aber nur, wenn er mich dazu zwingt.«

Brody stand auf. »Wenn du mich lehren würdest, wie man schießt, könnte ich McGill einen solchen Schreck einjagen, daß er davonlaufen und nie wiederkommen würde.«

Cade lachte. »Ich schätze, das könntest du, aber du wirst es bleiben lassen.«

»Ich könnte es versuchen!«

Will schlang die Arme um Cades Nacken und klammerte sich an ihn. »Ich will nicht, daß du stirbst. Bitte, Onkel Pa, laß dich von diesem bösen Mann nicht totschießen! Brody und ich werden dir helfen, ihn ins Gefängnis zu bringen.«

Cade stand auf und hob Will hoch. Der Junge schlang die Beine um Cades Taille und hielt sich fest, als Cade Brody eine Hand reichte. »Komm. Wir werden ein paar Schießübungen machen, bevor ich losreite.« Er hätte längst unterwegs sein sollen, doch als er die Gesichter der beiden Jungen sah, begriff er, daß er noch nicht gehen konnte – noch nicht.

»Brody, du bist jetzt der Mann im Haus. Wenn ich fort bin, will ich mich darauf verlassen können, daß du Zoe und deine Geschwister gut beschützt.«

Brody nickte feierlich. »Du bringst mir das Schießen bei, und ich beschütze sie.«

»Das bedeutet aber, daß du nicht nach Kalifornien gehen kannst, um Kopfgeldjäger zu werden.«

Brody straffte seine Schultern. »Nein, Sir. Ich werde mich um meine Familie kümmern, Onkel Cade.«

Will zupfte an Cades Ärmel. »Heißt das, daß er jetzt der Boß ist?«

»Zoe ist der Boß, aber Brody ist dein großer Bruder. Er wird gut für dich sorgen. So ist es doch, Brody?«

»Du meinst, wenn jemand in der Schule meinen Bruder schlagen will, darf ich ihm eins auf die Nase geben?«

Cade lachte. »Ich würde zuerst mal mit ihm reden … aber falls das nichts nützt, kannst du ihm ruhig eins auf die Nase geben.«

Cade und die Jungen gingen schweigend in die Stadt zurück, und das einzige, was zu hören war, war Willis gelegentliches Nasehochziehen. Cade bot ihm wieder sein Taschentuch an, und diesmal nahm der Junge es. Nachdem er es benutzt hatte, ging er schneller und versuchte, sich Cades großen Schritten anzupassen. Cade lächelte und dachte, daß es noch nie jemanden gegeben hatte, der sich gewünscht hatte, wie er zu sein. Er hätte blind sein müssen, um nicht zu merken, wie die Jungen ihn bewunderten. Wie gern wäre er bei ihnen geblieben, um mitzuerleben, wie sie zu Männern heranwuchsen. Und die Mädchen – er hätte seinen linken Arm dafür gegeben, dabeizusein, wenn die ersten Verehrer um sie warben, um sich zu vergewissern, daß sie dieser Schönheiten auch würdig waren.

Er verdrängte den Gedanken. Für jemanden, der nichts

verstand von Kindern, nahm er seine Rolle als Onkel Pa erschreckend ernst.

»Hey, Ben!« rief er, als sie sich dem Mietstall näherten.

Der Schmied schaute von seinem Amboß auf. »Hey!«

»Ich werde mit den Jungs ein paar Schießübungen hinter dem Gebäude machen.«

»Wieso tragen sie noch ihre Nachthemden?« rief Ben.

»Sie hatten es sehr eilig heute morgen.«

Auf einem Ballen Heu hinter der Scheune stellte Cade eine Reihe leerer Flaschen auf.

»Will, du siehst zu, und Brody schießt als erster.« Cade leerte alle Kugeln bis auf eine aus dem Colt und gab ihn Brody. »Wenn er zu schwer ist, um ihn mit einer Hand zu halten, kannst du auch beide nehmen.«

Als Brody die Pistole hob, zitterte sein Arm von dem Gewicht. Cade legte die andere Hand des Jungen um den Kolben. »Halt still und schau über den Lauf, bis du die Flasche siehst, auf die du schießen willst. Wenn du dein Ziel hast, ziehst du ganz ruhig den Abzug. Aber reiß nicht daran – du mußt ganz sachte ziehen, damit der Lauf sich nicht verschiebt.«

Ein lauter Knall zerriß die Stille. Brodys Arm schoß hoch, und er schwankte nach hinten gegen Cade.

Cade lachte. »Der Rückschlag, was? Hast du dir weh getan?«

Brody schüttelte den Kopf. »Habe ich getroffen?«

»Nein, aber du hast ein paar Vögel vom Zaun verscheucht.« Cade lud die Pistole nach. »Möchtest du es noch einmal versuchen?«

Brody nickte lächelnd. »Sei ganz entspannt diesmal, aber halte den Arm gerade.« Cade trat hinter den Jungen und legte seine große Hand um Brodys kleinere. »Siehst du die Flasche dort am Ende des Heuballens?«

Brody nickte.

»Dann ziel jetzt … und drück ab!«

Ein weiterer Knall, aber diesmal, mit Cades Hilfe, blieb Brody stehen, und die Flasche zersplitterte.

»Ich habe sie getroffen!« Brody sprang auf und ab vor Freude. »Habt ihr es gesehen? Ich habe sie erwischt!«

»Jetzt bin ich dran«, sagte Will. »Ich wette, daß ich zwei Flaschen zerschießen kann!«

Cade unterwies Will auf die gleiche Art wie Brody, und nach mehreren Versuchen und einer wunden Hand traf Will dann schließlich eine Flasche. Der kleine Junge plusterte sich auf wie ein Pfau, und Cade konnte seinen Enthusiasmus kaum lange genug zügeln, um ihm zu zeigen, wie man eine Waffe nachlud.

»Ich möchte es noch einmal versuchen, Onkel Cade«, bat Brody.

»Dein Arm wird morgen so stark schmerzen, daß du ihn nicht heben kannst.«

»Das ist mir egal!« Seine Augen glänzten vor Stolz.

»Noch einmal, dann gehen wir heim.« Er war schon viel zu lange geblieben.

»Was hat die Knallerei hier draußen zu bedeuten?«

Alle drei wandten sich um zu Pop, der auf seinen Krücken herankam.

Will lief ihm entgegen. »Onkel Pa hat uns das Schießen beigebracht! Ich habe eine Flasche hundert Meilen weit geschossen!«

Pop lachte. »Hundert Meilen? Na, das ist aber ganz schön weit, mein Junge. Wie hast du das geschafft?«

Will formte seine Hand zu einer Waffe und zeigte mit dem Finger auf den Heuballen. »Bum! Bum!«

»Das genügt«, sagte Pop und schaute Cade dann fragend an. »Ich dachte, du wärst schon fort.«

»Das dachte ich auch. Aber diesen letzten Gefallen mußte ich den Jungs noch tun.«

Pop schaute die beiden an. »Und du, Brody? Hast du deine Flasche *zwei*hundert Meilen weit geschossen?«

Brody strahlte. »Fast. Sieh mal, wie oft ich geschossen habe!«

Stolz zeigte er ihm die rote Schwellung an der rechten Hand.

Sie wandten sich um, als eine Kutsche vor dem Mietstall vorfuhr. Cade lud hastig seinen Colt nach und atmete erleichtert auf, als er sah, wer aus dem Wagen stieg.

»Abraham!« rief Will. »Ich habe eine Flasche zerschossen!«

Der alte Schwarze lächelte. »Eine Flasche? Wer hätte das gedacht, mein Junge!«

Brody rannte zu ihm. »Ich habe noch viel mehr als er geschossen!«

»Ich sehe schon, daß keine Flasche in der Stadt mehr vor euch sicher ist.«

Pop humpelte zum Wagen. »Wieso bist du zurückgekommen?«

Abraham wickelte die Zügel um die Bremse und stieg aus. »Miss Laticia wollte, daß ich diese Kiste hier den Kindern bringe. Sie sagte, ihre Verwandten könnten nicht herumlaufen wie Vagabunden.«

»Typisch Laticia«, sagte Pop und schaute sich die große hölzerne Kiste an. »Sie muß halb Wichita aufgekauft haben. Diese Kiste ist groß genug, um einen von Mallards Bullen darin zu begraben.« Er schlug mit der Hand auf den Deckel. »Und sehr solide ist sie auch.«

»Sie hat tatsächlich halb Wichita aufgekauft, bevor sie diese roten Flecken kriegte«, sagte Abraham.

Cade steckte seine Waffe ein. »Laticia hat die Masern?«

Abraham grinste. »Der Doktor sagte, nach ein paar Tagen Bettruhe würde sie wieder ganz die alte sein.«

Pop schlug dem Alten auf die Schulter. »Und du dachtest, du verschwindest lieber, bevor sie wieder *ganz die alte* ist?«

Grinsend schüttelte Abraham den Kopf. »O nein, Sheriff. Ich sag' nichts Schlechtes über Miss Laticia.«

»Das weiß ich«, gab Pop zu. »Sie kann sich glücklich schätzen, jemanden wie dich zu haben, der sich um sie kümmert.«

»Nein, Sir. Ich hab' Glück gehabt. Ich verdanke Miss Laticia sehr viel. Sie hat mir das Lesen beigebracht, als sie ein junges Mädchen war. Damals wurde es nicht gern gesehen, wenn ein Schwarzer lesen konnte.« Er lachte herzhaft. »Aber Miss Laticia scherte sich nicht um das, was andere sagten. Sie sagte, sie dächte nicht daran, sich von einem ungebildeten Tölpel herumfahren zu lassen. Und deshalb hat sie mir jeden Tag Zahlen und Buchstaben eingebläut, bis ich begriffen hatte.«

Cade schaute die Jungen an. »Helft Abraham, die Kiste auszuladen, und schreibt Tante Laticia einen netten Brief, um euch für ihre Geschenke zu bedanken.«

Die Jungen sprangen auf den Wagen, klappten die Kiste auf und durchwühlten ihren Inhalt. Brody rümpfte die Nase, als er einen blauen Samtanzug hochhielt. »Nur Muttersöhnchen tragen so was«, protestierte er.

Will zog ein Paar Schuhe seiner Größe heraus, die mit silbernen Schnallen geschlossen wurden. »Muß ich die anziehen?« fragte er Cade.

»Miss Laticia weiß nicht, was Kinder gerne tragen«, sagte Abraham entschuldigend.

»Sie freuen sich über die Sachen«, erklärte Cade. »Zoe wird schon ändern, was nicht paßt.«

»Willst du ihnen nicht mit der Kiste helfen?« fragte Pop.

Cade lachte. »Die könnten wir nicht einmal zu dritt bewegen. Wir müssen sie ausleeren und die Sachen in den Laden tragen. Die Kiste kann Abraham behalten.«

Abraham kratzte sich am Kopf. »Was soll ich damit?«

Pop schlug mit einer Krücke auf die Kiste. »Wer weiß, ob sie uns nicht einmal nützlich werden könnte.«

20

Zoe schaute in grimmige Gesichter am Frühstückstisch. Da auch sie mehr als verärgert war, vermied sie es, Cade anzusehen, als sie ein Blech Toastbrot aus dem Ofen nahm. Es roch nach Regen, als Missy Bratkartoffeln auftischte und Holly Cade Kaffee einschenkte, und aus der Ferne war schon Donnergrollen zu vernehmen.

Cade schaute Missy und Holly an und lächelte. »Danke, Mädchen.«

Als sie nichts erwiderten, zupfte er an Missys Rock. »Wieso seid ihr so stumm heute morgen?«

Zoe schüttelte warnend den Kopf, als Missy das Gesicht verzog.

Cade wechselte das Thema. »Ich glaube, es wird Regen geben.«

»Regen können wir gut gebrauchen«, sagte Zoe, als sie ihren Platz am Tisch einnahm.

Cade nahm ein Messer und strich Butter auf eine Scheibe Toast für Missy; dann schaute er Brody an. »War da nicht etwas, was ihr Zoe erzählen wolltet?«

»Cade hat mir heute das Schießen beigebracht!« berichtete Brody stolz.

»Mir auch«, brüstete sich Will.

Zoe reichte die Sauce herum. »Tatsächlich?«

Cade griff unter den Tisch und drückte beruhigend ihr Knie. »Ein Junge muß so etwas können. Das heißt noch lange nicht, daß er ein Kopfgeldjäger wird.«

Sie lächelte verkniffen. »Die letzten Stunden vor dem

Abschied mit einem ganz normalen Spaziergang mit den Kindern zu verbringen, das war dir wohl zu langweilig«, bemerkte sie.

»Ja, das dachten wir, nicht wahr, Männer?«

Die Jungen nickten. »Es hat Spaß gemacht«, rief Will. »Ich habe eine Flasche hundert Meilen weit geschossen!«

»Und ich meine zweihundert!« fiel Brody ein.

Cade aß einen Bissen und zwinkerte Holly zu. »Ich dachte, die Mädchen könnten mir helfen, meine Satteltaschen zu befestigen. Was meinst du, Holly? Würdest du das tun?«

Holly nickte halbherzig.

Zoe reichte die Butter weiter. »Iß, Missy.«

»Ich habe keinen Hunger.«

»Natürlich hast du Hunger.« Cade nahm ihre Gabel und lockte sie mit etwas Rührei. »Komm, Liebes, das schmeckt wirklich ausgezeichnet.«

Missy schüttelte den Kopf und schaute Zoe an. Ihre Augen schimmerten von Tränen.

»Also gut, du darfst den Tisch verlassen. Ich werde dir das Essen warm halten.«

Missy stand auf und lief ins Schlafzimmer. Die Familie aß schweigend weiter, und außer dem gelegentlichen Kratzen einer Gabel auf dem Porzellan war nichts zu hören.

Zoe schluckte, als die Uhr acht schlug.

Als ganz unvermittelt jemand an die Hintertür pochte, fuhr sie erschrocken zusammen und atmete erleichtert auf, als sie sah, daß es einer von Brodys Spielgefährten war. »Brody ißt noch, Freddy. Du solltest später wiederkommen.«

»Pop schickt mich, um Cade zu holen«, berichtete der Junge.

»Cade ißt noch ...«

»Hart McGill ist in der Stadt.« Freddy Henderson trat

vor Aufregung von einem Fuß auf den anderen. »Pop sagte, daß Cade *sofort* kommen soll!«

»O Gott«, wisperte Zoe.

Brody schob seinen Stuhl zurück und stieß dabei sein Milchglas um.

Zoes Herz pochte so laut, daß sie sicher war, daß Cade es hören mußte. Schwindel und eine Welle der Übelkeit erfaßten sie, und sie schloß die Augen und bemühte sich, tief durchzuatmen.

Cade legte sein Besteck beiseite und stand auf.

Sie hob die Hand, um ihn zurückzuhalten. »Nein ...« Das Wort klang wie der Schrei eines verwundeten Tiers, das Hilfe brauchte.

Er drückte ihre Hand, bevor er nach seinem Waffengurt griff und ihn um die Hüfte legte. Während er den Lederriemen am rechten Bein befestigte, schaute er Brody an. »Du weißt noch, was wir heute morgen besprochen haben?«

Brody nickte. Sein Gesicht war weiß wie die Milch, die vom Tisch auf den Fußboden tropfte.

»Du nimmst die anderen und bleibst mit ihnen im Schlafzimmer, bis jemand kommt, um euch zu sagen, daß ihr herauskommen dürft.«

Brodys Augen wurden groß.

»Keine Angst, mein Junge. Du bist jetzt der Mann im Haus.«

»Du mußt mir jetzt gehorchen, Will.« Brody führte Will, Holly und Zoe in das Schlafzimmer. Zoe schaute Cade an und betete im stillen, daß es nur ein Alptraum war, aus dem sie bald erwachen würde.

»Geh«, sagte er. »Die Kinder brauchen dich.«

»Ich kann dich nicht verlassen – nicht so ...« Sie fühlte sich seltsam leicht, als ob sie nicht die geringste Kraft mehr hätte. Das Zimmer drehte sich, und sie legte eine Hand an ihre Stirn und versuchte, sich zu orientieren. Sie durfte jetzt nicht zusammenbrechen; sie mußte an die Kinder denken.

Die Schultern straffend, atmete sie tief durch. »Also gut … Die Kinder werden es schaffen … und ich auch. Tu, was du zu tun hast.« Die Worte hinterließen einen bitteren Geschmack auf ihrer Zunge.

Plötzlich war Cade da, und seine breite Schulter stützte sie. Sein vertrauter Duft erfüllte ihre Sinne, und sie erschauderte vor Angst.

»Hör zu, Red.« Er packte ihren Arm. »Wenn mir etwas passiert, dann wirst du mit den Kindern Winterborn verlassen. Hast du mich verstanden, Zoe? Du mußt dann ein sicheres Versteck für euch alle suchen, weil McGill euch aufspüren wird, falls ihr hier bleibt.«

Sie nickte. »Ja … ich gehe mit den Kindern fort … aber ich weiß nicht, wohin wir gehen sollen …«

»Frag Pop, er wird euch helfen.«

Cade ging mit ihr zum Schlafzimmer, wo sie Missy verzweifelt weinen hörten. Zoe wußte, daß sie das Kind beruhigen mußte. *Bitte, lieber Gott, gib mir die Kraft, das durchzustehen.* Sie drückte rasch Cades Hand. »Es geht schon … ich brauche nur eine Minute.« Ihre Knie gaben nach, und sie lehnte sich für einen wundervollen, tröstlichen Moment an ihn. Ihre Arme glitten zu seinem Hals, und sie bedeckte sein Gesicht mit Küssen. Er erwiderte die Küsse und zog sie so fest an sich, daß er sie in seinen Armen fast erdrückte.

»Ich werde für dich beten«, wisperte sie.

»Hör zu, Red.« Er schaute sie mit einer solchen Zärtlichkeit an, daß ihr der Atem stockte. »Dir zuliebe und der Kinder wegen bin ich hiergeblieben. Jetzt hat meine Vergangenheit mich eingeholt. McGill ist hier. Ich kann nicht mehr davonlaufen.« Er wischte ihr eine Träne ab. »Verstehst du das?«

»Oh, Cade, ich könnte es nicht ertragen, wenn …«

»Psst.« Er legte seine Fingerspitzen an ihre Lippen. »Weißt du noch, warum ich dich immer Red genannt habe?«

»Wegen meines roten Haars.« Sie berührte seine Wange, die rauh war von den Stoppeln seines dunklen Barts.

»Das habe ich dir gesagt – aber der wahre Grund, warum ich dich so nannte, war, daß du das Temperament und die Willensstärke eines Mannes hattest und ich das an dir bewunderte.« Er lächelte. »Finde diese Stärke jetzt, Red. Sei tapfer für die Kinder.«

Sie begann zu lachen und wußte nicht, warum. »Es war gar nicht mein Haar?« Ihr Lachen ging in leise Schluchzer über, als er sich zum Gehen wandte.

»Geh ins Schlafzimmer, Red.«

Ohne hinzusehen, öffnete sie den Verschluß an ihrer Halskette und legte Cade das Medaillon um. »Ich möchte, daß du es trägst. Etwas von mir soll bei dir sein, wenn du da draußen bist.«

Er zog sie an sich und küßte sie so hart, daß ihr der Atem stockte. Dann ging er.

Brody kam aus dem Schlafzimmer und nahm sie tröstend an der Hand. »Hab keine Angst, Zoe. Ich kümmere mich um dich.«

Der Junge führte sie ins Schlafzimmer. Draußen vor dem Fenster hörte sie Männerstimmen, die Befehle schrien. Es klang, als ob sämtliche Pferde und Wagen von der Main Street fortgebracht würden. Die Kinder weinten, ihre jungen Gesichter waren angstverzerrt. Zoe nahm ein Taschentuch und wischte Wills Nase ab, die wieder lief, als sie einen weiteren lauten Schrei hörte. Ihr Herz begann zu rasen.

Die Kinder in die Arme ziehend, suchte sie nach Worten, um sie zu beruhigen. Angesichts der Angst in den Augen der Kleinen kamen ihr erneut die Tränen, aber sie wischte sie energisch ab.

Nachdem sie noch einmal tief durchgeatmet hatte, setzte sie sich und lächelte Brody an. »Habe ich euch schon einmal die Geschichte erzählt, wie Cade und Pop auf Stinktierjagd gingen, als Cade etwa in eurem Alter war?«

Ganz blaß vor Sorge, schüttelte Brody den Kopf.

»Ihr hättet sehen sollen«, sagte sie und klopfte einladend aufs Bett, damit die Kinder sich zu ihr setzten, »wie diese beiden aussahen! Das Gewehr über der Schulter, zogen sie ab in die Wälder und folgten dem alten Blue, der irgendeine Fährte aufgenommen hatte. Die anderen Hunde kläfften auch, obwohl sie nicht die geringste Ahnung hatten, worüber sie sich so aufregten ...«

Ihr Blick glitt wieder zum Fenster; das Getöse draußen wurde immer heftiger. Um die Kinder davon abzulenken, sprach sie lauter. »Der Prediger sagte, sie machten es dem alten Blue nur nach, aber dieser alte Hund hatte ein Stinktier aufgespürt ...«

Pop schwenkte eine Krücke und brüllte die neugierige Menge an, die sich an der Straßenecke versammelt hatte. »Runter von der Straße!« Als die Leute sich nicht rührten, schrie er noch lauter. »Geht nach Hause – es gibt gleich eine Schießerei!« Über die Straße humpelnd, befahl er, die Pferde loszubinden und die Wagen von der Straße zu entfernen. »Bringt die Tiere weg von hier!«

Mehrere Männer ließen die Pferde frei, die, nach einem Schlag auf ihre Hinterhand, sofort das Weite suchten. Wagen und Kutschen ratterten in Richtung Mietstall.

Am Nordende der Stadt, vor einem schiefergrauen Himmel, an dem sich dunkle Regenwolken zusammenballten, zeichnete sich Hart McGills Silhouette ab. Ein dumpfes Donnergrollen zerriß die Luft, als Cade um die Hausecke des Gemischtwarenladens kam. Pop humpelte ihm entgegen.

Die Main Street leerte sich. Zuschauer, die um ihre Sicherheit besorgt waren, suchten Schutz in den umliegenden Geschäften und zogen die Jalousien herunter.

Cade lüftete seinen Hut, strich sich mit den Fingern durch das Haar und zog ihn dann tief in die Stirn. Zum Nordende der Stadt hinüberschauend, sagte er: »Es sieht ganz so aus, als ob ich einen Tag zu lang geblieben wäre.«

Pops verwittertes Gesicht sah älter aus, als Cade es je gesehen hatte. »Du brauchst es nicht zu tun, mein Junge. Laß mich den Bastard aus der Stadt jagen und ihm sagen, daß er weiterziehen soll.«

Cade betrachtete McGill prüfend, und das Bild von Owen Cantrells Witwe kam ihm wieder in den Sinn. Owen war in der Blüte seines Lebens von diesem kaltblütigen Schuft erschossen worden, und Cade war sich im klaren darüber, daß Zoe, falls McGill herausfand, daß er sie geheiratet hatte, für den Rest ihres Lebens nie wieder sicher vor ihm sein würde. Nein, er mußte sich dem Bastard stellen.

»Paß nur auf, was du jetzt tust, mein Junge.«

»Mach, daß du fortkommst, Pop. Das ist mein Kampf.«

»Und *meine* Stadt.«

Cade nahm ein Bündel Geldscheine aus der Tasche und gab es Pop. »Falls es nicht so ausgeht, wie ich hoffe, gibst du Red das Geld. Und sorg dafür, daß sie heute abend Winterborn verläßt. Sie wird dir widersprechen, aber laß dich nicht von ihr erweichen. Wenn ich sterbe, wird McGill sich sie und die Kinder vornehmen. Sag ihr, sie solle sich etwas in einem anderen Staat kaufen – irgendwo weit weg, wo sie und die Kinder sicher sind.«

Pop nickte. »Sie braucht das Geld nicht. Ich habe in Missouri ein Stück Land, das so einsam ist und abgeschieden, daß nicht einmal die Moskitos hinfinden. Dorthin werde ich deine Familie bringen, falls etwas passiert.«

»Danke, Pop.«

»Das einzige, was ich will, ist, daß du lebend aus der

Sache rauskommst.« Er legte seine Hand auf Cades Schulter. »Du brauchst bloß eine ruhige Hand zu behalten, dann wirst du es schon schaffen. Es gibt weit und breit keinen besseren Schützen als Cade Kolby.«

Cade lächelte. »Sag Zoe und den Kindern, daß ich an sie denke.«

Pop nickte. »Das wirst du ihnen selbst sagen. Es ist noch nichts entschieden. Und jetzt geh und tu, was du tun mußt.« Und dann wandte er sich ab und humpelte über die Straße.

Dunkle Wolken ballten sich zusammen und verwandelten das Tageslicht in Dunkelheit. Donner grollte, als das Gewitter näherkam. Den Hut noch tiefer in die Stirn ziehend, schritt Cade zur Straßenmitte und verbannte alle anderen Gedanken bis auf einen. McGill. Seine Hand lag lose an der Hüfte, sein Blick ruhte auf dem Mann am anderen Ende der Main Street – dem Mann, der ihm Alpträume verursacht und sein Leben bestimmt hatte.

Er nahm seine Position ein, eine, die er schon öfter eingenommen hatte, als ihm lieb war, die ihm aber heute fremd und unnatürlich vorkam. Die Main Street war verlassen, bis auf einen einzelnen Hund, der über den Bürgersteig lief.

Staub wirbelte von den Dächern auf und legte sich auf die Straße, als er McGill entgegenblickte. Noch mehr Donnergrollen ertönte, und der Wind zerrte an Cades Kleidern.

Der bärtige Bandit schob ein Stück Kautabak von einer Seite seines Munds zur anderen und spuckte aus. »Endlich zeigst du dein Gesicht, du Feigling.«

Cades Hand lag ganz dicht neben seinem Halfter. »Was hat dich so lange aufgehalten, McGill?«

McGill trat einen Schritt vor und betrachtete Cade aus kalten Augen, die vor Bosheit glitzerten. »Du hättest wissen müssen, daß man sich nicht vor einem McGill verstecken kann. Du bist ein toter Mann, Kolby.«

»Wir alle sterben irgendwann.«

»Und du wirst heute sterben.« McGills Finger krümmten sich ganz leicht.

Beide traten einen Schritt vor, dann noch zwei weitere. Blitze zuckten am schwarzen Himmel auf, und er öffnete seine Schleusen.

Cade fluchte, als er aus dem Augenwinkel Pop sah, der an der Wand neben dem Gefängnis lehnte und seine Hand gefährlich nahe bei seiner Waffe hielt. Etwas weiter entfernt von Cade tauchten verschiedene Stadtbewohner hinter Verandapfosten auf und spähten um die Ecken der Gebäude. Ein Gewehrlauf schaute aus der angelehnten Tür von Walts Barbiersalon hervor.

Cade ging noch einen Schritt weiter und dann noch einen. McGills Augen wurden schmal. »Ich hörte, daß du dir eine mächtig hübsche Frau genommen hast. Zu schade, daß sie heute schon wieder Witwe wird. Und das bereits zum zweiten Mal – aber mach dir keine Sorgen. Der alte Hart wird sich um die Bedürfnisse der kleinen Frau schon kümmern.« Er lachte. »Die Rothaarigen sind mir am liebsten – sie sind im Schlafzimmer temperamentvoller als die anderen, wenn du verstehst, was ich meine.«

Cade versteifte sich, bis er Pops geflüsterte Worte hörte: »Laß dich bloß nicht provozieren, Junge.«

»Ganz ruhig, Junge.« Das war Walts Stimme.

Cades Blick wich nicht von McGills rechter Hand. Er atmete tief ein und blinzelte im starken Regen.

»Ja, ich hörte, daß deine kleine Frau wirklich bezaubernd sein soll. Bestimmt wird sie sich einsam fühlen, wenn du tot bist …« McGill griff nach seiner Waffe.

Cade ließ sich auf ein Knie fallen und feuerte. Ein ohrenbetäubender Knall ertönte, im selben Augenblick, in dem auch McGills Buntline Special abgefeuert wurde.

Heißes Blei streifte Cades linken Arm. Blut durchsickerte sein Hemd, der blaue, vom Regen triefend nasse

Stoff färbte sich rot, und Cade taumelte und stürzte. Sein Hut fiel neben ihm in den Schlamm.

»Verdammter Hurensohn!« brüllte McGill. Die Kugel des Colts hatte den Desperado im Unterleib getroffen und gefällt. McGill setzte sich mühsam auf, umklammerte stöhnend seinen Schenkel und feuerte erneut. Die Kugel riß ein Loch in Cades Hut und schleuderte ihn zwei Meter in die Höhe.

Sorgfältig zielend und auf einen Ellbogen gestützt, gab Cade einen weiteren Schuß ab und ließ sich rasch wieder zurückfallen, als ein wahres Stakkato von Kugeln Hart McGill durchsiebte. Als Cade wieder aufschaute, lag er am Boden und starrte aus leblosen Augen zum dunklen Himmel auf. Regen prasselte auf die Straße und spritzte Schlamm auf das Gesicht des Toten.

Die Männer von Winterborn bliesen ruhig den Rauch von ihren Gewehrläufen und verschwanden wieder in den Schatten, die die Häuser warfen.

Sich auf die Seite rollend, riß Cade sein Halstuch ab und band es um die Wunde an seinem Oberarm. »Verdammt.«

Pop humpelte rasch herbei und stieß ihn wieder auf den Boden. »Um Gottes willen – Cade ist tot!« schrie er.

»Pop!« protestierte Cade und versuchte, sich wieder aufzurichten. »Ich bin nicht tot.«

Pop stellte einen Stiefel auf Cades Brust. »O doch, das bist du. Bleib, wo du bist!« befahl er.

Cade kniff die Augen zu und biß vor Schmerzen die Zähne zusammen.

»Rühr dich nicht«, wiederholte Pop, bevor er sich abwandte und zu McGill hinüberhumpelte. Er zählte die Löcher in der Brust des Banditen und stieß einen leisen Pfiff aus. »Nein! Es hätten zehn sein müssen. Aber Walt Mews würde ja nicht einmal eine *Scheune* treffen.« Rasch ging er zu Cade zurück. »Alles in Ordnung, Junge?«

»Ja, ich habe nur einen Streifschuß abgekriegt. Was, zum

Teufel, geht hier vor? Wer hat diesen Männern erlaubt, sich einzumischen? Das war mein Kampf.«

»Nicht nur. Die Stadt schützt ihre Interessen, und dich am Leben zu erhalten ist zufällig eine unserer Hauptinteressen im Moment.« Pop schaute sich um. »Wir müssen uns beeilen.«

Die Stadtbewohner kamen schon von allen Seiten. Lawrence, Roy; Walt, Ben und Woodall überholten Gracie, May und Edna auf dem Weg. Frank Lovell hastete Bess Harris nach. Auch der Doc kam mit seiner schwarzen Arzttasche herbeigerannt. Er hockte sich in den Schlamm und legte sein Ohr an Cades Brust. »Er lebt. Lieg still, mein Junge. Laß mich die Wunde ansehen.«

Pop schob den Arzt beiseite. »Der Doc irrt sich. Cade ist tot. Bleibt zurück – ihr alle – und tut, als ob ihr um ihn trauern würdet.«

»Was?« Walt runzelte die Stirn. »Hast du den Verstand verloren, Pop?«

Nachdem er die Leute aufgefordert hatte, ihm zu folgen, trat Pop auf eine nahe Eingangsstufe. »Jetzt hört mir mal gut zu. Wir haben keine Zeit für unnützes Gerede. Wer weiß, wer diese Vorgänge beobachtet. Wir müssen jetzt alle zusammenhalten und Theater spielen wie noch nie zuvor in unserem Leben.«

»Was soll das heißen?« rief Roy Baker. »Es ist vorbei – McGill wird niemanden mehr in die Quere kommen.«

Edna schaute sich über die Schulter um. »Ja, McGill ist tot, und daher besteht kein Grund mehr, warum Cade jetzt nicht bei Zoe und den Kindern bleiben könnte.«

Pop erhob die Stimme. »Und da wir nicht wollen, daß noch andere rachsüchtige Verbrecher herkommen, habe ich einen Plan gefaßt, wie wir das verhindern können. Wir werden ein Begräbnis feiern, wie es diese Stadt noch nie gesehen hat, und es wird noch heute nachmittag stattfinden.«

Roy schüttelte verwirrt den Kopf. »Wer ist denn gestorben, der uns wichtig wäre?«

Pop lächelte. »Aber Roy – du weißt doch, Cade ist tot!«

Die Leute drehten sich um und starrten Cade an, der regungslos im Schlamm der Straße lag. Er grinste und krümmte grüßend einen Finger.

»Was soll der Unsinn?« schimpfte Gracie. »Cade ist lebendig wie wir ande...«

»Schweig, Gracie!« Pop stieg von der Stufe und gab Roy und Ben ein Zeichen, vorzutreten. »Wir brauchen zwei starke Männer, um die Toten zu ihrer Grabstätte zu tragen.«

»McGill begraben? Die Mühe würde ich mir sparen«, meinte Ben.

Pop warf ihm einen mißbilligenden Blick zu. »Hört zu, ihr Dummköpfe! *Hört,* was ich euch sage. *Zwei* Männer sind heute bei einer Schießerei in Winterborn getötet worden. *Zwei.* Cade Kolby und Hart McGill. Kapiert?«

Die Leute starrten ihn mit verständnislosen Mienen an.

»Cade, möge seine Seele in Frieden ruhen, ist heute von McGill erschossen worden. *Comprende*?«

Allmählich dämmerte den Leuten, was der Sheriff meinte. Einer nach dem anderen begannen sie zu nicken.

»Kolby ist tot«, sagte Walt. »Er hat ins Gras gebissen.«

Begeisterung für diesen neuerlichen Streich begann sich in der Menge zu verbreiten, bis auch der letzte eingeweiht war.

Hoffnung erwachte in Cade, als er begriff, was Pop beabsichtigte, doch sie erstarb dann sehr schnell wieder. »Nein«, sagte er, ohne sich von der Stelle wegzurühren. »Das wird nicht klappen.«

Pop schaute die Straße hinunter. »O doch, das wird es. Bleib still liegen. Du bist tot, mein Junge. Mausetot.«

»Wie soll das etwas ändern?« murmelte Cade. »Als Toter kann ich nicht nach Winterborn zurückkehren.«

»Kolby kommt nicht mehr zurück – aber sein Cousin in Arizona, der ihm verblüffend ähnlich sieht, könnte jederzeit hierherkommen, oder etwa nicht?«

Wieder wirkten die Stadtbewohner sehr verwirrt.

»Könnte er das nicht?« beharrte Pop. »Denkt doch mal darüber nach, Leute.«

May schaute Cade an. »Du hast keinen Cousin in Arizona.«

Gracie stieß sie an, und ein gekränkter Ausdruck huschte über Mays Gesicht. »Ich weiß doch, daß er keinen hat! Das müßte ich schließlich wissen. Senda hat nie etwas von einem Cousin ...«

»*Natürlich* hat er einen, May«, erklärte Gracie ihr geduldig. »Erinnerst du dich nicht? Cade und ... Tray ... Williams, der Sohn von Senda Kolbys Schwester. Sie sahen sich schon als Kinder so ähnlich, daß Senda immer sagte, sie und ihre Schwester könnten die Jungen kaum auseinanderhalten. Ich möchte wetten, daß Tray Cade auch heute noch genauso ähnlich sieht! Hätte Cade einen Bart gehabt und ein paar Pfund mehr gewogen, als er starb, wäre keiner von uns in der Lage, die beiden auseinanderzuhalten.«

»Cade *hat* keinen ... oh.« May unterbrach sich. »Oh.« Sie grinste. »Nun ja, jetzt, wo du es sagst, erinnere ich mich auch, daß Senda immer sagte, die beiden Jungen sähen sich zum Verwechseln ähnlich. Du liebe Güte – jemand sollte Tray sofort ein Telegramm schicken, daß sein Cousin Cade verstorben ist. Er soll herkommen und sich um die Witwe kümmern!«

»Das wird niemals klappen«, prophezeite Cade.

Die Stadtbewohner widersprachen ihm, weil alle sich plötzlich an seinen Cousin erinnerten. Walt zwinkerte Cade zu. »Netter Bursche. Nicht so wild wie Cade, wenn ich mich recht entsinne.«

Roy kratzte sich am Kopf. »Ja, er war etwas besonnener. Ich habe immer meiner Frau gesagt, Cades Cousin Tray würde sicher einmal einen besseren Familienvater abgeben als Cade. Vielleicht wird ja noch ein Paar aus Tray und Zoe, was meint ihr?«

Lawrence lächelte. »Tja, wer weiß? Vielleicht heiratet Zoe Cades Cousin, und sie bleiben hier in Winterborn und ziehen Addys Kinder auf. Und falls Tray auch noch etwas geschäftstüchtiger als Zoe sein sollte, könnten sie den Laden vielleicht endlich wieder auf eine solide Basis stellen.«

Sawyer spuckte aus. »Ja, wäre das nicht toll?«

»Klar.« Ben grinste. »Es sind schon seltsamere Dinge geschehen. Walt? Hilfst du mir, die Leichen in den Stall zu bringen? Es ist naß hier draußen.«

Als es an der Hintertür klopfte, glaubte Zoe, ohnmächtig zu werden. Sie zwang sich, ihre Beine zu bewegen. Nach einem tiefen Atemzug öffnete sie die Hintertür und stand Pop gegenüber. Sein grimmiger Gesichtsausdruck bestätigte ihr, daß ihre schlimmsten Ängste wahr geworden waren.

»Nein«, wisperte sie.

»Nein«, wiederholte Pop. »Er lebt, Zoe.«

Ihre Knie gaben nach, und Pop griff rasch nach ihr, um sie zu stützen.

»Komm, Mädchen, kipp mir jetzt nicht um.« Er führte sie zu einem Stuhl und bedeutete ihr, sich zu setzen.

»Wo ist Cade?« Sie schaute zu Pop auf, und Tränen rannen über ihre Wangen.

»Ihm geht es gut – bis auf einen kleinen Streifschuß am Oberarm. Der Doc wird sich nach der Beerdigung darum kümmern. Cade wird jetzt aufgebahrt. Bist du bereit, dich von ihm zu verabschieden?«

Sie war so überglücklich, daß Cade lebte, daß in ihren Gedanken für nichts anderes mehr Platz war. »Was?«

Als Pop ihr rasch den Plan der Stadtbevölkerung erklärte, weiteten Zoes Augen sich vor Überraschung und vor Dankbarkeit.

»Und jetzt«, fuhr Pop fort, »möchte ich, daß du mit einem langen Gesicht das Haus verläßt und Trauerkleidung trägst, hörst du? Egal, wie froh du bist – wenn du deinen Mann behalten willst, dann mußt du jetzt so tun, als lastete das Gewicht der ganzen Welt auf deinen Schultern.«

Zoe sprang auf und riß Pop fast von den Beinen mit ihrer stürmischen Umarmung. »Danke, Pop! Danke!«

Die Kinder hörten den Aufruhr und kamen aus dem Schlafzimmer gerannt.

»Cade lebt!« rief Zoe.

»O Mann!« Missy tanzte durch das Zimmer und umarmte Holly. »O Mann, o Mann!«

Brody und Will strahlten.

»Wirklich?« fragte Brody.

»Wirklich«, sagte Pop. »Aber wir müssen alle eine Weile schauspielern.« Er erzählte den Kindern, was geschehen war, und erklärte ihnen, wie sie sich jetzt zu verhalten hatten.

»Ich werde *furchtbar* traurig sein«, versprach Brody.

»Ich auch.« Will nickte zustimmend.

»Ich kann weinen«, bot Missy an. »Ganz, ganz *laut*.«

Pop zog Zoe und die Kinder an sich und lächelte, als er Zoe, die noch immer leise schluchzte, beruhigend über den Rücken strich. »Seht ihr, das ist gut so. Innerhalb der Familie hilft man sich. So sollte es auch sein.«

»Bist du hier, Abraham?« Pop war außer Atem, als er wenige Minuten später den nur schwach erleuchteten Mietstall betrat. Maddy wieherte in ihrer Box.

»Hier, Sheriff.«

»Hast du getan, worum ich dich gebeten hatte?«
»Ja, Sir. Der Sarg steht schon bereit.«
»Wir müssen uns beeilen. Glaubst du, die Kiste wäre groß genug für eine Leiche?«
»Klar, Sheriff. Sie ist groß genug für fünf. Sie hatten recht, Sheriff. Zum guten Schluß konnten wir sie dann doch für etwas brauchen.«
»Nun, dann füll sie jetzt mit Steinen und nagele sie gut zu, Abraham. Und dann nimmst du einen Stein und ritzt ›Cade Kolby‹ in den Deckel.«
»Ja, Sir.« Abraham grinste. »Miss Laticia wird sehr stolz sein, wenn sie hört, daß ihr Unterricht mir nützlich war. Das entschädigt sie vielleicht für diese roten Flecken im Gesicht. Es war schrecklich, Sheriff! Es war, als ob der Teufel selbst aufs Haus herabgekommen wäre, als sie an den Masern erkrankte. Sie gab dem armen Cade die Schuld daran.« Abraham lachte und schlug den letzten Nagel in den behelfsmäßigen Sarg.
Pop setzte seinen Hut auf. »Wir werden McGill in einem Whiskeyfaß begraben. Das würde ihm bestimmt gefallen. Und – Abraham? Das bleibt zwischen dir und mir und dieser Stadt, hörst du? Für alle anderen gilt, daß Cade Kolby und McGill sich gegenseitig erschossen haben, klar?«
»Ja, Sir. Dieser alte Schwarze hat von nichts 'ne Ahnung.«
Pop stützte sich auf seine Krücken. »Es wird jetzt ruhiger werden hier in dieser Gegend. Ich erhielt heute morgen ein Telegramm des Sheriffs von Wizard County. Die Nelson-Bande sitzt jetzt hinter Gittern. Sie werden uns keinen Ärger mehr bereiten, und McGill ist tot.« Pop atmete tief ein. »Alles in allem, war es ein recht guter Tag heute.«

»Es ist ein trauriger Anlaß, der uns heute hier zusammenbringt.« Regen prasselte auf Reverend Munsons Kopf, als er später an jenem Nachmittag vor zwei offenen Gräbern stand.

Zoe weinte leise unter ihrem Schirm und drückte die Kinder fest an sich, als sie sich verstohlen in der Menge umsah. Wo war Cade? Sie wäre nicht überrascht gewesen, ihn zu sehen, wie er irgendwo ganz in der Nähe stand und seine eigene Beerdigung verfolgte. Ein Kichern stieg in ihrer Kehle auf, und sie schluckte und gab sich Mühe, eine ernstere Miene zu bewahren. Wenn sie ihn sah, würde sie ihn umbringen – vor lauter Liebe.

Sie hob den Kopf und starrte stur geradeaus. Die ganze Stadt war anwesend, und alle weinten, schluchzten und sprachen einander Trost aus. Ihr Blick blieb plötzlich auf einer hohen Gestalt im Hintergrund der Menge haften, die einen schwarzen Poncho trug und den Hut tief ins Gesicht gezogen hatte.

Der Mann verdrehte die Augen und streckte ihr die Zunge heraus.

Sie öffnete verblüfft den Mund und wandte rasch den Blick ab. Cade! Er *war* hier! Der Mann, der in seinem ganzen Leben noch nie pünktlich zu einer Beerdigung gekommen war!

Die behelfsmäßigen Särge standen neben den offenen Gräbern, während der Reverend aus der Bibel vorlas und »Asche zu Asche, Staub zu Staub« anstimmte.

Gracie und Edna fielen sich in die Arme und schluchzten herzzerreißend.

»Hast du Zwiebeln gegessen heute mittag, Gracie?« zischte Edna.

»Sei still, Edna. Ich wußte nicht, ob ich auf Befehl weinen konnte, und habe deshalb eine Zwiebel in mein Retikül gesteckt.« Sie hob es ans Gesicht, bis frische Tränen flossen.

»Puh! Ich würde alles für Zoe tun – sogar hier im strömenden Regen stehen bei dem Begräbnis eines Mannes, der gar nicht tot ist –, aber ich kann sehr gut alleine weinen, vielen Dank, und ich will nicht nach Zwiebeln riechen!«

In diesem Augenblick schloß Reverend Munson seine Bibel, und Missy trat mit Buds Marmeladenglas an die geschlossene Holzkiste. »Bud möchte dir ›auf Wiedersehen‹ sagen, Onkel Cade.« Sie legte ihre Wange an den Sarg. »Ich wette, daß du froh wärst, wenn Bud jetzt bei dir sein könnte, Onkel Cade.« Sie grinste.

Stunden später klopfte es erneut an Zoes Tür. Sie rannte hin, um aufzuschließen, und stürzte sich in Cades Arme. »Ich habe mir solche Sorgen um dich gemacht!«

»Ach was, mir geht es gut. Erstaunlich gut für jemanden, der bis auf die Haut durchnäßt ist.« Er zog den nassen Poncho aus und trat die Tür mit seiner Stiefelspitze zu, bevor er Zoe zu einem langen, leidenschaftlichen Kuß in seine Arme nahm, der ein Versprechen war, daß nichts sie jemals wieder trennen würde.

»Wo warst du?«

»Ich habe mich tagsüber außerhalb der Stadt versteckt und bin im Dunkeln heimlich zurückgeschlichen, damit ich nicht gesehen wurde.«

»O Cade, meinst du wirklich, daß es klappen wird, was Pop vorhat?«

»Anfangs glaubte ich es nicht, aber ich bin bereit, alles zu versuchen, Red, damit wir zusammenbleiben können. Ich werde mich ein paar Wochen lang verborgen halten müssen. Dann wird mein angeblicher Cousin aus Arizona hier erscheinen, um meinen Platz bei meiner Frau und meinen Kindern einzunehmen …«

Sie kicherte über das Absurde daran. »Bist du wirklich

bereit, soviel für mich und die Kinder aufzugeben – bis hin zu dem Punkt, jemand ganz anderer zu werden?«

»Ich würde alles für euch aufgeben. Es wird nicht leicht sein – es war schon jetzt nicht leicht, meinen eigenen Tod zu simulieren.«

Jetzt, wo er sicher und wohlbehalten hier war, konnte sie der Versuchung, ihn ein bißchen zu beunruhigen, nicht widerstehen. Die Frau in ihr wollte von ihm hören, was *genau* er alles für ihre Liebe opfern würde. »Sag mir, was du für mich aufgeben würdest, wenn es sein müßte«, verlangte sie.

»Ich gebe mein Leben für dich auf. Meinen Ruf als Kopfgeldjäger. Meine Identität ... Gott, Frau, du hast mich in die Knie gezwungen!«

Als er sich vorbeugte, um sie zu küssen, umfaßte sie mit beiden Händen sein Gesicht. »Würdest du das noch einmal wiederholen?«

»Ich habe die Kopfgeldjagd aufgegeben, das Leben in der Wildnis und das Junggesellenleben – alles nur für dich. Ist es das, was du von mir hören wolltest?«

»Das auch. Aber wiederhol noch mal die Sache mit dem in die Knie zwingen. Die Vorstellung macht mich sehr glücklich.«

Als sie die grenzenlose Liebe, die aus seinen Augen sprach, sah, stockte ihr der Atem. »Du hast gewonnen.«

Sie lächelte. »Es war nie ein *Spiel* bei uns, aber das ist es, was ich hören wollte.«

»Ja?« Er küßte sie noch einmal. »Dann willst du bestimmt auch einen richtigen Antrag hören?«

Wieder nickte sie. »Das wäre schön.«

Er lächelte. »Du weißt, daß ich nie aufgehört habe, dich zu lieben.«

»Im stillen hatte ich das gehofft.«

»Jetzt weißt du es.« Er zog sie fester an sich. »Willst du meine Frau werden?«

»Wer fragt?«

»Oh, verdammt.« Er überlegte kurz. »Tray Soundso.«

Sie bedachte ihn mit einem strengen Blick. »Das müßte ich schon genauer wissen.«

»Na schön. Tray Williams. Stell dir mich zwanzig Pfund schwerer und mit einem Bart vor.«

Sie berührte seine Wange. »Ich glaube, ein Bart würde mir gut an dir gefallen.«

»So? Aber er gefiel dir nicht am Tag, als ich hier angekommen bin.«

Sie lächelte. »Da warst du auch nicht Tray Williams.«

Er nahm ihre Hand und schaute ihr in die Augen. »Red, bist du bereit, Tray Williams' Frau zu werden und ihn zum glücklichsten Mann auf Erden zu machen?«

Zärtlich küßte sie ihn. »Natürlich werde ich ihn heiraten.«

»Reverend Munson braucht aber nicht zu kommen, um es offiziell zu machen, oder?«

»Wieso hast du es so eilig?«

»Weil ich das unaufschiebbare Bedürfnis habe, meine Frau zu lieben. Jetzt sofort.«

Sie küßte ihn und murmelte an seinen Lippen: »Komisch ... deine Frau hat auch dieses Bedürfnis ...«

Ihr in die Augen schauend, wisperte er: »Ich, Tray Williams, nehme dich, Zoe Kolby, zu meiner rechtmäßig angetrauten Frau. Um sie zu lieben und zu halten, in meinen Armen und in meinem Bett ...«

»Cade.«

»... von heute bis zum Tag, an dem ich sterben werde. Ich verspreche, dich jeden Tag noch mehr zu lieben, und dich niemals wieder zu verlassen – oder so zu tun, als ob ich tot wäre.«

Zoe lachte und wischte mit dem Ärmel ihre Tränen ab. »Ich, Zoe Kolby, nehme dich, Tray Williams, zu meinem rechtmäßig angetrauten Ehemann. Ich verspreche dir, mich von dir in deinen Armen und in unserem Bett halten zu lassen, bis zu dem Tag, an dem ich sterben werde.«

Er lächelte. »Da ist noch etwas.«

Sie wußte, was sie ausgelassen hatte.

»Wenn du es nicht sagst, muß ich dich so lange im Bett festhalten, bis du es tust.«

»Glaubst du, du könntest mir damit Angst einjagen?«

Er zog sie noch fester an sich. »Du kannst wohl nicht genug bekommen?«

Sie schaute ihm lächelnd in die Augen. »Nur von dir nicht.«

Die Leidenschaft, die sie in seinen Augen sah, nahm ihr die Kraft aus ihren Knien. »Das hoffe ich doch.« Er grinste. »Ich will nicht, daß Perry Drake hier herumhängt und versucht …«

»Meine Schulden zu bezahlen?« Sie musterte ihn vielsagend. »Du hast die Hypothek bezahlt, nicht wahr?«

»Ich? Wie kommst du denn darauf?«

»Hör auf zu grinsen. Ich habe zwei und zwei zusammengezählt. Wenn Perry so etwas vorgehabt hätte, hätte er es mir vorher gesagt. Du hingegen bist ein hinterhältiger, arglistiger, heimtückischer …«

Er legte einen Finger an ihre Lippen. »Sag es.«

»Also gut. Ich liebe dich. Ich habe dich immer geliebt und werde dich auch immer lie…«

Er brachte sie mit einem Kuß zum Schweigen, und sie war verloren. Noch nie zuvor war ihr irgend etwas natürlicher oder richtiger erschienen. Er zog sie so fest an sich, daß sie kaum noch Atem holen konnte. Zum ersten Mal fand sie Geborgenheit in seinen Armen und wußte, daß es ihr Leben lang so bleiben würde.

Sehr sanft beendete er den Kuß. Ihr gingen tausend Dinge durch den Kopf, die sie ihm sagen wollte, Fragen, die sie stellen wollte, aber in seinen Armen zu sein genügte ihr. Er rieb seine Nase an ihrem Ohr und flüsterte ihr zu, was er jetzt tun wollte.

»Cade!«

»Ich habe dir ja gesagt, daß ich das *dringende* Bedürfnis habe, meine Frau zu lieben.«

»Da wirst du noch ein wenig warten müssen, Mr. Williams. Ich muß die Kinder wecken. Sie werden dich sehen wollen.«

Cade hob sie auf und trug sie in das Wohnzimmer. »Gleich. Im Augenblick bin ich nur von einer einzigen Idee besessen. Ich will dich jetzt, Mrs. – wie heißen wir doch noch?«

»Williams«, sagte sie und legte ihren Kopf an seine Brust. Sein Kuß war so überzeugend, daß sie alles getan hätte, was er verlangte.

»Onkel Cade!« Missy schlang ihre Ärmchen um Cades Bein. »Du bist zu Hause!«

Zoe trat zurück, um auch die anderen Kinder zwischen sie zu lassen.

Cade zog sie jedoch am Arm zurück. »Ich bin noch nicht fertig mit dir.«

Sie lächelte. »Erklär das den Kindern.«

Brody schob sich vor Will. »Ich habe bei deiner Beerdigung richtig geweint, Onkel Cade. Ich habe mich in den Arm gekniffen, bis ich weinen mußte.«

»Mich hat er auch in den Arm gekniffen«, beklagte Will sich. »Bis ich geschrien habe. Und da hat Holly mich auf den Kopf geschlagen.«

Cade lächelte und zog sie alle in die Arme. »Ihr wart sehr überzeugend. Selbst ich war sicher, daß ich in dieser Kiste lag.« Er bückte sich und küßte alle vier. »Ich habe euch etwas zu sagen. Wir sind eine Familie und werden es auch immer bleiben, aber Cade Kolby ist tot und begraben. Ich bin jetzt Tray Williams, und wenn ich in ein paar Wochen zurückkomme, werden wir alle noch mal heiraten. Und dann werden wir die Familie Williams sein.«

Missy rannte hinaus und kehrte Sekunden später mit Buds Glas zurück. »Bud, das ist Tray. Er sieht wie Onkel Cade aus, aber sein Name ist Tray Williams. Er wird dein Daddy sein.«

Zoe hielt sich den Mund zu, um nicht laut zu lachen.

»Sag Bud, daß du ihn liebst, Tray Williams«, verlangte Missy.

Cade starrte in das Glas. Winzige schwarze Augen erwiderten den Blick. Er räusperte sich und wandte sich nervös zu Zoe um. Sie nickte ihm ermunternd zu. »Ich ... ich liebe dich, Bud.«

»Ich glaube, es wird Zeit, daß ihr Tray jetzt ›Gute Nacht‹ sagt«, meinte Zoe.

Nachdem alle Cade umarmt und ihn geküßt hatten, kehrten sie ins Schlafzimmer zurück, und Cade zog Zoe in die Arme. »Ich kann nicht glauben, daß ich gerade einer Tarantel gesagt habe, ich liebte sie.«

»Ich fand es rührend. Cade wäre nie so gefühlsbetont gewesen, aber Tray ... Ich glaube, er wird mir sehr gefallen, dieser Mann.«

Seine Lippen bedeckten ihre, sanft, aber besitzergreifend. Eine ungewisse, aber aufregende Zukunft lag vor ihnen. Zoe legte den Kopf zurück, schaute zum Himmel auf und sagte leise: »Danke.«

Sie hätte schwören können, daß sie über das Rauschen des Regens, der draußen fiel, Addys Stimme hörte: »Gern geschehen. Wozu hat man schließlich Freunde?«

ENDE

Sie stehen auf verschiedenen Seiten des Gesetzes und sind so unterschiedlich, wie zwei Männer nur sein können: Marshall Shay McQuillan und Tristan Saint-Laurent, der berüchtigte Revolverheld. Aber als sie sich zum ersten Mal begegnen, ist der Schock groß – es ist, als sähe jeder sein Spiegelbild. Eine so große Ähnlichkeit kann kein Zufall sein, und während sie versuchen, die Rätsel der Vergangenheit zu lösen, begegnen sie zwei Frauen, deren leidenschaftliche Liebe ihnen den Weg in die Zukunft weist ...

ISBN 3-304-18237-5

BASTEI LÜBBE